Michael Peinkofer
Ork City

Michael Peinkofer

Roman

PIPER

Entdecke die Welt der Piper Fantasy:
Piper Fantasy.de

Von Michael Peinkofer liegen im Piper Verlag vor:
Die Legenden von Astray (Serie)
Phönix (Serie)
Splitterwelten (Serie)
Invisibilis (Serie)
Land der Mythen (Serie)
Die Könige (Serie)
Die Orks (Serie)
Die Zauberer (Serie)
Ork City
Das Zauberer-Handbuch

Abdruck des Zitats von Raymond Chandler mit
freundlicher Genehmigung des Diogenes Verlags:
aus: Raymond Chandler: Der lange Abschied
aus dem Amerikanischen von Hans Wollschläger
Copyright der deutschsprachigen Ausgabe
© 1975 Diogenes Verlag AG Zürich

MIX
Papier aus verantwortungsvollen Quellen
FSC® C083411

Originalausgabe
ISBN 978-3-492-70554-7
© Piper Verlag GmbH, München 2021
Satz: Kösel Media GmbH, Krugzell
Gesetzt aus der Janson Text
Druck und Bindung: CPI books GmbH, Leck
Printed in the EU

»Keine Falle ist so tödlich wie die, die man sich selber stellt.«
　　　　Raymond Chandler, »Der lange Abschied«

Prolog

Er rannte.

So schnell seine Beine ihn trugen, ungeachtet des unpassenden Schuhwerks und des Anzugs, der jeden seiner Schritte hemmte. Er wusste, dass er nur diese eine Chance hatte, wenn er am Leben bleiben wollte.

Warum er getan hatte, was er getan hatte, wusste er nicht. Es war ein plötzlicher Impuls gewesen, ein innerer Drang, dem er sich nicht hatte entziehen können, ganz gleich was die Konsequenzen sein mochten.

Die Kraft in seinen Beinen ließ bereits nach, sein Herz hämmerte wie wild in seiner Brust. Er war kein Läufer, war nie einer gewesen, seine Vorlieben gehörten anderen Dingen. Aber genau diese Leidenschaften waren letztlich der Grund dafür, dass er jetzt durch diese Tunnel rannte, dieses düstere und scheinbar endlose Labyrinth, während er hinter sich die Stimmen seiner Verfolger hörte. Unheimlich hallten sie durch die Röhren, begleitet vom Schnauben und Bellen der Warge, die ihn nur wegen des Gestanks noch nicht gewittert hatten, der hier unten herrschte ... oder vielleicht hatte es auch etwas mit dem kleinen Wesen zu tun, das er mit den dürren Armen an sich presste, während er Hals über Kopf weiterlief.

Das Kind war der Grund.

Es durfte nicht hier sein, weder an diesem noch an irgendeinem anderen Ort, und doch war es da, so wirklich wie er selbst und wie jene, die ihnen beiden nach dem Leben trachteten.

Im spärlichen Licht, das durch einen Kanalschacht einfiel, tauchte eine Abzweigung auf. Der Flüchtige entschied sich für den rechten Tunnel und wollte weitereilen, doch seine Beine blieben unter ihm zurück. Er geriet ins Straucheln und ließ in seiner Not das Kind los. Er stolperte und fiel der Länge nach hin, schlug sich das Knie blutig, ehe er bäuchlings in das stinkende Rinnsal stürzte.

Tränen schossen ihm in die Augen, Tränen des Ekels, des Schmerzes und der Furcht, während er das Knurren der Warge hörte und wie es näher und näher kam.

Mit vor Anstrengung und Todesangst zitternden Gliedern raffte er sich wieder auf die Beine, während er sich im Halbdunkel nach dem Kind umblickte. Es stand nur wenige Schritte vor ihm und sah ihn an, offenbar war es trotz des Sturzes unverletzt geblieben.

»Es tut mir leid«, sagte er und schüttelte resignierend den Kopf, »aber sie werden jeden Augenblick hier sein. Wir werden es nicht schaffen …«

Im schmutzigen Schein der Straßenlaterne, der von oben einfiel und vom Gitter über dem Kanalschacht in fahle Streifen geschnitten wurde, sah das Kind ihn an – und er hatte das Gefühl, dass der Blick dieser dunklen Augen ihn bis ins Mark durchschaute.

Und trotz der Verfolger, die ihnen auf den Fersen waren; trotz ihres blutrünstigen Geschreis und des Gebells der Warge, trotz ihrer Bosheit und Mordlust, die jeden Quadratzentimeter dieses unterirdischen Labyrinths zu durchdringen schien, lächelte es.

I

Ein Geständnis: Ich hasse Blutbier.

Ganz besonders, wenn es abgestanden ist.

Wann immer mir der faulige Geschmack dieses Gesöffs die Kehle hinunterrinnt, würde ich am liebsten kotzen. Noch schlimmer ist es nur, wenn er mir aus der Kehle eines anderen entgegenschlägt. In diesem Fall aus dem Schlund von Malko Muuny, zusammen mit einem halben Dutzend weiterer Gerüche, von denen alter Knoblauch und der Gestank fauliger Zähne noch die harmlosesten waren.

»Ich höre, Muuny«, knurrte ich. »Was hast du zu sagen?«

»Rash? Bist du das?«

Immerhin, er schien mich zu erkennen. Seine von Falten zerknitterten Züge hellten sich auf, als würde er den Sonnenaufgang persönlich in seiner Wohnung begrüßen, die wenig mehr war als ein finsteres Loch. Nur ein einziger Raum: ein durchgelegenes Bett, ein kleiner Tisch mit zwei schäbigen Stühlen, ein Schrank ohne Türen, weitgehend leer; die Fenster von draußen mit Brettern verschlossen, die Beleuchtung nur aus dem wenigen Tageslicht bestehend, das durch die Ritzen fiel, und entsprechend spärlich. Der Gestank dafür umso gegenwärtiger.

»Verdammt, Muuny. Wann hast du das letzte Mal eine Dusche genommen?«

Das lückenhafte Grinsen wurde noch breiter. »Schätze, vor einem halben Jahr. Muss ein Dienstag gewesen sein.«

Mit einem Grunzen riss ich ihn zu mir empor und warf ihn auf einen der Stühle. Er war leicht, als bestünde er nur aus Knochen, ohne das gammelige Fleisch drum herum und die dünne, an Leder erinnernde Haut. Es mochte am Gnomenblut liegen, das durch seine grünen Adern gepumpt wurde, vielleicht auch am Q'orz, das er rauchte. Es hieß, das Zeug höhlte die Knochen aus. Vielleicht war da ja was Wahres dran.

»Rash!«, sagte er noch einmal, als wäre ich für einen Moment weg gewesen und plötzlich wieder aufgetaucht. Vermutlich traf das eher auf ihn zu. »Schön, dich zu sehen!«

»Erspar uns das Gesülze, Muuny. Du weißt, dass ich nicht zum Plauschen hier bin.«

»Weiß ich.« Er nickte und kicherte dämlich, während er gleichzeitig Mühe hatte, sich auf dem Stuhl zu halten. »Aber das bedeutet nicht, dass wir uns nicht wie zivilisierte Wesen benehmen können, richtig?«

»Richtig«, gab ich zu, wobei das alles hier – das Loch, in dem Muuny hauste, der Gestank, seine verlauste Erscheinung und im Grunde ganz Dorglash – im Grunde ziemlich wenig mit Zivilisation zu tun hatte. Ungefähr so viel wie der *shnorsh* in der Kanalisation mit einem gediegenen Vier-Gänge-Menü.

»Du arbeitest also für die Schwestern?« Muuny brachte es fertig, eine Augenbraue seiner verschwollenen Visage hochzuziehen und mich in gespieltem Vorwurf anzusehen. »Hätte ich nicht von dir gedacht.«

»Ein Mann muss irgendwie über die Runden kommen.«

Muuny nickte, das immerhin schien ihm einzuleuchten, selbst in seinem angeschlagenen Zustand. »Schon mal überlegt, für mich zu arbeiten?«

Ich betrachtete ihn, wie er auf dem Stuhl kauerte, ein ältliches, grauhaariges Männlein mit Buckel und krummen Beinen, das in den Überresten eines Zwirners aus grauem Flanell steckte. Schlips und Einstecktuch fehlten längst, die Taschen waren ausgefranst. Die Zeiten, in denen Malko Muuny anderen Leuten Arbeit verschafft hatte, waren längst vorbei.

Er lachte hohl und freudlos, als würde ihm das in diesem Moment klar werden. Er musste husten und würgte, spuckte grünen Speichel auf die schmutzigen Dielen, Auswurf vom Q'orz. Der bittere Gestank schlug mir noch mehr auf den Magen als zuvor. Ich wollte den Obb erledigen und dann nach Hause gehen, mir einen ordentlichen Schluck genehmigen.

»Also?«, fragte ich nur.

»Sag den Schwestern, dass sie ihr Geld bekommen.«

»Wann?«

Malko Muuny grinste mich an wie zu seinen besten Zeiten. »Sobald ich es habe.«

»Das genügt nicht. Nicht dieses Mal.«

»Komm schon.« Sein Gesicht zerknitterte sich wieder, und er brachte es fertig, beleidigt auszusehen. »Ist dir nicht klar, wer ich bin? Ich hab Kredit!«

»Der ist abgelaufen, fürchte ich. Ich bin hier, um dir zu bestellen, dass die Damen die Geduld mit dir verloren haben, Muuny.« Demonstrativ griff ich in die Innentasche meines Mantels. Muunys Augen weiteten sich, und er hielt den Atem an – um pfeifend nach Luft zu schnappen, als ich nur ein Blatt Papier hervorzog, das ich vor ihm entfaltete.

»Da ist einiges aufgelaufen«, fasste ich zusammen. »Die

Damen schätzen es nicht, wenn man ihre Dienste in Anspruch nimmt, ohne dafür zu bezahlen. Und du hast ein paarmal aufs falsche Pferd gesetzt, buchstäblich ...«

»Ich hatte eben Pech«, erklärte Muuny mit einem Zucken seiner knochigen Schultern, »in der Liebe wie im Spiel. Richte das den Damen aus, mit meinen besten Empfehlungen.« Er grinste wieder. Vor einer gefühlten Ewigkeit mochte dieses Lächeln ein paar Tausend Orgos wert gewesen sein. Inzwischen war es genauso falsch und faulig wie die Zähne, die es entblößte.

»Ich fürchte, das wird dieses Mal nicht genügen«, sagte ich und griff noch einmal in den Mantel. Als ich meine Rechte diesmal hervorzog, hielt ich den klobigen Griff der R.65 umklammert, und der Lauf zeigte genau auf Muunys hässlichen Schädel.

»Eine Zwergenstanze«, nannte er die Waffe bei ihrem volkstümlichen Namen. »Lange keine mehr im Gebrauch gesehen.«

»Und falls du auch diese nicht im Gebrauch erleben willst, schlage ich vor, du rückst jetzt die siebenhundert Kröten raus, die du den Schwestern schuldest.«

Für einen kurzen Moment hatte es ausgesehen, als wäre Muuny von meinem Revolver beeindruckt gewesen. Nun schien sich sein Respekt bereits wieder zu verflüchtigen. »Dann, fürchte ich, kommen wir hier nicht weiter, Rash«, behauptete er fröhlich. »Denn wenn du abdrückst, werden die Damen nicht einen einzigen müden Orgo von mir bekommen.«

»Das stimmt zwar«, räumte ich gelassen ein, »aber dieses Risiko wurde von den Schwestern bereits mit einkalkuliert. Ich soll entweder mit den siebenhundert Mäusen im Gepäck zurückkehren – oder mit deinem hässlichen Schädel unter dem Arm.«

»Das ist unvernünftig. Ein toter Kunde kann seine Schulden nicht mehr bezahlen.«

»Aber ein toter Kunde kann auch keine neuen Schulden mehr machen«, konterte ich, zog den Hahn zurück und hielt die Waffe dergestalt, dass ihr Lauf drohend vor seiner Nase schwebte. »Also?«

Mit treudoof geweiteten Augen sah er mich an. »Wo nichts ist, kannst du nichts nehmen, Rash.«

»Drei«, sagte ich, den Finger bereits am Abzug.

»Tu, was immer du tun musst, Rash.«

»Zwei.«

Muunys grünliche Miene wurde fahl, beinahe grau.

»Eins …«

»Also gut!« In einer resignierenden Geste warf er die Arme zur niedrigen, rußgeschwärzten Decke. »Du hast gewonnen, du elender, sturer Mistkerl! Du kriegst das Geld!«

»Wo ist es?«

»Dort in der Schublade.« Mit dem spitzen Kinn deutete er auf die andere, mir zugewandte Seite des Tisches. »Wenn du gestattest?«

Ich nickte und trat einen Schritt zurück, den Finger behielt ich am Abzug. Muuny erhob sich und kam wieselflink um den Tisch herum, im nächsten Augenblick hatte er die Schublade schon aufgezogen. Was darin zum Vorschein kam, war allerdings kein Bündel moosgrüner Geldscheine, sondern der schlanke schwarze Griff einer Garka.

Ich habe die kleinen Dinger noch nie gemocht. Machen kaum Lärm, dafür aber hässliche Löcher, die sich nur schwer wieder stopfen lassen. Eine ziemlich hinterhältige Art, jemanden in Kuruls Grube zu befördern.

Glücklicherweise hatte ich damit gerechnet.

Malko Muuny war schon immer ein *shnorshor* gewesen, auch und ganz besonders zu der Zeit, als er noch an großen

Dingern beteiligt gewesen war und heiße Ware verschoben hatte. Dass er mir die Orgos ohne große Manöver aushändigen würde, war nicht zu erwarten gewesen, also hatte ich auch nicht damit gerechnet. Der Moment, in dem der Griff der Garka auftauchte und seine gierigen Knochenfinger danach griffen, war auch der, in dem ich mit dem rechten Fuß zutrat und die Schublade wieder schloss. Dass Muunys Hand noch im Spalt war und mit hässlichem Knacken Knochen brachen, war mir herzlich egal.

Muuny brach in etwas aus, das man mit etwas Fantasie auch als Gesang hätte bezeichnen können. Kaum hatte ich die Schublade wieder freigegeben, zog er seine Hand heraus und vollführte als Zugabe noch ein hübsches Tänzchen. Die Lust, seine jetzt grotesk gefalteten Finger um den Griff der Waffe zu wickeln, schien ihm vergangen zu sein.

Ich hatte die Faxen satt. Indem ich Muuny am Genick packte und niederrang, hielt ich ihm noch einmal die R.65 vors Gesicht. Mit weit aufgerissenen Augen starrte er in den hässlich schwarzen Lauf, und der hässlich schwarze Lauf starrte auf ihn. Und als gäbe es zwischen den beiden etwas wie ein stummes Einvernehmen, begann er krampfhaft zu nicken, während sich unter ihm eine Pfütze bildete.

»Unter dem Boden!«, stieß er zwischen zusammengebissenen Zähnen hervor, seine demolierte Hand in die Achselhöhle pressend. »Die vierte Diele vor der Tür ist lose!«

»Und was finde ich dort? Eine scharfe Granate?«

»Bitte, Rash! Ich schwöre ...«

Ich stieß eine Verwünschung aus und ging zur Tür. Den Lauf des Revolvers hielt ich weiter auf ihn gerichtet. Jede einzelne der morschen Dielen, die den Boden des Lochs bedeckten, hörte sich hohl an, wenn man darauftrat – Ratten und anderes Ungeziefer hatten sich dort vermutlich schon vor langer Zeit häuslich eingerichtet. Aber die vierte Diele von der Tür aus gesehen war tatsächlich nur provisorisch befestigt. Ich trat auf das eine Ende, worauf das alte Holz nach oben klappte – die Nägel am anderen Ende waren nur Attrappen. In dem Hohlraum, der sich darunter befand, lag ein Kuvert aus braunem Papier. Ich nahm es heraus und öffnete es.

Geldscheine.

Moosgrüne Gormos.

Acht Stück.

»Der Rest ist für dich. Trinkgeld«, beteuerte Muuny und stieß ein zahnloses Lachen aus. Ich wusste selbst nicht, ob ich mitlachen oder ihm in den Hintern treten sollte. Stattdessen ging ich zum Tisch, schnappte mir die Garka und nahm das Magazin heraus. Die jetzt nutzlose Waffe legte ich in die blutige Schublade zurück, die Patronen steckte ich ein.

»Immer ein Vergnügen, mit dir Geschäfte zu machen, Muuny«, versicherte ich.

»Gleichfalls, Rash«, stöhnte er, während ich schon auf dem Weg nach draußen war. Ich brauchte dringend frische Luft.

Nicht, dass die Luft in Dorglash zu irgendeinem Zeitpunkt frisch gewesen wäre – und bei diesem Wetter schon gar nicht –, aber als ich die dunkle Kellerwohnung verließ und über die schiefen Treppenstufen zurück an die Oberfläche stieg, ertappte ich mich dabei, dass ich sie dankbar in meine Lungen sog, ehe ich in meine Tasche griff, eine Zigarette aus der fast leeren Packung schüttelte und sie mir ansteckte.

Ich schlug den Kragen meines Mantels hoch, zog den

Hut tiefer ins Gesicht und trat hinaus in den strömenden Regen.

Es war nur ein weiterer Tag.

Ein weiterer schmutziger Tag im Leben von Corwyn Rash, *Dombor Sul*.

Privatschnüffler, wie es bei den Milchgesichtern hieß.

2

Das Geld war ich losgeworden.

Ich trage nicht gerne Orgos mit mir herum, die mir nicht gehören. Die siebenhundert hatte ich an Gorrs Bhull übergeben, den glatzköpfigen Mittelsmann der Schwestern, von dem es hieß, er wäre ebenso gut im Zählen wie darin, säumigen Schuldnern die Kehlen durchzuschneiden. Den verbliebenen Gormo hatte ich für mich behalten, schließlich musste ich auch von etwas leben, und Muuny hätte ihn ohnehin nur ausgegeben, um seinen benebelten Gehirnzellen eine weitere Breitseite Q'orz zu verpassen. Außerdem war die Provision, die mir die Schwestern gaben, ziemlich lausig, so wie es überhaupt ein lausiger Auftrag war. Ich hatte ihn nur deshalb angenommen, weil ich von irgendetwas die Miete bezahlen musste – und weil sich seit fast einem Mond kein einziger Klient mehr in meine bescheidenen Räumlichkeiten verirrt hatte. Das machte selbst einem Kerl wie mir zu schaffen, dessen Bedürfnisse äußerst überschaubar waren.

Ab und zu eine warme Mahlzeit.

Gelegentlich einen neuen Anzug.

Regelmäßig eine Pulle Schnaps.

Wie ich schon sagte, ich kann Blutbier nicht ausstehen. Aber gegen einen ordentlichen Rachenbrand habe ich noch nie etwas einzuwenden gehabt. Das war auch der Grund, warum ich meine Schritte nach Süden lenkte, die Shal Mor hinab.

Die Wolken, die teerig und schwer über der Stadt hingen, hatten die Dämmerung an diesem Tag bereits früh hereinbrechen lassen. Die Neonreklamen an den Häusern irrlichterten kalt und schmutzig durch die Regenschleier und beleuchteten die Backsteinfassaden mit ihren hohen Fenstern giftgrün, kobaltblau und blutig rot. Bunte Farbspritzer, die sich auf dem nassen Asphalt spiegelten und den Rest in gnädiger Dunkelheit versinken ließen, den Dreck, das Elend, das Verbrechen. Zu sehen war nur, was die Lichtkegel der Fahrzeuge im Vorbeifahren aus der Finsternis schnitten: Obdachlose an den Straßenecken, Huren, die ihre Haut zu Markte trugen, Gnome, die unreines Q'orz vertickten.

Irgendwer hatte Dorglash mal als Furunkel am Arsch der Welt bezeichnet, und da war viel Wahres dran. Ganz Tirgaslan hatte seine besten Zeiten weit hinter sich gelassen und war zu einem riesigen, lärmenden und stinkenden Moloch verkommen, der im künstlichen Schein elektrischer Lichter funkelte wie ein falscher Diamant; aber während es sich in den nördlichen Vierteln gut leben ließ und die Reichen ein sorgloses Dasein fristeten, tobte hier im Süden, in den Straßen und Gassen von den Docks bis hinauf nach Landfall und hinüber in den Westbezirk, ein täglicher Kampf ums Überleben, und viele, die am Morgen aufstanden, wussten nicht, ob sie am Abend zu den Siegern oder den Verlierern zählen würden.

Dreck war an allen Ecken und Enden, aber ich spreche nicht von der Sorte Schmutz, die man mit einem Besen und etwas gutem Willen beseitigen könnte; der Dreck in Dorglash reichte tiefer, durchdrang jede Straße, jedes Gebäude und alle, die darin lebten. Er betraf die Armen ebenso wie die, die sich auf ihre Kosten bereicherten, die Finsteren ebenso wie die Rechtschaffenen, falls es so etwas in Dorglash überhaupt gab. Die Zwergensyndikate hatten das Sagen, und die Polizisten, die im Auftrag der Oberen für Ordnung sorgen sollten, steckten oft genug bis über beide Ohren selbst im Sumpf der Korruption. Gerechtigkeit war in Dorglash so weit entfernt wie die Luftschiffe, die von der See her kommend über die Dächer der Häuser zogen, von leuchtenden Schäften aus Licht begleitet, wie eine ferne Verheißung.

Ich legte den Kopf in den Nacken und sah zu einem der riesigen Biester hinauf, die wie gigantische Fische am Himmel schwebten. Die Gondel unterhalb des Flugkörpers war hell erleuchtet. Vermutlich floss dort oben der Nektar in Strömen, und die Gäste schwangen das Tanzbein zu gediegener Musik, den Schmutz weit unter sich, wo der Regen prasselnd auf ihn niederging.

Ich entdeckte eine Verheißung, die sehr viel näher war, in Form aus Leuchtröhren geformter Runen, die über einem Eingang an der Ecke Mor/Dakda schwebten. »Shinny's« stand dort zu lesen, und selbst durch die grauen Regenschleier sah das Licht, das durch die schmutzigen Scheiben nach draußen drang, warm und einladend aus. Ich wechselte die Straßenseite und unterquerte die Hochbahn, die sich just in diesem Moment mit rostigem Rattern über die Schienen wälzte. Ich gelangte unter das niedrige Vordach, schüttelte den Regen vom Mantel und trat ein.

Im Inneren war es feucht und dampfig. Der faulige Geruch von Blutbier stieg mir in die Nase, aber auch der Odem uralten, in Eichenfässern gelagerten Sgorns, der mir doch sehr viel mehr zusagte. Da es noch nicht sehr spät war, waren die kleinen Tische nur spärlich besetzt. Die Männer, die dort saßen und mit trübem Blick in ihre Gläser starrten, wollten allein gelassen werden, jeder von ihnen hatte einen harten Tag gehabt und gute Gründe, tief ins Glas zu schauen. Ich ging ans Ende des langen Tresens und setzte mich wie immer auf den letzten Barhocker, nahm meinen Hut ab und legte ihn auf die blank polierte Fläche.

Am anderen Ende der Bar saß ein Kerl in einem abgetragenen braunen Anzug. Seine Gesichtszüge und das wilde Gebiss gemahnten an ein orkisches Erbe, die kantigen Schultern verrieten Trollblut. Das tonlose Stimmchen allerdings, das aus seinem Brustkasten säuselte, ließ eher an ein Gespenst denken. Das gepunktete Halstuch, das er trug, schien ihn als Mann von Welt auszuweisen – in Wahrheit diente es wohl eher dazu, die hässliche Narbe zu überdecken, die dort vermutlich prangte …

»Weib«, keuchte er, »noch ein Bier!«

Die Frau, die hinter dem Tresen stand und Gläser polierte, sandte ihm einen abschätzigen Blick. Sie war groß für eine Menschenfrau, hatte breite Schultern und ein ausgeprägtes Becken. Ihr dunkelblondes Haar fiel in wilden, durch ein rotes Band nur mühsam gebändigten Locken auf ihre Schultern. Ihre Gesichtszüge waren schön, wenn auch von einer gewissen Herbheit, eine Narbe verlief neckisch über ihre linke Wange. Das Kleid, das sie trug, war aus dunkelroter Arun-Seide und nach fernöstlicher Mode geschnitten, und es spannte sich so eng um ihre rasanten Kurven, dass es einem die Sprache verschlug. Es war an den Seiten geschlitzt und hatte nur einen Träger, sodass es die andere Schulter frei ließ, und obwohl es nicht wirklich etwas enthüllte, wirkte es aufreizender, als wenn die Frau splitternackt hinterm Tresen gestanden hätte. Das war wohl auch dem Kerl mit dem Halstuch aufgefallen, und es schien gerade seine Fantasie anzuregen. »Und wenn du's gezapft hast, kannst du gleich noch die Beine breitmachen«, fügte er seiner Bestellung grinsend hinzu.

»Dazu gehören zwei, Süßer«, konterte sie unbeeindruckt. »Und ich fürchte, du gehörst zu der Sorte, bei denen es nur für Soloauftritte reicht.«

Die grüne Visage des Kerls schnappte zusammen wie unter einem Fausthieb. Er fletschte die gelben Zähne und ballte die Fäuste, dass die Adern dunkel hervortraten. »Schlampe«, spie er ihr heiser entgegen. »So redet keine mit mir!«

»Nein? Wie hättest du es denn gern?«

»Ich bin Mitglied der Sgols«, stieß er zwischen zusammengebissenen Zähnen hervor, »und du erweist mir gefälligst Respekt, Weib!«

Die Frau hinter dem Tresen sah ihn an. Dann legte sie Glas und Poliertuch beiseite und trat auf ihn zu. »Du betrittst am hellen Tag meine Bar, beleidigst mich vor allen Gästen und willst, dass ich dir Respekt erweise?«, fragte sie. Ihre Stimme war hart geworden, jede Nachsicht, die sie sonst mit Kerlen haben mochte, die einen über den Durst getrunken hatten, war daraus verschwunden.

»Genauso sieht es aus, du Hure«, bestätigte der Kerl. »Und jetzt sieh zu, dass du dich bei mir entschuldigst, ehe ich meine Brüder rufe und wir deinen verkommenen kleinen Laden kurz und klein schlagen.«

»Ach ja?« Die Frau hob eine Braue. »Nur zu, ruf deine Brüder – ich glaube nur nicht, dass sie hier aufkreuzen werden. Denn für mich hat es eher den Anschein, als hätten sie dir den Kehlkopf gestutzt, weil du sie bei der Polizei verpfiffen hast. Das ist auch der Grund, warum du zwitscherst wie ein Vögelchen, richtig? Also hör auf, hier den wilden

Ork zu spielen, und sieh zu, dass du Land gewinnst. Hast du verstanden?«

Der Blick, den sie aus ihren dunklen Augen über den Tresen schickte, war warnend genug. Aber der Kerl war entweder völlig betrunken oder zu sehr von sich eingenommen, um zu merken, wie sich das Unheil zusammenbraute. Und damit meine ich nicht mal den Oger, der lautlos wie ein Schatten hinter ihm emporwuchs und mit wutglühenden Augen auf ihn herabblickte.

»Spielen willst du?«, fragte der Sgol und griff unter sein Sakko, wo er ohne Zweifel eine Garka stecken hatte. »Na warte, ich werde mit dir spielen, du miese kleine Hu...«

Weiter kam er nicht.

Ihre rechte Hand schnellte vor, zur Faust geballt, und brach ihm die Nase – und das wollte bei dem klobigen Ork-Zinken, der in seiner Visage saß, schon etwas heißen. Es knackte laut, als der Knochen zu Bruch ging, dicht gefolgt von einem winselnden Geräusch. Die gelben Augen des Störenfrieds weiteten sich, aber ehe er auch nur dazu kam, nach seinem zermatschten Riechorgan zu greifen, hatte sich die Frau mit beiden Händen seinen Hinterkopf geschnappt und zog ihn ruckartig nach vorn. In einer ebenso eleganten wie schwungvollen Bewegung machte der Kerl einen Diener und knallte mit der Stirn auf den Tresen. Die Lichter waren bei ihm aus, noch ehe er ganz vom Hocker gefallen war. Da lag er nun am Boden, bewusstlos und mit verdrehten Augen, während ihm die Zunge seitlich aus dem Maul hing.

»Schaff den *umbal* raus, Frik«, wandte sich die Frau an den Oger. »Und nimm ihm die verdammte Waffe ab.«

Der grüne Riese knurrte eine Bestätigung, dann hatte er den Bewusstlosen auch schon gepackt und hochgehoben.

Er warf ihn sich über die Schulter wie einen Sack Müll und brachte ihn auch ebenso nach draußen.

»Harter Tag?«, fragte ich.

Die Schöne hinter der Bar drehte sich zu mir um. Ihr Blick war grimmig, zumal sie einen dunklen Blutspritzer auf ihrem Kleid entdeckt hatte. Aber sobald sie mich wahrnahm, hellten sich ihre Züge wieder ein wenig auf.

»Rash«, sagte sie nur.

»Du hast es immer noch drauf, Shinny.«

»Nicht mehr wie früher.« Sie ließ die freie Schulter kreisen. »Ich bin ein wenig eingerostet.«

»Kann ich nicht finden.« Ich griff in die Innentasche und steckte mir eine Zigarette an.

»Das sagst du nur, weil du sonst zugeben müsstest, dass du auch älter wirst.«

»Erwischt.« Ich nickte, während ich blauen Rauch über den Tresen blies.

»Was darf's sein, Rash?«

»Rachenputzer. Aber von dem guten Zeug, hörst du? Das, was du vor solchen Typen versteckst.«

»Ich verstecke gar nichts«, erwiderte sie grinsend, auf ihre atemberaubende Erscheinung deutend. »Aber ich weiß, dass Verknappung den Preis in die Höhe treibt.«

»Shinny Cadura.« Ich nickte anerkennend. »Die Philosophin hinter dem Tresen.«

Sie lachte. Ein echtes, ehrliches Lachen, wie es selten war in der Gegend. Dann griff sie unter die Theke, zog eine mit rostfarbener Flüssigkeit gefüllte Flasche und zwei Gläser hervor, stellte alles vor mir auf das blank polierte Holz und schenkte uns beiden ein.

»Auf das Fünfhundertste«, sagte sie.

»Das Fünfhundertste«, bestätigte ich.

»*Bashok doukhaiash!*«

»*Bashok doukhaiash*«, wiederholte ich den Wahlspruch unserer Einheit – auch wenn ich nicht mehr recht daran glaubte, dass wir niemals sterben würden.

Dann tranken wir.

Der Rachenputzer machte seinem Namen alle Ehre und brannte heiß und hämmernd meine Kehle hinab.

»Noch einen«, verlangte ich.

»Warum?«

»Du weißt, warum.«

»Das meine ich nicht.« Shinny lächelte, während sie mir nachschenkte. »Warum tust du dir das an?«

»Wovon sprichst du?«

»Die Schwestern, diese Arbeit, die du für sie erledigst …«

»Von irgendetwas muss ich leben.«

»Ich weiß.« Sie nickte. »Aber das bist nicht du, Rash.«

»Nein?« Ich blickte sie fragend an, in ihre dunklen Augen, die jetzt so viel sanfter dreinsahen als bei dem Kerl mit dem Halstuch. »Wer bin ich dann, Shinny? Kannst du mir das sagen?«

»Jemand, der tut, was er tun muss – und der bleiben lässt, was er nicht tun muss.«

Ich nickte. Das klang nach Shinny. Ob es sich nach mir anhörte, wusste ich in diesem Augenblick selbst nicht. Sie fuhr mir durchs Haar, auf eine Weise, wie nur sie das konnte. Es lag kein Hintergedanke in ihrer Berührung. Sie war einfach nur da.

Ich griff nach dem Glas und leerte es, dann holte ich einen Geldschein aus der Tasche und legte ihn auf den Tresen.

»Das ist zu viel«, sagte sie.

»Ist für die ganze Pulle«, knurrte ich und griff nach dem dünnen Hals der Flasche, während ich mit der anderen Hand den Hut nahm und zurück auf meinen Kopf schob.

Ich verabschiedete mich mit einem Nicken, und Shinny gab mir ein Lächeln mit auf den Weg. Dann verließ ich die Bar und trat wieder hinaus in den Regen.

Inzwischen war es noch dunkler geworden, was nicht nur an der hereinbrechenden Dämmerung lag, sondern auch an den Regenwolken, die sich noch heftiger entluden als zuvor. Zum Glück liegt mein Büro nur drei Blocks entfernt in der Brad Rian. Mit der Flasche Sgorn in der Hand hielt ich mich im Schutz der Hauswände, in deren Ecken und Nischen sich abgerissene Gestalten drängten, Kobolde und anderes Gesindel, die mit leuchtenden Augen in die Dunkelheit starrten. Die Fahrzeuge, die die Straße heraufkamen, warfen Fontänen von Schlamm und Dreck aus den Pfützen. Der Widerschein ihrer Lichter und der fahle Glanz der Neonreklamen spiegelte sich auf der regennassen Fahrbahn, als wollte sie der Welt einen Spiegel vorhalten und ihr zeigen, wie schmutzig und verkommen sie war.

Mit jedem Schritt, den ich durch die nasse, dunkle Kälte ging, wuchs mein Verlangen nach dem Inhalt der Flasche. Als ich den schmalen Backsteinbau, in dessen erstem Stockwerk sich mein Büro befand, endlich erreichte, konnte ich es kaum noch erwarten, dass sich das warme Wohlgefühl wieder in meinem Magen ausbreitete – doch so schnell würde daraus nichts werden.

Als ich die hölzernen Stufen emporstieg, sah ich, dass jemand sie erst vor Kurzem hinaufgegangen sein musste – jemand, der tropfnass gewesen war und eine ziemlich kleine Schuhgröße hatte. Da Letzteres nichts über die Gefährlichkeit des Trägers aussagt – zumal nicht in Dorglash –, stellte ich die Pulle Sgorn auf dem Treppenabsatz ab und griff nach dem R.65. Ich war zu müde und zu durchnässt, als dass ich eine Überraschung erleben wollte.

Die von dunklem Holz umrahmte Milchglastür, auf der mit großen Standardrunen

```
Corwyn Rash
Domhor Sul
```

geschrieben stand, war halb offen. Mit dem Revolver in der Hand trat ich vor. Die dritte Planke nach der Treppe ließ ich aus. Ihr Knarren hatte mir bereits manch unangenehmen Besucher frühzeitig angekündigt und mich vorgewarnt; ich selbst hingegen wollte lieber unangemeldet erscheinen.

Mit der einen Hand gab ich der Tür einen Stoß. Mit einem hässlichen Quietschen schwang sie in den kleinen Vorraum, der mit einer hölzernen Sitzbank, einem Beistelltischchen und einem Garderobenständer ein wenig Weltläufigkeit heucheln und Kunden dazu einladen sollte, sich in meiner Abwesenheit niederzulassen und auf meine Rückkehr zu warten.

Ich gebe zu, dass sich bis zu diesem Tag nur Betrunkene auf diese Bank verirrt hatten, die nach einem Platz suchten, um ihren Rausch auszuschlafen. Doch das war im Augenblick vergessen, als die Tür vollends aufschwang und ich *sie* erblickte.

Sie war Halborkin, soweit ich es beurteilen konnte, und wie in einem Puzzle, dessen Teile sich nahtlos aneinanderfügten, hatten die menschliche und die orkische Hälfte in perfekter Harmonie zueinandergefunden.

Ihre Haut war hellgrün und makellos wie Blätter im Frühling, ihr Haar so schwarz wie die Nacht. Ihr Mantel lag eng um ihre grazile Gestalt, ihre Züge waren herb und anmutig zugleich: schmale Augen, hohe Wangenknochen und ein Mund mit kleinen weißen Zähnen. Dass ihre Kleider vom Regen durchnässt waren, minderte ihre Erscheinung nicht im Geringsten, sondern ließ sie nur noch anziehender wirken, als hätte der Regen allen Schmutz und jede Anrüchigkeit abgewaschen, die man andernfalls vielleicht hätte vermuten können. Der Blick, den sie mir aus ihren geheimnisvoll grünen Augen schickte, traf mich ins Mark.

»Corwyn Rash?«, fragte sie mit einer Stimme, die sich wie Samt um meine Wirbelsäule wickelte und ihr ein wohliges Rieseln entlockte.

»Genau der.« Ich nickte.

Sie erhob sich, nass, wie sie war, und hielt mir zur Begrüßung ihre schlanke Hand hin. »Freut mich«, behauptete sie. »Mein Name ist …«

»Ich weiß, wer Sie sind«, versicherte ich. »Aber vielleicht sollten wir uns lieber in mein Büro begeben. Dies hier ist Dorglash, und in Dorglash haben selbst die Wände Ohren …«

3

Ich hatte sie erkannt.

Nicht gleich im ersten Moment, obwohl mir ihre Züge sofort bekannt vorgekommen waren. Jedoch in dem Augenblick, da sie den Mund öffnete und ich ihre Stimme hörte.

Ihr Name war Kity Miotara.

Besser bekannt war sie als *Goshda Gorm*, die »Grüne Falle«. Das war ihr Künstlername, und sie war das, was man in der bunten Welt des Schaugeschäfts eine *Sherena* nannte, eine gefeierte und allenthalben bewunderte Persönlichkeit. Das und die Tatsache, dass sie gewiss nicht zu der Sorte Frau gehörte, die ihre Schritte in ein heruntergekommenes Detektivbüro in Dorglash lenkte, ließ mich für einen Moment zweifeln, ob ich nicht vielleicht träumte oder zu viel von Shinnys Rachenputzer erwischt hatte. Aber es war keine Täuschung – diese Frau war so wirklich wie ich selbst, und jede ihrer beiden Hälften, die menschliche wie die orkische, war dazu angetan, einen armen Kerl um den Verstand zu bringen.

»Ist alles in Ordnung?«, erkundigte sie sich und machte mir bewusst, dass ich sie angestarrt hatte.

Ich nickte und schürzte die Lippen, schmeckte den Schweiß, der sich auf meiner Oberlippe gebildet hatte.

Dann schloss ich die Tür des Büros hinter mir und bot ihr einen Platz in dem ledernen Besuchersessel an.

»Wollen Sie ablegen?«, fragte ich, während ich selbst den nassen Mantel auszog.

»Nein danke.« Sie setzte sich.

»Vielleicht etwas zum Aufwärmen? Einen Kaffee? Oder lieber etwas Hochprozentiges?«

»Feuer«, sagte sie nur und zauberte aus ihrer Handtasche eine Spitze mit einer Zigarette zutage, die sie mir entgegenhielt. »Sie gestatten doch, dass ich rauche?«

Ich gestattete es nicht nur, ich steckte mir auch selbst eine an. Dann setzte ich mich hinter den Schreibtisch, der zusammen mit dem dazugehörigen Stuhl und einigen metallenen Aktenschränken auch schon die ganze Einrichtung meines Büros bildete, und sah sie prüfend an.

»Wie kann ich Ihnen helfen?«

Sie erwiderte meinen Blick und wich ihm nicht aus. Wenn sie mich taxierte, dann tat sie es auf eine sehr charmante Weise. Im Blick ihrer smaragdgrünen Augen lag etwas Sanftes, beinahe Zerbrechliches. Ich fühlte mich nicht kritisch beäugt, eher geschmeichelt.

»Mein Manager ist verschwunden«, erklärte sie.

»Einfach so?«

Sie lächelte schwach und wandte den Blick ab. »Nein, natürlich nicht. Es sind einige Dinge geschehen, die ...« Sie unterbrach sich und sah mich wieder direkt an. »Bitte, Dyn Rash. Sie müssen mir helfen.«

Dyn Rash.

Es war selten, dass ich meinen Namen in Verbindung mit der höflichen Anrede hörte, in Dorglash war sie gewöhnlich nicht im Gebrauch. Es gefiel mir irgendwie, zumal aus dem Mund dieser Frau. Aber ich war nicht gewillt, deshalb Zugeständnisse zu machen.

»Lassen Sie erst mal hören«, verlangte ich, während ich die Zigarette über dem Ascher abklopfte. »Dann sehen wir weiter.«

»Sein Name ist Loryn Cayro«, erwiderte sie. Ich zog meinen Notizblock aus der obersten Schublade des Schreibtischs und notierte mir den Namen, die Zigarette zwischen den Zähnen. »Ich will, dass sie nach ihm suchen«, fügte Dyna Miotara überflüssigerweise hinzu.

»Gibt es ein Bild von ihm?«

Sie nickte und griff abermals in ihre Handtasche. Die Fotografie, die sie mir über den Schreibtisch reichte, war ein wenig von der Sonne ausgebleicht, vermutlich hatte sie lange in einem Rahmen gesteckt. Sie zeigte die sepiafarbene Aufnahme eines Mannes, den ich im besten Fall als unscheinbar bezeichnet hätte: Von eher schmächtigem Wuchs, mit einem runden Kopf, der direkt auf den schmalen Schultern zu sitzen schien, die Gesichtszüge bartlos und filigran, mit großen Augen und Dackelblick. Das schwarz gelockte, an den Schläfen bereits ergraute Haar war kurz geschnitten, die Erscheinung überhaupt sehr gepflegt, mit einem weißen Anzug und gestreifter Krawatte und einem goldenen Ring am kleinen Finger der linken Hand, einer stilisierten K-Rune.

K wie Kity ...

Soweit ich es auf den ersten Blick feststellen konnte, war der Typ Mensch durch und durch, wobei das schwarze Haar und der etwas dunklere Teint ein südländisches Erbe vermuten ließen.

»Seit wann ist er verschwunden?«, wollte ich wissen.

»Seit fünf Tagen.«

Ich seufzte und blies einen Rauchkringel zur Decke. »Dyna Miotara, was ich Ihnen jetzt sagen werde, wird Ihnen nicht gefallen, aber ...«

»Ich weiß, was Sie sagen wollen«, fiel sie mir mit ihrer rauen Stimme ins Wort, »aber so etwas ist es nicht. Loryn ist weder mit einer jungen Balletttänzerin durchgebrannt noch mit den Eintrittsgeldern verschwunden. Er wurde entführt.«

»Was bringt Sie auf diesen Gedanken? Hat es eine Lösegeldforderung gegeben?«

»Nein, das nicht.« Sie sog an ihrer Zigarette und schüttelte den Kopf.

»Und bei allem nötigen Respekt – warum sitzen Sie hier bei mir, wenn Sie so etwas vermuten, und nicht bei der Polizei?«

Ihr Blick wurde geringschätzig, beinahe despektierlich.

»Erwarten Sie wirklich, dass ich Ihnen auf diese Frage antworte? Die Polizei in dieser Stadt ist korrupt, das wissen Sie vermutlich besser als ich.«

»Natürlich, aber es gibt auch Staatsdiener, die ihre Aufgaben durchaus ernst nehmen – zumal wenn jemand wie Sie über die Schwelle ihres Reviers tritt.«

»Was soll das nun wieder heißen?«

»Sie wissen verdammt genau, was es heißt«, blaffte ich. »Sie sind eine Prominente, eine öffentliche Persönlichkeit. Die Bullen würden sich förmlich zerreißen, um für Sie tätig zu werden …«

»Vermutlich«, gab sie zu. »Und die Presse ganz sicher auch. Der *Larkador* schreibt gerne über mich.«

»Sind Sie deswegen hier bei mir? Es geht Ihnen um Diskretion?«

»Auch«, räumte sie ein. »Und weil Sie mir empfohlen wurden. Sie sollen der beste Detektiv der Stadt sein.«

Ich lächelte, konnte nicht anders.

Natürlich war es ein recht durchschaubarer Versuch, mich zur Übernahme des Falls zu bewegen. Aber aus dem

Mund dieser Frau zu hören, dass ich der Beste war, hatte trotzdem etwas.

»Wenn Sie denken, dass ich so gut bin, dann verkaufen Sie mich bitte nicht für dumm«, erwiderte ich trotzdem. »Irgendetwas stimmt nicht an dieser Sache, und ich meine nicht nur ihre Angst davor, dass das Ganze an die Öffentlichkeit gelangen könnte. Ist dieser Loryn Cayro mehr als nur ein Geschäftsfreund von Ihnen?«

»Mit Verlaub, Dyn Rash – das geht Sie nichts an.«

»Verstehe.« Ich nickte und schnitt eine Grimasse. »Das ist der Grund, nicht wahr?«

»Der Grund wofür?«

»Dass Sie nicht zur Polizei gegangen sind. Sie wollen unangenehmen Fragen aus dem Weg gehen.«

»Und wenn es so ist?«

»In diesem Fall«, sagte ich und stieß die Zigarette energisch im Ascher aus, »denke ich, dass es sinnlos ist, dieses Gespräch fortzusetzen. Wenn Sie mir nicht vertrauen, kann ich nichts für Sie tun.«

Ich war drauf und dran, mich zu erheben, um sie zur Tür zu komplimentieren, doch ihr Blick traf mich und hielt mich förmlich fest. Ich hatte mit hohem Einsatz gespielt und war mir nicht sicher, wie die Sache ausgehen würde. Ich hatte seit Wochen keinen richtigen Fall mehr gehabt, das Wasser stand mir bis zum Hals, und ich hätte die Orgos dieser Dame wirklich gut brauchen können, zumal sie millionenschwer war. Doch wenn man in Dorglash als Detektiv arbeitete, dann waren einem zwei Dinge nur zu bewusst. Erstens: Wenn man nicht genau wusste, woran man war, konnte man ziemlich schnell ziemlich tot sein. Und zweitens: Wenn man erst einmal tot war, nützten auch noch so viele Orgos nichts ...

»Warten Sie«, sagte Kity leise. »Ich will, dass Sie den

Fall übernehmen. Ich werde Ihnen alles sagen, was Sie wissen wollen.«

Ich zögerte, solange ich es angesichts meiner prekären finanziellen Lage verantworten konnte, dann setzte ich mich wieder und steckte mir eine neue Zigarette an.
»Also?«
»Loryn und ich kennen uns schon sehr lange. Früher sind wir ein Paar gewesen.«
»Und jetzt nicht mehr?«
»Unsere Beziehung ist kompliziert«, sagte sie, und das bedurfte keiner weiteren Erklärung. Wenn eine Frau ihres Kalibers so etwas sagte, bedeutete das, dass sie über den armen Kerl längst hinweg war, während er sich noch immer in Leidenschaft nach ihr verzehrte. Vermutlich ließ sie ihn ab und zu auch noch ran, nur um ihn dann um so entschiedener von sich zu stoßen, wie ein verwöhntes Kind, das mit Puppen spielte. Aber da war auch Zuneigung in ihrer Stimme, und ihre Sorge um Cayro schien echt zu sein.
»Hat er sich in letzter Zeit irgendwie auffällig verhalten?«
»Wovon sprechen Sie?«
»Kam er Ihnen nervös vor? Hatte er Angst?«
Sie lächelte. »Nicht mehr als sonst. Loryn ist eine vorsichtige Natur.«
Ich verkniff mir die Bemerkung, dass ich nichts anderes erwartet hatte. »Hatte er Ärger? Womöglich Spielschulden?«
»Nein, so ein Mann ist er nicht. Aber es gab in letzter Zeit gewisse ... Meinungsverschiedenheiten um meine Auftrittsrechte.«
Ich nahm einen tiefen Zug, denn ich hatte das Gefühl, dass wir uns dem Kern der Sache näherten. Die Varietés

und Theater der Stadt wie überhaupt das gesamte Vergnügungsviertel wurden nämlich von den Zwergensyndikaten betrieben.

Ohne Ausnahme ...

»Was haben Sie?«, fragte Kity.

»Das wird teuer«, sagte ich nur.

»Das spielt keine Rolle.«

»Ärger mit den Kurzen bedeutet auch Ärger für mich.«

»Sie werden großzügig entlohnt«, versicherte sie. »Was ist Ihr üblicher Tagessatz?«

»Fünfzig plus Spesen«, log ich – in Wirklichkeit war es nicht mal die Hälfte.

»Ich verdopple«, sagte Kity nur.

Hundert Orgos.

Am Tag.

Ich gestehe, dass mir ein wenig schwindlig wurde, und nicht nur von ihrem Parfüm, das nach Nektarblüten duftete, mit einer verruchten Note, die ich nicht näher bestimmen konnte. Auch die Aussicht, einen satten Gormo pro Tag einzustreichen, ließ die Luft im Büro schlagartig dünner werden.

Ob Kity meine Reaktion bemerkte, war nicht festzustellen. »Es fing mit einigen Unregelmäßigkeiten an«, begann sie scheinbar ungerührt zu berichten. »Wenn Sie tatsächlich wissen, wer ich bin, dann wissen Sie auch, dass mein Name ein Garant für ausverkaufte Häuser ist. Der Club, in dem ich gegenwärtig auftrete ...«

»Das *Shakara*, richtig?«, warf ich ein. Nicht, dass ich schon einmal dort gewesen wäre – das *Shakara* war etwas für Kerle, die nicht nur dicke Hosen, sondern auch dicke Börsen hatten. Aber die halbe Stadt war mit Plakaten zugepflastert, die lauthals verkündeten, wer die Hauptattraktion dort war.

»… kann sich über mangelnde Gäste nicht beklagen, seit ich dort auftrete«, fuhr Kity mit bestätigendem Nicken fort. »Aber Sie wissen ja, wie es in Dorglash läuft – für jeden Orgo, der hereinkommt, hält jemand die Klaue auf.«

Ich nickte – so war das Geschäft. Nicht die Bullen, sondern die Zwergensyndikate kontrollierten die Südstadt, und die Betreiber der Bars, Theater und Bordelle mussten brav ihren Zehnten entrichten, wie in der guten alten Zeit. Taten sie es nicht, waren die Folgen … unangenehm. Im harmlosesten Fall geschäftsschädigend. Im ärgsten lebensbedrohlich.

»Was ist passiert?«, hakte ich nach.

»Unsere Beschützer wollten plötzlich mehr.«

»Wie viel mehr?«

»Zwanzig Prozent.«

Ich lächelte schwach. »Dyna Miotara«, begann ich langsam, »vielleicht hat es sich bis in Ihre Kreise noch nicht herumgesprochen, aber wenn ein Syndikat die Preise verdoppelt …«

»… sollte man den Mund halten und bezahlen«, brachte sie den Satz zu Ende. »Und dann?«

»Hat man gewöhnlich Ruhe«, erwiderte ich.

»Aber wie lange? Wie lange wird es dauern, bis diese Halsabschneider dreißig, vierzig und mehr Prozent verlangen?« Ihr Blick war entrüstet, beinahe anklagend, und er erinnerte mich an jemanden, den ich einst gut gekannt hatte, ehe ich sie im Bombenhagel und in ungezählten Gläsern Sgorn verloren hatte, zusammen mit einem Haufen Illusionen.

»Dyna«, sagte ich leise, »ich fürchte, Sie verwechseln mich. Ich bin Corwyn Rash, Privatschnüffler – nicht König Corwyn der Gerechte.«

Sie legte den Kopf schief und sah mich forschend an. »Es heißt, Ihr Namensvetter sei Kopfgeldjäger gewesen, ehe er König wurde. Wussten Sie das?«

»Nein«, erwiderte ich. »Ist außerdem alles ziemlich lange her. Die Zeit der Helden ist vorbei, Dyna, das sollten Sie gemerkt haben. Also wenn Sie jemanden suchen, der da rausgeht und den Kurzen auf die Füße tritt, dann ...«

»Das brauche ich nicht, denn so jemanden habe ich bereits gefunden«, beschied sie mir kühl. »Loryn ist mein Held gewesen. Er ist zu den Zwergen gegangen und hat in meinem Namen bei ihnen Beschwerde eingelegt.«

»Dann ist er entweder verrückt oder ein Narr«, erwiderte ich. »Vermutlich von beidem etwas.«

»Keineswegs. Er ist lediglich ein Mann von Ehre – und das ist offenbar heutzutage sehr selten geworden.«

Ich weiß nicht, warum, aber ihre Worte versetzten mir einen Stich. Es hätte mir egal sein müssen, was sie von mir hielt, aber aus irgendeinem Grund störte es mich, und ich rächte mich dafür. »Ist Ihnen eigentlich schon aufgefallen, dass sie von dem guten Dyn Cayro in der Vergangenheit sprechen?«

Sie stutzte und sah mich an. Zum ersten Mal glaubte ich, in ihren makellos grünen Zügen etwas wie Überraschung zu erkennen. Dann folgte Beschämung, als hätte ich sie gerade bei einer unerlaubten Handlung erwischt.

»Mit wem hat er sich angelegt?«, wollte ich wissen.

»Das *Shakara* liegt im Revier des Hammerfall-Syndikats ...«

»Dann kennen Sie ja die Antwort.«

»Mit wem genau hatte er zu tun? Mit dem alten Hammerfall höchstpersönlich?«

»Mit Jokus Hammerfall, seinem ältesten Sohn. Er ist ein großer Bewunderer von mir, hat mir nach den Vorstellungen des Öfteren die Aufwartung gemacht und mich mit Geschenken überhäuft. Ich hielt ihn stets für sehr charmant, aber ...«

Sie unterbrach sich, und ich nahm ein paar Züge von der Zigarette, während ich die Informationen zu ordnen versuchte. Das Syndikat Hammerfall trug seinen Namen nicht von ungefähr – wenn dieser Hammer fiel (was er nicht selten tat), wollte man nicht darunter stehen. Windolf Hammerfall war kein Mann, der unbescheiden war oder leicht verzieh, und seine verkommene Nachkommenschaft hatte das robuste Temperament des Vaters geerbt – und dazu eine Horde bezahlter Schläger, um es nach Herzenslust auszuleben ...

Meine Augen verengten sich zu Schlitzen, als wollte ich die Wahrheit weder sehen noch hören. »Hatten Sie was mit dem guten Jokus?«

»Das ist privat.«

»Deshalb sind Sie hier, oder nicht?«

»Nein«, behauptete sie, »die Beziehung zwischen dem jungen Dyn Hammerfall und mir ist rein ideeller Natur gewesen.«

»Ein Eifersuchtsdrama ist also ausgeschlossen?«

Ihre einzige Antwort war ein seltsamer Blick.

»Ich muss das fragen«, rechtfertigte ich mich. »Jokus Hammerfall ist eigentlich nicht die Sorte Mann, die mal eben Blumen hinter die Bühne bringt.«

»Das habe ich inzwischen auch bemerkt.«

Ich nickte wieder und rauchte, während ich im Kopf Bestandsaufnahme machte. Da war diese wunderschöne, attraktive, sensationelle Frau, die in ihrem Club Männern gleich reihenweise die Köpfe verdrehte, und bat mich um Hilfe. Ihr Manager, Geliebter, Maskottchen oder was auch immer der Kerl für sie sein mochte, war spurlos verschwunden, mutmaßlich, weil er sich mit den falschen Leuten angelegt hatte, und ich sollte ihn finden.

Die Sache stank, noch tausendmal schlimmer als altgelagertes Blutbier. Aber sie würde mir mehr Geld einbringen, als ich in einem ganzen Jahr gesehen hatte.

»Einverstanden«, hörte ich mich erwidern.

»Sie nehmen den Fall an?«

»Ich werde mich in der Sache umhören«, versicherte ich, während ich die Zigarette energisch ausdrückte, als trüge sie Schuld an meiner Nachgiebigkeit. »Versprechen kann ich nichts. Und wenn sich tatsächlich herausstellen sollte, dass das Syndikat ihren Manager hat verschwinden lassen, dann sollten wir über die ganze Sache noch einmal reden.«

»Einverstanden«, sagte nun auch sie und erhob sich.

»Ich bekomme zweihundert im Voraus. Die behalte ich auf jeden Fall.«

»Kein Problem.« Sie öffnete die Handtasche und entnahm ihr zwei zusammengerollte Gormos, die sie mit ihren schlanken Fingern sorgfältig entfaltete und vor mir auf den Tisch legte, begleitet von einem entwaffnenden Lächeln.

»Sie wissen, wo Sie mich erreichen?«

»Denke schon.«

»Rufen Sie mich an, sobald Sie etwas wissen.«

»Das werde ich«, versprach ich.

Und im nächsten Moment war sie zur Tür hinaus, die leise hinter ihr ins Schloss fiel. Für einen Moment war ihre Silhouette noch auf dem Milchglas zu sehen, dann war sie entschwunden wie ein Traum, und hätten die beiden Hunderter nicht noch auf dem Tisch gelegen, hätte ich vielleicht wirklich an meinem Verstand gezweifelt.

So ging ich rasch zum Fenster und zog die Lamellen der

Jalousie auseinander, um einen Blick hinauszuwerfen. Ein Gesicht schaute mir aus dem Glas entgegen, kantig, glatt rasiert, mit energischem Kinn, stahlblauen Augen und dunklem Haar, und ich brauchte einen verwirrenden Moment, um zu begreifen, dass es mein eigenes Spiegelbild war.

Ich blickte hindurch und sah unten auf der Straße eine atemberaubend aussehende Frau im schwarzen Mantel in eine vornehme, grau lackierte Limousine steigen, eine *Elidor 500* der neuesten Bauart, die sich majestätisch in den Verkehr einfädelte und hinter von fahlem Neonlicht beleuchteten Regenschleiern verschwand.

Ich hatte eine neue Klientin.

Ihr Name war Kity Miotara.

Die Grüne Falle.

Shnorsh.

4

Ich überlegte, auf der Stelle loszuziehen und gleich ein paar Erkundigungen einzuholen, entschied mich aber dagegen. Das Leichenschauhaus und die Bestatter – in Dorglash stets die erste Anlaufstelle, wenn es um die Suche nach Vermissten ging – hatten bereits geschlossen, und die Hospitäler hatten um diese Zeit anderes zu tun, als einem Privatschnüffler Auskünfte zu erteilen. Was Windolf Hammerfall betraf, so war er einer der einflussreichsten Bosse der Stadt. Man ging nicht in sein Revier und schnüffelte dort aufs Geratewohl herum. So wie man auch nicht einfach durch die Vordertür eines seiner Nachtlokale marschierte – andernfalls flog man ziemlich schnell durch die Hintertür wieder raus, und wenn man Glück hatte, waren dann nur der Stolz und ein paar Rippen gebrochen.

Es würde Erfolg versprechender – und auch gesünder – sein, ein paar Orgos springen und den Kontakt über einen Vermittler herstellen zu lassen, dann konnte ich mich in aller Ruhe umhören. Natürlich würde ich den Kurzen nicht die Wahrheit auf die Nase binden – herumzumarschieren und mit der Fotografie einer vermissten Person zu wedeln, war keine sehr ergiebige Strategie. Die Gefahr, jemandem damit auf die Füße zu treten und Gegner auf den Plan zu rufen, von denen man bis dahin noch gar nichts wusste, war zu groß. Überhaupt wusste ich bislang ziemlich wenig, aber der Fall schien relativ klar zu sein.

Dieser Loryn Cayro war ein kleiner Fisch, der gerne mit den großen schwimmen wollte. Er war seiner Klientin in jeder Hinsicht verfallen und sehnte sich nach den Zeiten zurück, in denen er mehr für sie gewesen war als nur ihr Manager. Mir war nicht ganz klar, ob er ihr nur hatte imponieren wollen oder ob er sich tatsächlich eingebildet hatte, etwas ausrichten zu können, wenn er sich bei Windolf beschwerte ... Die Friedhöfe von Dorglash waren voller Narren, die so etwas versucht hatten. Die Syndikate verstanden keinen Spaß in dieser Hinsicht. Wer sie offen kritisierte, musste damit rechnen, eine zusätzliche Körperöffnung verpasst zu bekommen oder sich auf dem Grund des Hafenbeckens wiederzufinden, manchmal auch beides. Falls so etwas auch Kitys strahlendem Helden widerfahren war, würde sich die Suche schwierig gestalten und entsprechend hinziehen. Ich würde ein paar ordentliche Tagessätze verdienen, aber wenn sich die Hinweise verdichteten, dass Hammerfall Cayro hatte verschwinden lassen, würde mich irgendwann mein Pflichtbewusstsein daran erinnern, Kity einen Besuch abzustatten und ihr reinen Nektar einzuschenken, und dann würde der Fall erledigt sein.

Es war nicht der erste Irrtum, dem ich im Lauf dieser Ermittlungen erliegen sollte, und nicht der einzige Fehler, den ich machen würde. Jeder halbwegs ordentliche Ermittler weiß, dass man vorgefasste Meinungen tunlichst vermeiden sollte, denn sie schränken die Sichtweise ein und vernebeln den Blick auf das Wesentliche. Doch irgendetwas brachte mich dazu, diese wichtigste aller Regeln achtlos in den Wind zu schlagen, während die Luft in meinem Büro noch immer von Kitys Anwesenheit zu vibrieren schien und ich den Duft ihres Parfüms nach wie vor in der Nase hatte.

Ich beschloss, für heute Schluss zu machen und mit der Flasche Sgorn, die hoffentlich noch immer draußen auf dem Treppenabsatz stand, in meine Wohnung zu gehen und es mir gemütlich zu machen. Mein Apartment befand sich unmittelbar über dem Büro im Dachgeschoss des Gebäudes. Ich hatte das Licht unten bereits gelöscht und den Mantel über dem Arm und wollte das Büro gerade verlassen, als das Telefon auf dem Schreibtisch klingelte.

Ich zögerte einen Moment, dann warf ich den Mantel über den Besuchersessel und ging ran. Der Fernsprecher war ein veraltetes Modell aus Vorkriegszeiten, mit getrennter Sprech- und Hörmuschel. Mehr war nicht drin.

»Ja?«

»Corwyn Rash?«

»Genau der.«

»Sie haben eine schlechte Entscheidung getroffen«, sagte eine Stimme, die einem Mann mittleren Alters gehören mochte. Sie hörte sich weder besonders verwegen noch sehr gefährlich an. Aber ich hatte gelernt, gerade bei solchen Stimmen vorsichtig zu sein.

»Was Sie nicht sagen«, knurrte ich. »Und was für eine Entscheidung soll das sein? Wer sind Sie überhaupt?«

»Meine Identität tut in diesem Fall nichts zur Sache. Aber ich weiß, wer bei Ihnen gewesen ist.«

Ich schnaubte. Der Kerl hatte etwas mit dem Fall zu tun. Mit Kity …

»Und?«, fragte ich nur.

»Wenn Sie wissen wollen, von welcher schlechten Entscheidung ich spreche, kommen Sie an die Ecke Mor/Dan.«

»Ist ein weiter Weg«, brummte ich.

»Das sollte es Ihnen wert sein. Ihr Leben könnte davon abhängen.«

Ich schürzte die Lippen. Anrufe wie diesen schätzte ich nicht besonders. Wichtigtuern, die vorgaben, über brisante Informationen zu verfügen, in Wirklichkeit aber nur ein paar Orgos abgreifen wollten, begegnete man allzu oft in meinem Metier. Aber bei diesem Anrufer war es offenbar anders. Woher hatte er meine Nummer? Und woher wusste er, wer mich vorhin in meinem Büro besucht hatte? Die Antworten auf diese Fragen interessierten mich bedeutend mehr als das, was mir der Kerl vielleicht zu erzählen hatte.

»Wann?«, fragte ich nur.

»In einer Stunde. Die Gasse hinter der Metzgerei.« Es klickte in der Leitung, der Kerl hatte aufgelegt.

Ich hängte die Hörmuschel zurück und stellte das Telefon wieder auf den Tisch. Dann ging ich hinaus auf den Gang, holte mir die Flasche Sgorn und schenkte mir davon ein. Ohne das Licht im Büro wieder anzumachen, stellte ich mich mit dem Glas in der Hand ans Fenster und blickte durch die Lamellen hinab auf die Straße. In anständigen Gegenden wurde es ruhiger, je dunkler es wurde – in Dorglash war genau das Gegenteil der Fall.

Fahrzeug für Fahrzeug kam mit blendenden Scheinwerfern die Straße herab, fette Limousinen ebenso wie heruntergekommene Laster. Die Bürgersteige quollen trotz des Regens beinahe über vor Passanten, es herrschte ein hektisches Schieben und Drängen, von dem keiner zu wissen schien, wo es hinführen sollte.

Ich nahm einen tiefen Schluck und ließ den Rachenputzer seine Arbeit tun. Wenn der Anrufer gewusst hatte, wer bei mir gewesen war, musste er mein Büro observiert haben. Und womöglich war er immer noch dort draußen, unter all den Galgenvögeln, die an zugigen Ecken und in finsteren Nischen herumlungerten: Orks mit kantigen Schlägervisagen, windige Gnome, Zwerge in Maßanzügen und Menschen mit verschlagenen Gesichtern – und jede nur denkbare Abstufung dazwischen. Den meisten dieser Kerle hätte ich jede Schweinerei zugetraut, und jemanden zu beschatten, zählte noch nicht einmal dazu.

Ich beschloss, mich zu dem Treffen einzufinden – natürlich nicht ohne die entsprechenden Vorsichtsmaßnahmen. Ich griff nach dem Mantel und zog den Revolver heraus, klappte die Trommel aus und prüfte die Gängigkeit. Nicht, dass ich scharf darauf gewesen wäre, das Ding zu gebrauchen, aber man konnte nie wissen. Dann ging ich hinauf in die Wohnung, nahm eine Dusche und schlüpfte in trockene Sachen.

Ich hatte keine Lust, noch einmal bis auf die Haut durchnässt zu werden, und nahm ein Taxi, das mich die zehn Blocks bis in die Dan runterfuhr. Der Fahrer war ein Mensch, ein Kriegsveteran, dem der linke Arm fehlte – wann immer er das Lenkrad losließ, um nach dem Schalthebel zu greifen, steuerte er mit den Knien.

Das Eckgebäude, von dem der Anrufer gesprochen hatte, war ein finsterer Bau mit grauer Fassade und schmalen, dunklen Fenstern. Der Laden im Erdgeschoss war eine Troll-Fleischerei – anders waren die klobigen Brocken rohen Fleischs in der Auslage nicht zu erklären, die nicht sauber tranchiert, sondern einfach herausgerissen worden waren. Ich ließ den Fahrer davor anhalten und bezahlte, dann schlug ich den Kragen des Mantels hoch und stieg aus in den Regen.

Ein Blick auf die Uhr.

Die Stunde war beinahe verstrichen.

Ein kurzes Stück die Straße hinab fand ich die Gasse,

von der der Anrufer gesprochen hatte. Sie war schmal und dunkel und wenig einladend. Vom Gestank fauliger Fleischabfälle, der aus den blechernen Mülltonnen drang, ganz zu schweigen.

Der orkische Anteil meines Erbes hatte mir oft schon Ärger eingetragen – in Situationen wie dieser verspürte ich eine gewisse Dankbarkeit dafür. Ich wartete, bis sich meine Augen an die Dunkelheit angepasst hatten, dann trat ich in die Gasse. Den Revolver trug ich inzwischen in der Manteltasche und hatte den Griff in der Hand. Dass ein Loch im Mantel leichter zu verschmerzen war als eins im Kopf, war eine weitere Binsenweisheit, die man in Dorglash entweder schnell lernte oder zu spät.

Der Gestank war kaum auszuhalten, nicht mal der Ork in mir fand Geschmack daran. Ich hörte es im Halbdunkel quieken und sah die gedrungenen kleinen Körper, die auf dem schmutzigen Pflaster davonwuselten. Ratten. Scharenweise.

Die Wände der Gasse waren glatt. Von den Mülltonnen abgesehen, die sich scheinbar endlos aneinanderreihten, gab es keine Nischen oder Vorsprünge, wo sich jemand verstecken konnte. Vorsichtig ging ich weiter, der Klang der Schritte hallte zwischen den hohen Wänden wider.

Dann schälte sich eine Gestalt aus der Tiefe der Gasse. Ein Kerl im Mantel, den Hut tief im Gesicht, die Hände in den Manteltaschen. Ein wenig war es, als würde ich meinem Spiegelbild gegenübertreten.

»Rash?«, drang es mir entgegen. Ich erkannte die Stimme vom Telefon.

»Fragen Sie nicht so dumm«, knurrte ich. Es war kalt, und der verdammte Regen war schon wieder dabei, durch meine Kleider zu dringen. Nach dem Austausch von Floskeln war mir nicht. »Glauben Sie, jemand verirrt sich zufällig in dieses stinkende Stück *sgudar?*«

»Der Punkt geht an Sie«, sagte der andere.

»Wollen Sie mir jetzt endlich sagen, wer Sie sind? Oder sollen wir das Versteckspiel noch weitertreiben?«

»Fürs Erste bin ich ganz zufrieden damit«, entgegnete mein geheimnisvolles Gegenüber, dessen Gesicht ich nicht erkennen konnte – zu dunkel war der Schatten, den sein breitrandiger Hut warf. »Aber vielleicht interessiert es Sie zu erfahren, dass wir Kollegen sind.«

»Angenehm«, log ich. Wenn der Kerl die Wahrheit sagte, erklärte das immerhin, warum ich das Gefühl hatte, in einen Spiegel zu sehen. Wir schienen ähnliche Gewohnheiten zu haben, was unsere Kleidung betraf. Und auch, was die Sicherheit anging …

»Weil das so ist, weiß ich, dass Ihre rechte Hand in diesem Moment eine Waffe umklammert, deren Lauf genau auf mich zeigt«, fuhr der andere fort. Zähne blitzten irgendwo unter der Hutkrempe, die Sache schien ihn zu erheitern.

Immerhin wusste ich jetzt, dass er ein Mensch war.

Zum größten Teil jedenfalls.

»Und Ihre Kanone zeigt genau auf mich«, folgerte ich.

»So ist es. Wollen wir beide die Hände aus den Taschen nehmen? Als vertrauensbildende Maßnahme?«

»Oder wir lassen sie beide drin«, knurrte ich. Auf Vertrauen legte ich keinen Wert. Es war in Dorglash ohnehin nicht von langer Dauer.

»Wie Sie möchten.« Der andere nickte. »Zunächst möchte ich, dass Sie wissen, dass der Auftrag, den Sie heute Abend angenommen haben, zuvor schon anderen Detektiven angeboten wurde.«

Ich wusste nicht recht, was ich darauf erwidern sollte.

Wenn Privatschnüffler sich trafen, sprachen sie für gewöhnlich nicht über ihresgleichen. Diskretion war die eine Sache, die Sorge vor Konkurrenz eine andere. Mein Gegenüber war also entweder nicht, was er zu sein vorgab. Oder er musste gute Gründe dafür haben, sein Schweigen zu brechen ...

»Und wieso sollte mich das interessieren?«, fragte ich.

»Weil all diese Kollegen den Fall abgelehnt haben – und das hätten Sie auch besser tun sollen.«

Mein Gegenüber hatte weiter in ruhigem Tonfall gesprochen, dennoch gefiel mir nicht, was es sagte. Meine Hand schloss sich fester um den Griff der Waffe.

»Das hört sich beinahe wie eine Drohung an ...«

»Ich verstehe, dass es für Sie so klingen muss – aber ich fürchte, die einzige Bedrohung für Ihre Gesundheit sind im Augenblick Sie selbst.«

»Was Sie nicht sagen. Und wieso?«

»Weil Sie aufs Kreuz gelegt werden.«

»Inwiefern?«

»Ihr Auftrag ist eine Farce.«

»Verstehe«, sagte ich, obwohl ich in Wirklichkeit gar nichts verstand. Was, bei Kuruls Flamme, wollte der Kerl mir eigentlich sagen? Warum zitierte er mich mitten in der Nacht und bei strömendem Regen hierher? Nur um mir meinen neuen Fall mies zu machen? Den ersten, den ich seit Wochen an Land gezogen hatte? Das ergab keinen Sinn ...

»Ich weiß, dass sich das alles ziemlich verrückt für Sie anhören muss«, versicherte der andere, als könnte er meine Gedanken erraten. »Ich wünschte, ich könnte Ihnen mehr darüber sagen. Aber zum einen weiß ich nicht, ob ich Ihnen tatsächlich vertrauen kann, und zum anderen habe auch ich noch nicht auf alle Fragen Antworten gefunden. Aber es geht hier um sehr viel mehr, als Sie sich im Augenblick vorstellen können.«

»Und deshalb haben Sie mich um diese Zeit herbestellt? Um ein paar dunkle Andeutungen zu machen?«

»Nein. Sondern weil ich Ihnen ein Angebot unterbreiten möchte. Ein Angebot zur Zusammenarbeit.«

»Nett von Ihnen. Aber ich arbeite grundsätzlich nicht mit Leuten zusammen, die mir nachts in stinkenden Gassen begegnen. Schon gar nicht, wenn sie mit einer Waffe auf mich zielen und ich weder ihren Namen noch ihre Visage kenne.«

Der andere zögerte einen Moment. Dann nahm er die Hände aus den Manteltaschen und hielt sie demonstrativ hoch. »Besser?«, fragte er.

Ich zuckte mit den Schultern. »Deshalb weiß ich noch immer nicht, wer Sie sind.«

»Und das werden Sie heute auch nicht erfahren – aber das kann sich rasch ändern, wenn Sie auf meinen Vorschlag eingehen. Ich biete Ihnen Zusammenarbeit an. Den gegenseitigen Austausch von Informationen.«

»Und unsere Klienten?«

»Brauchen davon nichts zu erfahren.«

Ich nickte nachdenklich und schürzte die Lippen. Der Kerl meinte es ernst, so viel stand fest – aber was sollte das alles? Ich wusste ja nicht einmal, was der Typ wollte und für wen er arbeitete. Oder war er nur ein Köder, den mir jemand auf den Hals gehetzt hatte, um mich auszuhorchen?

Sosehr ich gerne an Informationen über meinen neuen Fall gekommen wäre – dies schien mir der falsche Weg zu sein. Und ich glaubte auch nicht, dass das feuchte Handtuch dort tatsächlich sehr viel mehr wusste als ich selbst.

Was übrigens mein zweiter schwerer Irrtum war …

»Bei allem Respekt, Kollege«, erwiderte ich deshalb, »ich bevorzuge es, allein zu arbeiten.«

»Sind Sie sicher?«

»Ziemlich«, beharrte ich. »Außerdem habe ich etwas dagegen, meine Klienten zu hintergehen.«

»Und wenn ich Ihnen sage, dass Sie schon wieder die falsche Entscheidung treffen?«

»Vielleicht ist das so«, gab ich zu. »Aber es ist meine Entscheidung, und ich muss damit leben, richtig?«

»Richtig«, erwiderte er.

Für einen kurzen Moment trat Schweigen ein, und es gab zwischen uns etwas wie stummes Einvernehmen.

Unter Kollegen.

»Nur für den Fall, dass Sie es sich noch einmal anders überlegen«, sagte er und ließ wie zufällig etwas fallen. Und im nächsten Moment hatte er sich schon abgewandt, und das so schnell, dass ich wiederum keinen Blick auf sein Gesicht erhaschen konnte. Wie der Wind huschte er die Gasse hinab und war im nächsten Moment verschwunden.

Ein wenig irritiert blieb ich zurück. Dann trat ich vor und bückte mich nach dem Gegenstand, den er hingeworfen hatte.

Es war ein Streichholzbriefchen, auf dessen Innenseite eine Telefonnummer notiert worden war – ein Anschluss in Dorglash, soweit ich es anhand der Zahlen sagen konnte.

Das Briefchen selbst stammte aus einem Nachtclub. Es war rabenschwarz und glänzend, mit eisblauen Lettern darauf.

Shakara.

Der Club von Kity Miotara.

5

Worin bestand der Zusammenhang?
Gab es überhaupt einen? Ich weigerte mich, zu glauben, dass mein vermeintlicher Wohltäter seine Nummer rein zufällig auf einem Streichholzbriefchen des *Shakara* notiert hatte, zumal er genau gewusst zu haben schien, wer meine neue Klientin war.
Was sollte das also?
Was hatte mir mein angeblicher Kollege, der so überaus großen Wert auf seine Anonymität gelegt hatte, damit sagen wollen? Und wer, zum Henker, war der Kerl?
Ich schlug den Weg zurück zur Straße ein, den Hut tief im Gesicht und die Hände in den Manteltaschen vergraben. Der Regen hatte ein wenig nachgelassen, doch mir war kalt und ich hatte schlechte Laune. Die Frage nagte an mir, ob ich nicht zumindest zum Schein auf das Angebot hätte eingehen sollen, das mein geheimnisvolles Gegenüber mir gemacht hatte. Eine innere Stimme hatte mich davon abgehalten, aber jetzt fragte ich mich, ob ich sie nicht einfach hätte überhören sollen. Andererseits hatte ich nun einen guten Vorwand, um einen Abstecher ins *Shakara* zu unternehmen und meine neue Klientin in Aktion zu erleben.
Ich widerstand der Versuchung, es augenblicklich zu tun. Das *Shakara* war ein vornehmer Laden, in meinem

derzeitigen Aufzug hätte ich dort nicht mal den Boden wischen dürfen. Außerdem waren es für einen Abend genug lose Enden für meinen Geschmack. Ich würde bei meinem ursprünglichen Plan bleiben und zunächst einen Mittelsmann kontaktieren, und der beste und einfachste Weg, dies zu tun, war in Shinny's Bar. Zumal ich einen Donk dringend nötig hatte.

Als ich die Shal Mor erreichte, hatte der Regen fast aufgehört. Ich verzichtete darauf, mir ein Taxi heranzuwinken, steckte mir lieber eine Zigarette an und ging zu Fuß bis zur Brad Dakda. Von den Passanten bekam ich nicht viel mit – weder von den betuchten, die um diese Zeit in Dorglash ihr Vergnügen suchten, noch von den weniger vom Glück begünstigten, die in den Nischen kauerten und um Groschen bettelten. Ich war in Gedanken versunken und versuchte, aus dem schlau zu werden, was der Mann im Dunkel gesagt hatte. Was soll man davon halten, wenn man in einer stinkenden Hintergasse einem Kerl begegnete, der einen warnte, die Finger von einem Fall zu lassen? Vor allem dann, wenn dieser Fall satte hundert Orgos am Tag eintrug zuzüglich Spesen?

Ich war froh, als ich das Shinny's endlich erreichte. Der warme Mief und der bittere Geruch hatten etwas Vertrautes, das ich an diesem Abend dringend nötig hatte. Nach meinem Mittelsmann brauchte ich nicht lange zu suchen – Risul-Jack hockte an seinem Stammplatz, einem kleinen Tisch in der hintersten Ecke des Lokals vor einem gewaltigen Krug Malzbier. Er war ein Zworg, ein Zwergen-Ork-Mischling, der für seine Verschlagenheit ebenso bekannt war wie dafür, seine kurzen Finger so ziemlich überall drin zu haben. Wenn es darum ging, Kontakte herzustellen, war er der Richtige. Und wenn man noch einen Lorgo drauflegte, bekam man auch noch Diskretion dazu.

»Jack?« Ich trat an seinen Tisch.

Eine fleckige Miene blickte vom Malzbierkrug auf. Wie bei allen Zwergen war Risul-Jacks Alter unmöglich zu schätzen. Die untere Hälfte seines runden, graugrünen Gesichts verschwand unter einem Bart, der altmodisch geflochten war. Der Nadelstreifenanzug, den er trug, hatte schon bessere Zeiten gesehen, die goldene Uhr wollte nicht so recht zu seinem dürren Handgelenk passen. Ein flinkes gelbes Augenpaar sah mich über ein spitzes Ungetüm von Nase hinweg an. Darüber prangte in der hohen Stirn eine Vertiefung, die von einer Kriegswunde stammte, die Risul-Jack wie durch ein Wunder überlebt hatte – die Geschichten über ihre Entstehung variierten, je nachdem, wie viel er gesoffen hatte. Am wahrscheinlichsten war wohl, dass man ihn dabei erwischt hatte, wie er medizinischen Alkohol aus Armeebeständen stahl, den er dem Feind als Schnaps verkaufen wollte. Der Sanitätsoffizier hatte vermutlich kurzen Prozess mit ihm machen wollen, aber Jacks Gehirn hatte die Kugel einfach geschluckt und sein Weiterleben gesichert. Der Narbe, die ihm davon geblieben war, verdankte er seinen seltsamen Namen. Risul bedeutete »Dreiauge«.

Er sah mich an, als wären seine zwei anderen Augen Objektive, die er erst scharf stellen müsste. »Rash«, sagte er dann. »Lange nicht gesehen. Kann ich dir helfen, Junge?«

Ich nickte und setzte mich ihm gegenüber, den Hut behielt ich auf. »Ich brauche Kontakt zum Hammerfall-Clan.«

Wenigstens zwei der drei Augen weiteten sich und starrten mich an. »Etwas kleiner hast du's nicht?«

»Erspar mir das Gequatsche. Kriegst du's hin oder nicht?«

»Wen hast du dir denn vorgestellt? Den alten Windolf persönlich?«

»Nein, einer seiner Söhne würde schon genügen. Am liebsten der älteste ...«

»Jokus«, wusste Risul. Nach kurzem Nachdenken nickte er. »Vielleicht kann ich da was arrangieren – wie man hört, hat er die wunderbare Welt des Sports für sich entdeckt.«

»Wargrennen?«, fragte ich.

»Krobul«, verbesserte mein Gegenüber und strich sich über den geflochtenen Bart. »Natürlich alles nicht gerade legal. Aber die Polizei ... du weißt schon.«

Mit einem Schnauben gab ich zu erkennen, dass mich das alles nicht beeindruckte. Lange Vorreden wie diese dienten nur dazu, den Preis für seine Dienstleistung in die Höhe zu treiben.

Risul taxierte mich durch halb geschlossene Lider, während er erneut angestrengt nachzudenken schien. »Ich denke, ich kann dir eine kurze Audienz verschaffen«, sagte er prompt. »Aber das wird nicht billig.«

Ich wusste, dass Verhandeln in diesem Fall nichts bringen würde. Qualität hatte ihren Preis, und ich war es, der etwas von ihm wollte, und nicht umgekehrt. Ich griff in die Tasche, beförderte einen der frisch verdienten Gormos zutage und hielt ihn so über den Tisch, dass der Zworg daran schnuppern konnte.

»Ein guter Anfang«, konstatierte er.

»Übertreib es nicht«, erwiderte ich. Ich nahm den Geldschein wieder zurück, riss ihn in der Mitte durch und legte Risul eine Hälfte hin.

»Was soll das denn sein?«, fragte er glotzend. Selbst durch den Bart war zu erkennen, dass seine Mundwinkel unglücklich nach unten gefallen waren.

»Die Anzahlung. Den Rest gibt es, wenn die Sache gut über die Bühne gegangen ist.«

Die kleinen gelben Augen rollten in ihren Höhlen. Die Aussicht auf einen schnell verdienten Hunderter schien ihm zu gefallen, die Modalität der Zahlung weniger. »Das ist nicht fair«, beschwerte er sich.

»Im Gegenteil«, widersprach ich und erhob mich wieder. »Du sorgst dafür, dass ich die Audienz überlebe, dann kriegst du den Rest.«

»Und wenn nicht?«, fragte er bekümmert.

»Dann sterbe ich in der beruhigenden Gewissheit, hundert Orgos nicht einfach zum Fenster rausgeschmissen zu haben.« Zum Abschied grinste ich freudlos und griff mir an die Hutkrempe, ehe ich aufstand und zur Bar ging.

»He, Rash«, rief er mir hinterher, »habe ich dir schon erzählt, wie ich dazu gekommen bin?« Ich drehte mich nicht um, aber ich hätte einen Zehner darauf verwettet, dass er auf seine Stirn deutete. »Es war eine Oststaatler-Kugel! Hat mich während eines Angriffs genau in die Stirn getroffen ...«

In der Bar war mehr los als bei meinem letzten Besuch. Viele Tische und Barhocker waren besetzt, aber der Stammplatz am Ende der Theke war frei, und ich nahm das als gutes Zeichen. Ich setzte mich und nahm den Hut ab, und es dauerte nicht lange, bis Shinny vorbeikam. Sie fragte nicht lange, sondern stellte mir einfach ein gefülltes Glas hin. Vom guten Zeug.

Ich nickte dankbar.

»Täusche ich mich, oder haben wir uns heute schon mal gesehen, Fremder?« Sie lächelte mich an, und wie immer, wenn sie lächelte, verflog alles Herbe an ihrer Erscheinung, und sie sah verdammt hübsch aus, sodass sogar die Narbe auf ihrer Wange richtig keck wirkte.

»Schuldig«, bekannte ich und nahm einen Schluck.
»Was ist los? Schlechter Tag oder plötzlich Geld in der Tasche?«
»Beides«, gestand ich. »Hab einen neuen Fall.«
»Aber das ... ist doch wunderbar!« Sie sah mich ungläubig an. »Das sind verdammt gute Nachrichten, Rash!«
»Ja, nicht wahr?«
»Du hast allerdings schon begeisterter ausgesehen.«
»Es war ein harter Tag.« Ich angelte eine Zigarette aus der Manteltasche und steckte sie mir an.
»Was ist los?« Shinny sah mich prüfend an. Wir kannten uns zu lange und zu gut, als dass ich ihr etwas hätte vormachen können. »Etwas stimmt nicht, das kann ich fühlen.«
»Doch, im Grunde stimmt alles«, versicherte ich ihr. »Die Bezahlung, die Klientin ...«
»Eine ›Sie‹?« Sie hob ironisch die Brauen. »Muss ich mir denn Sorgen um deine Treue machen?«
Ich lächelte schwach. »Nein, Sonnenschein. Mein Herz gehört dir, das weißt du doch.«
»Dein Herz vielleicht.« Sie ging, um den anderen Gästen nachzuschenken, dann kam sie wieder zurück. Sie war müde. Das rote Band saß nicht mehr ganz so perfekt, und zu dem Blutspritzer auf ihrem Kleid hatten sich noch ein paar weitere gesellt. Ein ganz normaler Abend in der Bar ...
»Weißt du noch?«, fragte sie. »Wir wollten immer ehrlich zueinander sein.«
Ich nickte. So etwas sagte sich leicht, wenn man im Schützengraben saß, ringsum die Granaten einschlugen und man ganz einfach keine Möglichkeit mehr hatte, sich hinter irgendetwas zu verstecken, am allerwenigsten hinter ein paar windigen Lügen. Wie jede Krise brachte auch der

Krieg die Wahrheit ans Licht, unbarmherzig wie ein Brennglas. Aber wenn man zu vorgerückter Stunde in einer Bar saß, mit mehr Fragen im Kopf als Antworten und einem halb gefüllten Glas vor sich, war die Versuchung groß, einen Haufen Unsinn zu erzählen.

»Es ist alles gut«, versicherte ich ihr noch mal, aber es hörte sich selbst für mich lausig an. »Der Fall wird mehr als ordentlich bezahlt und sollte auch nicht allzu schwer zu lösen sein.«

»Aber etwas stimmt nicht«, beharrte sie.

»Ist nur ein Gefühl«, gab ich zu.

»Nur?« Sie sah mich vorwurfsvoll an. »Wir wären beide nicht hier, wenn du damals nicht auf deinen Bauch gehört hättest. Es war dein Gefühl, das uns damals den Arsch gerettet hat, Rash. Nicht dein Verstand.«

Ich schüttelte den Kopf. »Das war etwas anderes.«

»Das denke ich nicht. Ich weiß nicht, worum es bei der Sache geht, aber du solltest mal tief in dich hineinhören. Und wenn es dir zu heiß ist, dann solltest du die Finger von dem Fall lassen, ganz gleich, wie viel er dir einbringen wird.«

Sie schob ihre Hand über den Tresen und legte sie um meine Rechte, die das Glas hielt.

»Es ist nicht sehr viel los heute«, sagte sie. »In einer Stunde lasse ich Frik die Gäste nach Hause schicken. Dann können wir in Ruhe reden.«

»Nein danke.« Ich schüttelte den Kopf. »Für meinen Geschmack wurde heute ohnehin schon zu viel geredet. Mir brummt bereits der Schädel.«

»Nun, dann ...« Sie legte den Kopf schief und lächelte wieder ihr hübsches Lächeln. »Es gäbe auch noch andere Dinge, die wir zusammen tun könnten. Ohne Worte.«

»Lieb von dir.« Ich erwiderte ihr Lächeln schwach.

»Aber ich fürchte, ich bin heute nicht einmal dazu mehr wirklich zu gebrauchen.«

»Schade. Sehr schade.« Sie ließ meine Hand wieder los und zog einen Schmollmund, aber ich kannte sie gut genug, um zu wissen, dass sie die Sache sportlich nahm. Wir hatten schon öfter Dinge zusammen getan, die keiner Worte bedurften, wann immer einer von uns oder auch beide es nötig gehabt hatten. Wir zwei mochten es unkompliziert, das zeichnete uns aus.

Ich rauchte meine Zigarette zu Ende, dann trank ich aus, empfahl mich und ging zurück nach Haus. Doch schon als ich die Stufen zum Vorzimmer hinaufstieg, konnte ich sehen, dass etwas nicht in Ordnung war.

Die Milchglastür stand nicht nur halb offen, sondern hatte auch einen Sprung. Und als ich das Vorzimmer betrat, sah ich das ganze Ausmaß der Bescherung.

Die Tür zum Büro war aufgebrochen worden, und es sah darin aus, als ob eine Granate eingeschlagen hätte. Die Schubladen waren herausgerissen und ihr Inhalt auf den Schreibtisch geleert worden, auch die Aktenschränke hatte man aufgebrochen, ihr Inhalt lag über den Boden verstreut.

»*Shnorsh!*«, knurrte ich, während mir klar wurde, dass Shinny recht gehabt hatte: Mein Bauchgefühl hatte mich nicht getäuscht.

Der Anruf des anonymen Informanten war kein Zufall gewesen, so wie die Telefonnummer auf dem Streichholzbriefchen des *Shakara* kein Zufall war. Und auch dieses verdammte Durcheinander hier war fraglos mehr als bloßer Zufall.

Ich glaubte keine Sekunde daran, dass dies das Werk gewöhnlicher Diebe war. Um sich zu bereichern, gab es lukrativere Orte als ein heruntergekommenes Büro im Herzen von Dorglash. Gewiss, das Kleingeld, das in der Schublade gelegen hatte, hatten die Mistkerle mitgenommen, aber mehr aus Gelegenheit denn aus Vorsatz. Ihre eigentliche Suche hatte etwas anderem gegolten, nämlich Informationen ... und da der Einbruch unmittelbar nach dem Gespräch mit meiner neuen Klientin erfolgt war, brauchte man kein Genie zu sein, um darauf zu kommen, dass das eine mit dem anderen zusammenhing. Womöglich war der Anruf des vermeintlich so hilfsbereiten Kollegen nur ein Ablenkungsmanöver gewesen, um in aller Ruhe mein Büro durchsuchen zu können, und ich war darauf hereingefallen wie ein blutiger Anfänger. Aber eines immerhin tröstete mich – das Einzige, was tatsächlich mit meinem neuen Fall zusammenhing, hatte ich die ganze Zeit über in der Innentasche meines Mantels bei mir getragen.

Die Fotografie von Loryn Cayro.

Ich gestand es mir nicht gerne ein, aber ganz offenbar hatte der Unbekannte zumindest in einer Hinsicht die Wahrheit gesagt: Die Sache schien tatsächlich ein paar Nummern größer zu sein, als es zunächst den Anschein gehabt hatte, und ich bezweifelte inzwischen, dass meine neue Klientin ganz ehrlich mit mir gewesen war, was die Hintergründe dieses Falles betraf. Ich würde sie zur Rede stellen und weitere Auskünfte verlangen, aber dazu brauchte ich erst einmal mehr Informationen, zumindest ein paar Hinweise darauf, wer die Typen gewesen waren, die mein Büro renovierungsbedürftig gemacht hatten. Die Polizei zu alarmieren, kam nicht infrage. Zum einen war zweifelhaft, ob die Uniformträger wegen einer solchen Lappalie überhaupt anrücken würden, zum anderen wollte ich die Sache nicht an die große Glocke hängen. Aufmerksamkeit zu erregen, brachte nur weiteren Ärger ein.

Ich war dabei, in den Trümmern zu wühlen und zumindest einen Teil davon wieder zurück in die Schubladen zu packen, als ich plötzlich ein Geräusch hörte. Es war ein leises Knarren, wie wenn jemand über Bodendielen ging – und es kam von unmittelbar über mir, aus meinem Apartment.

Jemand war dort oben!

Die Knarre flog beinahe wie von selbst in meine Hand, dann war ich auch schon draußen auf dem Gang. Ich muss gestehen, dass es nicht detektivischer Spürsinn war, der mich antrieb, sondern der Drang, den Typen, die das Chaos angerichtet hatten, ordentlich die Fresse zu polieren. Fragen stellen konnte ich dann immer noch.

Die Treppe war der einzige Zugang, die Typen saßen also in der Falle. Vermutlich hatte ich sie bei ihrer Arbeit überrascht, jetzt würden sie für ihre Nachlässigkeit bezahlen.

Mit dem Revolver in der Hand stürmte ich die steilen Stufen empor und hatte die Tür des Apartments fast erreicht – als sie aufgerissen wurde und jemand daraus hervorsprang. Im Licht der nackten Glühbirne, die das Treppenhaus erhellte, konnte ich nicht allzu viel erkennen, dazu ging es viel zu schnell. Alles, was ich sah, war eine schemenhafte Gestalt, die einen dunklen Umhang trug oder eine Kutte, dazu einen Sack aus schwarzem Stoff, den sie sich über den Kopf gestülpt und am Hals zugebunden hatte, sodass man das Gesicht nicht sehen konnte. Mit einem Satz sprang sie die Stufen herab, geradewegs auf mich zu – ich drückte ab.

Der R.65 krachte in meiner Hand, Mündungsfeuer zuckte aus dem Lauf. Ob ich den Eindringling getroffen hatte, konnte ich nicht feststellen, denn im nächsten Moment war er schon bei mir, hatte mein rechtes Handgelenk gepackt und drosch es mit Wucht gegen das Geländer. Der Schmerz war grell und stechend. Ich ließ die Waffe los, die bleiern zu Boden polterte, und ein hektisches Handgemenge setzte zwischen mir und dem Vermummten ein. Eine Weile versuchte jeder, dem anderen einen Vorteil abzutrotzen. Ich wehrte seine Rechte ab, die nach meiner Kahle greifen wollte, während ich meine geballte Faust gegen seine Rippen lenkte. Es knackte, und unter dem Stoff der Kapuze drang ein Stöhnen hervor – aber im nächsten Moment war es dem Kerl irgendwie gelungen, sich auf der Treppe an mir vorbeizuzwängen, und er ergriff die Flucht. Ich griff nach ihm und bekam seine Kutte zu fassen, während er hastig die Stufen hinabpolterte und mich dabei mitriss. Ich konnte mich nicht mehr rechtzeitig am Geländer festhalten und verlor das Gleichgewicht, schlug hinter ihm die Stufen hinab wie ein Karren, den ein durchgegangener Gaul hinter sich herzog. Dann riss der Stoff der Kutte, und ich blieb auf dem Treppenabsatz liegen, demoliert wie die Tür meines Büros vor mir. Ich wollte gleich wieder aufspringen und den Kerl verfolgen, aber meine malträtierten Knochen machten da nicht mit. Ich ging erneut zu Boden, stellte jetzt erst fest, dass ich mich am Kopf gestoßen hatte. Blut rann mir von der Schläfe in die Augen.

Der Eindringling hatte in diesem Moment bereits das Ende der Treppe erreicht und stürzte hinaus auf die Straße. Ganz gleich, was ich jetzt noch versuchte, in dem Getümmel, das draußen herrschte, würde ich ihn sowieso nicht mehr einholen.

»*Shnorsh!*«, knurrte ich. Dann biss ich die Zähne zusammen und zog mich am Geländer auf die Beine. Mein Herz schlug wie verrückt, und meine Knie waren weich wie Butter in der Sonne, mit einer solchen Begegnung hatte ich nicht gerechnet.

Ich las den Revolver vom Boden auf und stolperte ins

Büro zurück. Dort schaltete ich die Schreibtischlampe an und betrachtete in ihrem Schein den Stofffetzen, den ich aus der Kutte des Unbekannten gerissen hatte.

Er war von schwarzgrauer Farbe und nur locker gewoben, mehr wie ein Überwurf. Der Stoff war mit irgendetwas besudelt, das hart war und krustig.

Ich roch daran.

Es war Wachs, vermutlich von einer Kerze. Und noch etwas war an dem Stoff, das ich erst sah, als ich den Fetzen wieder aus der Hand legte, nämlich Blut.

Zuerst dachte ich, es wäre mein eigenes, das irgendwie darauf gelangt war, aber die Farbe war sehr viel heller – reines Menschenblut. Meine Kugel musste den Kerl also zumindest gestreift haben, und auch wenn es mir im Augenblick nicht wirklich weiterhalf, erfüllte es mich mit einer gewissen Genugtuung. Wer immer der Typ gewesen war, seinen Besuch bei Corwyn Rash würde er so rasch nicht vergessen – und deshalb auch bestimmt nicht wiederholen.

Im Schein der Schreibtischlampe betrachtete ich das mit Blut und Wachs besudelte Stück Stoff und versuchte, mir einen Reim auf das alles zu machen.

Ob es mir gefiel oder nicht, mein neuer Fall hatte bereits begonnen – und zwar ohne mich.

6

Da der Stoff vom unteren Saum der Kutte stammte, nahm ich an, dass ich den Einbrecher ins Bein getroffen hatte. Und da ich nirgendwo im Treppenhaus eine Kugel fand, weder in der Wand noch in der Decke, steckte sie wohl noch immer in seinem Bein.

Inmitten des heillosen Durcheinanders sitzend, das der Unbekannte angerichtet hatte, presste ich ein Taschentuch an meine blutende Schläfe und telefonierte nacheinander die Hospitäler der Umgegend ab. Eine Einlieferung mit einem Steckschuss im Bein war jedoch nirgendwo registriert worden.

Es hätte mich auch gewundert.

Einer, der etwas auf dem Kerbholz hatte, suchte für gewöhnlich natürlich keinen offiziellen Heiler auf, wenn er sich eine Kugel eingefangen hatte. Es gab andere, verschwiegenere Wege, sich das Blei herausholen zu lassen, und dort musste man keine unangenehmen Fragen beantworten. Trotzdem hatte ich die Möglichkeit nicht von vornherein ausschließen wollen, zumal bei diesem Fall so manches anders zu sein schien als üblich.

Kaum hatte ich aufgehängt, schrillte das Telefon ungefragt schon wieder.

»Ja?«

»Rash, hast du 'n Augenblick?«

Ich unterdrückte eine Verwünschung. Am anderen Ende der Verbindung war Keg Ingrimm. *Leutnant* Keg Ingrimm von der Kriminalpolizei – und ein ehemaliger Kollege von mir.

»Keg«, sagte ich nur.

»Das klingt nicht sehr erfreut.«

»Es ist drei Uhr nachts.«

»Und du bist noch im Büro.«

Ich schnaubte. »Womit kann ich unseren wackeren Staatsdienern unter die Arme greifen?«

»Geht's auch weniger sarkastisch?«

»Nicht um drei Uhr morgens.«

»Na schön. Schätze, für Süßholzgeraspel ist es zu früh, oder?« Er lachte. Ich hatte dieses Lachen nie besonders gemocht, es wirkte aufgesetzt und unehrlich. Dennoch war Keg kein schlechter Kerl, zumindest gehörte er zu denen, die bei der Polizei ordentliche Arbeit leisten wollten, und gelegentlich hatten wir uns schon gegenseitig geholfen. Aber nach allem, was bereits geschehen war, hätte ich ihn nicht auch noch gebraucht. Zumal seine Anrufe nicht selten Ärger bedeuteten.

»Hast du Zeit?«, fragte er, als wollte er es gleich beweisen.

»Jetzt?«

»Nicht doch, Anfang nächsten Monats. Für ein Abendessen bei Kerzenschein.« Er lachte wieder. »Wir haben hier eine Leiche auf dem Revier, wurde soeben frisch aus dem Kanal gezogen. Und ich hätte gerne, dass du sie dir ansiehst.«

»Und ich hätte gerne eine goldene Uhr mit meinem sympathischen Konterfei hinterm Ziffernblatt.« Ich schnaubte. »Nur für den Fall, dass du es vergessen haben solltest – ich arbeite nicht mehr für euren Verein. Und zwar schon eine ganze Weile nicht mehr.«

»Ich weiß, mein Freund. Trotzdem wird dich das hier interessieren, da bin ich mir sicher.«

»Wieso sollte es?«

»Vielleicht, weil der Tote deine Telefonnummer in der Tasche hatte?«

Es verschlug mir für einen Moment die Sprache. Nicht, dass es irgendetwas bewiesen hätte, aber wenn irgendwo eine Leiche gefunden wurde, war es immer besser, wenn man nichts damit zu tun hatte. Dass Keg mich anrief, war ein anständiger Zug von ihm – er wollte mir Gelegenheit geben, mich zu äußern, bevor ich womöglich als Teil einer offiziellen Untersuchung in die Mangel genommen wurde.

Ich sagte zu, sofort aufs Revier zu kommen, und hängte die Sprechmuschel zurück auf die Gabel.

Zum zweiten Mal in dieser Nacht, die irgendwie einfach nicht enden wollte, zog ich ein frisches Hemd an. Die Wunde an der Schläfe hatte zu bluten aufgehört, ich versorgte sie, indem ich ein Pflaster drüberklebte.

Da es zum Revier ein gutes Stück war, nahm ich den Wagen. Es war ein dunkelgrüner 37er Tavalian aus der Zeit des Waffenstillstands, den ich seinerzeit von meiner Abfindung gekauft hatte. Ein elegantes Modell aus zivilisierteren Tagen.

Ich holte den T 37 aus der Garage und fuhr die Brad Rian bis zur Stryda Tandelor, der ich dann in nördlicher Richtung folgte – der Verkehr war hier weitaus weniger dicht als auf der Shal Mor, und man kam, zumal um diese Zeit, zügig voran.

Die ganze Sache stank langsam zum Himmel.

Zwar vertraute ich Keg genug, um mir halbwegs sicher zu sein, dass er mich nicht aufs Kreuz legen wollte, aber all den seltsamen Zufällen, die sich in dieser Nacht bereits gehäuft hatten, war nun mit einem weiteren die Krone aufgesetzt worden – ein Leichnam, der ausgerechnet meine Telefonnummer bei sich trug. Natürlich musste das nichts zu bedeuten haben, aber mein Bauchgefühl sagte mir, dass es angesichts der Umstände äußerst eigenartig war. Und was diese Dinge betraf, hatte es mich noch selten getrogen ...

Das Polizeirevier, das für Dorglash und die Westbezirke zuständig war, befand sich im Norden, unweit des Shal Louthann und in der Nähe des Parks. Ich lenkte den Tavalian auf den Parkplatz an der Vorderseite des Gebäudes, wo sich die schwarz-weiß lackierten Wagen der Staatsdiener säuberlich aneinanderreihten. Die Polizeiwache selbst war ein trutziges Gemäuer, das schon ein paar Hundert Jahre auf dem Buckel hatte und denselben spröden Charme versprühte wie die Leute, die darin arbeiteten. Kugelförmige Straßenlaternen tauchten es in schmutzig gelbes Licht.

Ich stellte den Motor ab und stieg aus. Inzwischen war es halb vier, und einmal mehr war ich dankbar dafür, dass ich von Natur aus nur wenig Schlaf brauchte. Ich stieg aus, steckte mir eine Zigarette an und ging die Stufen des Eingangsportals hinauf. Jenseits der schweren Eichenholztür war auch um diese Uhrzeit allerhand los. Betrunkene und Drogensüchtige, die irgendwo randaliert hatten, Diebe und Einbrecher, die man auf frischer Tat ertappt hatte, sowie Huren, die nicht den Schutz der Syndikate genossen und an zugigen Straßenecken aufgegriffen worden waren, hockten nun auf den schlichten Holzbänken aufgereiht wie Perlen auf einer Schnur und warteten in Handschellen müde auf ihre Vernehmung. Die fünf uniformierten Beamten hinter der hüfthohen Trennwand waren mit Papierkram befasst, der hektische Klang von Schreibmaschinen erfüllte die mit bitterem Kaffee und kaltem Schweiß geschwängerte Luft.

Einer der Beamten, der unübersehbar orkische Wurzeln hatte und ziemlich genauso breit war wie sein Schreibtisch, hob den Blick und sah mich fragend an.

»Corwyn Rash«, stellte ich mich vor und zückte mit demonstrativer Langsamkeit meinen Ausweis. »Leutnant Ingrimm hat mich angerufen. Ich kenne den Weg.«

Der Polizist schien einen Augenblick innerlich mit sich zu ringen, ob er sich erst kundig machen oder mich gleich passieren lassen sollte. Entweder mein ehrliches Gesicht oder die sichtlich angespannte Personallage brachte ihn wohl dazu, mir auffordernd zuzunicken.

Ich öffnete die in die Trennwand eingelassene Tür und ging durch, verschwand in dem schmalen Korridor, der ins Innere der Polizeiwache führte. Da Keg mich wegen einer Leiche angerufen hatte, nahm ich an, dass er sich im Keller aufhielt, wo sich das Labor der Spurensicherung und der Untersuchungsraum des Leichenbeschauers befanden. Der beißende Geruch von Formaldehyd stieg mir in die Nase. Ich war froh um meine Zigarette und nahm noch ein paar tiefe Züge, ehe ich sie im Ascher an der weiß gekalkten Wand ausstieß. Dann trat ich durch die polierte Metalltür.

»Da kommt er ja endlich!«

Zwei Männer warteten in dem hohen, fensterlosen und mit grünen Kacheln gepflasterten Raum, den ich für meinen Geschmack schon viel zu oft von innen gesehen hatte. Es waren Polizeibeamte in Zivil. Der eine war Keg Ingrimm, der andere sein Partner Sergeant Ax Orgood. Ich kannte Orgood nur flüchtig. Er war zwei Köpfe kleiner als Keg, und sein Kopf schien direkt auf seinem gedrungenen, in einem grauen Flanellanzug steckenden Körper zu sitzen. Aber wenn er ein zwergisches Erbe hatte, so schien er zumindest keinen Wert darauf zu legen, denn sein Gesicht war glatt rasiert und hatte keinerlei Tätowierungen.

»Was hat so lange gedauert, Rash?«, rief er mir gereizt entgegen. »Haben Sie unterwegs noch angehalten und eine Nummer geschoben?«

»Lass gut sein, Ax«, pfiff Keg seinen Partner zurück, noch ehe ich etwas erwidern konnte. »Ich bin sicher, er ist so schnell gekommen, wie es ging.« Er grinste breit.

»Hallo, Corwyn!«

»Keg!« Ich nickte. Keg war Mensch, zum allergrößten Teil jedenfalls. Seinem blonden, an den Schläfen bereits weißlichen Haar hatte er einen militärischen Bürstenschnitt verpasst. Seine Augen waren für einen Bullen ziemlich sanft, die Gesichtszüge eher weich und beinahe gutmütig, obwohl er durchaus anders konnte. Die Vorstellung, dass wir auch einmal Partner gewesen waren, war mir in diesem Moment fremd. Es war gleich nach dem Krieg gewesen, als die Regierung reihenweise zurückgekehrte Soldaten in den Polizeidienst übernommen hatte, vor allem solche mit Auszeichnung. Aber anders als Keg hatte ich schon sehr bald festgestellt, dass ich zum Dienst nach Vorschrift nicht taugte …

»Danke, dass du gleich hergefahren bist«, sagte Keg. »Bereit, dir die Sache anzusehen?«

»Aber ich warne Sie, Rash«, fügte Ax mit dämlichem Grinsen hinzu. »Ist kein schöner Anblick.«

»Hätte ich den gewollt, wäre ich wirklich ins Puff gefahren«, knurrte ich.

»Versuchen Sie jetzt, auch noch witzig zu sein?«

»Tut mir leid, Orgood.« Ich grinste freudlos. »Bessere Sprüche sind um diese Zeit nicht drin.«

Ich ließ ihn stehen und folgte Keg zu dem metallenen Untersuchungstisch, der die Mitte des Raumes einnahm.

Eine Neonröhre hing darüber und beleuchtete das, was auf dem Tisch lag, mit greller Unbarmherzigkeit.

Orgood hatte recht.

Es war tatsächlich kein schöner Anblick.

Soweit ich es sagen konnte, handelte es sich um den Leichnam eines erwachsenen Mannes – oder vielmehr das, was noch davon übrig war. Denn dort auf dem Tisch lagen nur die Beine, der linke Arm und der halbe Torso des Toten.

Der Rest fehlte.

»*Shnorsh!*«, knurrte ich.

»Das war auch mein erster Gedanke.« Keg nickte.

»Wo habt ihr ihn gefunden? Du sagtest am Telefon etwas von einem Kanal ...«

»Drüben im Westbezirk. Der Vorarbeiter vom Schrottplatz gegenüber hat ihn auf dem Nachhauseweg entdeckt und die Polizei alarmiert. Lag direkt in der Brühe, an der Mündung eines großen Abwasserrohrs.«

»Und wer hat ihn so zugerichtet?«, wollte ich wissen. »Ein Krokodil?«

»Vermutlich. Obwohl die Verwaltung es offiziell bestreitet, treiben sich in der Kanalisation noch viele von diesen Biestern herum, und einige davon sind verdammt groß.«

»Und warum ist es dann ein Fall für euch?«

»Weil das Krokodil vermutlich nicht der Täter gewesen ist«, brachte sich eine weitere Stimme in das Gespräch ein. Ich stutzte, weil mir nicht sofort klar war, woher sie gekommen war. Da trat eine kleinwüchsige Gestalt unter dem Untersuchungstisch hervor. Sie trug einen schmutzigen Laborkittel, der viel zu weit war für ihre schmächtige Postur. In ihrem grünen Gnomengesicht saß eine Nickelbrille, durch deren runde Gläser sie ein wenig pikiert zu mir aufblickte.

»Darf ich vorstellen? Dr. Linna Slok, von Amts wegen bestellte Leichenbeschauerin der Staatsanwaltschaft. Dr. Slok – Corwyn Rash, ein ehemaliger Kollege, der sich jetzt als Privatdetektiv verdingt.«

»Sie sind das also.« Die Schamanin, deren Alter sich wie bei allen Gnomen unmöglich schätzen ließ, verschränkte die Arme vor der dünnen Brust und taxierte mich geringschätzig. »Ich habe schon ein paar Geschichten über Sie gehört.«

»Glauben Sie nur die Hälfte.«

»Und welche?«

Ich grinste freudlos und deutete auf den Leichnam. »Wenn es nicht das Krokodil gewesen ist, wer hat den Typen dann umgebracht?«

»Mutmaßlich die beiden Kugeln, die ich in seinem Brustkorb gefunden habe – jedenfalls in dem, was noch davon übrig ist. Gut möglich, dass sich im Rest noch weitere Projektile befanden. Die verdaut gerade irgendwo ein Krokodil.«

»Ihr denkt also, dass ihn jemand erschossen und in den Kanal geworfen hat, damit die Kroks die Spuren beseitigen?«, wandte ich mich an Keg.

»Vermutlich.« Mein ehemaliger Partner nickte.

»Und wem gehören diese Einzelteile?«

»Wenn wir das wüssten, wären wir bereits ein Stück weiter. Unglücklicherweise hatte er keine Papiere bei sich, die hat sein Mörder wohl alle mitgehen lassen. Und dieses gefräßige Biest hat sich so ziemlich alles geschnappt, woran man ihn sonst noch hätte identifizieren können.«

»Was ist mit der Hand?«, fragte ich.

»Wir haben die Fingerabdrücke mit denen im Archiv verglichen – Fehlanzeige. Wer immer der Mann war, er hatte nichts auf dem Kerbholz. Jedenfalls nicht in dieser Stadt.«

»Und der Rest von ihm? Habt ihr danach gesucht?«
»Eine halbe Meile den Kanal rauf und ein gutes Stück in den Tunnel hinein. Außerdem lassen wir die Umgegend mit Wargen absuchen – bis jetzt ohne Erfolg. Und je mehr Zeit vergeht ...«

Mir war klar, was Keg meinte. Selbst wenn noch etwas von ihm übrig war, die Krokodile waren ja noch dort draußen. Und sie waren immerzu hungrig ...

»Aber einen Hinweis haben wir doch«, fügte Sergeant Orgood mit einer gewissen Genugtuung hinzu.

Ich nickte. »Meine Nummer, richtig?«

»So ist es.« Dr. Slok griff nach einer Metallzange, und indem sie sich auf die Zehenspitzen ihrer nackten Füße stellte, angelte sie von einem Beistelltisch einen Notizzettel. Das Papier war nass und blutdurchtränkt, aber der darauf notierte Name und die Telefonnummer waren noch einwandfrei zu entziffern. Und beides gehörte zu mir ...

»Das hier habe ich aus der Innentasche seines zerfledderten Jacketts gefischt«, erklärte sie dazu.

»Komischer Zufall«, sagte ich.

»Finden wir auch«, versetzte Orgood mit einem provozierenden Unterton, den ich geflissentlich überhörte. Gute Freunde würden er und ich wohl nicht mehr werden. Zumindest heute Nacht nicht.

»Und ihr habt mich herbestellt, weil ihr hofft, dass ich den Mann für euch identifiziere?«, fragte ich Keg.

»So ungefähr.«

»Was hatte er denn an?«

Keg griff nach einem Stapel Fotografien, die er mir hinhielt und die offenbar frisch aus der Dunkelkammer gekommen waren. Sie zeigten den Leichnam, wie sie ihn gefunden hatten – bäuchlings im Rinnsal eines Kanals liegend, unmittelbar vor der kreisrunden Mündung einer mannsgroßen Röhre. Obwohl die Aufnahme nicht ganz scharf war und alles mit dunklem Blut besudelt, glaubte ich die Überreste eines Anzugs mit Nadelstreifenmuster zu erkennen.

»Nicht unbedingt die Sorte, die sich im Westbezirk herumtreibt«, schlussfolgerte ich.

»Sicher nicht.« Keg sah mich fragend, beinahe flehend an. »Hast du eine Idee, wer das sein könnte?«

»Bedaure.« Ich schüttelte den Kopf.

»Soll das ein Witz sein, Rash?«, begehrte Orgood auf. »Sie kennen diesen Typen doch. Der Mann hatte Ihre verdammte Nummer in der Tasche!«

»Und sonst nichts, wie merkwürdig«, hielt ich ihm entgegen. »Ist Ihnen schon mal der Gedanke gekommen, dass jemand dem Mordopfer die Nummer auch absichtlich untergeschoben haben könnte, um solche Genies wie Sie auf eine falsche Spur zu lenken?«

»Komm schon, das reicht jetzt«, pfiff Keg mich zurück, während sein Partner noch pfeifend Luft holte.

»Bin ich hier, weil ihr versucht, mir etwas anzuhängen?«, fragte ich ihn rundheraus ins Gesicht.

»Nein.« Keg schüttelte den Kopf. »Ich hatte nur gehofft, dass du uns etwas über die Identität des Toten sagen könntest. Dass er vielleicht ein Klient von dir gewesen wäre oder ...«

»Tut mir leid. Da kann ich euch nicht helfen.« Ich schüttelte den Kopf.

»Trotzdem würden wir Ihnen dringend raten, die Stadt vorerst nicht zu verlassen«, blaffte Orgood.

»Dann muss ich meinen Urlaub im Luxushotel für stinkreiche Privatdetektive wohl absagen«, entgegnete ich bedauernd und schob mir eine Zigarette zwischen die Lippen. »War es das?«

»Nicht hier drin«, warnte mich Dr. Slok, und es schien ihr ziemlich ernst damit zu sein.

Ich ließ mein Feuerzeug stecken, nickte und wandte mich zum Gehen. Dabei streifte ich den Leichnam mit einem letzten Blick – und registrierte etwas, das ich vorhin noch nicht bemerkt hatte. Auf dem Beistelltisch, von dem Keg die Fotos genommen hatte, lag auch noch ein Schmuckstück.

Ein kleiner goldener Ring in Form einer stilisierten Rune, K wie Kity …

Ich stutzte.

»Was ist?«, fragte Keg. »Ist dir noch was aufgefallen?«

»Wissen Sie doch etwas? Raus damit!«, plärrte Orgood.

In aller Eile wog ich meine Möglichkeiten ab. Ich konnte verneinen und die Sache verschweigen, aber wenn sie aufflog, würde ich nicht nur eine Menge Ärger, sondern mit etwas Pech auch noch eine Mordanklage am Hals haben. Es war besser, ein wenig zu pokern und dann die Karten auf den Tisch zu legen …

»Mag sein«, sagte ich nur und ging an das Tischchen zurück, um den goldenen Tand in Augenschein zu nehmen. Ich hatte mir nie etwas aus Schmuckstücken gemacht und verstand auch nicht, was andere daran fanden. Aber ich war mir ziemlich sicher, dass es *der* Ring war …

»Das Ding habe ich schon einmal gesehen«, stellte ich fest.

»Wo?«, wollte Keg wissen. »Wann?«

»Ich werde es dir sagen – unter einer Bedingung.«

»Sie stellen hier keine Bedingungen!«, fauchte Orgood. »Verdammter Schnüffler, für wen halten Sie sich eigentlich? Wir können Sie auch in eine Kerkerzelle stecken und dort schmoren lassen, bis …«

»Unter vier Augen«, verlangte ich.

Keg nickte und zog mich zur Seite, worauf ich in die

Innentasche meines Mantels griff und die Fotografie von Loryn Cayro hervorzog.

»Wer ist das?«, fragte er halblaut.

»Ein Mann, den ich im Auftrag einer Klientin finden sollte. Sieh dir seine linke Hand an.«

Keg nahm das Foto und führte es näher an seine Augen.

»Es ist derselbe Ring!«, flüsterte er.

»Jedenfalls sieht es verdammt danach aus«, bestätigte ich. »Und da dem Leichnam der rechte Arm fehlt, muss er an der linken Hand gewesen sein, richtig?«

»Richtig. Und wer ist der Mann?«

»Das kann ich dir nicht einfach so auf die Nase binden – Schweigepflicht, du verstehst. Aber ich mache dir einen Vorschlag.«

Keg schnaubte. »Nämlich?«

»Wie gesagt sollte ich diesen Kerl im Auftrag einer Klientin finden. Einer prominenten Klientin wohlgemerkt.«

»*Du* hast eine prominente Klientin?« Keg grinste blöde.

»Als meine Auftraggeberin hat sie das Recht, als Erste zu erfahren, was geschehen ist«, fuhr ich fort, »und ich will, dass sie es von mir erfährt. Gib mir die Zeit, sie zu informieren, danach wird sie sich bei dir melden.«

»Solche Spielchen kann ich mir nicht leisten, Corwyn«, flüsterte Keg. »Orgood sitzt mir im Nacken, der Kerl ist scharf auf meinen Posten. Wenn er dem Polizeichef etwas steckt ...«

»Dann berufe ich mich auf die Verschwiegenheitsklausel und bin in zwei Minuten hier raus«, konterte ich.

Es war ein bisschen, als hätte ich Keg mit Anlauf in die *bhull'hai* getreten. Seine Augen weiteten sich, er wurde puterrot im Gesicht. »Du verdammter Mistkerl«, knurrte er.

»Also?«

»Wie lange brauchst du?«

»Bis morgen früh. Sie wird sich bei dir melden, das garantiere ich dir.«

»Muss ja 'ne mächtig wichtige Braut sein.«

»Du würdest weiche Knie kriegen, wenn du's wüsstest«, sagte ich, während ich das Foto wieder einsteckte und mich dem Ausgang zuwandte. Ich war noch nicht ganz aus dem Raum, als ich mein Feuerzeug anschnippte und mir die Kippe ansteckte.

»Rash!«, hörte ich Dr. Slok hinter mir brüllen. »Habe ich mich nicht kla…«

Der Rest bekam ich nicht mehr mit, weil die schwere Tür hinter mir ins Schloss fiel. Bitteren Qualm aus den Nüstern blasend, stieg ich die Treppe hinauf, passierte den Korridor und den Wachraum, wo sich noch immer glücklose Einbrecher und keifende Huren aneinanderdrängten. Ich bekam nicht viel davon mit, so sehr war ich in Gedanken und versuchte, die neuen Informationen in meinem Kopf zu ordnen.

Loryn Cayro, der Mann, den ich in Kity Miotaras Auftrag hatte finden sollen, war tot.

Ermordet.

So viele Schwierigkeiten mir der Fall in den wenigen Stunden, seit ich ihn angenommen hatte, auch bereits eingetragen haben mochte – ich war geradezu enttäuscht, dass er schon zu Ende war. Und nicht etwa wegen des üppigen Honorars, aus dem nun auch nichts mehr werden würde.

Ich fühlte mich elend, weil ich Kity unter die Augen treten und ihr die schlechte Nachricht überbringen musste, und doch hätte ich nicht gewollt, dass es ein anderer tat.

Zumindest das war ich ihr schuldig. Es war meine Aufgabe, gehörte zum Berufsprofil.

Und schließlich war ich Profi durch und durch.

7

Das *Shakara* befand sich im oberen Bereich der Shal Louthann, jener breiten Straße, die quer durch die ansonsten rechtwinklig angelegten Häuserblocks von Dorglash führt, von der Shal Mor im Süden bis zum Park im Norden, und an der entlang sich all die Nachtclubs, Bars, Casinos, Theater, Varietés und Kinos reihten, die den Bezirk Nacht für Nacht mit pulsierendem Leben füllten und das Verbrechen florieren ließen. Das Vergnügungsviertel schlief praktisch nie. In den Casinos wurde die ganze Nacht hindurch gespielt, und die Vorstellungen in den Clubs und Varietés dauerten bis in die Morgenstunden.

An der Souk bog ich in die Shal Louthann ein und folgte ihr an glitzernden Fassaden und unter leuchtenden Neonreklamen hindurch bis zu dem Eckgebäude, das einem alten Elfentempel nachempfunden war, mit künstlichen Eisbergen zu beiden Seiten des Portals und einer filigranen Kuppel als Vordach, unter der Hunderte winzig kleiner Lichter einen künstlichen Sternenhimmel bildeten. Darüber priesen riesige blinkende Neonrunen das *Shakara* als genau den Ort an, an dem man in dieser Nacht zu sein hatte, wenn man dazugehören wollte. Und natürlich wurde seine Hauptattraktion zur Schau gestellt, die *Goshda Gorm*.

Kity Miotara.

In der ersten Nachthälfte waren die Taxis, Limousinen und flotten Sportwagen sicher Schlange gestanden, um unter dem Vordach vorzufahren und immer neue Gäste anzuliefern. Inzwischen war es ruhiger geworden. Ich hielt vor dem Eingang an und ließ den Motor weiterlaufen, während ich ausstieg.

»Keinen Kratzer, *korr*?«, schärfte ich den beiden livrierten Jungs ein, die für das Parken der Wagen zuständig waren, und schnippte jedem einen Orgo zu. Dann stieg ich die Stufen des Portals hinauf, wo zwei Muskelmänner in lächerlichen Verkleidungen wohl so etwas wie Palastwachen darstellen sollten, mit Helmen auf den Köpfen, die wie polierte Eierschalen aussahen. Erst auf der anderen Seite des Eingangs standen die tatsächlichen Sicherheitsleute, die sehr viel weniger lustig anzusehen waren – vier ausgewachsene Oger in weißen Sakkos, mit grimmigem Blick und vergoldeten Hauern, jeder einzelne doppelt so breit wie ich.

Zu Beginn der Nacht hätten sie einen Typen wie mich mit ziemlicher Sicherheit nicht passieren lassen – ich konnte nur hoffen, dass sie zu vorgerückter Stunde ein Auge zudrücken würden. Ich hätte auch meinen Ausweis zücken und erklären können, wer ich war und was ich wollte, aber Kity hatte ein Anrecht auf Diskretion, und es war mir lieber, wenn sie mich für einen windigen *kluash-balash* hielten, der einen oder zwei Donks lang zu den oberen Zehntausend gehören wollte. Sie schienen es mir und meinem grauen Anzug abzunehmen, allerdings filzten sie mich auf Waffen. Den R.65 hatte ich wohlweislich im Wagen gelassen, in der verborgenen Halterung hinter dem Handschuhfach; auch den Mantel hatte ich ausgezogen, er stank noch zu sehr nach Formaldehyd. Überhaupt hatte ich den Gestank von dem Zeug noch in der Nase, nicht einmal der süßliche Geruch des Rasierwassers, mit dem die Oger ihren natürlichen Odem zu übertünchen suchten, konnte ihn vertreiben.

Sie nickten und winkten mich weiter, und durch das kreisrunde Foyer gelangte ich zu einem Vorhang, der sich wie von Geisterhand vor mir öffnete.

Dahinter lag eine andere Welt.

Ich war schon in vielen Nachtclubs gewesen, sowohl privat als auch im Zuge meiner Arbeit. Aber so etwas hatte ich noch nicht gesehen. Der Gastraum war einer gewaltigen Eishöhle nachempfunden, mit glitzernden Wänden und künstlichen Eiszapfen, die von der hohen Decke herabhingen. Licht spendete ein riesiger künstlicher Kristall, der an der höchsten Stelle angebracht war und alles in einen geheimnisvollen blauen Schein tauchte. Auf den kleinen Tischen, die in einem weiten Halbrund um die Bühne angeordnet waren, standen filigrane Lampen, die wie Schneekristalle aussahen. Obwohl es schon spät war – oder früh, je nachdem, wie man es betrachten wollte –, waren viele Tische noch belegt, die meisten mit Nachtschwärmern der gehobenen Gesellschaft, Männern in teuren Smokings und Galauniformen, dazu Frauen in glitzernder Abendgarderobe, eine attraktiver als die andere. Wer nicht in passender Begleitung kam, dem wurde eine zugesellt, das gehörte in Läden wie diesen zum Service. Die meisten der Gäste waren Menschen, aber ich konnte auch andere erkennen. Welcher Rasse man angehörte, schien im *Shakara* keine Rolle zu spielen, solange man nur genügend Geld hatte, um den teuren Spaß zu bezahlen.

Ich hatte kaum an einem der hinteren Tische Platz genommen, als eine Bedienung kam, eine junge Menschenfrau. Ihr blondes Haar war hochgesteckt, sodass künstliche spitze Ohren zu sehen waren, die als elfisch durchgehen sollten. Mit einem Fetzen aus schimmernder Seide war sie mehr ent- als bekleidet. Ihr Lächeln sollte verführerisch wirken, aber ihr Gesicht war bereits müde, und wollte nicht mehr. Vermutlich war sie schon die ganze Nacht auf den Beinen.

»*Shumai* und willkommen im Tempel von Shakara, Fremder«, entbot sie mir dennoch freundlich den alten Elfengruß. »Was darf es sein? Nektar?«

»Sgorn«, bestellte ich und verkniff es mir dazuzusagen, dass ich vom guten Zeug wollte, Fusel wurde hier ohnehin nicht ausgeschenkt. Sie nickte und verschwand, um in rekordverdächtiger Zeit mit einem mit rostfarbener Flüssigkeit gefüllten Glas zurückzukehren, das sie mir lächelnd servierte. Sogar die Eiswürfel, die leise darin klirrten, hatten die Form kleiner Kristalle – man gab sich hier wirklich Mühe.

Ich steckte mir eine Zigarette an und nahm ein paar Züge, um den beißend chemischen Geschmack endgültig aus meiner Nase zu verbannen, dazu ein Schluck Sgorn. Es war guter Stoff – nicht ganz so gut wie das Zeug, das Shinny unter dem Tresen versteckte, aber sehr ordentlich. Und es dauerte nicht lange, bis die Beleuchtung im Saal gedämpft wurde und ein Mann im schneeweißen Anzug auf der Bühne erschien, auf den sich der gleißende Lichtkreis eines Scheinwerfers richtete. Die Stimmen im Saal verstummten.

»*Dyni sha dynai*, Damen und Herren«, sagte er, »es ist mir eine Ehre, Ihnen noch einmal die Attraktion unseres Hauses ankündigen zu dürfen. Sie ist die Königin der Nacht und die unbestrittene Herrscherin des *Shakara* – Kity Miotara, die *Goshda Gorm!* Applaus, wenn ich bitten darf!«

Mit einer präsentierenden Handbewegung zog er sich

zurück, während zugleich Beifall aufbrandete. Der riesige Fächer aus blau und silbern funkelnden Kristallen, der die Rückwand der kleinen Bühne gebildet hatte, teilte sich und gab den Blick auf eine sehr viel größere Bühne frei, die den Anschein eines Palasts im Eis erweckte. Zu beiden Seiten saßen die Musiker des Orchesters, wie der Ansager in schneeweiße Anzüge gehüllt. Als sie zu spielen begannen, setzte künstlicher Schneefall ein, nicht nur auf der Bühne, sondern überall im Saal. Ein Raunen ging durch die Menge.

Und dann kam sie.

Aus dem Hintergrund der Bühne wurde eine Art Thron aufgefahren, geradewegs in den Kegel aus gleißendem Licht hinein. Darauf saß, einer Erscheinung gleich, meine Klientin.

Sie trug ein hautenges nachtblaues Kleid, das mit Hunderten funkelnder Glassteine besetzt war, sodass es funkelte wie ein Himmel voller Sterne. Es war ärmellos, mit dazu passenden Handschuhen, die ihr bis über die Ellbogen reichten. Das Kleid war so ausgeschnitten und an den Beinen derart geschlitzt, dass es tiefe Einblicke gewährte. Schon für die Art, wie sie auf dem Thron saß, wäre Kity in anderen Teilen der Stadt vermutlich verhaftet worden. Wieder ging ein Raunen durch den Saal angesichts der vielen unverhüllten Haut, die sie zeigte, während sie mit ihren smaragdgrünen, halb geschlossenen Augen ins Publikum blickte – und mir einen langen Blick zuwarf.

Ein Schauer durchrieselte mich, und schon im nächsten Augenblick schalt ich mich einen Narren. Natürlich hatte sie nicht mich angesehen, bei all dem grellen Licht, das ihr entgegenflutete, konnte sie mich unmöglich sehen. Doch genau das machte wohl einen guten Teil ihres Erfolgs aus – die Fähigkeit, jedem einzelnen Mann im Saal das Gefühl zu geben, dass sie in diesem Moment nur für ihn auf der Bühne war.

Es war nicht einfach, diese Erscheinung, die in andere Sphären entrückt schien, mit der Frau in Einklang zu bringen, die mich in meinem Büro aufgesucht und um Hilfe gebeten hatte. Ich machte mir klar, dass es eine Rolle war, die sie spielte – die Frage war freilich, welche von beiden die echte Kity Miotara war oder ob ich die überhaupt schon zu sehen bekommen hatte.

Während das Orchester eine leise Serenade anstimmte, erhob sie sich von ihrem Sitz und trat ans Mikrofon, eine Boa aus weißen Federn um den grazilen Hals, mit der sie gekonnt spielte. Und dann holte sie Luft und begann zu singen …

Die grüne Falle ist immer, immer wachsam.
Wo du auch bist, wohin du auch gehst,
wird sie dich finden mit ihrem Blick,
der Trolle versteinert und Eis zum Schmelzen bringt.

Du kannst ihr nicht entfliehen.
Kein Wald, keine Höhle
und keine Nacht ist dunkel genug,
um dich vor ihr zu verbergen,
denn ihre Augen sehen dich überall.

Du kannst ihr nicht entfliehen.
Kein Mensch, kein Zwerg
und kein Ork hat die Kraft,
sich ihr zu widersetzen,
denn ihr Wille ist stärker.

Du kannst ihr nicht entfliehen.
Keine Frau, kein Gold
und kein Geschmeide
kann sich mit ihr messen,
denn ihre Schönheit ist unvergleichlich.

Du kannst ihr nicht entfliehen,
niemals, sosehr du es auch versuchst.
Aber du willst es ja gar nicht,
du versuchst es nicht einmal,
denn du bist ihr längst schon verfallen.

Die grüne Falle ist immer wachsam.
Sie sieht dich und verfolgt dich,
wo du auch bist, was du auch tust.
Du fällst ihr zum Opfer ...

Es war, als hätte man die Luft im Saal unter Strom gesetzt. Ich war wie elektrisiert, konnte nicht anders, als dieser hellen, manchmal rauen und brüchigen und doch stets gefühlvollen Stimme zu lauschen – und ich war nicht der Einzige, dem es so ging. Auch die anderen Gäste im Saal, Männer wie Frauen, Menschen wie Orks und Zwerge und alles, was dazwischen war, hörten gebannt zu, während Kity von der Grünen Falle sang, deren Reizen niemand entrinnen konnte. Sie interpretierte dieses Lied nicht nur, sie zelebrierte es, lebte es mit jedem einzelnen ihrer Blicke, jeder perfekt sitzenden Geste und mit jeder Faser ihrer grazilen, vollendeten Gestalt. Vor allem aber mit ihrer Stimme, die zugleich verletzlich und unnahbar war, im selben Augenblick unschuldig und verdorben.

Mir war durchaus klar, dass all dies bloß eine Vorstellung war, die sie auf der Bühne abzog, eine bis ins Detail einstudierte Darbietung, und doch konnte ich mich ihrem Reiz ebenso wenig entziehen wie all die anderen, die an den Tischen saßen und gebannt auf die »Grüne Falle« blickten, dem Lied bis zum letzten Nachklang lauschten, ehe tosender Applaus losbrach.

Kity nahm ihn entgegen, so wie sie alles im Leben zu nehmen schien, mit einer Mischung aus Zurückhaltung und Selbstverständlichkeit. Bescheidenheit strahlte sie dabei zu keinem Zeitpunkt aus, sondern es schien so, als könnte ihr der Beifall nie genug sein. Dennoch wirkte sie nicht abweisend oder arrogant, sondern benahm sich auf eine seltsame Art und Weise angemessen – wie eine Herrscherin, die die Huldigungen ihrer Untertanen genoss.

Sie sang noch zwei weitere Lieder, eines wie zuvor auf Orkisch, das andere in der Menschensprache, aber auf den Text achtete sowieso niemand. Es war ihre Art zu singen und sich dazu zu bewegen, die einem den Atem raubte, die Kehle austrocknete und für Schweiß auf der Oberlippe sorgte, als wäre der gesamte Saal in einen Zustand kollektiver Hypnose verfallen. Auch wenn es schon längst keine Magie in Erdwelt mehr gab, war es eine Art von Zauber, dem sich niemand entziehen konnte und der erst endete, als der letzte Ton verklungen war.

Im gleißenden Lichtkreis nahm Kity noch einmal den Beifall entgegen, dann erlosch der Scheinwerfer, und der gesamte Saal fiel wieder zurück in jenen Zustand müder, murmelnder und alkoholschwerer Lethargie, in dem er sich zuvor befunden hatte. Nun war es Zeit für meinen eigenen Auftritt.

Ich leerte mein Glas und ließ die Zigarette reinfallen. Dann erhob ich mich, legte einen Geldschein auf den Tisch und begab mich zur Bühne. Im Halbdunkel fiel es mir nicht schwer, unbemerkt hinter den sich träge wieder schließenden Fächer aus künstlichen Eiskristallen zu schlüpfen und mich an den Musikern vorbeizuschmuggeln, die ihre Instrumente zusammenpackten.

Durch einen schmalen und mit einem glitzernden Vorhang verschlossenen Durchgang gelangte ich hinter die Kulissen, von wo aus deutlich zu sehen war, dass das vermeintliche Eis des Palasts nur aus Gips und Pappe bestand und die Wände in Wahrheit aus verstrebtem Sperrholz.

Da es der letzte Auftritt für diese Nacht gewesen war, waren die Bühnenarbeiter mit Abbauen beschäftigt, und müde, wie sie waren, achtete keiner von ihnen auf einen Typen im Anzug, der sich so selbstsicher bewegte, als würde er dazugehören. Eine stählerne Wendeltreppe führte in den ersten Stock, und da es im Erdgeschoss keine Garderobenräume zu geben schien, stieg ich hinauf. In dem Gang, der sich an die Treppe anschloss, fand mein Ausflug allerdings ein rasches Ende – denn dort stand, unbewegt wie ein Fels in der Brandung, ein Rausschmeißer, der diese Berufsbezeichnung redlich verdiente.

Alles, was ich sah, waren muskulöse, tätowierte Arme. Sie waren vor einer Brust verschränkt, die so breit war, dass sie den Korridor komplett versperrte. Darüber schwebte eine finstere Miene, die einem waschechten Zyklopen gehörte. Aus satten drei Metern Höhe glotzte sein einzelnes Auge auf mich herab.

»Wohin?«, fragte er nur.

Zyklopen waren selten in Dorglash. Während des Krieges hatte ich gegen sie gekämpft und gelernt, dass sie leicht in Erregung zu versetzen, aber sehr viel schwerer wieder zu beruhigen waren – ein in *saobh* verfallener Ork war im Vergleich dazu ein Blumenmädchen.

»Corwyn Rash«, stellte ich mich vor. »Ich muss zu Dyna Miotara.«

Der Zyklop zerknitterte seine Miene zu etwas, das ein Grinsen sein sollte. Dazu gab er ein Keuchen von sich, das mindestens Windstärke sieben hatte. »Was du nicht sagst.«

»Ich arbeite für sie, Sportsfreund«, stellte ich klar.

»Natürlich.« Der Einäugige nickte, sein Haupt pendelte auf und ab wie ein riesiges Jo-Jo. »Sonst noch was?«

Ich wollte in die Innentasche meines Jacketts greifen, um meinen Ausweis zu zücken, aber der Hüne missverstand meine Absicht. Ich hatte meine Papiere kaum mit den Fingern berührt, da blickte ich schon in den Lauf einer klobigen Waffe. Es war ein kurzes Gewehr mit Doppellauf, das Kaliber so, dass es Tischtennisbälle hätte verschießen können. Wie viele Knarren, die während des Krieges im Gebrauch gewesen waren, hatte auch diese einen Spitznamen bekommen.

Shlug-sul hatten wir sie genannt.

Den »Augenpflücker« ...

»Schon gut«, beteuerte ich, um Gelassenheit bemüht. »Ist nur mein Ausweis, *korr?* Kein Schießeisen oder so.«

Sein Blick verriet Skepsis, aber er ließ mich den Ausweis hervorholen, und ich hielt ihm das Ding hin. Ob er lesen konnte, was da stand, war fraglich, seine hohe, haarlose Stirn zerknitterte sich, als würde ich ihm ein unlösbares Rätsel stellen. Aber immerhin schien er mich auf dem Bild zu erkennen, das war ja schon etwas.

»Ich bin Privatdetektiv«, erklärte ich dazu, »ich arbeite für Dyna Miotara. *Domhor sul*, verstehst du?«

Schon im nächsten Moment bereute ich, das gesagt zu haben. Denn welche Erfahrungen mein einäugiges Gegenüber auch immer mit Privatschnüfflern gesammelt hatte, besonders gefallen hatten sie ihm wohl nicht.

»*Domhor sul?*«, wiederholte er und verdrehte sein Auge so, dass für einen Moment nur noch das Weiße darin zu sehen war, von eitrig-gelben Schlieren durchzogen. »*Dombor sul?*«

Ich wollte noch etwas sagen, aber dazu kam ich schon nicht mehr, denn die linke Pranke des Riesen schoss vor, packte mich am Hals und hob mich mühelos empor. Da hing ich wie ein Kleidersack, während ich keuchend nach Atem rang. Meine Fäuste zuckten vor, aber es war, als würden sie an den Rippen des Hünen zerschellen. Schon begann ich Flecke vor den Augen zu sehen, die Luft wurde knapp …

»Niki!«

Ein schriller Schrei ließ den Hünen herumfahren. Sein Schraubstockgriff lockerte sich, und so plötzlich, wie er mich gepackt hatte, ließ er mich wieder los. Ich rutschte an der Wand herab und sank auf die Dielen, keuchend wie ein kaputter Blasebalg und gefaltet wie ein Blatt Papier.

»Das tut mir ja so leid!«

Kity eilte den Gang herab auf mich zu. Selbst mit verschwommenem Blick erkannte ich, dass sie statt des nachtblauen Kleides jetzt einen Bademantel aus weißem Frottee trug. Ihr betörender Duft berührte mich, bevor sie selbst bei mir ankam. Ihr Haar war hochgesteckt bis auf eine lose Strähne, die ihr ins Gesicht fiel, als sie sich zu mir herabbeugte.

»Bitte verzeihen Sie«, bat sie. »Geht es Ihnen gut?«

»Ich werde schon wieder«, krächzte ich, während ich von meiner Würde zusammenzukratzen versuchte, was noch davon übrig war. Sie half mir auf die Beine, und am triefenden Auge ihres verblüfften Leibwächters vorbei schob sie mich in ihre Garderobe.

»Sie müssen verzeihen, der gute Niki konnte ja nicht wissen, dass Sie keiner der üblichen zudringlichen Verehrer sind …«

»Der Würger heißt Niki?«, fragte ich, während ich damit beschäftigt war, meinen ramponierten Krawattenknoten wieder einigermaßen in Form zu bringen. »Ist ja niedlich.«

»Er stammt aus Ansun, von den Inseln«, erklärte sie mit entschuldigendem Lächeln. »Er ist die Loyalität in Person, aber gelegentlich ein wenig übereifrig. Darf ich Ihnen etwas zu trinken anbieten auf den Schreck?«

Sie deutete auf die kleine Sitzgruppe in der Ecke ihres Ankleideraums, der sehr viel größer und luxuriöser war, als ich ihn mir vorgestellt hatte. Mein ganzes Apartment hätte hineingepasst. Neben einer Garderobe, an der sich Dutzende glitzernder Kleider reihten, und einem von leuchtenden Glühbirnen gesäumten Spiegel gab es auch ein großes Sofa und eine recht gut bestückte Bar. Vom Fenster aus konnte man auf die Shal Louthann blicken, der bunte, blinkende Schein der Leuchtreklamen fiel durch die Lamellen der nur halb geschlossenen Jalousie.

»Danke«, sagte ich und nahm in einem der beiden Samtsessel Platz, während sie an die Bar trat und sowohl mir als auch sich selbst ein Glas einschenkte.

»Haben Sie die Vorstellung gesehen?« Sie kam mit den Gläsern herüber und setzte sich. Ihre Finger waren lang und schlank, die Nägel schwarz lackiert.

»Allerdings.« Ich nickte.

»Und?« Über den Rand des kelchförmigen Glases hinweg sah sie mich fragend an. »Waren Sie beeindruckt?«

Ich lächelte, während ich nach meinem eigenen Glas griff. »Ich denke, Sie wissen ziemlich genau, welche Wirkung Sie auf der Bühne entfalten.«

»Das war nicht die Frage. Ich möchte wissen, ob es Ihnen gefallen hat, Dyn Rash.«

»Ja«, gestand ich und stieß mein Glas leicht gegen das ihre, sodass es leise klirrte, »ziemlich sogar.«

Wir tranken beide.
Gebrannter Nektar.
Ein wenig zu lieblich für meinen Geschmack.
»Aber ich bin nicht hier, um Ihnen Honig ums Maul zu schmieren«, fügte ich hinzu, um uns beide wieder auf den Boden der Tatsachen zu bringen.
»Nein?« Sie wurde ernst. Offenbar hatte sie tatsächlich geglaubt, dass mich die reine Neugier hergetrieben hatte. Vermutlich wäre ich da nicht der Erste gewesen.
»Nein.« Ich stellte das Glas zurück auf den Tisch und sah sie an. »Sondern, weil …« Ich verstummte und sah zu Boden, wich ihrem Blick aus. Verdammt, was war nur los mit mir? Ich machte diese Arbeit doch nicht erst seit gestern. Warum fiel sie mir in diesem Augenblick so schwer?
»Haben Sie … einen Hinweis auf Loryn gefunden?«, fragte sie hoffnungsvoll, und irgendwie war ich dankbar dafür, dass sie mir eine Brücke baute.
»Und nicht nur das«, bestätigte ich. »Aber ich fürchte, dass … Es besteht Grund zu der Annahme … Es sieht so aus …« Ich unterbrach mich wieder und sah ihr direkt in ihr exotisches, atemberaubend schönes Gesicht, das keine Miene verzog. »Im Westbezirk wurde ein Leichnam gefunden. Die Polizei hatte zunächst Probleme bei der Identifizierung, aber er trug diesen Ring am kleinen Finger der linken Hand, und ich fürchte, er weist große Ähnlichkeit auf mit …«
Kity sah mich noch immer an. Ihre grünen Augen hatten einen seltsamen Glanz angenommen, die Beleuchtung spiegelte sich darin. Ihr Gesicht war so ausdruckslos, dass ich im ersten Moment unsicher war, ob sie mich wirklich verstanden hatte, aber das war ein Irrtum. Kity hatte jedes Wort wahrgenommen, und sie wusste nur zu gut, worauf ich hinauswollte.

»Sind Sie sicher?«, hauchte sie.

»Wie viele solche Ringe gibt es?«, wollte ich wissen.

»Der Ring ist ein Geschenk von mir gewesen, eine Spezialanfertigung. Er hat geschworen, ihn stets zu tragen.«

Ich nickte – etwas in der Art hatte ich vermutet.

»Es tut mir leid«, sagte ich deshalb leise, »aber wir müssen wohl davon ausgehen, dass Dyn Cayro tot ist. Die Polizei hat sich des Falles angenommen.«

»Die Polizei? Also waren meine Befürchtungen berechtigt? Loryn ist ... ermordet worden?«

»Es sieht ganz danach aus.«

Sie nickte und nahm einen Schluck aus ihrem Glas. Ich konnte sehen, wie sie mit den Tränen kämpfte, aber sie hielt sie tapfer zurück.

»Soll ich später noch einmal wiederkommen?«, fragte ich. »Ich könnte es gut verstehen, wenn Sie ...«

»Nein.« Sie schüttelte entschieden den Kopf und straffte sich. »Sie sagten vorhin, dass die Polizei Loryn zunächst nicht identifizieren konnte.«

»Das ist richtig.«

»Warum nicht?«

Ich seufzte. »Dyna, vielleicht wäre es besser, vorerst noch nicht über diese Dinge ...«

Sie nahm ihr Glas und leerte es, stellte es energisch auf den Tisch zurück. »Sagen Sie es mir!«, verlangte sie dann und war jetzt genau die Frau, die ich erwartet hatte. Die sich den Dingen stellte und keine Furcht zeigen wollte.

»Nun, es deutet alles darauf hin, dass er erschossen und in einen Kanal geworfen wurde«, sagte ich hart. »Aber infolge der Raubtiere, die in den Kanälen hausen ...«

»Die verdammten Krokodile haben ihn geholt?«

Ich nickte nur. Weitere Details wollte ich ihr vorerst ersparen.

Kity blickte zu Boden, abermals mit den Tränen ringend. »Das hatte er nicht verdient«, sagte sie leise. »Niemand hat es verdient, so zu sterben. Wer immer das getan hat, muss dafür bezahlen.«

»Das wird er«, versicherte ich. »Der Polizeioffizier, der den Fall bearbeitet, ist ein ehemaliger Kollege von mir, Keg Ingrimm ...«

Anscheinend überrascht blickte sie auf. »Sie sind bei der Polizei gewesen?«

»Ja«, bestätigte ich, »nicht sehr lange, aber lange genug, um Leutnant Ingrimm ganz gut zu kennen. Er gehört zu den wenigen, die dort ordentliche Arbeit leisten, ohne sich dabei von irgendeiner Seite einschüchtern zu lassen.«

»Auch nicht vom Hammerfall-Syndikat?«

Mit von ungeweinten Tränen geröteten Augen sah sie mich an. Ich wünschte, ich hätte ihr sagen können, dass Keg über jeden Verdacht erhaben war und ich für ihn beide Hände ins Feuer legte. Aber das konnte ich nicht, und nicht nur, weil Windolf Hammerfall ein äußerst mächtiger Mann war und in der Wahl seiner Methoden nicht zimperlich. Sondern auch, weil ich in Dorglash für niemanden die Hände ins Feuer gelegt hätte. Noch nicht einmal für mich selbst ...

»Ich habe ihm versprochen, dass Sie am Morgen auf die Wache kommen und Ihre Aussage machen werden«, fuhr ich fort. »Sagen Sie Ingrimm alles, was Sie wissen, dann hat er gute Chancen, die Kerle dranzukriegen, die Ihrem Freund das angetan haben.«

»Das werde ich.« Sie nickte tapfer, und als sie mich wieder ansah, wirkte sie wieder so gefasst wie zu Beginn unserer Unterhaltung. »Warum sind Sie persönlich zu mir gekommen?«, fragte sie.

»Weil ich wollte, dass Sie es von mir erfahren und nicht

von irgendeinem Pollock«, erklärte ich. »Sie sind meine Klientin und haben mir Ihr Vertrauen geschenkt, und ich bedaure sehr, dass ich es nicht rechtfertigen konnte.«

»Das ist nicht wahr.« Sie lächelte schwach. »Allein die Tatsache, dass Sie hier sind, beweist, dass ich die richtige Wahl getroffen habe, indem ich mich für Sie entschied. Leider habe ich zu lange damit gezögert ...«

»Weil Sie zuvor bei Kollegen von mir gewesen sind, die aber alle abgelehnt haben?« Ich lächelte nachsichtig.

»Woher wissen Sie das?«

»Ich habe meine Quellen.«

»Natürlich.« Sie nickte. »Das hätte ich bedenken müssen. Bitte verzeihen Sie meine kleine Notlüge ...«

»Da gibt es nichts zu verzeihen. Sie haben getan, was Sie tun mussten. Was jeder in Dorglash tut, um am Leben zu bleiben. Diese Stadt kann ein ziemlich kalter Ort sein.«

»Das ist wahr.« Sie sah mich wieder an, aber nun verrieten ihre Augen meinem Spürsinn, dass es Zeit war zu gehen.

»Sie möchten jetzt sicher alleine sein«, sagte ich. Ich stand auf und wandte mich zur Tür. »Ich bedaure, dass ich Ihnen keine anderen Nachrichten bringen konnte. Ich melde mich, wenn ...«

»Corwyn.«

Ich wandte mich zu ihr um.

Sie hatte sich ebenfalls erhoben und den Gürtel ihres Bademantels gelöst, weit genug, um mich erkennen zu lassen, dass sie darunter nur ein hauchdünnes Unterkleid trug, schwarz, mit filigraner Spitze.

»Nein«, sagte sie.

»Nein was?«

»Ich möchte nicht allein sein«, erwiderte sie und ließ den Frotteestoff an sich herabgleiten, enthüllte ihre nackten grünen Schultern und ihre endlos langen Beine. Der Bademantel rauschte zu Boden, und sie hob die schlanken Arme und zog die Nadel aus ihrem Haar, sodass es in wilden schwarzen Wellen über ihre Schultern fiel. Der Blick, den sie mir von darunter schickte, ging direkt unter den Gürtel.

»Dyna Miotara … Kity«, begann ich, »ich denke nicht, dass …«

»Bitte«, unterbrach sie mich und sah mich auf eine Art und Weise an, die für Klientinnen verboten gehört, »geh nicht! Ich kann jetzt nicht allein sein. Die Stunden nach dem Auftritt sind ohnehin immer schrecklich, leer und voller Kälte. Aber heute …«

Sie stand da, und ihre smaragdgrünen Augen leuchteten mich an. Ich konnte sehen, wie sich ihre Brüste in wachsender Erregung hoben und senkten und sich in ihrer ganzen Pracht gegen den dünnen Stoff des Kleidchens drängten. Ich machte einen Schritt auf sie zu, während sie mir bereits entgegenkam, und unsere Lippen begegneten sich in einem feurigen Kuss.

Ihr wogender Busen presste sich an mich, und ihre langen grünen Beine legten sich um meine Leibesmitte, als wollte sie mich damit verschlingen.

Und, verdammt, ich mochte zu einem Viertel Ork sein, aber ich war auch nur ein Mann.

8

Es gibt etwas, das ich noch mehr hasse als abgestandenes Blutbier: in einem fremden Bett aufzuwachen. Wenn man die Augen aufschlägt, blickt man an eine Decke, die man nicht kennt, in einem Zimmer, an das man meist keine konkrete Erinnerung hat. Doch an diesem Morgen war alles noch schlimmer: Ich wusste nur zu genau, wo ich mich befand und was ich getan hatte. Und zusammen mit mir erwachte auch eine Stimme in meinem Hinterkopf, die mich einen Idioten schalt ...

Draußen war es hell, aber noch früher Morgen, mehr als eine Stunde konnte ich kaum geschlafen haben.

Kity stand am Fenster.

Sie trug wieder das dünne Unterkleid, das im Gegenlicht halb durchsichtig war, und sah atemberaubend aus, das lange schwarze Haar wild und ungeordnet. Gedankenverloren zog sie an einer Zigarette, während sie durch die Lamellen der Jalousie auf die Straße blickte. Sie streifte mich mit einem Seitenblick, wünschte mir jedoch keinen guten Morgen und fragte mich auch nicht, ob ich gut geschlafen hätte oder ein Ei zum Frühstück wolle. Vermutlich empfand sie ebenso wie ich, wir waren zwei einsame Wölfe, die für eine Nacht zusammengefunden hatten ...

»Ich habe dir nicht alles erzählt«, gestand sie unvermittelt.

»Was meinst du?«
Ich setzte mich auf dem Sofa auf, das uns als Bett gedient hatte, mit nichts am Leibe als einem dünnen Laken. Sie nahm einen weiteren Zug und blies den Rauch gegen die Scheibe. »Loryn ist nicht zu den Zwergen gegangen, um sich zu beschweren.«

»Nein?« Ich blinzelte gegen das Licht und wappnete mich innerlich. Ich ahnte, dass mir nicht gefallen würde, was ich gleich zu hören bekam.

»Er war in meinem Auftrag unterwegs«, gestand sie. »Er sollte für mich nach etwas suchen.«

Ich verkniff es mir nachzufragen. Manchmal war es besser, die Leute einfach reden zu lassen.

»Ursprünglich hatte ich vor, einen Privatdetektiv in dieser Sache zu beauftragen, aber Loryn war dagegen. Er meinte, dass man euch nicht trauen kann.«

»Dann muss er sich ja gut mit Niki verstanden haben«, versetzte ich trocken. Ich zog die Beine an, angelte mir die Zigaretten vom Couchtisch, schüttelte eine aus dem Päckchen und steckte sie mir an.

»Loryn wollte die Sache lieber selbst übernehmen.« Kity lächelte schwach. »Vermutlich ging es ihm darum, mir etwas zu beweisen. Nur mit Mühe konnte ich ihn überreden, sich wenigstens die Nummer eines Privatdetektivs zu notieren und einzustecken, für alle Fälle.«

»Ist das zufällig meine Nummer gewesen?«, fragte ich.

»Könnte sein – du gehörtest zu denen, die wir ausgewählt hatten.« Sie nickte. »Warum fragst du?«

»Nur so.« Ich zuckte mit den Schultern. Ich wollte sie nicht mit weiteren Details belasten, aber wenigstens wusste ich jetzt, wie der Zettel in Cayros Tasche gekommen war.

»Ich hätte das niemals zulassen dürfen«, fuhr Kity leise fort, und obwohl sie mir den Rücken zuwandte, glaubte ich zu wissen, dass sie jetzt die Tränen weinte, die sie sich in der Nacht noch versagt hatte. »Ich bin schuld an seinem Tod.«

»Das ist doch Blödsinn«, widersprach ich. »Schuld trägt der, der abgedrückt hat. Und er wird dafür bestraft werden.«

»Glaubst du das wirklich?« Sie wandte das Haupt und sah mich an. Tatsächlich spiegelten sich Tränen in gezackten Rinnsalen auf ihren hohen Wangen.

»Hatten die Kurzen etwas mit der Sache zu tun oder nicht?«, fragte ich dagegen.

Sie nickte. »Sie sind ebenso hinter dem fraglichen Gegenstand her wie ich.«

»Tja«, knurrte ich, »was sich ein Windolf Hammerfall mal fix eingebildet hat, das schlägt er sich so rasch nicht wieder aus dem Kopf.«

»Loryn hatte eine Spur, der er gefolgt ist. Er wollte einen Kontaktmann treffen ...«

»Drüben im Westbezirk?«, hakte ich nach.

»Ich weiß es nicht, kann sein.« Sie nickte.

»Warum sagst du mir das alles erst jetzt?«

»Weil ich nicht wollte, dass ...« Sie wandte sich ab und sah wieder aus dem Fenster, nahm einen tiefen Zug von ihrer Zigarette. »Es ist nicht einfach für mich«, versicherte sie. »Ich muss aufpassen, wem ich mein Vertrauen schenke.«

»Das kann ich gut verstehen«, versicherte ich ihr, »aber nachdem Loryn verschwunden war, hattest du keine andere Wahl mehr, als dich jemandem anzuvertrauen.«

»Sei mir bitte nicht böse deshalb ...«

»Schwamm drüber. Aber ich wäre dir dankbar gewesen,

wenn du mir einen Hinweis gegeben oder mich wenigstens gewarnt hättest.«

»Das habe ich doch. Ich habe dir von Anfang an klargemacht, dass Hammerfall seine dicken Finger im Spiel hat.«

Ich biss mir auf die Lippen – das stimmte durchaus. Dennoch kam ich mir übertölpelt vor. Und schließlich stellte ich die Frage, die schon die ganze Zeit über unausgesprochen im Raum geschwebt hatte ... »Worum handelt es sich?«, wollte ich wissen. »Was ist das für ein Gegenstand, den Cayro für dich finden sollte?«

»Ein Fetisch«, eröffnete sie.

»'tschuldigung?«

»Ein Götze aus alter Zeit, aus der Ära der Elfen«, erklärte sie. »Ich interessiere mich für antike Artefakte.«

Ich erwiderte nichts darauf, war stumm vor Staunen. Ich hätte Kity für manches gehalten, für eine Sammlerin von altem Plunder allerdings nicht. Natürlich wusste ich, dass es einen Markt für Antiquitäten gab, dass Sammler für Artefakte aus den Gründertagen des alten Reiches teils astronomische Summen bezahlten und der Handel damit ein einträgliches Geschäft war – nicht von ungefähr waren Myriaden von Fälschungen im Umlauf, teils so perfekt, dass zumindest ein Laie sie nicht vom Original unterscheiden konnte. Aber ich hätte nicht gedacht, dass die *Goshda Gorm* ein Herz für solche Dinge hatte. Andererseits, irgendeine Beschäftigung brauchte schließlich jeder ...

»Was ist?«, fragte sie.

»Nichts.« Ich schüttelte den Kopf. »Du wirst wohl niemals aufhören, mich zu überraschen.«

Sie schien es als Kompliment zu nehmen, denn ein Lächeln huschte über ihre Züge, ehe sie sogleich wieder ernst wurde. »Die Frage, die ich mir unentwegt stelle«, sagte sie, »ist die, ob Loryn vor seinem Tod noch gefunden hat, wonach ich ihn suchen ließ – und ob es möglicherweise der Grund dafür war …«

»… dass er ermordet wurde«, ergänzte ich, als sie verstummte. Die Worte schienen ihr noch immer nicht über die Lippen kommen zu wollen.

Sie nickte nur und blickte zu Boden. Als sie wieder aufschaute, sahen ihre smaragdgrünen Augen mich direkt an. »Ich brauche noch einmal deine Hilfe, Corwyn.«

Ich nahm einen tiefen Zug.

Etwas in mir hatte es kommen sehen.

»Du hast gesagt, die Polizei würde sich der Ermittlungen bezüglich Loryns Ermordung annehmen …«

»Das ist richtig.« Ich nickte. »Schon aus diesem Grund sind mir bei dem Fall die Hände gebunden.«

»Ich möchte auch nicht, dass du nach den Leuten suchst, die Loryn umgebracht haben«, erwiderte sie, »sondern nach dem, was auch er gesucht hat – und möglicherweise noch gefunden, ehe er ermordet wurde.«

»Läuft das nicht auf dasselbe hinaus?«

»Vielleicht, ich weiß es nicht.«

»Gibt es denn eine Spur? Irgendeinen Hinweis, dem ich nachgehen könnte?«

»Loryn hat keine Aufzeichnungen gemacht, wenn du das meinst. Er war der Ansicht, dass das zu gefährlich wäre, er war ein äußerst vorsichtiger Mann.«

»Nicht vorsichtig genug«, gab ich zu bedenken.

»In jedem Fall führt die Spur zu den Zwergen«, war Kity überzeugt. »Hammerfalls ältester Sohn ist häufig auf Auktionen für Kunst und Antiquitäten zugegen – und hat sich als erbitterter Konkurrent erwiesen, wenn es darum ging, seltene Stücke zu erstehen. Deshalb denke ich, dass er hinter Loryns Verschwinden steckt.«

»Ausgerechnet Jokus.« Ich lachte freudlos auf. »Und ich

dachte immer, alles, wofür sich dieser Mistkerl interessiert, sind hohe Wetten und schöne Frauen.«

»Und dazu braucht er Geld«, fügte Kity hinzu. »Ich denke aber, dass er im Auftrag eines anderen Sammlers handelt.«

»Das würde schon besser ins Bild passen – immerhin verfügt er dank seines Vaters über ein weitverzweigtes Netz an Strohleuten und Informanten.« Ich nickte. »Was ist das überhaupt für ein Fetisch? Wie sieht das Ding denn aus?«

»Es existiert kein Bild davon, nur in sehr alten Schriften ist davon die Rede. Es ist ein elfisches Götzenbild – das Götzenbild eines Kindes.«

»Eines Kindes?« Ich hob zweifelnd die Brauen.

»Eines Elfenkindes, von dem es heißt, dass es über große magische Kraft verfügt hat.«

»Märchenstunde«, konterte ich gelangweilt. »Und das Ding ist wertvoll, vermute ich?«

»Unschätzbar.« Sie nickte.

Ich seufzte, brauchte einen Moment, um das zu verdauen.

»Du hättest mir das alles schon gestern sagen sollen.«

»Ich weiß, und es tut mir leid«, versicherte sie. »Andererseits – hätte es am bisherigen Verlauf des Falles denn etwas geändert?«

»Vermutlich nicht«, gab ich knurrend zu und stieß die Zigarette im Ascher auf dem Couchtisch aus.

»Ich habe nicht gelogen – die Suche nach Loryn war für mich wichtiger als alles andere«, sagte Kity. »Aber da ich nun weiß, dass er tot ist, gilt mein Interesse dem Verbleib der Figur. Wirst du mir helfen, sie zu finden?«

»Um so zu enden wie dein glückloser Manager?«, fragte ich. »Offen gestanden bin ich nicht unbedingt scharf darauf.«

»Natürlich ist ein Risiko dabei.« Sie wandte sich vom

Fenster ab und entledigte sich der aufgerauchten Zigarette, dann ging sie zur Garderobe und griff in die Handtasche, die dort hing.

»Fünfhundert«, sagte sie und zählte fünf Gormos vor mir auf den Couchtisch. »Das ist nur die Anzahlung, sie gehört auf jeden Fall dir. Im Erfolgsfall gibt es zehnmal so viel.«

»Fünftausend?« Ich pfiff durch die Zähne. »Dieses alte Ding ist dir wirklich wichtig, was?«

»Das ist es. Nenne mir einen Preis, und ich werde ihn bezahlen«, sagte sie, und die Art, wie sie dastand in ihrem hauchdünnen Kleidchen, durch das sich jede Einzelheit ihres vollendeten nackten Körpers abzeichnete, machte klar, dass sie nicht nur Geld damit meinte.

»Lass mich darüber nachdenken«, bat ich.

Sie sah auf mich herab, ihr Blick nachdenklich, der Mund mit den kleinen weißen Zähnen halb geöffnet. Hoffnung und Enttäuschung, Zuneigung und Verachtung, von allem schien sich etwas in ihren smaragdgrünen Augen zu spiegeln.

»Tu das«, sagte sie, »ich muss jetzt gehen. Die Polizei erwartet meine Aussage, richtig?«

»Das stimmt«, sagte ich und wollte das Laken zurückschlagen, um aufzustehen. »Ich werde dich beglei …«

»Nicht nötig, ich kenne den Weg«, versicherte sie, während sie die an der Garderobe hängenden Kleider energisch nach einem für diesen Anlass passenden durchsuchte. »Bleib, so lange du möchtest. Und wenn du gehst, vergiss bitte nicht, dein Geld mitzunehmen.«

Ich sah auf die Gormos, die vor mir auf dem Tisch lagen, säuberlich aufgereiht. Warum hatte ich plötzlich das Gefühl, sie nicht nur für meine Arbeit als Detektiv zu bekommen?

Ich wollte etwas erwidern, aber mir fiel nichts Gescheites ein. Schweigend sah ich zu, wie Kity sich zurechtmachte und sich ankleidete – ihre Wahl war auf ein schlichtes schwarzes Kleid gefallen –, wie sie sich an den Frisiertisch setzte und ihre Mähne bändigte, indem sie sie unter ein Haarnetz zwang. Und indem sie sich einen ebenso schwarzen Mantel mit Nerzkragen überwarf, war sie auch schon zur Tür hinaus, und ich blieb allein zurück.

Verdammt, dachte ich leise.

Was war nur los mit mir?

9

Ich hatte es weder Kity noch der Polizei gesagt – aber einen Trumpf hatte ich noch im Ärmel. Eine letzte Spur, der ich nachgehen konnte. Zwar hatte ich keine Ahnung, wohin sie mich führen würde, aber schaden konnte es auf keinen Fall. Denn einmal ganz abgesehen von diesem geheimnisvollen Fetisch, den Kity unbedingt finden wollte, hatte auch ich selbst noch ein paar Fragen, nämlich den Einbruch in mein Büro und die Begegnung mit dem Kuttenträger betreffend. Von beidem hatte ich bislang weder Kity noch der Polizei etwas erzählt.

Die fünf Gormos hatte ich auf dem verdammten Couchtisch liegen lassen. Auch wenn ich das Geld gut hätte brauchen können, ein paar Zehner hatte ich noch in der Tasche, und das musste vorerst genügen. Ich wollte Licht in diese Sache bringen, weil ich selbst es wollte, und nicht, weil eine reiche Nachtclubsängerin mich dafür bezahlte und einen Bonus für meine Matratzenakrobatik obendrauf legte. Sollte ich den Fetisch tatsächlich finden, sagte ich mir, konnten wir das Finanzielle immer noch regeln.

Ich kehrte zurück zu meinem Wagen. Der Junge, der den Parkplatz bewachte, machte ein seltsames Gesicht, als ich den T 37 abholte – es kam wohl nicht allzu häufig vor, dass Gäste auch über Nacht blieben.

In meiner Wohnung sah es noch immer aus wie nach einem Granateneinschlag. Irgendwie schaffte ich es, mir in all dem Durcheinander ein paar frische Klamotten zusammenzusuchen. Ich duschte kalt, rasierte mich und nahm einen Donk zum Frühstück. Danach fühlte ich mich den Anforderungen meines Jobs wieder halbwegs gewachsen und ging ins Büro, um mit den Ermittlungen zu beginnen.

Der Trumpf, den ich noch hatte, war das Streichholzbriefchen – das Streichholzbriefchen des *Shakara*, das ich die ganze Zeit über in der Tasche gehabt und auf dem mein angeblicher Kollege seine Nummer notiert hatte. Nachdem ich mein Büro verwüstet vorgefunden hatte und erst recht nach der Begegnung mit dem Kuttenträger, hatte ich zwar vermutet, dass das Treffen hinter der Troll-Metzgerei nur der Ablenkung gedient hatte. Aber nach allem, was seither geschehen war, war ich mir da nun nicht mehr ganz so sicher.

Es gehe um sehr viel mehr, als ich mir im Augenblick vorstellen könne, hatte der Unbekannte gesagt – nach allem, was ich inzwischen von Kity erfahren hatte, konnte ich das nur bestätigen.

Wenigstens das Büro sah inzwischen wieder einigermaßen manierlich aus. Ich setzte mich an den Schreibtisch, nahm das Telefon zur Hand und wählte die Nummer.

Es klackerte in der Leitung, dann tutete es.

Aber es ging niemand ran.

Ich wartete eine Weile, ohne Erfolg.

Ich hängte auf und wählte abermals, aber das Ergebnis blieb dasselbe. Am anderen Ende ging niemand ran.

Verdammt!

Ich nahm mir vor, die Adresse des Anschlusses herauszufinden, aber dazu brauchte ich die Polizei, und auch wenn Keg ein ehemaliger Kollege war, wollte ich den Bogen nicht überspannen. Erstens hatte ich die Möglichkeiten unserer Freundschaft bereits vergangene Nacht bis an die Grenzen ausgelotet, und zweitens wollte ich ihm noch nicht auf die Nase binden, dass ich ein weiteres Eisen im Feuer hatte. Außerdem musste ich vorsichtig sein, denn wenn die Sache herauskam, konnte man mich wegen Behinderung behördlicher Ermittlungen drankriegen, und zumindest Kegs Partner Orgood würde keine Sekunde zögern, mir meine Lizenz zu entziehen.

Ein Taktikwechsel war also nötig, und dazu ging ich rüber in Shinnys Bar.

Es war heller Vormittag, und sie hatte gerade erst geöffnet, entsprechend spärlich war die Bar besucht. Ein schaler Geruch hing unter der Decke, eine Mischung aus Blutbier, Schweiß und Zigarettenrauch, durchsetzt mit dem Duft von Eiern und Speck. Die Stühle waren noch umgedreht an den Tischkanten aufgereiht. Shinny stand hinter dem Tresen und polierte mal wieder Gläser, Frik war dabei, den Boden zu schrubben. Außer ihnen waren nur zwei weitere Personen da.

Ein in sich zusammengesunkener Halbork kauerte vorn am Tresen und klammerte sich an sein Glas wie ein Ertrinkender an ein Stück Treibholz – vermutlich war ihm am Morgen gekündigt worden. Oder seine Alte hatte ihn in der Nacht rausgeschmissen.

Der andere Gast saß an seinem Stammplatz in der hintersten Ecke des Lokals vor einem Frühstück, das aus Spiegeleiern und Malzbier bestand. Ich ging zu ihm und baute mich vor ihm auf.

»Jack.«

»Rash! Schönen guten Morgen!« Freudestrahlend schob sich der Dreiäugige eine Portion glibberigen Eis in den Mund. Dass die Hälfte davon in seinem Bart hängen blieb, schien ihn nicht weiter zu stören. »Wollen wir zusammen frühstücken?«

»Nicht wirklich.« Ich schüttelte den Kopf. »Hast du was für mich?«

»Aaah«, machte er, als würde er beim Dentisten sitzen. Er griff nach dem Krug, nahm einen tiefen Schluck und wischte sich Malzbier und Ei mit dem Handrücken aus dem Bart. »Ich weiß, was du von mir willst ...«

»Schön für dich. Und?«

»... aber ich kann es dir noch nicht geben. Vergangene Nacht hatte ich leider kein Glück bei Hammerfall. Aber wenn du mir die zweite Hälfte des Gormos geben würdest, könnte ich vielleicht etwas ...«

Ich war nicht in der Stimmung, um mich von einem hergelaufenen Zworg abzocken zu lassen.

Nicht an diesem Morgen.

Meine Hände schossen vor wie zwei bisswütige Schlangen, packten Risul-Jack am Kragen seines Nadelstreifenanzugs und rissen ihn zu mir hoch. Dass er sich die Knie am Tisch stieß, dass der Bierkrug dabei umfiel und der Inhalt die Spiegeleier flutete, war mir herzlich egal.

»Erzähl mir keinen Müll«, verlangte ich. »Das hübsche Ührchen, das du gestern noch am Handgelenk hattest, fehlt heute Morgen, was nur bedeuten kann, dass du es beim Spielen verloren hast – du bist also bei den Kurzen gewesen. Wenn du kein Glück hattest, ist das nicht mein Problem.«

Jack hing an mir wie ein feuchter Lappen. Die graugrünen Züge mit den drei Augen blickten ziemlich elend drein.

»Aber Rash, versteh doch ...«, startete er einen weiteren Versuch, worauf ich meinen Griff noch intensivierte.

»Rede!«, verlangte ich.

»Also schön«, erwiderte er heiser. »Kennst du das *Krosabál?*«

»Den Wettschuppen an der Ankur?«

»Genau den … Einer der Trollwächter am Eingang heißt Lug … Sag ihm, dass du mich kennst.«

»Und das ist alles?«

»Heu-heute Nachmittag … das Losungswort lautet *pochga.*«

»Reizend.« Ich schnitt eine Grimasse.

»Jokus Hammerfall wird heute dort sein. Aber du musst vorsichtig sein, hörst du? Das *Krosabál* ist ein raues Pflaster.«

Ich hatte genug gehört und ließ Risul-Jack fallen, als hätte ich mir an seinem Kragen die Finger verbrannt. Dann griff ich in die Innentasche meines Mantels, holte die andere Hälfte des Gormos hervor und warf sie auf den Tisch.

»Hier ist der Rest«, knurrte ich. »Aber wenn du mich verladen hast …«

»Bestimmt nicht«, erklärte er, jetzt wieder übers ganze Gesicht strahlend, während er das Geld aus der Malzbierpfütze angelte. »Immer schön, mit dir Geschäfte zu machen, Rash.«

»Gleichfalls«, knurrte ich, dann wandte ich mich ab und ging zum Tresen.

Shinny hatte alles beobachtet, ein verschmitztes Lächeln spielte um ihre Lippen. »Guten Morgen, Sonnenschein!«

»Morgen!«, erwiderte ich den Gruß nicht ganz so blumig. Ich nahm den Hut ab und schob meinen Hintern auf einen Barhocker.

»Welcher Trollbus hat dich denn überfahren?« Shinnys dunkle Augen sahen mich prüfend an. »Du siehst scheiße aus.«

»Danke, Schätzchen. Du bist so zauberhaft wie immer.«

»Ernsthaft, ist alles in Ordnung?« In ihrem hübschen Gesicht zeigte sich jetzt ehrliche Sorge.

»Na klar«, brummte ich. »Bin nur etwas müde. War 'ne lange Nacht.«

»Verstehe.« Sie nickte. »Weißt du, wann ich dich zuletzt so gesehen habe? Schlecht gelaunt und mit dunklen Rändern um die Augen?«

»Ich bin nicht schlecht gelaunt«, widersprach ich.

Shinny legte nur den Kopf schief und sah mich an.

»*Korr*«, seufzte ich resignierend. »Aber nur ein kleines bisschen.«

»Alannah«, erwiderte Shinny nur.

Ich zuckte innerlich zusammen.

»Alannah hat nichts damit zu tun.«

»Na klar.« Sie nickte und verdrehte die Augen. »Willst du Frühstück? Es gibt Eier, Speck und frischen Kaffee.«

»Sgorn«, sagte ich nur.

»Bist du sicher?«

»Das hier ist eine Bar, oder nicht?«

Shinny zog eine Schnute, wie sie es gerne tat, wenn ihr etwas nicht passte. Dann griff sie unter den Tresen, entkorkte eine Flasche Rachenputzer und schenkte mir ein.

Ich nahm das Glas, leerte es bis auf den Grund und klopfte es energisch auf den Tresen zurück.

»Alannah«, sagte Shinny noch einmal.

Ich empfahl mich, nahm meinen Hut und ging. Es war ein kühler Morgen, grau und wolkenverhangen. Kalter Wind trieb Fetzen von Zeitungspapier und anderen Unrat die Straße herab und kündete vom nahen Herbst. Ich schlug den Mantelkragen hoch und stopfte die Hände in die Taschen, wollte von der Welt und allen, die darin lebten, in Ruhe gelassen werden.

Aber da hatte ich kein Glück.

Etwa auf halbem Weg zurück zum Büro verlangsamte ein Auto sein Tempo derart, dass es im Schritttempo neben mir herrollte. Ich wandte den Blick – und stieß eine leise Verwünschung aus. Es war ein Dienstwagen der Polizei. Der Wagen hielt an. Am Steuer saß Sergeant Orgood, und kein anderer als Keg Ingrimm stieg aus. Offenbar hatte er in der vergangenen Nacht auch nicht viel Schlaf abbekommen; sein Anzug war zerknittert, eine selbst gedrehte Zigarette klemmte leicht geknickt in seinem Mundwinkel. Ich hatte keinen Spiegel zur Hand für einen direkten Vergleich, aber ich vermutete, dass ich genauso beschissen aussah wie er.

»Was gibt es?«, fragte ich, obwohl ich es mir denken konnte.

»Kity Miotara«, hauchte mein Ex-Partner und sah mich dabei an, als wäre mir über Nacht ein goldener Bart gewachsen. »Deine Klientin ist Kity Miotara, die Grüne Falle!«

»Ich hatte dir gesagt, dass sie prominent ist, oder nicht?«

Keg nickte und grinste verzückt. Dass er nicht zu sabbern anfing, war auch schon alles. »Sie ist klasse«, wusste er zu berichten. »Hat mir ein Autogramm gegeben – ›Für Keg, den kecken Pollock‹.«

»Donnerwetter.« Ich schürzte anerkennend die Lippen. »Sie ist also auf dem Revier gewesen?«

Der kecke Pollock nickte. »War verdammt tapfer. Hat ihre Aussage gemacht und den Leichnam identifiziert. Der Mann heißt Loryn Cayro. Er war ihr Manager – und wohl noch einiges mehr.«

»Was bringt dich darauf?«

»Nun« – ein wenig verlegen rieb sich Keg das Kinn –, »die Identifikation war ihr möglich anhand von …«

»Warte«, unterbrach ich ihn schnaubend. »Sag's mir nicht.«

»Schön, wie du willst. Zusammen mit deiner Aussage und dem Ring genügte das, um den Totenschein auszustellen.«

»Hat sie sonst noch was gesagt?«, fragte ich. »Hat sie einen Verdacht geäußert, wer Cayro umgelegt haben könnte?«

»Nein, sie hat keine Ahnung.« Keg schüttelte den Kopf. »Die ganze Sache setzt ihr verständlicherweise ziemlich zu.«

»Ja, nicht wahr?« Ich nickte und steckte mir ebenfalls eine Zigarette an. Weniger weil ich rauchen wollte, sondern um meine ehrliche Bewunderung für Kity zu vertuschen. Nicht nur, dass sie dem guten Keg mit ihren Reizen das Hirn frittiert hatte. Sie hatte ihm offenbar auch verschwiegen, was sie über Cayros Verbindung zum Hammerfall-Syndikat wusste, und das nur aus einem Grund: Weil es ihr wichtiger war, den Fetisch aufzuspüren, als den Mörder zu schnappen. Sie konnte es nicht brauchen, dass mir die Polizei bei meinen Ermittlungen ins Gehege kam. Obwohl wir uns nicht gerade im Guten getrennt und ich die fünf Gormos nicht eingesteckt hatte, schien sie dennoch keinen Zweifel daran zu hegen, dass ich den Fall übernommen hatte. So viel Selbstvertrauen und Frechheit verdiente einige Bewunderung, zumal sie auch noch recht hatte damit. Und sie ging noch nicht einmal ein Risiko ein, denn wenn ich keinen Erfolg hatte und meine Ermittlungen ins Leere liefen, dann würde sie vermutlich in ein paar Tagen bei der Polizei auftauchen und erzählen, dass sie nach dem Mord an ihrem Manager unter Schock gestanden habe, dass ihr nun aber ganz plötzlich wieder alles eingefallen sei und die Zwerge ihre kurzen Finger bei der Sache im Spiel haben müssten. Und so verzaubert, wie Keg, der kecke Pollock, dreinblickte, würde er ihr dann aus der Hand fressen.

»Offen gestanden waren wir gerade auf dem Weg zu deinem Büro«, eröffnete mein ehemaliger Partner.

»Tatsächlich?« Ich hatte nichts anderes erwartet.

»Du sagtest, es wäre dein Auftrag gewesen, Cayro zu finden. Hattest du da schon irgendwelche Anhaltspunkte gesammelt?«

Ich grinste schwach. So waren sie, unsere Freunde und Helfer. Sich niemals zu schade dafür, die mühsam erarbeiteten Hinweise eines miesen kleinen Privatschnüfflers einzukassieren. »Bedaure«, sagte ich. »Ich hatte den Auftrag ja erst gestern Abend bekommen. So schnell bin nicht mal ich.«

»Verstehe. Aber vielleicht bist du ja ganz zufällig auf etwas gestoßen, das uns weiterhelfen könnte?«

Mein Zögern währte nur einen Lidschlag lang. »Ich würde es dir sagen, Keg«, versicherte ich. »Tut mir echt leid, Kumpel.«

Er nickte. Seine Schultern hingen in seinem Anzug jetzt noch ein wenig tiefer, er hatte sich wohl mehr von unserem Gespräch erhofft.

»Ich würde dir raten, in Deckung zu gehen«, sagte er, während er zum Wagen zurückging. »Die Meldung an die Presse geht heute Mittag raus, die Titelseite des *Larkador* wird damit vollgepflastert sein. Ich habe deinen Namen aus der Sache rausgehalten, aber falls Kity – ich meine Dyna Miotara – oder sonst jemand ihn erwähnen sollte ...«

»Schon klar.« Ich nickte. »Danke!«

Keg war in Ordnung. Es tat mir leid, ihn so ziehen lassen zu müssen, ohne den einen oder anderen Hinweis, den ich ihm hätte geben können. Aber dem wenigen, das ich hatte, wollte ich zunächst selbst nachgehen. Sobald die Situation es erlaubte, würde ich meinem Lieblingsbullen die eine oder andere Information stecken, aber bis dahin war Schweigen Gold.

Keg hatte die Wagentür schon geöffnet und war drauf und dran einzusteigen, als er sich noch einmal zu mir umwandte. »Hast du noch immer keine Ahnung, warum Loryn Cayro deine Telefonnummer in der Tasche gehabt haben könnte?«

Ich überlegte kurz und furchte demonstrativ die Stirn.

»Ich zermartere mir schon die ganze Zeit den Kopf, ehrlich«, sagte ich dann bedauernd.

10

Da ich vorerst nichts anderes zu tun hatte, verbrachte ich die nächsten Stunden damit, mein Büro auf Vordermann zu bringen und danach auch noch meine Wohnung. Ich ertappte mich dabei, dass ich immer wieder nach dem Telefon schielte, aber das verdammte Ding klingelte nicht. Kity schien sich ihrer Sache in der Tat ziemlich sicher zu sein. Oder hatte sie mich bereits abgeschrieben und einen anderen Detektiv beauftragt? Der Gedanke beunruhigte mich mehr, als er es vermutlich hätte tun sollen. Einige der Schubladen, die der Eindringling in seinem Eifer zerbrochen hatte, warf ich samt Inhalt auf den Müll. Es war auch eine Art, für Ordnung zu sorgen, ohnehin war es nicht gut, zu viel Ballast im Leben herumzuschleppen. Menschen neigten dazu, aber Orks verabscheuten es und wollten die Dinge klar und einfach haben. Entsprechend waren mein menschlicher und mein orkischer Anteil hier ziemlich unterschiedlicher Ansicht, aber der orkische hatte mehr Durchsetzungsvermögen.

Bis auf eine Sache.

Einen einzelnen Gegenstand zog ich wieder aus der Tonne auf dem Hinterhof, in die ich alles hineingestopft hatte: Die Fotografie einer jungen Frau mit milden, freundlichen Gesichtszügen, von langem Haar umrahmt. Auf dem schwarz-weißen Bild war es nicht zu erkennen, aber das Haar war kupferrot gewesen. *Cariad, Alannah*, stand darauf geschrieben.

Ich strich das Foto, das infolge der unsanften Behandlung ein wenig gelitten hatte, wieder glatt und steckte es ein. Dann ging ich ins Haus zurück und genehmigte mir einen Doppelten.

Am späten Nachmittag stieg ich in den Wagen und fuhr hinab zur Ankur, der vierzehnten Straße südlich des Parks. Dass diese Gegend nach Einbruch der Dunkelheit zu einer der wildesten und explosivsten Ecken von Dorglash wurde, war ihr bei Tageslicht kaum anzusehen. Die Fassaden der Theater, Nachtclubs und Spielhallen waren grau und heruntergekommen und schimmerten schmutzig im Nieselregen, der gegen Mittag eingesetzt und nicht wieder aufgehört hatte; überall waren rostige Rollladenpanzer herabgelassen, als wollten die Geschäfte niemals wieder öffnen, und die unzähligen Neonschilder und Reklametafeln, die bei Nacht zu flackerndem Leben erwachen, um all den Schmutz und Verfall mit bunten Farben zu übertünchen, waren noch nicht angeschaltet.

Das *Kosabál* war in einem ehemaligen Theater untergebracht, ein grauer Bau mit einer säulenverzierten Fassade, die allerdings auch schon bessere Zeiten gesehen hatte. Ich erinnerte mich, dass das Theater hatte schließen müssen, weil sein damaliger Besitzer in einen Bestechungsskandal verwickelt gewesen war – in Wahrheit hatte er sich wohl nur geweigert, Schutzgeld an das Syndikat zu zahlen, worauf Hammerfall und seine Söhne den Laden selbst übernommen und das Theater nach Verstreichen einer gewissen Anstandsfrist in einen Boxtempel umgewandelt hatten. Mehrmals pro Woche gab es dort Kämpfe, die die Sache für den Hammerfall-Clan erst lukrativ machten.

Ich stellte meinen Wagen auf der gegenüberliegenden Straßenseite ab, sodass ich beide Eingänge – sowohl den an der Vorderseite als auch die Gasse, die zum Bühneneingang führte – gut im Blick hatte. Dann stieg ich aus und fütterte die Parkuhr mit Münzen.

»Eine milde Gabe, Bruder! Ich kann's brauchen ...«

Jenseits des von Unrat übersäten Bürgersteigs, im Nischeneingang einer noch geschlossenen Bar, kauerte eine abgerissene Gestalt. Es war ein Gnom, an dessen abgemagerter Gestalt die grauen Reste einer Uniform flatterten. Der Krieg hatte ihn beide Beine gekostet, er kauerte auf einem rostigen Wägelchen, das ihm das Vaterland als Gegenleistung für sein Opfer großzügig spendiert hatte. Vor ihm auf dem Boden lag ein umgedrehter Stahlhelm.

Ich wollte weitergehen, blieb dann aber stehen und schnippte eine Münze in den Helm – auch wenn ich bezweifelte, dass er es für etwas anderes als billigstes Q'orz ausgeben würde, das ihm früher oder später den Verstand aus dem Gehirn fressen würde. Vielleicht war ihm das ja lieber, als mit seinen grauenhaften Erinnerungen zu leben.

Ich wechselte die Straßenseite und trat unter den gestreiften Baldachin, den man dort errichtet hatte, um die auf Einlass wartenden Gäste vor Regen zu schützen. Heute war noch niemand da, sodass ich bis zum Ende durchgehen konnte. Die beiden Kolosse, die dort standen, gaben dem Wort Eingangskon*trolle* erst seine eigentliche Bedeutung – zwei ungeheure Fleischberge mit Pranken wie Dampframmen und Visagen wie Diesellokomotiven. Mit dem Stoff ihrer schwarzen Maßanzüge hatte man ohne Weiteres zehn normale Männer einkleiden können. Trotzdem sah es so aus, als wollte der Stoff mit den Nadelstreifen bei jeder ihrer Bewegungen aus allen Nähten platzen.

»Bist du Lug?«, fragte ich kurzerhand den einen der

beiden. Ich musste den Kopf in den Nacken legen, um ihm überhaupt ins hässliche Gesicht sehen zu können.

»Ich bin Trug, das ist Lug«, sagte der Troll und deutete auf seinen Kollegen.

»Was willst du, *kurdully?*«, fragte der andere Türsteher. Ich schnaubte. Das war eine Bezeichnung, die ich nicht gerne hörte, aber es war nicht der Augenblick, um das zu diskutieren. »Risul-Jack schickt mich«, sagte ich nur.

»Und?«

»*Pochga*«, nannte ich das Losungswort.

Lug musterte mich von Kopf bis Fuß, dann sah er seinen Kollegen an, und beide grinsten so breit und blöde, wie nur Trolle es können.

»Bist du dir auch wirklich sicher?«

»Allerdings.« Ich nickte und versuchte, hinter die graue, runzlige Visage zu blicken, aus der mich zwei winzig kleine Augen ansahen, schwarz wie Kohlen. Es war mir nicht möglich. Vermutlich, sagte ich mir, weil da nichts war ...

»Ich will mit eurem Boss sprechen«, fügte ich zur Erklärung hinzu.

»Wie du willst, *kurdully*«, meinte Lug schulterzuckend, öffnete die Tür und schob mich mit der Pranke in die Dunkelheit dahinter. Dabei lachte er keuchend. Ich hatte keine Ahnung, was so komisch sein sollte, aber da Troll-Humor immer schwer nachzuvollziehen ist, gab ich nichts darauf.

Ein Fehler ...

Wir durchquerten das halbdunkle Foyer mit der Bar, an der sich die feinen Herrschaften abends mit Donks versorgten, während sich die Kämpfer im Ring die Visagen verdroschen. Jenseits des Foyers befand sich das eigentliche Theater, doch eine Bühne im herkömmlichen Sinn gab es dort nicht mehr, stattdessen hatte man die Sitzreihen so gruppiert, dass sie sich um die Mitte des Saales scharten. Dort stand ein Podest mit einem Boxring, in dem sich zwei Kämpfer – zwei hünenhafte Orks mit nackten grünen Oberkörpern – zu Trainingszwecken beharkten. Die Tatsache, dass ihre Handschuhe mit Nieten besetzt und der Boxring von einem stählernen Gitter umgeben war, das wie ein Raubtierkäfig im Zoologischen Garten wirkte, ließ vermuten, dass man im *Krosoabál* nicht dem herkömmlichen Boxsport frönte, sondern der orkischen Variante, dem *Krobul*, einem ausgeprägten Kontaktsport, bei dem k. o. gewöhnlich *krok ork* bedeutete – toter Ork. Dass es illegal war, solche Kämpfe abzuhalten, schien niemanden groß zu stören, weder die Polizei noch den Mann, der in der vordersten Reihe am Ring saß und den Kampf beobachtete, eingebettet zwischen zwei Blondinen.

Jokus Hammerfall.

Mit der Pranke schob mich Lug in seine Richtung, vorbei an Reihen jetzt unbelegter Sitze, zwischen denen Kobolde und kleinwüchsige Gnome über den Boden krochen und mit unruhigen Blicken den Unrat auflasen, den die Besucher in der vergangenen Nacht hinterlassen hatten. Es roch nach kaltem Rauch, nach Orkschweiß und nach altem Blut. Das *Krosabál* war kein Ort feinsinniger Unterhaltung.

Ein Leibwächter stellte sich uns entgegen, ein Zwerg im grauen Anzug, Karomuster, Nelke im Knopfloch, geflochtener schwarzer Bart statt Krawatte.

»Besuch für den Boss«, schnarrte Lug.

»Name?«, wollte der Zwerg wissen.

»Corwyn Rash«, sagte ich. »Ich habe einen Termin.«

Der kräftige kleine Kerl musterte mich von Kopf bis Fuß aus zu Schlitzen verengten Augen, dann filzte er mich auf Waffen, aber natürlich wurde er nicht fündig. Die R.65 hatte ich wohlweislich im Wagen gelassen.

Der Zwerg grunzte zustimmend, dann meldete er mich

bei seinem Boss an, und endlich durfte ich passieren, vorbei an den beiden Orks, die im Käfig weiterboxten, wobei der eine stets im Vorwärtsgang war und der andere zunehmend Mühe hatte, den Schlägen seines Gegners etwas entgegenzusetzen.

Jokus Hammerfall begrüßte mich mit einem Grinsen, das blitzende Goldzähne zeigte. Er war ein gutes Stück jünger als ich, doch davon merkte man nicht viel, denn er war nicht nur auf dem besten Weg, das Syndikat seines Vaters zu erben, sondern auch dessen Figur. Zwar war er noch nicht ganz so feist und fett wie sein alter Herr, doch die Wampe, die sich unter seinem Hemd spannte, war auch jetzt schon recht beachtlich und zog den blütenweißen Stoff zwischen den Knöpfen auseinander. Sein Haar war schwarz und borstig und erinnerte an eine Klobürste, wie es nach allen Seiten von seinem Kopf abstand, seinen Bart trug er nach neuer Mode kurz geschnitten. Seine Fliege hatte Jokus gelöst und ließ sie lässig um den Nacken hängen – vermutlich hatte er die Klamotten seit vergangener Nacht nicht gewechselt, dafür sprach auch der Geruch, der von ihm ausging. Die beiden leicht bekleideten Schönheiten, die sich auf den Sitzen zu seinen Seiten rekelten – eine grazile blonde Menschenfrau und eine ebenfalls blonde Orkin mit rasanten Kurven –, schien das nicht zu stören, und es passte perfekt ins Bild. Der älteste Spross des Hammerfall-Clans war als Schwerenöter bekannt, der hinter allem her war, was weiblich und nicht bei *ri* auf den Bäumen war. Grinsend musterte er mich lange durch die dunklen Gläser einer Sonnenbrille, die er vermutlich deshalb trug, weil ihm bei all dem Q'orz in seinem Schädel selbst die gedämpfte Saalbeleuchtung unerträglich war.

»Bist du der, der angekündigt wurde?«, fragte Jokus ohne ein Wort des Grußes. Seine Stimme war ungewöhnlich hoch für einen Mann von seiner Postur. Und sie war klebrig wie Honig.

»Allerdings.« Ich nickte. Dreiaugen-Jack schien für den Gormo ordentliche Arbeit geleistet zu haben.

Jokus grinste. »Ehrlich gesagt wundere ich mich ein wenig. Besonders kräftig siehst du nicht gerade aus. Bist du sicher, dass du antreten willst?«

Meine Augen verengten sich. Die Art und Weise, wie Jokus und seine albern kichernden Entspannungsdämlichkeiten mich ansahen, gefiel mir ganz und gar nicht. »Antreten?«

Jokus nickte. »Aber du musst einen ordentlichen Kampf liefern, hörst du? Ich habe die Nase voll von Typen, die sich in meinen Laden schleichen, nur um schon nach der ersten Runde rausgetragen zu werden. Mein Champion schätzt so etwas nicht – und ich auch nicht, verstehst du?«

Wie um seine Worte zu unterstreichen, holte der Kerl im Vorwärtsgang im Ring zum finalen Schlag aus – eine vernichtende Rechte, die jedem anderen Gegner als einem ausgewachsenen Ork den Kopf von den Schultern gerissen hätte.

Die ohnehin schon deformierte Nase des Getroffenen zerplatzte in einer Blutfontäne. Die Fäuste fielen ihm herab, als hätte er Felsbrocken in den Handschuhen. Er machte noch einen Schritt zurück, dann fiel er um wie ein gefällter Baum, schlug rücklings hart auf dem Ringboden auf und blieb reglos liegen. Ob er noch einmal aufstehen würde, war zumindest ungewiss. Der Sieger würdigte ihn keines Blickes, sondern riss in triumphierender Geste die Fäuste hoch.

»Bravo!«, rief Jokus und klatschte mit den beringten Händen Beifall. »Gute Arbeit, Boshor!«

»Danke, Boss!«, rief der Hüne herab. Er schien noch

nicht mal außer Puste zu sein, während sein bewusstloser Gegner von einem Rudel Gnomen aus dem Ring geschleppt wurde, eine blutige Spur hinterlassend. Von seinem Gesicht war, soweit ich das beurteilen konnte, nur noch Matsch übrig.

»Harter Sport«, sagte ich.

»Allerdings«, meinte Jokus vergnügt, »und Boshor ist ein großes Talent und hat die besten Aussichten, die Meisterschaft gegen den amtierenden Champion des Widderstein-Clans zu gewinnen – aber nur, wenn er gut und regelmäßig trainiert. Und das ist dein Stichwort, mein Freund.«

»Was?« Ich glaubte, nicht recht zu hören. »Ich fürchte, hier liegt eine Verwechslung vor ...«

»Keine Verwechslung.« Jokus schüttelte den runden Kopf. »Du bist Corwyn Rash?«

»Allerdings.«

»Und du wünschst, mich zu sprechen?«

»Auch das.«

»Na also.« In einer schicksalsergebenen Geste breitete Jokus die kurzen Arme aus. »Wer meine Aufmerksamkeit will, der muss beweisen, dass er sie verdient – und zwar im Boxring. Ich kann die Gegner gar nicht so schnell ranschaffen, wie der gute Boshor sie umhaut – wenn du also zwei Runden durchhältst, dann schenkt Jokus Hammerfall dir sein Gehör. Das ist der Handel – hat der gute Risul dir das nicht gesagt?«

»Nein«, gestand ich. »Das muss er wohl vergessen haben.«

Die beiden Mädchen kicherten wieder, vermutlich über das dämliche Gesicht, das ich machte, vielleicht aber auch nur, um ihrem Gönner zu gefallen.

»Du kannst es natürlich auch lassen«, fügte Jokus großmütig hinzu. »In diesem Fall werde ich meine Trolle anweisen, dich an einer Straßenecke deiner Wahl abzusetzen – aber erst, nachdem sie dich ordentlich in die Mangel genommen haben. Denn Leute, die sich nicht an Abmachungen halten, können mein Vater und ich auf den Tod nicht ausstehen.«

Ich lachte freudlos auf – wenn jemand in Dorglash den Ruf genoss, Übereinkünfte grundsätzlich zu brechen, dann waren das Windolf Hammerfall und seine verkommenen Söhne. Bei anderen schienen sie allerdings strengere Maßstäbe anzulegen ...

Ich überlegte und wog meine Chancen ab. Natürlich konnte ich mich umdrehen und versuchen, die Flucht zu ergreifen, aber angesichts der beiden Leibwächter sowie des zusätzlichen Trolls, der draußen vor dem Eingang stand, wäre ich wohl nicht weit gekommen. Außerdem würde ich mich danach niemals wieder im Gebiet des Hammerfall-Syndikats blicken lassen können. Und die Informationen, auf die ich gehofft hatte, müsste ich natürlich auch abschreiben. Ich konnte mir also aussuchen, ob ich von zwei Türtrollen durch die Mangel genommen werden oder zu einem angehenden Krobul-Champion in den Ring steigen wollte – die Wahl zwischen Pest und Cholera. Wenn ich die Sache überlebte, konnte sich Jack auf etwas gefasst machen ...

»Von mir aus kann's losgehen«, knurrte ich leise.

»Sehr schön.« Jokus grinste golden. »Mädchen, helft unserem wackeren Kämpfer, sich zurechtzumachen.«

Die beiden besseren Bordsteinschwalben flatterten auf und gesellten sich zu mir. Die Orkin zog mir mit ziemlich geübten Händen Jackett, Krawatte und Hemd aus, was immerhin angenehmer war, als wenn mich ein Troll aus den Klamotten rausgeprügelt hätte; das andere Mädchen half mir aus Schuhen und Socken. Die Hosen immerhin durfte ich anbehalten, und ein mürrischer Zwerg mit rotem Bart und grauer Schiebermütze bandagierte mir die Hände und legte mir dann die *moitag'hai* an, wie die Handschuhe beim Krobul hießen. Die Dinger waren groß und schwer, zwanzig Unzen mindestens, und das dunkle Leder war mit dunklen Flecken gefärbt, Spuren glückloser Gegner. Überall dort, wo sich bei der geballten Faust Knöchel befanden, waren die Handschuhe mit kegelförmigen Nieten, den sogenannten *gark'hai*, versehen, deren einzige Aufgabe es war, Knochen zu brechen und Schädel zu knacken.

Der Zwerg verzurrte die Verschnürung um meine Handgelenke und forderte mich dann auf, die *moitag'hai* zu testen. Ich hob die Hände und führte ein, zwei Schläge – die Dinger waren schwer wie Blei, jeder Schlag, den ich damit setzte, würde beträchtlichen Kraftaufwand bedeuten. Aber sie saßen tadellos.

»*Korr*«, knurrte ich, und der Zwerg grinste, wohl in Erwartung des Totalschadens, den ich erleiden würde. Er öffnete die Tür zum Käfig, wo mein Gegner bereits wartete, und komplimentierte mich hinein.

Ich warf Jokus Hammerfall einen schiefen Blick zu. »Bin gleich wieder da«, kündigte ich an.

Er grinste. »Wohl eher nicht.«

Ich stieg die Stufen zum Ring hinauf, ins Innere des Stahlkäfigs. Die Tür fiel hinter mir ins Schloss und wurde sofort von außen verriegelt, ich kam mir vor wie ein Tier, das man eingesperrt hatte, einschließlich der Erkenntnis, dass ein Käfig von innen sehr viel kleiner aussah als von außen. Der Ring schien um mich zu schrumpfen, während ich auf meinen Gegner zutrat, der mich an Größe und Breite weit übertraf. Gelassen stand er da, die Fäuste mit den blutigen Handschuhen halb erhoben und die gelben Hauer zum Grinsen gebleckt – auf einen Mundschutz wurde beim Krobul verzichtet, er hätte ohnehin nichts genutzt.

Dann schien ein Ruck durch ihn hindurchzugehen. Er legte den Kopf in den Nacken und rollte ihn, dass es markerschütternd knackte. Dann schlug er mit furchtbarer Wucht die Handschuhe zusammen und stampfte auf mich zu.

»*Shnorsh*«, knurrte ich.

11

Wie eine Lokomotive kam Boshor heran, schnaubend und Dampf aus seinen Nüstern stoßend. Der beißende Gestank von Orkschweiß und Blut wurde derart intensiv, dass es mir für einen Moment den Atem raubte.

Dann war mein Gegner auch schon da. Gleich der erste Schwinger, den er auf den Weg brachte, war dazu angetan, mir die Eingeweide zu zerfetzen. Dass ich ihm entging, war nur einem plötzlichen Instinkt zu verdanken, dem ich gehorchte. Ich sprang zurück, und die mörderische, nietenbesetzte Rechte meines Gegners pflügte durch leere Luft. Ich wich weiter zurück und rutschte prompt auf dem vom Blut meines Vorgängers noch glitschigen Boden aus. Rücklings fiel ich hin, und ehe ich wieder aufstehen konnte, war Boshor bereits über mir, und da es beim Krobul weder strenge Regeln noch einen Schiedsrichter gab, wollte er mit voller Wucht auf meinen Brustkorb treten.

Ich rollte mich zur Seite, sein pfeilerdickes Bein stampfte ins Leere. Zwei-, dreimal drehte ich mich um meine Achse, bis ich am Rand des Rings war und etwas Distanz zwischen mich und meinen Gegner gebracht hatte. Als ich auf das Gitter traf, das den Ring umgab, sprang ich wieder auf die Beine – und das keinen Augenblick zu früh, denn Boshor war schon fast wieder heran. In leicht gebückter Haltung, den Kopf zwischen den breiten Schultern und die Fäuste halb erhoben, kam er auf mich zu und schlug eine blitzschnelle Kombination. Der geraden Rechten entging ich noch. Der linke Aufwärtshaken erwischte mich am Kopf.

Er war nur an mir entlanggeschrammt, aber ich hatte das Gefühl, mein Schädel würde von den Schultern fliegen. Es knackte in meinem Genick, gleichzeitig fühlte ich brennenden Schmerz an meinem rechten Ohr und spürte, wie etwas warm und klebrig meinen Hals hinabrann und auf die Schulter troff.

Ich schüttelte den Kopf, um die Benommenheit loszuwerden, während ich zur Seite auswich. Boshor grinste. Er hatte mich zum Bluten gebracht und wollte mehr davon sehen, aber so einfach würde ich es ihm nicht machen. Als er erneut heranstampfte, schnaubend wie ein wilder Bulle, hatte ich die Fäuste bereits oben. Ich blockte seine Schläge, Funken sprühten, als Nieten auf Nieten trafen. Und dann, als er nicht mehr damit rechnete, holte ich zum Gegenschlag aus, und das buchstäblich. In einer blitzschnellen Links-rechts-links-Kombination ließ ich die Fäuste fliegen. Da Boshor nicht mit Gegenwehr rechnete, kamen alle drei Schläge durch und trafen ihn am Kopf. Allerdings schienen zumindest die ersten beiden von ihm abzuprallen, als würde ich ihn mit Papierkugeln bewerfen. Erst der dritte Schlag, ein Aufwärtshaken, schaffte es, ein bisschen Eindruck zu schinden, denn er donnerte von unten gegen seine Kinnlade. Ich hörte, wie ein Zahn knackend aus seinem Gebiss brach. Boshor stöhnte auf und spuckte Blut.

Ich nutzte die Gelegenheit, um mich zurückzuziehen und Atem zu fassen, jeder Schlag mit den *moitag'hai* kostete

Kraft. Allerdings ließ mein Gegner mir nicht lange Zeit. Boshor stieß ein wütendes Grunzen aus. Blut rann aus seinen Mundwinkeln, in seinen gelben Augen loderte nun blanker Hass. Wutentbrannt griff er erneut an, und so hastig, wie er sich bewegte, schien er mich ungespitzt in den Boden des Rings rammen zu wollen. Vielleicht hätte er diesen Entschluss auch in die Tat umgesetzt, wäre in diesem Moment nicht der Gong erklungen.

Leider schien Boshor ihn nicht zu hören.

Doch der Zwerg mit der Schiebermütze, der außerhalb des Käfigs stand und offenbar sein Trainer war, brüllte ein paar heisere Befehle. Hammerfalls Champion brach schließlich den Angriff ab und marschierte schnaubend in seine Ecke. Dort lief er auf und ab, unruhig wie ein gefangener Warg, während der Zwerg von draußen auf ihn einpalaverte. Immerhin, dachte ich mit leiser Genugtuung, hatte ich sie ein wenig nervös gemacht.

Ich vermied es, nach draußen zu sehen, wo Jokus und seine Blondinen saßen, aber ich konnte mir denken, dass er verblüfft war. In seiner Selbstgefälligkeit hatte er mich nicht gefragt, ob ich schon einmal Handschuhe wie diese getragen hatte.

Die Antwort wäre Ja gewesen.

Und auch wenn ich es nicht gerne zugab – ich hatte einen guten Lehrer gehabt …

Der Gong zur zweiten Runde kam schneller, als ich gehofft hatte. Boshor schoss in die Höhe und rollte wieder auf mich zu, ein Schwerlaster im Vorwärtsgang, bereit, mich zu überrollen. Schon flogen seine Fäuste. Der Rechten entging ich, indem ich unter ihr hindurchtauchte, die Linke pendelte ich aus. Als ich es jedoch mit einem Gegenschlag versuchte, zerbröckelte dieser kläglich an Boshors Verteidigung. Der Zahn, den ich ihm ausgeschlagen hatte, war eine Warnung gewesen – und offenbar hatte er daraus gelernt.

Wir umkreisten uns, die Oberkörper pendelnd, die Köpfe zwischen den Schultern, die Fäuste vor den Visagen. Mein blutendes Ohr spürte ich kaum noch, Adrenalin pumpte mit wildem Rauschen durch meine Adern. Es war mein erster Kampf seit langer Zeit, ich war nicht mehr daran gewöhnt. Mit aller Kraft versuchte ich, die Kontrolle zu behalten.

In einem Ausbruch roher Kraft ging Boshor nach vorn. Mit der Linken testete er meine Verteidigung, indem er ein paar leichte Schläge führte – dann folgte ein rechter Hammer, nicht in Höhe des Kopfs, wo ich ihn hätte kommen sehen, sondern gegen die Rippen. Ein Reflex brachte mich noch dazu, den linken Arm fallen zu lassen und den furchtbaren Schlag ein wenig abzufangen, dann schlug Boshors Faust auch schon wie eine Granate ein. Meine Beine hoben ab, ich flog quer durch den Ring, krachte gegen das Gitter und schlug hart zu Boden.

Von irgendwoher drang Jokus Hammerfalls schadenfrohes Gelächter und das Kichern seiner Mädchen an mein unverletztes Ohr, während meine linke Seite vor Schmerz wie gelähmt war. Ein Hoch auf meinen orkischen Großvater – wenn nicht alle Rippen auf der linken Seite gebrochen und meine Eingeweide Matsch waren, hatte ich das seinem Erbe zu verdanken.

Ächzend rang ich nach Luft und schaute auf – Boshor setzte bereits nach, während ich noch auf den Knien kauerte. Mit hängenden Fäusten setzte er heran, scheinbar wild entschlossen, meinen Kopf durch das Gitter zu hämmern. Ich biss die Zähne zusammen, ignorierte allen Schmerz und wich aus, indem ich mich über die Schulter abrollte. Boshors Faust traf das Gitter, dass Funken flogen, aber mein Kopf war zum Glück nicht mehr dazwischen. Dafür drosch ich mit aller mir noch zur Verfügung stehenden Kraft gegen sein rechtes Knie.

Der angehende Champion keuchte und knickte auf dem Bein ein – ich nutzte die Gelegenheit, um rücklings davonzukriechen und mich wieder aufzuraffen. Auch Boshor kam wieder hoch, doch als er diesmal angriff, hinkte er. Meine Attacke hatte die Kniescheibe seitlich aus dem Gelenk gedroschen, was selbst ein Ork deutlich spürte. Geifernd und die grüne Visage vor Schmerz verzerrt kam er auf mich zu, aber seine Bewegungen waren langsamer als zuvor und weniger kraftvoll. Selbst in dieser Verfassung hätte er mich noch immer mühelos umhauen können, deshalb musste ich vorsichtig sein.

Ich wartete auf seine Attacke und konterte sie aus, brachte meinerseits ein paar Schläge an, die keinen großen Schaden anrichteten, aber ihm auch nicht gerade Linderung verschafften. Wutschnaubend und deutlich träger nahm er mich ins Visier, und indem ich um ihn herumtänzelte, brachte ich ihn dazu, sich um seine Achse zu drehen, bis Schmerz und Schwindel dafür sorgten, dass er die Orientierung verlor. Ansatzlos holte ich zum Gegenschlag aus und traf ihn mitten ins Gesicht, abermals nicht heftig genug, um ihn auch nur ins Wanken zu bringen. Aber die Lichter, die in seinen Augen angingen, sagten mir, dass ich richtig vermutet hatte.

Jokus Hammerfall mochte ein verzogenes Vatersöhnchen sein und mit einem goldenen Löffel im Mund geboren, aber er war kein Dummkopf; er hatte Boshor nicht von ungefähr zu seinem Champion gemacht, sondern weil er ein *fulhok* war, ein wilder Ork, ein geborener Kämpfer. Viel wusste ich nicht über diese Kerle, nur dass es nur noch wenige von ihnen gab – und dass es nicht allzu viel brauchte, um sie in *saobh* zu versetzen, jenen rauschhaften Zustand, in dem der Verstand eines Orks aussetzte und die Instinkte die Kontrolle übernahmen ...

»Na, komm schon, Sportsfreund, worauf wartest du?«, rief ich ihm zu. »Sollen die Bräute da draußen dich für einen *lus-irk* halten?«

Ihn einen Gemüsefresser zu nennen, war die übelste Beleidigung, die mir auf die Schnelle einfiel, und sie verfehlte ihre Wirkung nicht. Blitze schienen aus Boshors Augen zu schlagen, und er verfiel in wüstes Gebrüll – dass auch sein Trainer außerhalb des Rings lauthals zu schreien anfing und wie von Sinnen mit den kurzen Armen gestikulierte, bekam er nicht mehr mit. Die Augen leuchtend und den Kopf vorgereckt, als wollte er mich nicht schlagen, sondern bei lebendigem Leibe fressen, stampfte er auf mich zu. Ich blieb stehen und wartete bis zum letzten Augenblick, erst dann tauchte ich unter seiner zum tödlichen Schlag erhobenen Linken hindurch – worauf er mit der ganzen Wucht seines Angriffs gegen das Gitter rannte.

Der Käfig wackelte, und der metallische Klang übertönte beinahe den abermaligen Klang des Gongs, der die Runde beendete. Ich wich zurück, keuchend und mit rasendem Herzen, und meine linke Seite fühlte sich an, als würde ein faustgroßes Loch darin klaffen. Aber immerhin stand ich noch auf den Beinen, anders als Boshor, dem die Begegnung mit dem Stahl nicht gut bekommen war. So jäh, wie es aufgeflammt war, war sein *saobh* wieder erloschen. Er kauerte auf dem Boden und spuckte Blut und Zähne, während sein Trainer bereits bei ihm war und hektisch auf ihn einredete. Mit einem Wink gab er mir zu verstehen, dass der Kampf beendet sei.

Ich verließ den Ring durch die Gittertür und nahm das

Handtuch, das man mir reichte. Mein Ohr blutete noch immer, aber unterm Strich hatte ich weniger Schaden genommen, als ich befürchtet hatte. Jokus' Animiermädchen kamen und halfen mir aus den Handschuhen, und die Orkin hielt mir lächelnd einen Bademantel hin, in den ich schlüpfte.

Jokus Hammerfall war sichtlich darum bemüht, sein Gesicht zu wahren. Auf seinem Theatersitz fläzend hatte er sich betont lässig eine Zigarre angezündet und paffte versonnen Rauchwölkchen.

»Auch eine?«, fragte er mich. »Die guten aus Ansun, du weißt schon.«

Ich nickte. Eigentlich unterlag Tabak aus Ansun dem Embargo, das noch aus Kriegszeiten herrührte. Aber wen interessierte das hier schon?

Er griff in die Innentasche des weißen Smokingjacketts, das über der Sitzlehne hing, und reichte mir eine. Ich schnupperte kurz daran, biss dann den Zigarrenkopf ab und steckte sie mir paffend an. Der Odem von Kaffee und fremdländischen Gewürzen strömte in meine Mundhöhle und machte den bitteren Geschmack von schalem Blut vergessen.

»Du bist wirklich gut«, stellte Jokus fest, nachdem ich mich in den Sitz zu seiner Linken hatte fallen lassen. Das Handtuch presste ich auf mein noch immer blutendes Ohr.

»Danke sehr!«

»Du hattest aber auch Glück. Boshor ist heute nicht in Form gewesen, sonst wäre die Sache anders für dich ausgegangen. Aber zugegeben, es ist eine Weile her, seit ihn jemand so an der Nase herumgeführt hat.«

»An der gebrochenen Nase«, ergänzte ich.

»Du hast früher schon geboxt?«

»Gelegentlich«, gestand ich paffend.

»Im Krieg?« Er sah mich von der Seite an. »Du hast eine Tätowierung auf dem rechten Oberarm...«

»Ist lange her.«

Ein schelmisches Goldgrinsen spielte um Jokus' Züge. »Noch am Boxsport interessiert?«

»Nicht wirklich, ich habe schon eine Arbeit. Deshalb bin ich hier.«

»Natürlich.« Er nickte. »Spielschulden sind Ehrenschulden. Also, mein Freund – was willst du wissen?«

Ich nahm einen Zug und behielt den Rauch eine Weile im Mund, ehe ich ihn wieder ausblies. »Eigentlich«, gestand ich dann, »möchte ich gar nichts von Ihnen wissen, sondern Sie warnen.«

»Du? Willst *mich* warnen?«, hakte er nach und sah mich an, als wäre ich die sprichwörtliche Fliege, die dem Trollhintern was über den Wind erzählen will.

»Ganz recht.«

»Du steckst ja voller Überraschungen. Und wovor willst du mich warnen?«

»Sagt Ihnen der Name Loryn Cayro etwas?«, stellte ich die Gegenfrage.

Ich konnte sehen, wie es in Jokus' Gesicht zuckte. Aber er zog es weiter vor, den mit allen Wassern gewaschenen Mann von Welt zu spielen. »Sollte er?« Eine buschige Braue stieg hinter dem rechten Glas seiner Sonnenbrille empor.

»Keine Ahnung«, gestand ich offen.

»Warum, was ist mit ihm?«

»Er ist tot«, erklärte ich schlicht. »Man hat ihn aus einem Kanal im Westbezirk gezogen.«

»Sehr bedauerlich.« Jokus grinste breit. »Und wieso sollte mich das interessieren?«

»Ganz einfach, weil im Zusammenhang mit Cayros Ermordung Ihr Name genannt wurde, auch von der Polizei«, eröffnete ich kurz und bündig. Das war zwar eine glatte Lüge, aber auch nur, solange ich Keg nicht sagte, was ich von Kity erfahren hatte. Wir waren also sozusagen nur eine winzige Andeutung meinerseits von der Wahrheit entfernt …

»Und?« Jokus gab sich sichtlich Mühe, weiter unbeeindruckt zu wirken. Er hatte wohl schon öfter vor dem Spiegel geübt, wie er dann auszusehen hatte, aber er war nicht besonders gut darin. Schweißperlen glänzten auf seiner Stirn, obwohl es nicht sehr warm war im Saal, und unter seinen Achseln hatten sich dunkle Ränder gebildet, was aber auch am Q'orz liegen mochte.

»Es gibt wohl einen Zeugen, der ausgepackt hat«, fuhr ich fort. »Von ihm hat die Polizei erfahren, dass Cayro nach irgendetwas auf der Suche war …«

»Wonach?«

»Weiß ich nicht. Aber es muss ziemlich wertvoll sein, sonst hätte man den Knaben nicht umgelegt. Und jetzt fragen sich die Pollocks natürlich, ob vielleicht mehr dahintersteckt.«

Jokus nickte, während ich meine Worte einwirken ließ wie eine Medizin, die ich ihm verabreicht hatte. Es war die Art von Logik, die ihm einzuleuchten schien. Ich beschloss, einen Schuss ins Blaue zu wagen.

»Wenn Sie mich fragen, wird es nicht mehr lange dauern, bis die Uniformträger anrücken und Ihrem Herrn Vater mit einem Durchsuchungsbefehl zu Leibe rücken«, gab ich paffend zu bedenken. Das war zwar völlig aus der Luft gegriffen, weil es erstens dazu keinen Anlass gab und es sich auch mein guter Kumpel Keg zweimal überlegt hätte, ehe er die Staatsanwaltschaft um einen Durchsuchungsbefehl für Windolf Hammerfall ersuchte. Aber das wusste

Jokus nicht, und inzwischen hatte er schon zu viel geschwitzt, als dass er meine Worte noch auf die Goldwaage gelegt hätte. Sein Brustkorb hob und senkte sich, sein Mund klappte auf und zu wie bei einem Fisch auf dem Trockenen. Die Aussicht, dass sein alter Herr von der Sache Wind kriegen könnte, schien ihm ganz und gar nicht zu behagen.

Volltreffer, dachte ich und beglückwünschte mich insgeheim.

»Was soll das heißen?«, blaffte Jokus. »Verdächtigen die Bullen mich etwa, diesen Cayro umgelegt zu haben?«

»Noch haben sie das nicht offen gesagt, aber an Ihrer Stelle würde ich vorsichtig sein«, riet ich.

Jokus drehte den Kopf und sah mich durch die verspiegelten Gläser seiner Sonnenbrille an. An der Zigarre zwischen seinen kurzen Fingern hatte er so lange nicht gezogen, dass sie beinahe erloschen war. Plötzlich riss er sich mit einer fahrigen Bewegung die Brille aus dem Gesicht und starrte mich an. Seine Augen waren blutunterlaufen und sein Blick fliehend, was meine Vermutung vom Anfang nur bestätigte.

»Woher weißt du das alles überhaupt?«, zischte er.

»Ich war früher selbst mal Bulle«, antwortete ich wahrheitsgemäß, »und habe aus dieser Zeit noch ein paar ganz gute Kontakte.« Dass ich auch selbst an der Sache interessiert war, nach der der Ermordete gesucht hatte, überging ich geflissentlich. Alles brauchte der gute Jokus schließlich auch nicht zu wissen. Außerdem wäre sein vom Q'orz benebelter Verstand mit derart vielen Informationen sowieso überfordert gewesen.

»Und warum bist du hier und erzählst mir das alles?«

Ich grinste schief. »Die Orks sagen *spogg ful'dok spogg* – eine Klaue macht die andere blutig.«

»Verstehe.« Jokus nickte – das schien ihn etwas zu beruhigen. »Du bist ein *kurdully*, der bei seinesgleichen nichts zu melden hat, und nun willst du dich bei meinem Vater und mir einschleimen.«

Ich zuckte mit den Schultern, die Beleidigung überhörend. »Es kann nie schaden, wenn man Freunde hat.«

»In der Tat.« Er sah mich an, und seine dunklen Augen funkelten dabei listig. »Danke, dass du gekommen bist. Und jetzt entschuldige mich bitte.«

»Natürlich.« Ich nickte und stand auf, und Jokus erhob sich ebenfalls, und indem seine beiden Sahneschnittchen ihn in die Mitte nahmen – oder stützten sie ihn gar? –, ging er hastig auf seinen kurzen Beinen davon, gefolgt von seinem Leibwächter.

Ich warf den Bademantel ab, und unter dem strengen Blick von Lug, der die ganze Zeit über gewartet hatte, schweigend wie ein Schatten, schlüpfte ich wieder in meine alten Klamotten. Mein Ohr hatte zu bluten aufgehört. Dass meine Hosen zerknittert und völlig besudelt waren, nahm ich in Kauf. Zum Kleiderwechseln blieb keine Zeit, nachdem mein neuer Freund es plötzlich so eilig hatte.

Der Trollwächter brachte mich zur Tür, und dann verließ ich das *Krosabál* wieder, glücklicherweise noch aufrecht und am Stück. Es regnete noch immer, aber inzwischen hatte die Dämmerung eingesetzt, und die ersten Neonreklamen leuchteten.

Ich überquerte die Straße und setzte mich in mein Auto, dankbar dafür, dass ich das Wagendach erst unlängst hatte abdichten lassen.

Jetzt brauchte ich nur noch zu warten.

Wenn man ordentlich Dreck in eine offene Wunde schmierte, dauerte es meist nicht allzu lange, bis es zu schwären anfing. Und wenn es so weit war, wollte ich unbedingt dabei sein.

12

Nachdem er es zunächst so überaus eilig gehabt zu haben schien, ließ sich Jokus dann doch mehr Zeit, als ich angenommen hatte.

Kity hatte vermutet, dass der junge Hammerfall in den Diensten eines konkurrierenden Sammlers stand, der ebenfalls hinter dem Elfenfetisch her war. Hätte ich Jokus auf den Kopf zu gefragt, für wen er arbeitete, hätte er kein Sterbenswort gesagt, sondern mich von seinen Schlägern verprügeln lassen. So jedoch würde er mich mit etwas Glück direkt zu seinen Auftraggebern führen – zumindest war es das, was ich hoffte, während ich mit brummendem Schädel und schmerzenden Knochen in meinem Wagen saß und wartete.

Je dunkler es draußen wurde, desto mehr künstliche Beleuchtung sprang an und tauchte die Straßen von Dorglash in schimmerndes Zwielicht. Auch wurde es zusehends lebhafter. Die Bürgersteige bevölkerten sich mit Männern in Anzügen und Frauen in Abendkleidern, und ein sattes Dutzend Taxifahrer überschüttete mich mit wüsten Verwünschungen dafür, dass ich einen Parkplatz am Straßenrand belegte.

Ich ließ die Scheibe oben und achtete gar nicht darauf. Der Kampf steckte mir noch in den Knochen, und mein

Kopf dröhnte. Zudem sorgte das monotone Prasseln des Regens auf dem Wagendach dafür, dass ich allmählich müde wurde. Dass ich, um mich warm zu halten, ab und zu einen Schluck aus dem Flachmann nahm, den ich für Notfälle im Handschuhfach aufbewahrte, machte es nicht besser. Schließlich wurden mir die Augenlider so schwer, dass ich aussteigen und mir im Lokal an der Ecke einen Kaffee holen musste, der mich heiß und bitter an meine Pflichten erinnerte.

Wie lange ich schließlich im Wagen saß und mit immer kleiner werdenden Augen durch die vom Regen nasse Windschutzscheibe starrte, wusste ich später nicht mehr zu sagen – aber irgendwann wurde meine Geduld belohnt.

Ein schlanker Wagen fuhr aus dem Hinterhof des *Krosabál* heraus, ein Rothgan 5 der neuesten Baureihe. Der windschnittige Sportwagen mit der torpedoförmigen Kühlerhaube war knallrot lackiert, glänzendes Chrom blitzte an Stoßstangen und Felgen. Am Steuer saß kein anderer als Jokus Hammerfall, zumindest von Autos schien Windolfs ältester Spross etwas zu verstehen.

Seinem Selbstverständnis entsprechend wartete Jokus nicht erst ab, bis man ihn in den fließenden Verkehr einfädeln ließ, sondern gab einfach Gas. Dass andere Fahrer abrupt zum Halten gezwungen wurden und wütend hupten, schien ihm egal zu sein, seelenruhig fuhr er die *Ankur* hinab. Ich stieß eine Verwünschung aus, weil ich aufs falsche Pferd gesetzt hatte – ich hätte schwören können, dass er stadteinwärts fahren würde. Mir blieb nichts anderes übrig, als die Zähne zusammenzubeißen und es Jokus gleichzutun – indem ich den Blinker setzte, bog ich in den fließenden Verkehr ein, nur um gleich darauf eine Hundertachtziggradwende zu vollziehen. Das Heck schlitterte, die Reifen quietschten, und ein Gnomen-Taxifahrer kurbelte die Scheibe herunter und überzog mich mit einer Kaskade von Obszönitäten.

Aber dann war ich auf Kurs.

Ich gab Gas und holte auf, bis Jokus' roter Flitzer wieder in Sichtweite war. Observierungen waren ein fester Bestandteil meines Berufs, und ich hatte genügend durchgeführt, um zu wissen, worauf man achten musste: Genügend großen Abstand halten, sich nicht auffällig verhalten, aber auch nicht übertrieben unauffällig. Mein Tavalian verschmolz mit der Masse der Fahrzeuge, die sich um diese Zeit die *Ankur* hinabwälzten.

An der Kreuzung zur Shal Louthann bog Jokus rechts ab und fuhr in Dorglashs Vergnügungsmeile hinein. Hier wurde die hereinbrechende Nacht endgültig wieder zum Tag angesichts der unzähligen Anzeigen, die überall leuchteten und allesamt Sensationen und das große Glück verhießen. Anderswo mochten Lügen kurze Beine haben – hier in Dorglash hingen sie weithin sichtbar über der Straße und blinkten in allen Farben.

Jokus folgte der Straße bis zu ihrem Ende südlich des Parks und fuhr in den mehrspurigen Kreisverkehr ein. Hier hätte ich ihn beinahe verloren, als ein Trollbus meine Fahrspur schnitt und mich um ein Haar gerammt hätte. Ich musste ausweichen und verlor den roten Rothgan für einen Moment aus dem Blick. Als ich ihn schließlich wieder im Verkehrsgewühl entdeckte, hatte er sich bereits eingeordnet, um in die Königsbahn abzubiegen, und ich musste ähnlich rabiat verfahren wie ein Troll, um noch rechtzeitig die Spur wechseln und ihm folgen zu können.

Die Twaryda, die Königsbahn, war so etwas wie die Lebensader der Stadt. Sie verband Dorglash, die Industriebezirke und die Arbeiterviertel im Süden mit der Hochstadt im Norden, wo sich über den Trümmern und Ruinen der alten Welt Geschäftshäuser und *nol-sgroibashor* erhoben, wie Wolkenkratzer auf Orkisch hießen. Und natürlich standen in den noch weiter nördlich gelegenen Bezirken die prunkvollen Villen jener Privilegierten, die es geschafft hatten, den Häuserschluchten zu entkommen. Zuerst glaubte ich, dass Jokus' Ziel eine Adresse im Geschäftsviertel sei, wo sich die Niederlassungen der großen Banken und Handelshäuser aneinanderreihten. Doch als er keine Anstalten machte, dort abzubiegen, wurde mir klar, dass sein Ziel noch weiter nördlich liegen musste – und dass es offenbar genau eine dieser Villen war.

Ich kannte mich nicht sehr gut aus in der Hochstadt. Natürlich war ich öfter dort gewesen, aber meine Klienten kamen gewöhnlich eher aus den südlichen Bezirken. Kity, die sicher eine luxuriöse Villa an den Westhängen oder im Wald von Trowna hatte oder vielleicht sogar in Wynaria am Meer, war eher die Ausnahme. Und vielleicht hatte ich sie als Klientin ja auch schon längst verloren. Aber ich wollte trotzdem Licht in diese Sache bringen, die mit jeder Meile, die ich weiter nach Norden fuhr, noch mysteriöser wurde.

Eine ganze Weile fuhren wir durch tiefe Häuserschluchten und Mietviertel, dann wurde die Bebauung allmählich spärlicher. Die Häuser wurden kleiner, die Grundstücke dafür immer größer, und schließlich huschte das Ortsschild von Trowna im flüchtigen Licht der Scheinwerfer vorbei.

Der Verkehr war auch längst spärlicher geworden, und ich hatte tief in meine Trickkiste greifen müssen, um nicht doch als Verfolger wahrgenommen zu werden. Manchmal ließ ich mich zurückfallen und von anderen Wagen überholen, um dann wieder abrupt zu beschleunigen. Als Jokus schließlich von der Königsbahn abbog, wurde die Gefahr der Entdeckung noch größer, denn inzwischen war es dunkel geworden und die Anzahl der anderen Verkehrsteilnehmer recht überschaubar. Ich musste das Risiko eingehen, ihn zu verlieren, indem ich in Parallelstraßen abbog und ihm aus der Distanz weiter folgte. Einmal sah es so aus, als ob er mir entwischt wäre, aber er hatte nur eine Tankstelle angefahren und seinen Flitzer mit Benzin versorgt. Kurz darauf war ich wieder an seinem Heck.

Durch Wohnbezirke der gehobenen Mittelklasse – Menschen und Zwerge meist, die in der Innenstadt geregelten Berufen nachgingen – gelangten wir in ein Villenviertel, das sich inmitten eines ausgedehnten Waldgebiets erstreckte – die letzten Überreste des gewaltigen Urwalds, der in grauer Vorzeit dieses Land beherrscht hatte. Baum für Baum, Lichtung für Lichtung hatte die Zivilisation ihm abgetrotzt, bis nur noch dieser klägliche Rest übrig geblieben war, der im Osten an ein ausgedehntes Moorgebiet grenzte. Mächtige Baulöwen versuchten seit Jahren, der Stadt das Gebiet abzuschwatzen, um es mit Kanälen ebenso trockenzulegen wie die Sumpfgebiete im Süden und sie dicht mit Häusern zu bebauen; dass es bislang nicht dazu gekommen war, lag wohl nur daran, dass sich die Firmen in ihren Ambitionen gegenseitig behinderten und bislang keine den großen Stich gemacht hatte – nicht zuletzt deshalb, weil die Syndikate auch noch ein Wörtchen mitzureden hatten. Irgendwann, daran bestand kein Zweifel, würde die grüne Pracht, die sich von Trowna bis an die Hänge des Schwarzgebirges erstreckte, grauem Beton weichen. Aber erst, wenn sich die hohen Herren geeinigt hatten oder die Sache anderweitig entschieden war, ob mit Geld oder Blut, würde sich zeigen.

Am Ende einer langen Allee setzte Jokus schließlich den Blinker und bog in ein Waldgrundstück ein. Schon auf halber Strecke schaltete ich die Scheinwerfer meines Wagens ab. Die Glühfäden erloschen, und ich rollte durch teerige Dunkelheit, in die sich auch noch Nebelfetzen vom nahen Moor mischten. Einmal mehr war ich froh um mein orkisches Erbe, auch wenn es mir unterm Strich meist mehr Ärger als Vorteile eintrug.

Ich bog ebenfalls in die Zufahrt ab, die zunächst ein Stück bergauf führte, durch einen Wald von Bäumen, die ihre Blätter zum guten Teil schon abgeworfen hatten. Welkes Laub übersäte die regennasse Fahrbahn, als wollte es sie verstecken. Auf der Hügelkuppe hielt ich kurz an. Ein Haus war in einiger Entfernung zu sehen, eine einzelne Villa, die sich düster inmitten des Waldes erhob. Hinter einigen der hohen Fenster brannte Licht, umherhuschende Gestalten waren zu erkennen.

Das also war Jokus' Ziel ...

Ich ließ den Wagen langsam die Fahrbahn hinabrollen, um schließlich von der Straße abzufahren und ihn inmitten einer Gruppe buschiger Kiefern abzustellen, sodass er kaum noch zu sehen war. Durch die Bäume konnte ich beobachten, wie Jokus' roter 5er ein schmiedeeisernes, von turmhohen Säulen gesäumtes Tor passierte, das sich automatisch vor ihm öffnete. Ich erwog kurz, hinterherzulaufen und zu versuchen, noch rasch hindurchzuschlüpfen, ehe es sich wieder schloss, aber in meinem ramponierten Zustand wäre ich nicht schnell genug gewesen. Stattdessen nahm ich einen Schluck aus dem Flachmann und wartete ab. Erst als die Rücklichter seines Wagens ein gutes Stück entfernt waren, stieg ich aus.

Es regnete noch immer.

Fluchend schlug ich den Mantelkragen hoch und zog den Hut tiefer ins Gesicht. Dann ging ich zum Tor.

Die beiden Säulen entpuppten sich bei näherer Betrachtung als aus Stein gehauene Bäume, aus denen die eisernen

Torflügel herauszuwachsen schienen. Der sich anschließende Zaun dürfte wohl das gesamte Gelände umlaufen. Er hatte doppelte Mannshöhe und war von wenig einladend aussehenden Stacheln gekrönt.

Vom Tor aus führte eine von eleganten Statuen gesäumte Zufahrt zu einem Haus, das in der Dunkelheit eher wie eine Trutzburg wirkte – eine in neoelfischem Stil gehaltene Villa mit hohen Fenstern und spitzen, geschwungenen Dächern, die filigrane Ornamente krönten. Den Eingang bildete ein protziges, von steinernen Bäumen getragenes Portal, die hohe Eingangstür hätte auch in ein altes Schloss gepasst.

Von Jokus' Rothgan war nichts zu sehen, offenbar hatte er ihn hinter dem Haus abgestellt – vermutlich, weil er nicht unbedingt hier gesehen werden wollte. Das machte mich nur noch neugieriger, was die Identität seiner geheimnisvollen Gastgeber betraf. Ich notierte mir die Adresse, die mit geschwungenen Glyphen in die rechte Torsäule gemeißelt war.

Trowna Dwairan 1708.

Ich hatte keine Ahnung, wer die Leute waren, die hier wohnten, aber sie schienen Gefallen an elfischem Schnickschnack zu finden und ziemlich wohlhabend zu sein. Geld spielte an diesem Ort ganz offensichtlich keine Rolle. Es war wie die Luft zum Atmen – man hatte es einfach.

Ich widerstand der Versuchung, mir eine Zigarette anzuzünden, die Glut hätte mich in der Dunkelheit womöglich verraten. Stattdessen nahm ich einen weiteren Schluck aus der Pulle, die ich in der Innentasche des Mantels bei mir trug, und überlegte, ob ich über den Zaun steigen und mich näher an das Haus heranpirschen sollte. Ich entschied mich dagegen, denn ich hatte dabei wenig zu gewinnen und viel zu verlieren, mit einiger Wahrscheinlichkeit hatten sie scharfe Warge, die das Grundstück bewachten. Ich blieb noch lange genug im Regen stehen, um mir alles genau einzuprägen.

Eine aufmerksame Beobachtungsgabe gehört zu den wichtigsten Voraussetzungen in meinem Beruf, und ich hatte die Erfahrung gemacht, dass gerade die kleinen Dinge manchmal den Ausschlag geben konnten zwischen Erfolg und Misserfolg. Ich mochte noch nicht wissen, wer die Leute waren, die dieses Anwesen bewohnten, aber die Art und Weise, wie sie lebten und mit welcher Art Kunst sie sich umgaben, sagte einiges über sie aus. Es schienen Traditionalisten zu sein, Leute, die es mit der alten Kultur hielten und vielleicht auch an überkommenen Gepflogenheiten festhielten – der ganze Elfenplunder war ein eindeutiger Beleg dafür. Ich hatte keinen blassen Schimmer, wen das Dutzend Statuen entlang der Zufahrt darstellen sollte – die Typen sahen alle gleich ernst und wichtig aus –, aber ich war mir ziemlich sicher, dass die Besitzer dieses Hauses es wussten. Die entscheidende Frage war eine ganz andere: Was hatte der Sohn eines berüchtigten Syndikatsbosses im Haus von solch wohlhabenden, kultivierten Leuten zu suchen, noch dazu bei Nacht und Nebel?

Die Antwort war vermutlich ganz einfach: Weil sie denselben geheimnisvollen Gegenstand in ihre Finger bekommen wollten wie auch Kity Miotara und weil sich Jokus Hammerfall vermutlich in ihrem Auftrag darum kümmern sollte. Die Erwähnung von Loryn Cayro hatte ihn zweifellos nervös gemacht.

Mein Plan war aufgegangen.

Ich hatte im Wespennest herumgestochert und die Viecher aufgescheucht, hatte Hammerfalls Sohn dazu gebracht, seine Auftraggeber aufzusuchen. Wie genau er in dieser Sache drinhing und ob Cayros Blut tatsächlich an seinen kurzen Fingern klebte, konnte ich noch nicht sagen. Aber gleich morgen würde ich herausfinden, wem dieses Anwesen gehörte, und dann vermutlich schon sehr viel schlauer sein ...

Ich nahm noch einen Schluck, und mit einem letzten Blick in Richtung der Elfenvilla wollte ich zum Wagen zurück – als ich merkte, dass etwas nicht stimmte.

Es war nur ein Gefühl, ein plötzlicher Instinkt, aber etwas war auf einmal anders. In diesem Moment hörte ich ein leises Schnauben hinter mir und spürte heißen Atem in meinem Nacken. Ich wollte herumfahren, doch da war es bereits zu spät.

Ein hünenhafter Schatten war lautlos hinter mir emporgestiegen, und zum zweiten Mal an diesem Abend traf mich ein harter Schlag.

Und diesmal schickte er mich pfeilgerade ins Reich der Träume.

13

Das Ticken einer großen Standuhr, die jede verstreichende Sekunde mit einem Pendelschlag begleitete, brachte mich wieder zu Bewusstsein.

Mein Kopf war ein einziger großer Schmerz. Ich hatte den Geschmack von Blut im Mund und das Gefühl, dass ein Scheuerlappen an meinem Gaumen klebte, und ich brauchte ein paar Momente, um vollends zu mir zu kommen und mich daran zu erinnern, was geschehen war. Dann fiel es mir jäh wieder ein …

Ich riss die Augen auf und fuhr hoch, aber das war keine gute Idee. Lähmender Schmerz flutete von meinem Hinterkopf den Rücken hinab und sorgte dafür, dass ich benommen wieder zurücksank, auf ein mit weichem Samt bezogenes Sofa. Mit einiger Verblüffung stellte ich fest, dass ich nicht gefesselt war. Hut und Mantel waren verschwunden, aber den Anzug trug ich noch, samt der blutbefleckten Hosen.

Fraglos war ich in der alten Villa. Der Raum, in dem ich mich befand, war nur spärlich beleuchtet. Ein Feuer in einem offenen Kamin verbreitete flackernden Schein, und durch ein hohes, sich nach oben zu einem Spitzbogen verjüngendes Fenster fiel fahles Mondlicht. Es musste zu regnen aufgehört haben, denn die Wolkendecke war aufgerissen, hier und dort funkelten Sterne. Mein Blick fiel auf das Zifferblatt der Standuhr, die mich geweckt hatte, ein riesiges verschnörkeltes Monstrum. Halb vier – demnach war ich etwas über drei Stunden weggetreten gewesen.

Ich stieß eine Verwünschung aus. Es wurde wohl langsam die Regel, dass ich mir bei diesem Fall die Nächte um die Ohren schlug. Ich unternahm einen zweiten Versuch, mich aufzusetzen, diesmal sehr viel vorsichtiger. Auf der Kante des Sofas sitzend, der Schädel dröhnend wie ein Hammerwerk, sah ich mich um. Die Standuhr war bei Weitem nicht der einzige Kunstgegenstand. Der ganze Raum war damit vollgestopft – Bilder an den holzgetäfelten Wänden, Skulpturen in den Ecken, Stuck an der hohen Decke. Ich verstand nicht sehr viel davon, aber die organisch wirkenden Formen der Standbilder kamen mir ziemlich elfisch vor, ebenso wie die blassfarbenen Gemälde, die filigrane, zerbrechlich wirkende Gestalten zeigten. Da schien jemand eine ausgeprägte Vorliebe für elfisches Kunsthandwerk zu besitzen, und das passte durchaus ins Bild. Mein Riecher hatte mich nicht getrogen. Das Problem war freilich, dass ich erwischt worden war …

Ich erhob mich und kam wackelig auf die Beine. Den Schmerz ignorierte ich so gut wie möglich, ich hatte ja bereits Übung darin. Noch immer ein wenig wankend ging ich auf die einzige Tür zu, die der Raum hatte. Ich hatte genug vom Versteckspiel und wollte meine unbekannten Gastgeber kennenlernen. Immerhin hatten sie mich nicht wie Cayro erschossen und in den Kanälen verschwinden lassen, das war ja immerhin schon etwas.

Ich drückte die Klinke, halb erwartend, dass die Tür verschlossen sein würde, aber sie war es nicht. Mit leisem

Knarren schwang sie auf, und ich trat in den Gang, der sich an den Raum anschloss. Auch hier hohe Fenster, Stuck an der Decke, von Säulen getragene Büsten entlang der Wände – das gesamte Innere der Villa glich einem Museum. Wer auch immer all das hier besaß, war nicht nur einfach ein reicher Spinner, der sich gerne mit Elfenkitsch umgab. Die Vorliebe schien sehr viel tiefer zu gehen, war eine Leidenschaft.

Ich schritt die Reihe der Büsten ab.

Sie waren aus Alabaster gearbeitet, der im einfallenden Mondlicht bläulich schimmerte. Ich blickte in schmale, ebenmäßige Gesichter, die allesamt schmale Augen und spitze Ohren hatten. Es waren Männer wie Frauen, vermutlich bedeutende Persönlichkeiten der Geschichte. Ich kannte mich damit nicht sonderlich aus, hatte genug mit meiner eigenen Vergangenheit zu tun. Aber all diesen steinernen Mienen war gemeinsam, wie ernst sie dreinschauten. Hatten all diese Griesgrame in ihrem Leben jemals über irgendetwas gelacht? Hatten sie sich auch mal eine Auszeit und eine Flasche Sgorn gegönnt und es weniger verbissen angehen lassen?

Am Ende des Korridors, jenseits des Spaliers aus gravitätischen Mienen, gab es einen Aufzug. Die Kabine war ein Käfig, dessen Gitter ähnlich gearbeitet war wie der das Gelände umgebende Zaun, so als wäre schmiedeeiserner Efeu gewachsen. Zu beiden Seiten des Aufzugs führten Treppen in die höhergelegenen Stockwerke.

Mein Vorhaben, mich ein wenig im Haus umzusehen, solange mich niemand daran hinderte, scheiterte schon im nächsten Moment: Aus dem Dunkel hinter einer der Büsten trat ein hünenhafter Schatten und stellte sich mir entgegen.

Er war eine wilde Mischung aus Ork und Troll, die in

einem karierten Anzug steckte. Sein graues Gesicht war so flach, als wäre er gegen einen Panzer gelaufen, ein dunkles Augenpaar und ein gelbes Gebiss blickten mir daraus entgegen.

»*Achgosh-douk*«, grüßte er.

»Morgen«, krächzte ich. Ich hörte mich beschissen an. »Hast du mir das Ding verpasst?«, fügte ich hinzu, auf meinen noch immer schmerzenden Hinterkopf deutend.

Der Halbtroll entblößte seine Beißer zu einem schadenfrohen Grinsen, das nicht recht zu seinem feinen Zwirn passen wollte.

»Glückwunsch«, knurrte ich. »Schon mal daran gedacht, Boxer zu werden? Ich wüsste da einen Schuppen, wo ...«

»Guten Abend!«

Die Stimme war aus Richtung der Treppe gekommen, aber dort war es so dunkel, dass nicht einmal ich etwas erkennen konnte. Im selben Moment ging die Beleuchtung an, und Dutzende elektrischer Wandlampen ließen das kalte Mondlicht verblassen. In ihrem warmen Schein kam eine Frau die rechte Treppe herab. Sie trug ein Kleid mit langen, weit geschnittenen Ärmeln, das ihre hochgewachsene Gestalt umfloss. Der dunkelblaue Stoff reichte bis zum Boden, sodass es fast aussah, als würde sie die Stufen herunterschweben.

Ich wollte ihr entgegengehen, aber ein Grunzen meines grimmigen Bewachers machte mir klar, dass das nicht erwünscht war. Ich blieb also stehen und wartete, während sie auf mich zukam. Sie war groß und schlank, ihr Gang war aufrecht und von weiblicher Eleganz. Erst als sie näher kam, erkannte ich, dass ihre Gesichtszüge von Falten zerfurcht waren. Ihr Haar war hellgrau, beinahe weiß, fiel jedoch in üppigen Strähnen bis weit über ihre Schultern herab.

Das Gesicht, das es umrahmte, war schmal, mit hohen Wangenknochen und blauen Augen. In jungen Jahren musste diese Frau eine Schönheit gewesen sein, und im Grunde war sie das immer noch. Die Reize der Jugend mochten verblasst sein, waren jedoch einer anderen, reiferen Attraktivität gewichen, und sie schien sich dessen bewusst zu sein. Entsprechend trug sie nur ein einziges Schmuckstück, eine filigran gearbeitete Halskette, an der ein winziger, bläulich schimmernder Stein funkelte. Die Frau hatte Klasse, daran bestand nicht der geringste Zweifel.

»Geht es Ihnen gut, Dyn Rash?«, erkundigte sie sich.

»Geht so«, knurrte ich. Natürlich hatten sie meinen Mantel durchsucht und dabei meinen Ausweis gefunden. Ich war froh, dass ich alles andere aus den Taschen ausgeräumt hatte – vermutlich hatten sie sich aber auch so schon einen Reim darauf gemacht, dass ich mich vor ihrem Tor herumgetrieben hatte ... »Und selbst?«

»Ich sollte Sie um Entschuldigung bitten«, sagte die ergraute Schönheit, meine Frage überging sie geflissentlich. »Der gute Bronson ist bisweilen ein wenig übereifrig, wenn es um die Erfüllung seiner Dienste geht.«

Ich streifte den Halbtroll neben mir mit einem Seitenblick. Er grinste weiter unbeirrt.

»Wenn er das gewesen ist«, konterte ich grimmig, »dann kann ich ja froh sein, dass mein Kopf noch auf den Schultern sitzt.«

»Immerhin, ihr Humor scheint nicht gelitten zu haben.« Ein paar Meter von mir entfernt blieb sie stehen und musterte mich. Ihr Blick war unverhohlen prüfend.

»Da Sie so genau wissen, wer ich bin, darf ich vielleicht auch erfahren, mit dem ich die Ehre habe?«, fragte ich.

Sie hob die schmalen Brauen. »Denken Sie wirklich,

dass Sie in der Lage sind, Forderungen zu stellen?« Wenn sie redete, klang es vornehm und sehr gewählt, beinahe aristokratisch, mit einem Akzent, den ich nicht eindeutig zuordnen konnte. Sie schien aus dem Norden zu kommen, wofür auch ihr heller Teint sprach. Aber es lag keine Arroganz in ihrer Haltung, nur eine extragroße Portion Selbstvertrauen.

»Wahrscheinlich nicht«, gab ich zu. »Aber nachdem ich nun schon weiß, wo ich bin, wird es nicht weiter schwierig sein, es herauszufinden – es sei denn natürlich, ihr Kleiderschrank hier verpasst mir eine Kugel und lässt mich verschwinden. Aber das sollten Sie sich gut überlegen. Ich habe nämlich Freunde bei der Polizei ...«

»Glauben Sie denn, das würde mich aufhalten, wenn ich vorhätte, Sie verschwinden zu lassen?« Ihr Blick wurde ein wenig weicher, sie klang beinahe amüsiert. »Aber Sie verkennen meine Absichten, Dyn Rash.«

»Freut mich zu hören«, gab ich zu.

»Ich bin Gräfin da Syola«, stellte sie sich vor. »Alannah da Syola, die Herrin dieses Anwesens.«

Ich erstarrte innerlich.

Warum?, fragte ich mich unwillkürlich. Von allen Namen, die es in ganz Erdwelt gab und die es je gegeben hatte, warum musste es ausgerechnet dieser sein?

»Sind Sie sicher?«, knurrte ich.

Erneut hob sie die Brauen. »Was wollen Sie damit sagen?«

»Vergessen Sie's.« Ich schüttelte den Kopf und winkte ab.

Es war ein Zufall, sagte ich mir, weiter nichts.

Wenn auch ein ziemlich hässlicher.

»Darf ich fragen, warum Sie mich hier festhalten?«

»Tragen Sie Fesseln?«, konterte meine Gastgeberin.

»War die Tür, hinter der Sie erwachten, etwa verschlossen?«

»Nein«, gab ich zu. »Aber irgendetwas sagt mir, dass Rübezahl hier«, – ich deutete mit dem Kinn auf meinen Bewacher –, »etwas dagegen hätte, wenn ich versuchen würde, einfach zur Tür hinauszuspazieren.«

»Zugegeben.« Sie nickte, und der Anflug eines Lächelns spielte um ihre schmalen Lippen. »Denn bevor ich Sie wieder gehen lasse, möchte ich Ihnen gerne etwas zeigen. Es wäre reizend, wenn Sie mich begleiten würden.«

»Wohin?«

»Auf eine kleine Reise«, erwiderte die Gräfin, machte auf dem Absatz kehrt und ging den Gang hinab auf den Aufzug zu. »Eine Reise in die Vergangenheit.«

Bronson knurrte, was wohl als Aufforderung gemeint war, und ich folgte ihr, wenn auch in gebührendem Abstand. So erleichtert ich zur Kenntnis genommen hatte, dass man mich offenbar nicht erschießen und irgendwo verblutend liegen lassen wollte – dieses Versteckspiel ging mir auf die Nerven. Die Nacht hatte schon viel zu lange gedauert dafür, dass ich noch immer keine Antworten hatte.

»Hat Ihr Besuch Sie bereits wieder verlassen?«, wollte ich deshalb rundheraus wissen.

»Von wem sprechen Sie?«

»Ich denke, das wissen Sie ziemlich genau«, erwiderte ich. »Kurz und schwarz, Augen wie Kohlen und von Beruf Sohnemann. Teurer Anzug, aber billige Manieren.«

Sie wandte sich im Gehen um, wirkte amüsiert. »Sehr treffend, wie Sie den jungen Meister Hammerfall beschreiben. Sie sind ein guter Beobachter.«

»Gehört zum Beruf.« Ich zuckte mit den Schultern. »Ist er noch hier?«

»Nein. Und er weiß im Übrigen auch nicht, dass – wie soll ich es nennen? – Sie uns zugelaufen sind.«
»So kann man es jedenfalls auch ausdrücken«, brummte ich.

Wir hatten das Ende des Flurs erreicht. Die Gräfin öffnete die Gittertür des Aufzugs und trat ein. Ich beobachtete sie dabei, versuchte herauszufinden, was es bedeuten mochte, dass sie Jokus Hammerfall nichts von meiner Anwesenheit gesagt hatte, obwohl sie doch annehmen musste, dass ich ihm gefolgt war ... Wer war diese Frau wirklich, und was führte sie im Schilde?

»Steigen Sie ein, worauf warten Sie?«, forderte sie mich auf, wobei sie sich in die hinterste Ecke des Lifts zurückzog.

Ich stieg ebenfalls ein, gefolgt von Bronson, dessen Zustieg der Lift mit metallischem Ächzen und einem Absinken um gut eine Handbreit quittierte. Mit dem sauren Atem meines Bewachers im Nacken ging es einige Stockwerke in die Tiefe, zunächst noch vorbei an gefügten Mauersteinen, dann an nacktem Fels. Als die Gittertür wieder aufschwang, stieg der Halbtroll als Erstes aus und legte einen großen Wandschalter um, worauf Dutzende von Neonröhren flackernd ansprangen.

Hätte ich es nicht besser gewusst, hätte ich gesagt, dass ich mich in einem Museum befand.

Es war eine weite Säulenhalle, deren gewölbte Felsendecke von steinernen Pfeilern gestützt wurde – ein alter Zwergenbau ganz offenbar. In den Räumen zwischen den Pfeilern reihten sich Hunderte von Kunstwerken, Statuen und Skulpturen, die allermeisten davon elfisch.

»Sehen Sie sich nur um«, forderte die Herrin des Anwesens mich auf. »Was Sie hier sehen, sind Originalstücke ohne Ausnahme, eine der größten Sammlungen der Welt.

Nirgendwo finden sie Glanz und Ruhm des untergegangenen Elfenreichs besser repräsentiert als hier. Die Ideale, die es verkörperte, die Schönheit und das Licht.«

»*Korr*«, knurrte ich, während ich inmitten der Exponate umherging, die Hände lustlos in den Hosentaschen. »Eine hübsche Sammlung haben Sie da. Und vermutlich alles ganz legal erworben«, fügte ich trocken hinzu.

»Es ist weit mehr als das«, verbesserte sie, meinen bissigen Einwand ignorierend. »Und ich nehme an, dass Ihnen das klar ist, denn sonst würden Sie sich nicht hinter einer Fassade orkischer Ignoranz verstecken.«

»Orkische Ignoranz?« Ich blieb stehen und schürzte anerkennend die Lippen. »Ich gebe zu, so freundlich hat es noch niemand ausgedrückt.«

»Ich weiß mehr über Sie, als Sie denken«, fuhr die Hausherrin fort. Sie blieb vor einer Statue stehen, die einen Kerl in Ritterrüstung zeigte. Er stand auf sein Schwert gestützt, hatte schulterlanges Haar und eine Augenklappe. »Haben Sie eine Ahnung, wer das ist?«

Ich schüttelte den Kopf.

»Sie sollten Ihn kennen, denn Sie tragen seinen Namen«, eröffnete sie feierlich. »Das Standbild stellt Corwyn den Gerechten dar. Er war der erste König von Erdwelt aus dem Geschlecht der Menschen. Der erste Mensch, der die Elfenkrone auf seiner Stirn trug.«[1]

»Und wenn schon – das ist doch alles Schnee von gestern. Mein großer Namensvetter düngt seit Jahrhunderten die Erde. Mit Ihnen oder mir hat das alles nichts mehr zu tun.«

»Denken Sie?« Gräfin da Syola schüttelte den Kopf.

---

[1] Nachzulesen in »Die Rückkehr der Orks«

»Wussten Sie auch, dass Corwyn Kopfgeldjäger war, ehe er die Krone des Elfenreichs erlangte?«

»Hab ich gehört.« Ich nickte.

»Auch hatte er tatsächlich nur ein Auge … wobei nicht genau bekannt ist, welches ihm fehlte. Die Quellenlage ist unklar und widerspricht sich mitunter.«[2]

»Ist eben keiner perfekt.«

»Davon spreche ich. Auch die Helden der alten Zeit waren nicht vollkommen. Aber sie hatten Werte, für die sie eingetreten sind, schon deshalb ist es wichtig, die Erinnerung an sie zu bewahren.«

Jetzt war ich es, der die Brauen hob. »Denken Sie das wirklich?«

»Die Zeiten, in denen wir leben, sind verkommen«, eröffnete die alte Dame mir voller Abscheu, »die alten Namen und Traditionen sind nichts mehr wert. Sie wollen ein Beispiel? Was für einen Wagen fahren Sie, Dyn Rash?«

»Was für einen …?« Ich runzelte die Stirn, was sollte die Frage? »Einen 37er Tavalian.«

Sie nickte, als hätte sie nichts anderes erwartet. »Wussten Sie, dass ›Tavalian‹ in der alten Zeit der Name eines zauberkundigen Heilers gewesen ist? In den verbotenen Büchern aus dem Zweiten Krieg ist mehrfach von ihm die Rede.«

»Ich glaube nicht an Zauberei«, stellte ich klar. »Nur an das, was ich mit eigenen Augen sehen kann.«

»Dann sehen Sie sich diese Hallen an«, sagte sie. »Sie haben einst zu einem stolzen Palast gehört! Und haben Sie je die bronzenen Statuen betrachtet, die im Stadtpark stehen?«

»Sie meinen die beiden Orks?«, fragte ich und gab mich

---

[2] Auch dies ist – bedauerlicherweise – nachzulesen

demonstrativ unbeeindruckt. »Die von den Tauben das ganze Jahr über mit Vorliebe vollgesch …«

»Ihre Namen waren Balbok und Rammar«, fiel sie mir energisch ins Wort. »Vermutlich waren sie die größten Helden, die Ihr Volk jemals hervorgebracht hat.«

»Ich habe kein Volk, Gräfin«, erwiderte ich achselzuckend. »Ich bin ein sogenannter *kurdully* – wissen Sie, was das ist?«

»Ich nehme an, dass es von *kurduliash* kommt, was ein Viertel meint oder einen vierten Teil.«

Ich nickte – Orkisch konnte die alte Dame also auch noch, sie steckte wirklich voller Überraschungen. »Es bedeutet ›Viertelork‹ und ist ein abwertender Ausdruck für jemanden, dessen Großmutter oder Großvater Ork gewesen ist«, entgegnete ich. »Während Halborks allgemein anerkannt sind, gelten Viertelorks weder als wirkliche Menschen noch als richtige Orks, sie sind Missgeburten, die keiner haben will, was auch der Grund dafür sein dürfte, dass mich meine lieben Eltern kurz nach meiner Geburt ausgesetzt haben. Also fragen Sie mich besser nicht, was ich von Völkern halte oder von alten Traditionen, denn ich habe mit dem ganzen Blödsinn nun mal nichts am Hut.«

Ich war hart und barsch geworden. Und wie immer, wenn ich mehr geredet hatte, als ich eigentlich wollte, verspürte ich bereits im nächsten Moment ein Gefühl von Reue. Verdammt noch mal, wieso erzählte ich der alten Schachtel das alles? Was ging es sie an, woher ich kam und was ich dachte?

Die Gräfin gab sich unbeeindruckt. »Wenn es so ist«, erwiderte sie leise, »warum haben Sie Ihren aktuellen Auftrag dann angenommen? Besteht Ihre Aufgabe nicht darin, etwas zu finden? Ein Artefakt aus ferner Vergangenheit?«

»Sieh an«, meinte ich, ohne eine Miene zu verziehen,

»Sie scheinen ja wirklich allerhand zu wissen.« Ich hatte nicht die geringste Lust, ihre Frage zu beantworten, deshalb ging ich direkt zum Angriff über. »Was mich allerdings auch zu dem Schluss bringt, dass Sie einen armen Kerl namens Loryn Cayro kannten, den man unten im Westbezirk mit den Beinen voran aus dem Kanal gefischt hat. Und dass der gute Jokus Hammerfall Sie besucht hat, um Ihnen ebendies mitzuteilen – und dass die Polizei die Ermittlungen im Fall Cayro aufgenommen hat.«

Auch wenn es vermutlich nicht ihr Spiel war – die Gräfin hätte beim Zwergenpoker gute Chancen gehabt. Sie zuckte mit keiner Wimper, während sie mich weiter ansah.

»Und wenn es so wäre?«, fragte sie nur.

»Dann würde ich mich fragen, ob Sie etwas mit Cayros Ableben zu tun haben – beziehungsweise jemand, der in Ihrem Auftrag tätig ist.«

»Lassen Sie Ihre Anspielungen«, bat sie sich aus, »ich weiß nichts von diesen Dingen. Loryn Cayro ist mir von Auktionen bekannt, die ich hin und wieder besuche. Aber von seiner Ermordung wusste ich nichts. Ich bedaure das sehr. Er war ein Kenner der Geschichte, davon gibt es nicht mehr viele in dieser vergnügungssüchtigen, ganz und gar der Gegenwart verfallenen Welt.«

Ich sah sie prüfend an. Entweder sie war eine verflixt gute Schauspielerin oder verdammt naiv – beides schien nicht zu ihr zu passen. Blieb noch als dritte Möglichkeit, dass sie die Wahrheit sagte, eine überaus seltene Tugend ...

»Dann sollten Sie sich dringend mit Ihrem Freund Hammerfall unterhalten, vielleicht hat er ja etwas in der Sache zu sagen.«

Sie hatte sich wieder den Statuen zugewandt und tat so, als wäre sie so in deren Betrachtung vertieft, dass sie mich gar nicht hörte. »Also schön«, sagte sie dann und warf mir einen Blick zu, der weder naiv noch geheuchelt schien – dafür glaubte ich, eine leise Warnung darin aufblitzen zu sehen. »Legen wir die Karten auf den Tisch, Dyn Rash. Der junge Meister Hammerfall arbeitet für mich. Er hat denselben Auftrag wie Sie, nämlich etwas von großem Wert für mich zu finden und zu besorgen.«

»Einen Elfenfetisch für Ihre Sammlung«, folgerte ich.

»Wenn Sie das sagen.«

»Allerdings.« Ich nickte. In einer Hinsicht hatte sich Kity geirrt – es war kein Mann, der mit ihr um den Besitz des Fetischs konkurrierte, sondern eine Frau. Allerdings lag sie falsch, was die Motivation ihrer Konkurrentin betraf, denn ganz offenbar war es nicht nur Sammelleidenschaft, die aus Alannah da Syola sprach. Die geheimnisvolle alte Dame schien von der Vergangenheit geradezu besessen zu sein. Möglicherweise auch genug, um dafür einen Mord wenn schon nicht selbst zu begehen, so doch in Kauf zu nehmen …

»Aber irgendwie ist die Sache aus dem Ruder gelaufen«, fuhr ich fort, »denn auch Loryn Cayro war mit der Suche nach diesem mysteriösen Ding beauftragt, und jetzt ist er tot. Und ich kann mir nicht vorstellen, dass Sie mit einem Mord oder anderen dunklen Geschäften in Verbindung gebracht werden wollen. Nicht bei all den hübschen Sachen hier.« Ich grinste schief und machte eine ausladende Handbewegung, die das ganze unterirdische Museum einschloss.

»Völlig richtig«, gab sie unumwunden zu. »Deshalb sind ja auch Sie hier.«

»Was denn? Wollen Sie mir die Sache anhängen?«

»Keineswegs. Ich habe Ihnen einen Vorschlag zu machen.«

Ich muss gestehen, dass ich mit dieser Wendung nicht

gerechnet hatte. Für einen Augenblick sah ich weit weniger intelligent und abgekocht aus, als ich es mir gewünscht hätte.

»Ich möchte, dass Sie für mich arbeiten, Dyn Rash«, führte die alte Dame weiter aus und hatte die Überraschung damit endgültig auf ihrer Seite.

»Stellen Sie sich hinten an«, knurrte ich.

»Es geht hier um sehr viel mehr, als Sie ahnen«, fügte sie hinzu, und mich beschlich ein hässliches Gefühl. Hatte ich das nicht schon einmal gehört?

»Tatsächlich?« Ich verbarg meine wachsende Unruhe hinter einer Grimasse. »Und worum genau geht es, wenn es erlaubt ist zu fragen?«

»Sie sagten vorhin, dass Sie nicht an Magie glauben.«

»Allerdings nicht.« Ich schüttelte den Kopf.

»Dann werden Sie auch nicht in der Lage sein, die Wichtigkeit dieser Angelegenheit in vollem Umfang zu erfassen.«

»Dann eben nicht.« Ich zuckte mit den Schultern. »Spielt auch keine Rolle, denn ich habe bereits einen Auftraggeber.«

»Das ist mir klar, aber in diesem Fall geht es mir nicht um den ... den Fetisch. Jokus Hammerfall ist außerordentlich gut darin, verlorene Dinge wiederzubeschaffen. Er stellt keine überflüssigen Fragen, und durch seinen Vater verfügt er über ein ausgezeichnetes Netzwerk an Verbindungen. Allerdings weiß ich auch um seinen Ruf, deshalb habe ich einen Kollegen von Ihnen damit beauftragt, dem jungen Meister auf die Finger zu sehen.«

»Sie haben einen Privatschnüffler auf ihn angesetzt?«

»Ich ziehe den Ausdruck ›privater Ermittler‹ vor. Das sollten Sie auch. Die Kooperation mit gewissen Kreisen lässt sich in meinem Metier bisweilen nicht vermeiden.

Aber die Erfahrung hat mich gelehrt, dass es von Vorteil ist, sich abzusichern.«

»Glückwunsch«, sagte ich nur. Die Leidenschaft dieser Frau mochte der Vergangenheit gehören, aber dennoch stand sie mit beiden Beinen fest in der Gegenwart.

»Bedauerlicherweise«, fuhr sie fort, »ist der von uns beauftragte Ermittler spurlos verschwunden.«

»Von uns?«, hakte ich nach.

»Dass ich hier allein vor Ihnen stehe, bedeutet nicht, dass ich auch alleine bin. Ich handle stellvertretend für eine Gruppe von Interessenten.«

»Aha«, machte ich nur. Wann immer ein wenig Licht in diesen Fall zu kommen schien, wurde es schon im nächsten Moment noch komplizierter als zuvor. Allmählich wurde das zur schlechten Gewohnheit. »Und seit wann ist Ihr Schnüffler – Verzeihung, Ermittler – verschwunden?«

»Seit gestern Abend. Er sollte mir neue Informationen liefern, ist jedoch nicht zu unserem Treffen erschienen, was bislang noch niemals vorgekommen ist, und ich sehe mich auch außerstande, ihn zu erreichen. Sie verstehen also, dass ich mir ernstlich Sorgen mache?«

»Durchaus – und ich soll den Knaben für Sie finden?«

»So ist es.«

Ich nickte, während ich mich unwillkürlich fragte, ob dieser vermisste Kollege womöglich derselbe war, der mich kontaktiert und zu jenem fruchtlosen Treffen bestellt hatte. Der Zeitrahmen hätte gepasst, und er hatte beinahe dieselben Worte gebraucht wie meine geheimnisvolle Gastgeberin vorhin. Und er hatte mich vor Kity gewarnt …

War deshalb niemand rangegangen, als ich versucht hatte, ihn anzurufen? Hatte mein Kollege womöglich denselben unbekömmlichen Pfad beschritten wie Loryn Cayro?

»Wie ist sein Name?«, wollte ich wissen.

Gräfin da Syola lächelte dünn. »Das werde ich Ihnen erst verraten, wenn Sie in den Auftrag eingewilligt haben. Ich bin nicht dumm, Dyn Rash.«

Ich nickte und kam nicht umhin, beeindruckt zu sein. In meinem Beruf hatte ich öfter mit Leuten zu tun, die Macht oder Geld besaßen und manchmal auch beides, doch selten strahlten sie eine solche Gelassenheit aus wie diese Frau. Meist waren sie damit beschäftigt, sich selbst in Szene zu setzen oder Drohungen auszusprechen, was letztlich nur übertünchen sollte, was für miese kleine Lichter sie eigentlich waren. Bei der Gräfin war es anders. Sie wusste genau, wer sie war und was sie wollte und welche Schritte nötig waren, um es zu erreichen. Solche Auftraggeber waren selten, und ein Teil von mir – und ich fragte mich, ob es der menschliche oder der orkische war – hätte ihr gerne zugesagt. Der andere hingegen hielt an der Mission fest, die ich mir gegeben hatte, ob mit oder ohne offiziellen Auftrag …

»Tut mir leid«, erwiderte ich leise, »aber so etwas mache ich nicht. Ich habe bereits einen Klienten, und die beiden Fälle sind zu eng miteinander verbunden, als dass ich sie gleichzeitig bearbeiten könnte.«

Sie hob eine Braue. »Liegt es am Geld?«

»Nein.« Ich schüttelte den Kopf. »Ist mehr eine Frage der Berufsehre.«

Sie sah mich an, durchdringend, rätselhaft. Dann spielte ein Lächeln um ihre Züge. »Ehre ist ein Wort, das heutzutage nicht mehr oft in den Mund genommen wird«, sagte sie. »Sie haben mehr von Ihrem Namensvorbild, als Ihnen klar ist, Corwyn Rash.«

»Kaum.« Ich schüttelte den Kopf. »Ich möchte nur nicht mehr Ärger, als ich vertragen kann.«

»Das verstehe ich.« Sie nickte – und plötzlich veränderten sich ihre Züge, wurden beinahe so hart und unnahbar wie die der Statuen, die uns umgaben. »Umso mehr bedaure ich, Ihnen nun Unannehmlichkeiten bereiten zu müssen.«

»Ist nicht nötig«, versicherte ich. »Ich werde einfach hier rausspazieren und schon im nächsten Moment alles vergessen haben, was zwischen uns gesprochen wurde.«

»Das können Sie nicht, und das wissen Sie«, erwiderte die Gräfin kopfschüttelnd. Sie war wirklich ein verdammt schlaues Mädchen. »Ich fürchte daher, dass Sie mein Gast bleiben müssen, bis die ... Angelegenheit zu unserer vollständigen Zufriedenheit abgeschlossen ist. Bronson?«

»Moment mal!« Ich hob abwehrend die Hände. »Überlegen Sie sich das gut, Durchlauchtigste. Bislang hat mir Ihr Schlägertroll lediglich eins übergebraten, und wir beide haben nur ein wenig miteinander geplaudert – nichts, worüber man groß grübeln müsste. Aber wenn Sie mich gewaltsam hier festhalten, ist das Entführung und damit ein hässliches Kapitalverbrechen. Ich denke nicht, dass Sie damit etwas zu tun haben wollen, oder?«

Wortlos sah sie mich an. Bedauern sprach dabei aus ihren Zügen, ehrliches Mitgefühl, wie man es in Dorglash nur sehr selten zu sehen bekommt. Doch ihr Gesicht blieb so hart und unnachgiebig wie ein Zwergenpanzer im Vorwärtsgang. »Ich wünschte, diese Wahl hätte ich noch«, sagte sie ebenso leise wie rätselhaft, dann nickte sie ihrem Kleiderschrank zu, und zwei Pranken, so groß und schwer, dass man ihnen unmöglich entkommen konnte, packten mich von hinten.

Die eine versiegelte mir den Mund, die andere ergriff meinen rechten Arm und riss ihn mir derart auf den Rücken, dass gleißender Schmerz durch das Schultergelenk flutete. Nur noch ein winziges Stück weiter, und ich würde ihn niemals wieder bewegen können.

»Tut mir leid«, sagte Gräfin da Syola, während ich in die Knie brach und niederging.

»Mir auch«, versicherte ich, dann wurde ich auch schon nach draußen geschleppt. Und ein Gefühl sagte mir, dass man mich diesmal nicht ins Kaminzimmer bringen würde.

14

Es war eine kleine Kammer in einem der turmähnlichen Erker des Gebäudes – der Trollwächter der Gräfin brachte mich hin und schloss mich dort ein. Und als wäre das noch nicht genug, pflanzte er sich auch noch als Wächter davor, wie die Schatten seiner Füße verrieten, die durch den unteren Türspalt fielen.

Zuvor mochte ich bislang noch kein Gefangener gewesen sein, jetzt war ich es ganz bestimmt. Die Kammer hatte nichts zu bieten außer einem unbequem aussehenden Bett und einem Waschbecken mit tropfendem Hahn. Von den Fußschellen, die mein Bewacher mir angelegt hatte, ganz zu schweigen.

Mit klirrenden Schritten ging ich ans Becken und schaufelte mir einige Ladungen Wasser ins Gesicht. Dann setzte ich mich aufs Bett, dessen Federn unter meinem Gewicht kläglich quietschten, und ging in Gedanken alles noch einmal durch: Kitys Worte, den Mord an Loryn Cayro, die Begegnung mit Jokus Hammerfall und die Unterredung mit der Gräfin. Jeder, der seine Finger in dieser Sache hatte, schien sein eigenes Süppchen zu kochen, und ich stand irgendwo abseits, sozusagen zwischen allen Töpfen, und versuchte, das Menü zu erraten. Eins war mir inzwischen klar geworden: Bei diesem Fetisch, diesem rätselhaften

Ding, hinter dem sie alle her waren, ging es um mehr als nur um einen Gegenstand von beträchtlichem Wert – Geld hatten diese Leute alle, und zwar weit mehr, als ihnen guttat. All das hier drehte sich um etwas, dessen Wert jenseits bloßer Orgos lag, vermutlich um Ansehen, um Macht und um Einfluss. Und auch dafür waren manche Leute bereit, über Leichen zu gehen.

Es war kalt in der Kammer, zumal ich meinen Mantel nicht zurückbekommen hatte, ebenso wenig wie meinen Hut. Das Fenster war undicht und klapperte, wann immer ein Windstoß dagegenfuhr. Ich mochte die Vorstellung nicht, dass dieses Loch für die nächsten Tage, wenn nicht sogar Wochen, meine Bleibe sein sollte. Und das auch nur, falls meine Gastgeberin ihren Sinn nicht noch änderte und mich aus dem Weg schaffen ließ.

Ich ging zum Fenster und warf einen Blick hinaus. Im Mondlicht konnte ich die Umgebung erkennen, jede Menge Bäume und das nahe Moor. Ich befand mich schätzungsweise im fünften Stock, bis nach unten waren es gut und gern zwanzig Yards. Zu viel, um einfach aus dem Fenster zu springen. Aber vielleicht ...

Das Fenster ließ sich öffnen. Ich stieß es auf und warf einen Blick hinaus – um festzustellen, dass mich das Glück offenbar doch nicht ganz verlassen hatte.

Unmittelbar über dem Fenster befand sich ein Dachüberstand mit einer Regenrinne. Von dort zweigte senkrecht ein Rohr ab, das nur eine Armlänge vom Fenster entfernt in die dunkle Tiefe führte. Das Ding war rostig und nass vom Regen und sah nicht vertrauenerweckend aus, aber es war ja nicht so, als ob ich viele Möglichkeiten zur Auswahl hätte. Entweder ich versuchte mein Glück mit diesem Regenrohr, oder ich würde für eine ziemlich lange Zeit aus dem Spiel sein – vielleicht sogar für immer.

Ich brauchte nicht lange zu überlegen. Die Fußfesseln stellten noch ein Hindernis dar, allerdings keins, mit dem ich nicht fertigwerden konnte. Ich ging zurück zum Bett und ließ mich wieder darauf fallen, geräuschvoll, damit der Unhold vor der Tür es auch mitbekam. Sollte er ruhig denken, dass ich mich zur Ruhe gebettet hatte, die Wahrheit würde ihm noch früh genug dämmern.

Auf dem Bett kauernd, zog ich die Beine so an, dass ich nach den Schuhen greifen konnte, und drehte am Absatz des rechten Schuhs. Der verborgene Mechanismus reagierte, und das kleine Geheimfach sprang auf, in dem ich stets einen kurzen Dietrich und ein Stück Draht aufbewahre, eine Kombination, die mir bereits manches Mal aus der Patsche geholfen hatte. Ich griff nach den beiden Gegenständen und stocherte damit im Schloss der Fußschellen herum, bis mir ein metallisches Klicken Erfolg signalisierte. Bemüht, kein Geräusch zu verursachen, nahm ich mir die Fesseln ab und legte sie auf das Bett. Ich verbarg das Werkzeug wieder an seinem geheimen Platz, dann stand ich auf und zog ein Stück vom Bettlaken heraus. Vorsichtig riss ich zwei Streifen ab, mit denen ich mir die Hände umwickelte, als wollte ich mich erneut in den Boxring begeben. Dann schlich ich zum Fenster und beugte mich hinaus.

Der Abgrund kam mir jetzt noch tiefer vor, aber es half nichts. Indem ich mich am Rahmen festhielt, kletterte ich auf die Fensterbank. Die Laibung war so hoch, dass ich beinahe aufrecht darin stehen konnte. Mich mit der rechten Hand am Rahmen festhaltend, griff ich mit der anderen hinaus zum Rohr und bekam es zu fassen. Jetzt kam der schwierigste Teil. Wenn ich mit der anderen Hand danebengriff oder abrutschte, würde meine Flucht ein unrühmliches Ende finden.

Keine schöne Vorstellung.

Ich verdrängte sie und schwang mich hinaus, wobei ich es vermied, in die Tiefe zu blicken. Doch meine Rechte fand an dem regennassen Rohr tatsächlich keinen Halt. Einen Augenblick lang drohte ich abzustürzen, aber dann konnte ich mit dem Fuß auf einer der Halterungen Tritt fassen, mit denen das Rohr an der Wand befestigt war, und das rettete mir den Hals.

Nun ging es senkrecht hinab, freilich nicht unbedingt so, wie ich es wollte. Mein Plan war es gewesen, einigermaßen kontrolliert an dem Rohr hinabzugleiten, aber das gelang mir nur zu Beginn. Ich rutschte jeweils bis zur nächsten Befestigung und fing mich dort mit dem Fuß wieder ab, doch als einer der rostigen Halter unter meinem Gewicht nachgab, ging es einfach so dahin.

Ich rutschte sehr viel schneller, als mir lieb sein konnte, und mir blieb nur noch, mich festzuhalten und das Beste zu hoffen. Es waren vielleicht noch zwei Mannslängen bis zum Boden, als eine weitere Halterung brach, diesmal über mir, und zwar ausgerechnet dort, wo das Rohr geteilt war und lediglich durch eine rostige Flansch zusammengehalten wurde. Das Metall riss wie trockenes Papier, und von meinem Gewicht gezogen knickte das Regenrohr wie ein Strohhalm ab und kippte, während ich wie ein Zirkusaffe daran hing. Ich reagierte rasch und sprang ab, landete im kniehohen Gras, das mich auffing, ohne dass ich mir alle Knochen brach.

Schlimmer war der infernalische Lärm, den das brechende Metall verursachte und der weithin zu hören war.

Reglos verharrte ich am Boden.

Einen Augenblick lang blieb es still.

Dann war ganz in der Nähe Gebell zu hören, und es war zu laut und zu wild, um von gewöhnlichen Hunden zu stammen.

Warge, schoss es mir durch den Kopf.

Da sprang ich auch schon auf und begann zu laufen.

Mein ursprüngliches Ziel war die Zufahrtsstraße gewesen, wo mit etwas Glück noch mein Wagen stand. Doch das Bellen drang direkt vom Eingangstor herüber, und nicht nur aus einer, sondern aus drei oder vier vor Blutdurst heiseren Kehlen. Ich machte kehrt und lief zur anderen Seite, in Richtung des Moors, das sich dort erstreckte.

Ich rannte, so schnell ich konnte, was angesichts der Prügel, die ich bezogen hatte, nicht viel heißen mochte, quer durch den Park der Villa, der wie ein verwunschener Garten wirkte: Die Hecken und Bäume waren so zurechtgestutzt, dass sie wie Skulpturen wirkten, dazwischen ragten Standbilder auf, deren weißer Marmor im Mondlicht leuchtete. Im ersten Moment zuckte ich zusammen, weil ich die steinernen Kameraden für Verfolger hielt, aber von ihnen ging keine Gefahr aus – von dem Gebell, das in meinem Nacken war und immer näher kam, dafür umso mehr. Die Warge holten auf!

Jetzt waren auch Stimmen zu hören, die heisere Befehle riefen. Ich konnte nicht verstehen, was sie sagten, dazu ging mein Atem viel zu laut, und das Blut rauschte zu sehr in meinen Ohren. Aber die Stimmen machten mir endgültig klar, dass Alannah da Syola nicht gelogen hatte, als sie sagte, dass sie nicht allein auf ihrem Anwesen sei.

Mit einem Sprung setzte ich über einen Bach, der unmittelbar vor mir verlief, und landete in hüfthohem Farn. Hals über Kopf hetzte ich weiter und stand plötzlich vor dem Gitterzaun, der das Gelände umlief. Jetzt war ich dankbar für das elfische Design, dessen verschlungene Formen es mir ermöglichten, Halt und Tritt zu finden, um hinüberzuklettern – an den messerscharfen Dornen, die den Zaun krönten, schlitzte ich mir mein Jackett auf, aber darauf kam es nicht mehr an.

Jenseits des Zauns verharrte ich kurz. Das Haus, dessen düstere Fassade jenseits des Parks aufragte, war hell erleuchtet, auch das Turmzimmer, aus dem ich geflüchtet war. Man hatte also bereits bemerkt, dass ich mich dünnegemacht hatte.

Verdammter *shnorsh!*

Ich fuhr herum und lief weiter. So schnell meine müden Beine mich trugen, überquerte ich ein freies Feld, auf dem ich weithin zu sehen war. Der Boden unter meinen Füßen war feucht und schmatzte bei jedem Schritt, machte das Vorankommen noch anstrengender als zuvor, aber ich biss die Zähne zusammen und rannte, bis mich der Schutz einiger Kiefern und Birken umfing, die mich neugierigen Blicken entzogen.

In gebückter Haltung setzte ich meine Flucht fort, auf einem wilden Zickzackkurs rechts und links an den Wasserlöchern vorbei, die zwischen den Bäumen und hohen Schilfbüscheln klafften. Wirklich zu sehen waren sie nur dann, wenn ihre glasglatte schwarze Oberfläche den Mond reflektierte – meist waren sie von welkem Laub bedeckt, und man musste verdammt aufpassen, sie nicht mit festem Boden zu verwechseln.

Meine Hoffnung, der hohe Zaun würde die Warge eine Weile aufhalten, zerschlug sich – offenbar gab es irgendwo an der Hinterseite des Grundstücks ein Tor, durch das die Viecher nach draußen gelangten. Ein Blick über die Schulter zeigte dunkle Gestalten, die die Bestien führten – und sie im nächsten Moment von den Ketten ließen. Vermutlich hatte man die Warge an meinem Mantel und meinem Hut schnuppern lassen. Den Rest konnte man getrost diesen Biestern überlassen, darin waren sie wahre Meister.

Ich hastete weiter. Obwohl ich wusste, dass ich nicht schnell genug sein würde, sträubte sich etwas in mir dagegen aufzugeben. Vermutlich war es der orkische Anteil in mir, der weiterkämpfen wollte, während den menschlichen die Aussichtslosigkeit meiner Flucht erschreckte.

Plötzlich ein Knacken, der Boden unter mir gab nach. Ich konnte nicht mehr rechtzeitig reagieren und stürzte hinab, landete bäuchlings in morastigem, eisig kaltem Wasser und tauchte für einen Moment unter. Fluchend kam ich wieder hoch, wollte aus dem Moorloch klettern, während meine durchnässten und verdreckten Kleider bleischwer an mir hingen und mich nur noch langsamer gemacht hätten – als mir ein spontaner Einfall kam.

Statt weiterzulaufen und meine Kraft in einer aussichtslosen Flucht zu verschwenden, griff ich mir ein fingerdickes Schilfrohr vom Rand des Lochs und brach es auf zwei Ellen Länge ab. Das eine Ende nahm ich zwischen die Zähne, als ob ich das verdammte Ding rauchen wollte, und siegelte die Lippen darum. Schließlich, als das Gebell der Warge schon fast heran war, tauchte ich unter, das Schilfrohr als Schnorchel benutzend.

Es war der älteste aller Tricks – einer von denen, die jeder kannte, aber kaum jemals ausprobierte. Bis zu dem Augenblick, da einen die schiere Verzweiflung dazu trieb.

Das Rohr war – immerhin – dick genug, um mich mit Luft zu versorgen. Viel schwieriger war es, untergetaucht zu bleiben, während ich meine Lungen ein um das andere Mal mit Luft füllte. Mit beiden Händen hielt ich mich an Schilf und Baumwurzeln fest, während ich mit weit aufgerissenen Augen nach oben starrte. Dann sah ich sie: Schwarz und drohend zeichneten sich ihre Umrisse gegen das helle Mondlicht ab.

Warge.

Große, fette Biester ...

Sie geiferten und schnüffelten, während sie erneut Witterung aufzunehmen versuchten. Ich zwang mich, ruhig und gleichmäßig zu atmen, aber die Luft, die durch das Schilfrohr in meine Lungen kam, war spärlich. Mein Pulsschlag steigerte sich in meinem Kopf zu einem hämmernden Stakkato, und alles in mir verlangte danach, aufzutauchen und die kalte Nachtluft in meine Lungen zu saugen ... aber ich zwang diesen Drang nieder und wartete ab, dem Ork in mir zum Trotz.

Augenblicke dehnten sich zu Ewigkeiten, während ich mich dort unten festklammerte und mucksmäuschenstill verhielt, den Blick stets auf die gedrungenen, fellbesetzten Körper gerichtet, die bald hier und bald dort schnüffelten – aber schließlich wieder abzogen.

Ich blieb noch lange genug unter Wasser, um sicherzugehen, dass mich die Biester nicht mehr wittern konnten. Dann tauchte ich vorsichtig auf. Endlich bekam ich wieder ausreichend Luft in die Lungen. Dass sie nach Torf und fauligem Laub roch, scherte mich nicht.

Ich wartete, bis sich Atmung und Pulsschlag wieder normalisiert hatten, dann griff ich nach einem Grasbüschel und zog mich daran aus der Brühe. Vorsichtig spähte ich durch das Schilf. Die Warge waren abgezogen, ebenso wie ihre Herren. Ich war nass bis auf die Haut und fror wie ein nackter Gnom im Eisschrank, aber das war allemal besser, als im Maul gefräßiger Bestien zu landen. In dieser Nacht musste man seine Erwartungen herunterschrauben.

Ich war noch keinen Schritt gegangen, als sich an meinem linken Arm ein brennender Schmerz bemerkbar machte. Ich blieb stehen und schob den Ärmel zurück. Ein schwarzes, schleimiges, etwa eine Handspanne langes Etwas klebte an meinem Unterarm. Ein verdammter Blutegel.

Mit einer Verwünschung pflückte ich ihn ab und warf ihn ins Wasser zurück. Vermutlich waren mir noch mehr von den Biestern unter die Kleider gekrochen, aber es blieb jetzt keine Zeit, sie zu entfernen. In meinen triefnassen Klamotten stolperte ich weiter, zum Laufen war ich nicht mehr fähig. Ich umging das Anwesen in einem weiten Bogen, den ich in südwestlicher Richtung schlug, die Augen dabei stets auf den trügerischen Boden gerichtet, die Ohren auf das Gebell der Warge.

Nur noch vereinzelt hörte ich sie jetzt, und sie waren auch weiter entfernt. Mit etwas Glück hatten meine Verfolger die Suche aufgegeben. Meine Hoffnung war es, dass mein Wagen noch immer in seinem Versteck zwischen den Bäumen stand. Vielleicht hatten da Syolas Leute ihn nicht gefunden, vielleicht auch nicht einmal danach gesucht. Matt und müde kämpfte ich mich durch das nächtliche Moor, setzte einen Schritt vor den anderen – und erreichte endlich die Zufahrtsstraße.

Ich folgte ihr ein Stück auf das Anwesen zu, wobei ich mich eng im Schutz der Bäume hielt, aber von den Wargen und ihren Herren war nichts mehr zu sehen. Zumindest diesmal war meine Hoffnung nicht vergebens – der T 37 stand noch immer da, wo ich ihn gelassen hatte, die Schlüssel hatte ich noch in der Hosentasche.

Ich stieg ein, und es war mir ziemlich egal, dass ich das glatte Leder der Sitze mit meinem nassen, verdreckten Anzug besudelte. Ich chokte den Wagen aus dem Schlaf, legte den Rückwärtsgang ein und stieß auf die Straße zurück.

Dann gab ich Gas.

15

Zurück in meiner Wohnung, warf ich meine verdreckten und zerschlissenen Klamotten kurzerhand in den Müll und entfernte die Blutegel an mir mithilfe eines Feuerzeugs. Dann nahm ich eine ausgiebige Dusche, während der meine Lebensgeister allmählich wieder zurückkehrten – auch wenn der Typ, der mich aus dem Badspiegel angrinste, noch immer ziemlich beschissen aussah. Ich gönnte mir etwas Schlaf, ehe ich mich rasierte und in frische Kleidung schlüpfte, einen dunkelgrauen Zweireiher, passend zur Stimmung.

Inzwischen war es acht Uhr morgens. Ich ging runter ins Büro und wählte Kegs Nummer. Auf ein Frühstück verzichtete ich, ich hätte ohnehin keinen Bissen runtergebracht. Mein Appetit auf Informationen war dafür umso größer ...

»Ingrimm?«, knisterte es aus dem Hörteil.

»Hier Rash«, erwiderte ich. Ich klang, als hätte ich mit Trollpisse gegurgelt.

»Schon so früh auf den Beinen? Da hättest du auch bei der Polizei bleiben können.«

»Sehr witzig.« Ich schürzte die Lippen. »Keg, ich brauche eine Information.«

»Uh-oh«, machte es.

»Was?«

»Hat es etwas mit der Sache zu tun?«

Ich beschloss, mich dämlich zu stellen. »Mit welcher Sache?«

Keg seufzte. »Mit dem Mord an Loryn Cayro. Keine Spiele, Corwyn, ich bekomme mächtig Druck in diesem Fall, von Orgood ganz zu schweigen. Der Scheißkerl kann es kaum erwarten, dass mir ein Fehler unterläuft. Das Letzte, was ich jetzt brauchen kann, ist ein Privatschnüffler, der mir dazwischenfunkt.«

Ich schnitt eine Grimasse, mein ehemaliger Partner tat mir beinahe leid. »Nein«, sagte ich dann, was von einem gewissen Standpunkt aus ja durchaus der Wahrheit entsprach. »Es geht um einen anderen Fall, an dem ich arbeite. Und um einen Kollegen, der verschwunden ist.«

»*Korr*«, knurrte Keg. Es klang weniger erleichtert, als ich erwartet hatte. Offenbar hätte er ein wenig Unterstützung ganz gut brauchen können.

»Es geht um einen Telefonanschluss in Dorglash«, rückte ich heraus. »Ich brauche die Adresse.«

»Was du nicht sagst. Und was bekomme ich dafür?«

Ich unterdrückte ein Grinsen – ob gewollt oder nicht, Keg hatte den Preis gerade eben selbst genannt. »Sollte mir etwas über den Mord an Loryn Cayro zu Ohren kommen, erfährst du es als Erster.«

»Ich dachte, du arbeitest nicht an dem Fall?«

»Natürlich nicht. Aber es könnte ja sein, dass ich was mitkriege.«

»Ich warne dich, Rash. Wenn du hier ein doppeltes Ding abziehst, krieg ich dich dran wegen Behinderung.«

»Keine Sorge. Du hilfst mir, ich helfe dir. Einfacher Handel, okay?«

Keg brauchte ungewöhnlich lange, um sich zu entschei-

den. Sie schienen ihm tatsächlich ziemlich im Nacken zu sitzen, er hatte wohl nicht übertrieben.
»Okay«, sagte er endlich.
Ich nannte ihm die Nummer, die mein angeblicher Kollege mir in jener Gasse gegeben hatte, und Keg versprach, sich wieder zu melden. Schon nach zwanzig Minuten klingelte das Telefon, und ich hatte die Adresse.
Es war eine Hausnummer in der Brad Dollan, nicht weit entfernt von der Ecke Mor/Dan, wo wir uns getroffen hatten. Ich holte den Tavalian aus der Garage und fuhr hin – dass ich den Fahrersitz vorher noch oberflächlich reinigen musste, um mir nicht den Anzug zu versauen, und es im Wagen noch immer stank, als hätte er eine Woche auf dem Grund der Modersee gestanden, musste ich in Kauf nehmen.
Da sich der Verkehr in Dorglash am frühen Vormittag noch in Grenzen hielt, nahm ich den kürzesten Weg: die Shal Mor hinauf, mich dabei stets unter den Gleisen der Hochbahn haltend, die auf stählernen Stelzen die Straße hinauf- und hinabdonnerte. So ziemlich jede Gegend von Dorglash sah am hellen Tag ziemlich mies aus, wenn weder Dunkelheit noch Neonschein den Schmutz überspielte, sondern das fahle Tageslicht erbarmungslos das ganze Elend zum Vorschein brachte; das Viertel, in dem sich mein verschwundener Kollege niedergelassen hatte, gehörte jedoch zu den besonders abgeranzten Ecken. Ich hatte das Gefühl, dass mich zwei Dutzend verborgene Augen beobachteten, als ich den T 37 am Straßenrand parkte und ausstieg, und ich hatte mich noch keine fünf Schritte entfernt, als fünf Jungorks in Lederjacken auftauchten und um den Wagen scharwenzelten, als wollten sie ihn polieren. Dabei war ziemlich klar, was sie im Sinn hatten …
»Hey«, sagte ich und blieb stehen.

»*Achgosh-douk*, Fremder«, erwiderte einer der Jungs, offenbar der Anführer der Bande. Er hatte frische grüne Backen und entblößte ein lückenhaftes Gebiss. Die oberen Schneidezähne hatte er eingebüßt, wohl als er das Maul einmal zu oft aufgerissen hatte. »Schönen Wagen hast du da.«

»Weiß ich«, versicherte ich, während ich in die Tasche meines Mantels griff und eine Zigarette hervorholte, die ich mir ansteckte. »Und so soll es auch bleiben, *korr?*«

»Aber klar doch!« Der Junge mit den grünen Backen tätschelte liebevoll den rechten Kotflügel. »Fiele uns doch nicht im Traum ein, einem so schönen Vehikel auch nur eine Schraube zu krümmen. Nicht wahr, Leute?«

Er sah zu seinen Kumpanen, die alle blöde grinsten. An ihren Gürteln hingen *gash'hai* – kurze, aber scharfe Messer, die man in den meisten Orkbanden erst dann tragen durfte, wenn man jemanden umgebracht oder zumindest ins Hospital verfrachtet hatte.

»Folgender Vorschlag«, paffte ich. »Ihr fünf Pfeifen könnt euch auf die Schnelle zwanzig Orgos verdienen.«

»Was müssen wir dafür tun?«, erkundigte sich der Junge mit den grünen Backen keck. »Jemanden abstechen?«

»Auf meinen Wagen aufpassen«, erwiderte ich. »Ich hänge nämlich an dem Blech und würde es gerne behalten.«

»Und wenn wir keine Lust haben?«

Ich klemmte mir die Zigarette zwischen die Lippen und grinste freudlos – ich hatte nichts anderes erwartet. »In diesem Fall«, sagte ich, während ich nach dem R.65 griff und ihn halb aus der Manteltasche zog, »wird mein Freund hier euch den Handel gerne noch einmal erklären. Er wurde gebaut, um vorlauten Zwergen das Maul zu stopfen. Funktioniert aber auch prima bei dämlichen jungen Orks mit zu dicken *bhull'hai*. Also, Freunde, was darf es sein?«

Seine Kinnlade klappte auf, und seine grünen Backen blähten sich, während er nervös zu seinen Kameraden sah. Keiner von ihnen lachte mehr.

»*Korr*, Fremder, schon kapiert«, meinte er dann hastig. »Deinem Wagen passiert nichts. Kannst dich auf uns verlassen.«

»Bei eurer *unur*?«, fragte ich. Einen jungen Ork bei seiner Ehre zu packen, kam einem Fremden eigentlich nicht zu. Aber nachdem wir bereits so nett geplaudert hatten, waren wir ja eigentlich keine Fremden mehr.

»Bei unserer *unur*«, bestätigte der Junge mit den grünen Backen zähneknirschend – jetzt hätte sie nicht einmal mehr ein ausgewachsener Troll davon abhalten können, meinen Flitzer notfalls mit ihren Zähnen zu verteidigen.

Ich nickte und ging meines Weges, an geschlossenen Rollladenpanzern vorbei zu einem schmalen Aufgang, der zwischen zwei schmutzigen Backsteinfassaden steil in die Höhe führte – die Adresse, die Keg mir gegeben hatte.

Ich nahm noch einen Zug, dann warf ich die Kippe weg. Sie lag noch nicht ganz auf dem Boden, als sich schon ein dürrer Schatten aus einer Nische gelöst und sie wieder aufgesammelt hatte. Vorsichtig stieg ich die Stufen hinauf, eine Hand am Griff des R.65. Mein Herz schlug plötzlich schneller, und meine Handfläche war feucht. Etwas machte mich unruhig, vermutlich diese ganze heruntergekommene Gegend.

Am oberen Treppenabsatz erwartete mich eine verschlossene Tür aus dunklem Eichenholz. Ein fleckiges Schild aus Messing war daran angebracht.

Dan Faradur
Private Ermittlungen

stand in nüchternen Runen darauf eingraviert. So also hatte mein anonymer Kollege geheißen – war das auch der Name, den Gräfin da Syola mir nicht hatte nennen wollen?

Ich war hier, um es herauszufinden.

»Faradur?«, fragte ich halblaut und klopfte gegen die Tür. »Sind Sie da?«

Keine Antwort.

Nichts regte sich.

»Faradur«, versuchte ich es noch einmal. »Sind Sie da? Ich muss dringend mit Ihnen sprechen!«

Es blieb weiter still, und ich war nicht überrascht darüber. Mit einem knappen Blick zur Straße zog ich die Dietriche aus der Tasche, die ich vorsichtshalber mitgenommen hatte, und schob sie ins Schloss. Es dauerte nicht lange, bis es klick machte. Ich drehte den Knauf und stieß die Tür an, sodass sie knarrend aufschwang.

Das Büro bestand aus einem einzigen Zimmer und reichte bis zur Rückseite des Gebäudes, wo durch zwei schmale, von Jalousien verschattete Fenster Sonnenstrahlen hereinfielen. Die Lamellen schnitten das Licht in Scheiben, das auf Boden, Wände und Möbel fiel und seltsame Schatten formte.

Der Ort kam mir bekannt vor, fast vertraut. Es war, als würde ich mein eigenes Büro betreten, und das nicht nur, weil Faradur genau wie ich einen Schreibtisch mit dazugehörigem Stuhl, einen Besuchersessel und metallene Aktenschränke hatte. Sondern weil sein Büro genau wie meines durchsucht und auf den Kopf gestellt worden war.

Schubladen waren umgedreht und ausgeleert worden,

der Boden war mit Akten, Büchern und Schriftstücken übersät. Ob der Einbrecher gefunden hatte, wonach er suchte, konnte ich nicht sagen, aber der Schluss lag nahe, dass Faradur tatsächlich derjenige war, den Gräfin da Syola damit beauftragt hatte, Jokus Hammerfall zu überwachen. Aber warum hatte er mich unbedingt treffen wollen? Ich war nicht naiv genug zu glauben, dass es ihm tatsächlich darum gegangen war, mich zu warnen – in Dorglash tat niemand etwas, ohne dafür eine Gegenleistung zu bekommen, und ich nahm mich nicht von dieser Regel aus. Aber was hatte er dann damit bezweckt? Hatte er mich gegen meine Auftraggeberin aufbringen wollen, um mich von Loryn Cayros Spur abzulenken? Denn auch wenn die Gräfin es heftig abgestritten hatte, waren sie und ihre anonymen Freunde noch immer die Hauptverdächtigen in diesem Mordfall ...

Für einen Moment bedauerte ich, Keg nichts von meinem nächtlichen Ausflug erzählt zu haben, aber das konnte ich später immer noch tun. Einstweilen war es mir wichtiger, Informationen zu sammeln, um endlich zur Gegenseite aufzuschließen. Wie viel hatte Faradur gewusst? Warum war sein Büro durchsucht worden? Und wo, zum Henker, steckte er?

Ich machte mich daran, das Chaos auf dem Boden zu durchwühlen. Was ich fand, waren Akten, wie jeder Angehörige unseres Berufsstands sie im Schrank hat – Berichte über Befragungen und stundenlange Observierungen, Skizzen von Tatorten und stapelweise Fotos, auf denen es irgendwelche Leute miteinander trieben – Menschen mit Menschen, Menschen mit Orks, Orks mit Zwergen, Zwergen mit Gnomen, von Trollen ganz zu schweigen. In unserem Metier lernte man ziemlich schnell, dass es so ziemlich nichts gab, das es nicht gab – und es zeigte, dass sich auch

Kollege Faradur ganz offenbar nicht den Luxus erlauben konnte, sich seine Obbs auszusuchen.

Ich wühlte hier und suchte dort, planlos, da ich nicht wusste, wonach genau ich Ausschau halten sollte. Ich brauchte einen Anhaltspunkt, ein Indiz dafür, dass Faradur für die Gräfin gearbeitet hatte, und am liebsten auch noch einen Hinweis auf den Verbleib des Fetischs. Wenn es Faradurs Aufgabe gewesen war, Hammerfall auf die Finger zu sehen, hatte er ja vielleicht ein paar Fotos gemacht oder Observierungen protokolliert – aber selbst wenn es so war, hatte mein Vorgänger hier vermutlich schon alles mitgenommen.

Ich blieb fast eine Stunde.

Einmal hörte ich ein Knarren auf den Stufen und flüchtete mich rasch hinter den Schreibtisch, doch es war nur der Briefträger, der Post durch den Türschlitz schob. Ich warf einen neugierigen Blick darauf, aber es war nur die Rechnung des städtischen Kristallwerks. Faradur hatte *nachweislich* mit denselben Problemen zu kämpfen wie ich.

Ich sichtete Dutzende von Protokollen und sah Hunderte Fotos von kopulierenden Leuten. Aber auf Kity, Cayro oder den Fetisch deutete nichts davon hin.

Irgendwann beschloss ich, dass ich genug hatte. Ich sorgte dafür, dass alles so aussah, wie ich es vorgefunden hatte, und wandte mich bereits zum Gehen, als mir noch etwas einfiel.

Vielleicht waren der Einbruch, miese Obbs und Schulden beim K-Werk ja noch längst nicht alles, was Faradur und mich verband. Und wenn es so war, dann gab es in seinem Büro genau wie in meinem einen Ort für besonders heikle Dinge.

Ein Geheimversteck ...

Ich klopfte kurzerhand die Wände ab, wurde jedoch

nicht fündig, weder hinter der gestreiften Tapete noch hinter der schulterhohen hölzernen Wandverkleidung. Als Nächstes kam der Boden dran, aber lose Dielen schien es ebenfalls nicht zu geben. Hinter den Schränken war auch nichts, und die Schreibtischplatte hatte weder einen doppelten Boden noch ein verborgenes Fach. Ich wollte schon aufgeben und die Segel streichen, als mein Blick auf die Deckenlampe fiel – ein ziemlich geschmackloses Ding aus buntem, bleigefassten Glas, das die Form einer Salatschüssel hatte. Ich ging zum Lichtschalter und legte ihn um, aber es blieb dunkel. Entweder war die Birne kaputt, oder jemand hatte sie absichtlich rausgedreht, um zu verhindern, dass die Lampe anging.

Ich schnappte mir den Schreibtischstuhl und stellte ihn darunter, dann stieg ich hinauf und griff in die Lampenschale. Zwischen fingerdickem Staub und dutzendweise toten Fliegen, die zwischen meinen Fingern knirschten, tastete ich suchend umher – und fand ein Kuvert. Ich griff danach und zog es hervor. Es war groß und aus braunem Papier – hätte man die Lampe angeschaltet, hätte man es durch das Bleiglas gesehen.

Ich sprang vom Stuhl und öffnete den Umschlag.

Drei Dinge befanden sich darin.

Zwei Fotografien und etwas, das wie eine Skizze aussah, auch wenn ich beim besten Willen nicht hätte sagen können, was es darstellen sollte. Es schien ein Plan zu sein, eine Blaupause oder technische Zeichnung – aber wovon? Es gab Linien und Kreise, deren Anordnung für mich keinen Sinn ergab. Einige davon waren rot markiert, was mich auch nicht weiterbrachte.

Auch aus den beiden Fotos wurde ich nicht wirklich schlau; das erste zeigte eine Reihe von fremdartigen Zeichen, vielleicht auch Runen, die ich allerdings nicht kannte.

Sie waren übereinander angeordnet und in Stein gemeißelt.

Die zweite Aufnahme war bei ziemlicher Dunkelheit und offenbar ohne Blitzlicht entstanden und entsprechend verschwommen. Erkennen konnte man eine Art Versammlung, einen Auflauf von Leuten, die in einem Gewölbe beisammenstanden, brennende Kerzen schienen die einzige Lichtquelle zu sein.

Die Haare in meinem Nacken sträubten sich, als ich das Bild betrachtete. Nicht wegen der archaischen Versammlung, die die Typen abhielten, sondern wegen des Zeugs, das sie dabei am Leibe trugen.

Es waren dunkle Kutten mit Kapuzen.

Genau so eine hatte der Mistkerl angehabt, der in mein Büro eingedrungen war. Mit Flecken von Kerzenwachs daran ...

Nun hatte ich meinen Hinweis.

16

Ich hätte mir diesen Besuch gerne erspart.

Ohnehin wusste ich nicht, wann ich das letzte Mal dort gewesen war, in jenem schäbigen Laden in der 118. Straße, den ich einst so gut gekannt hatte. Es war ein *sochburk*, eine Pfandleihe, die sich in einem schäbigen Backsteinhaus befand, ein wenig zurückgesetzt von der Straße, mit einem großen vergitterten Schaufenster, hinter dem sich allerhand Zeug türmte, darunter so Gewöhnliches wie Armbanduhren oder Radios, aber auch Abstruses wie Gnomenpressen oder Trollstutzen. Der Handel war einfach: Wer in Geldnot war, trug seine Habe zur Pfandleihe und bekam dafür bares Geld; löste er seine Sachen bis zu einem bestimmten Zeitpunkt zuzüglich einer vorher festgesetzten Gebühr wieder aus, erhielt er sie zurück; wenn nicht, gingen sie in den Besitz des Pfandleihers über, der sie auf eigene Rechnung verkaufen konnte. Der Besitzer dieses Ladens war dafür bekannt, wirklich alles zu beleihen, was man ihm auf den Tisch legte, und sich sowohl an die Fristen als auch an die vereinbarten Gebühren zu halten. Und dem vollgestopften Schaufenster nach zu urteilen liefen die Geschäfte gut in diesen Tagen, zumal in Dorglash, wo die Leute für eine Handvoll Bares mitunter auch ihre Seele versetzt hätten ...

Die über der Tür angebrachte Glocke klingelte, als ich eintrat. Ich hasste diesen Klang. Er weckte Erinnerungen, ebenso wie der Geruch von morschem Holz, altem Leder und rostigem Eisen. Schummriges Halbdunkel herrschte, es gab keine andere Beleuchtung als das wenige Tageslicht, das durch das vollgestopfte Schaufenster fiel.

Der Besitzer war nicht nur Geschäftsmann durch und durch.

Er war auch ein Geizkragen.

»Morgen!«, krächzte es hinter mannshohen Regalen hervor, die in den kleinen Verkaufsraum hineinragten. Jeder einzelne Gegenstand darin – Lampen, Fotoapparate, Bücher, Vasen, Besteck, Telefone, Schuhe, Teller, Hüte, Werkzeuge, Gemälde, Küchenmixer, Dutzende Schatullen, ein Grammofon und was weiß ich noch alles – war mit einem Zettel und einer Katalognummer versehen, alles ganz akribisch.

Ich verzichtete darauf, den Gruß zu erwidern und arbeitete mich durch das Labyrinth der Regale zum Tresen vor, einem langen Glastisch, der seinerseits mit Myriaden von Dingen angefüllt war – hier lagerten die wertvolleren Gegenstände, vor allem Schmuck und Uhren, aber auch ein paar Orden aus vergangenen Kriegen, orkische Knochenschnitzereien und antike Scherben, die man bei Bauarbeiten aus dem Boden gezogen hatte.

Der Herrscher über all den Tand thronte hinter dem Tisch auf einem langbeinigen Barhocker, den er dringend brauchte, um über die Kante sehen zu können – der Kerl war ein Gnom, und sein Name war Mostrich. Ich wusste nicht, ob das sein tatsächlicher Name war oder ob man ihn nur seiner gelblichen Haut wegen so nannte. Ich kannte den Namen schon so lange, ohne je darüber nachgedacht zu haben.

Mostrich war so dürr, dass sich seine Haut direkt über den Knochen zu spannen schien, sein Schädel so kahl und glänzend wie eine glatt polierte Motorhaube. Er hatte ein an Brust und Kragen vergilbtes Hemd mit Ärmelhaltern und eine schwarze Nadelstreifenweste an, die wohl einen Anschein von Seriosität vermitteln sollte; über dem rechten Auge trug er ein an einem ledernen Stirnband befestigtes Okular, das ihm als Lupe diente. Vor ihm ausgebreitet lag ein Album mit alten Briefmarken, die er im Licht einer orkgrünen Bankerlampe in Augenschein nahm.

Hinter ihm, in einem ausgeschossenen Ungetüm von Sessel, saß ein Prachtexemplar von einem Oger, eine Zier für beide Rassen, denen er entstammte. Der graue Zwirner, den er trug, hatte schon bessere Zeiten gesehen, die Krawatte hatte Flecken. Breite Hosenträger hielten die Beinkleider über der immens breiten Brust. Die Gesichtszüge des Unholds waren dagegen eher schlicht, beinahe kindlich. Der Blick seiner kleinen, eng stehenden dunklen Augen verriet Freude, als er mich um die Ecke kommen sah.

»Hallo, Luash«, grüßte ich ihn. »Arbeitest du immer noch für diesen geizigen Versager?«

Der Oger stieß ein kehliges Lachen aus und klopfte sich vergnügt auf die breiten Schenkel – zum Leidwesen des Gnomen auf dem Barstuhl, der das hässliche Gesicht hob und mich durch die Augenlupe anstarrte.

»Vorsicht, Kleiner«, mahnte er mich. »Wer im Glashaus sitzt … du weißt schon. Hast dich lange nicht blicken lassen.«

»War beschäftigt«, erwiderte ich achselzuckend. »Du hast mich doch nicht etwa vermisst?«

»Unfug, ich hab mehr als genug zu tun, dieses Riesenbaby hier hält mich andauernd auf Trab«, schnauzte Mostrich, auf den Oger im Sessel deutend.

»Ohne dieses Riesenbaby hätten die Sgols dir längst deine dürre Kehle durchgeschnitten«, widersprach ich und zwinkerte Luash zu, der grinste und dankbar mit den großen Ohren wackelte. Sie waren verantwortlich dafür, dass ein Fleischberg wie er einen solchen Namen trug – *Luash* bedeutete Maus.

»Zugegeben, manchmal ist er ganz nützlich«, nörgelte der Alte. »Aber die meiste Zeit sitzt er nur herum, löffelt schüsselweise *bru-mill* und verpestet mir anschließend die Luft mit seiner Furzerei. Ich hätte ihn *pochga* nennen sollen, das wäre weit passender gewesen!«

»Wenn es danach ginge, müsstest du ›Große Klappe voller leeren Versprechungen‹ heißen«, konterte ich. »Aber es läuft eben nicht immer, wie es soll.«

»Reizend.« Mostrich setzte ein freudloses Grinsen auf. »Je länger du da draußen lebst, desto witziger wirst du, weißt du das? Bist du gekommen, um hier den Komiker zu spielen?«

»Nein.«

»Hätte mich auch gewundert. Was ist es dann? Brauchst du Geld?«

»Auch nicht.«

»Da habe ich aber was anderes gehört.« Sein Grinsen wurde hämisch. »Angeblich arbeitest du jetzt für die Chaos-Schwestern. Wenn ich daran denke, dass du meine Firma verlassen hast, weil sie dir nicht gut genug gewesen ist …«

»Das allein war es nicht, und das weißt du«, knurrte ich und griff mit genüsslicher Langsamkeit nach meinen Zigaretten und steckte mir eine an.

»Aufhören!«, tobte Mostrich und begann sofort, künstlich zu husten. »Du weißt, dass ich den Geruch nicht ausstehen kann.«

»Kommt hier drin nicht mehr drauf an«, meinte ich und qualmte erst recht. Es war kindisch, aber es bereitete mir eine gewisse Genugtuung.

Der Alte stöhnte und machte eine wegwerfende Handbewegung, vom Husten war plötzlich keine Rede mehr. »Wenn du für die Schwestern arbeitest, kannst du es auch ebenso gut für mich tun. Gibt immer wieder Kunden, die sich nicht an die Regeln halten wollen. Und ich werde allmählich zu alt, sie ihnen beizubringen, wenn du verstehst.«

»Natürlich.« Ich nickte. »Aber du bist nicht auf dem neuesten Stand, alter Mann. Ich bin wieder im Geschäft, und zwar ziemlich dick.«

»Aber klar.« Er kicherte dämlich. »Und ich habe unten im Keller eine Schlangenfrau, die mir alle zwei Stunden einen bläst und abends goldene Eier legt.«

Ich dehnte meine Lippen zu einem Grinsen. Es hatte eine Zeit gegeben, da hatte ich über solche Sprüche gelacht. Längst schon nicht mehr.

»Du bist kein dummer Junge, warum gebrauchst du nicht mal deinen Verstand?«, schlug er mir vor. »Ich habe dir alles beigebracht, was du wissen musst, egal ob für den Boxring oder für das wirkliche Leben.«

»Daran hatte Luash auch seinen Anteil«, versicherte ich und nickte dem Oger zu, der sich mit einem Lächeln revanchierte. Zu mehr war er nicht in der Lage, seit ein paar hinterhältige Zwerge ihm die Zunge herausgerissen hatten. Mostrich hatte ihn halb verblutet aufgefunden und ihn gesund gepflegt, und dafür war er bei ihm geblieben. Sie waren wie zwei Seiten ein und derselben Münze – grundverschieden und doch nicht voneinander zu trennen …

»Also, was ist los«, plärrte der alte Gnom jetzt ungeduldig. »Ich habe nicht den ganzen Tag Zeit. Bist du nur gekommen, um deinem Ziehvater Vorhaltungen zu machen?«

»*Douk.*« Ich schüttelte den Kopf. »Ich brauche ein paar Informationen.«

Mostrich grinste und entblößte die wenigen Zähne, die ihm noch geblieben waren. Wie windschiefe Grabsteine auf einem alten Friedhof standen sie in seinem schiefen Mund. »Was zahlst du mir dafür?«

»Ich habe schon genug bezahlt, das muss genügen.« Ich griff in die Innentasche meines Mantels, holte das Foto mit den fremden Glyphen hervor und legte es vor ihm auf den Tisch.

»Woher hast du das?«

»Von einem Kollegen«, erwiderte ich wahrheitsgemäß.

Mostrich stieß einen kehligen Laut aus. Ich kannte ihn lange genug, um zu wissen, dass dies ein Ausdruck innerer Anspannung war. »Junge«, keuchte er, »wo bist du da nur reingeraten?«

»Warum?«, wollte ich wissen. »Was ist das?«

»Also, ich bin kein Spezialist, aber ich denke, das ist alt. Ziemlich alt sogar. Aus der Zeit, als die Schmalaugen noch unter uns weilten.«

»Und was ist es?«

»Was soll es schon sein? Verdammte Elfenrunen natürlich!«

»Und was bedeuten sie?«

Er lachte wieder. »Du *umbal,* so leicht ist das nicht. Elfenrunen sind nicht nur einfach Zeichen gewesen. Sie *bedeuteten* etwas. Ich kann es dir nicht genau erklären, ist ziemlich kompliziert. Aber ich kann dir jemanden nennen, der sich mit diesen Dingen auskennt, einen ausgemachten Spezialisten auf dem Gebiet der Schmalaugen. Er hat mir mal erklärt, dass sich in Elfenrunen einst ganze Rätsel verbargen. Dinge, an die die Spitzohren glauben konnten, verstehst du?«

»Nein«, gab ich zu.

»Das wundert mich nicht.« Mostrich schüttelte den Kopf, während er auf einem Zettel Namen und Adresse des Spezialisten für Elfenkunde notierte und sie mir hinschob. »Willst du einen guten Rat?«

»Von dir?« Ich steckte den Zettel ein.

»Lass die Finger davon«, warnte er mich ungefragt. »Die Sache ist eine Nummer zu groß für dich. Denn Leute, die sich mit diesen Dingen befassen, sind entweder sehr mächtig oder haben sehr wenig Skrupel, im schlimmsten Fall beides. Und sie haben alle einen ziemlichen Schatten sitzen«, fügte er hinzu, während er mich gleichzeitig durch das Okular und mit dem unbewehrten Auge ansah.

»Während du ganz normal bist«, sagte ich.

»Ich meine es ernst. Nicht von ungefähr haben die Schmalaugen Erdwelt verlassen, und vieles von dem, was sie getrieben haben, ist in Vergessenheit geraten. Aber es gibt noch immer Leute, die die Erinnerung an sie wachhalten und sie am liebsten zurückhaben würden – Königstreue, Zaubergläubige und andere Fanatiker ...«

»Spinner«, drückte ich es anders aus.

»Aber sehr gefährliche Spinner! Hin und wieder habe ich mit diesen Leuten zu tun, sie kommen in meinen Laden und durchforsten ihn nach altem Zeug, nach Schriftrollen, alten Schnitzereien und anderem Plunder. Ich bin immer froh, wenn ich sie wieder loshabe. Ist keine angenehme Kundschaft, das kannst du mir glauben.«

Ich sah ihn an, und auch wenn ich im Lauf meines Lebens gelernt hatte, diesen kleinen Kerl zu verabscheuen, hörte er doch nicht auf, mich zu überraschen. Mostrich hatte seine Augen und Ohren überall, und es schien unmöglich, dass in Dorglash etwas geschah, wovon er nichts wusste.

»Sagt dir der Name da Syola etwas?«, fragte ich leise.
»Wieso? Hast du was mit denen zu tun?«
»Ja oder nein?«
»Eine Familie von Industriellen, die auf ein altes Adelsgeschlecht zurückgeht. Manche munkeln, es wäre das eine oder andere Spitzohr dabei gewesen.«
»Elfen?«, fragte ich erstaunt.
»Ich sage nur, was man munkelt.«
»Warum habe ich noch nie von ihnen gehört?«
»Weil diese Leute es so wollen. Du wirst ihren Namen auf keinem Firmenschild entdecken und auf keiner leuchtenden Werbetafel. Sie sind die grauen Eminenzen, die im Verborgenen die Fäden ziehen. Da Syola ...«, dachte er laut nach und grübelte vor sich hin. »Irgendwas war da noch, ich bin mir ganz sicher ...«

Mit den dürren Knochenfingern rieb er sich nachdenklich das Kinn, während er seine grauen Zellen bemühte.
»Aber ja!«, meinte er schließlich und schlug sich mit der Hand auf die kahle Stirn. »Das Südprojekt!«
»Wovon redest du?«
»In den Jahren vor dem Krieg, als im Südwesten der Stadt Bauland erschlossen und das Südmoor trockengelegt werden sollte, war im *Larkador* häufig von einem Graf da Syola die Rede. Er hatte wohl einiges Geld mit Kristallschürfen verdient, das er nun in großem Stil in die neu gewonnenen Grundstücke steckte. Muss ein Vermögen damit gemacht haben.«
»Was ist mit ihm passiert?«
»Ich bin mir nicht sicher – ich glaube, er hatte nicht allzu viel von seinem Reichtum, denn schon ein paar Jahre später ist er den Weg alles Sterblichen gegangen.«
»War er verheiratet?«, erkundigte ich mich, während ich mich fragte, wie Alannah da Syola in dieses Bild passte.

Sie hatte auf mich nicht den Eindruck einer reichen Witwe gemacht. Aber schließlich hatte jeder eine Vergangenheit ...

»Woher soll ich das wissen?«, fuhr mein zerknittertes Gegenüber mich an und schickte mir einen mürrischen Blick, der immer forschender wurde, je länger er mich betrachtete. »Nein«, spie er schließlich hervor. »Sag mir nicht, dass du für diese Leute arbeitest ...«

»Keine Sorge.« Ich schüttelte den Kopf.

»Gut.« Er schien erleichtert. »Ich habe dich schließlich nicht zu einem Faulhirn erzogen.«

»Du hast mich überhaupt nicht erzogen«, widersprach ich, »sondern mich immer nur meistbietend verhökert – zuerst in den Boxring, später dann ans Militär.«

»Wie lange willst du mir das noch vorhalten? Es war damals legal, oder nicht? Außerdem ist es mein Geschäft, Dinge auf Zeit zu beleihen – wenn du mehr von mir erwartet hast, ist das deine Schuld. Wenn du magst, kannst du jederzeit bei mir anfangen, ich bezahle dich nicht schlechter als diese verdammten Schwestern.«

»Ich sagte es dir schon, ich habe eine Arbeit«, versicherte ich und drückte die Kippe auf seinem Glastisch aus.

»Sturkopf«, maulte er.

Ich tippte mir zum Abschied an die Hutkrempe und wollte bereits gehen, als er mich noch einmal zurückrief.

»Rash?«

»Was?«

»Warte einen Moment.« Sein kahler grauer Schädel verschwand unter dem Tisch, und er schien in den gläsernen Innereien zu wühlen, wobei er eine Reihe wüster Verwünschungen ausstieß. Als er wieder hochkam, hatte er die Augenlupe auf der Stirn und hielt ein klobiges Ding in den Händen, das er vor mir auf die gläserne Tischplatte legte.

Es war ein Revolver.

Der Griff war gebogen und hatte Schalen aus Perlmutt, die Trommel fasste sechs Schuss eines mir unbekannten Kalibers. Der Lauf war kurz und lief zum Ende hin trichterförmig aus.

»Was soll das sein?«, fragte ich.

»Wonach sieht es denn aus? Nach einem Seifenspender?«, plärrte Mostrich. »Es ist eine Karbash Spezial, auch bekannt als ›Desillusionator‹.«

»Nie gehört.«

»Das wundert mich nicht. Ihr jungen Leute habt eure Garkas und eure Zwergenstanzen, und das war's dann auch schon. Aber dieses Schätzchen kann noch etwas mehr, weißt du.«

»Was zum Beispiel?«

»Das wirst du schon rausfinden.« Er zwinkerte mir zu und schob mir den Revolver über den Tisch entgegen, zusammen mit einer Schachtel Patronen. Ich öffnete sie und warf einen Blick hinein. Die Hülsen waren aus Messing. Die Geschosse selbst jedoch aus einem rötlich schimmernden Material, das ich nicht zuordnen konnte, und plötzlich glaubte ich zu verstehen, worauf das hier hinauslief.

»Ich glaube nicht an Magie«, stellte ich klar.

»Ich weiß.« Mostrich nickte. »Du bist schon immer ein einfältiger Trottel gewesen. Gutmütig, aber einfältig. Und jetzt nimm das verdammte Ding, bevor ich es mir anders überlege – aber bring es mir wieder zurück, hörst du? Und zwar neuwertig! Die Knarre gehört einem Zworg, der wegen Betrugs im Knast sitzt. Wenn er rauskommt, will er sie sicher wiederhaben, und ich möchte deinetwegen keine Schwierigkeiten mit ihm, hast du verstanden?«

»*Korr*«, sagte ich nur und steckte die Waffe ein. Sie war leichter, als sie aussah, ebenso wie die Patronen.

»Und jetzt bring mich endlich zu Bett, damit ich mein Nickerchen halten kann, du zu groß geratener Einfaltspinsel!«, fuhr Mostrich Luash an.

Der stand gelassen auf, trat zu ihm und hob ihn hoch, indem er seine starken Arme in den Rücken und unter die Beine des alten Gnomen schob. Erst jetzt waren Mostrichs Beine zu sehen, die in grauen Zwirnhosen steckten, jedoch unmittelbar unter den Knien endeten.

Sie waren aufeinander angewiesen.

Der große einfältige Oger.

Und der kleine verkrüppelte Gnom.

17

Ich verließ die Pfandleihe mit einem seltsamen Gefühl. Es war wie mit den Schlägen, die ich am Vorabend im Boxring eingesteckt hatte. Ich wusste, dass der Kampf vorbei war und die Prügel der Vergangenheit angehörten. Sie schmerzten aber immer noch.

Die Adresse, die Mostrich mir gegeben hatte, war nur zwei Blocks entfernt in der Andollan, also ließ ich den Wagen stehen und ging zu Fuß, zumal es ausnahmsweise mal nicht regnete. Nur ein eisiger Herbstwind fegte die Shal Mor herab und blies lose Seiten des *Larkador* vor sich her, unter denen Obdachlose die Nacht verbracht hatten. Sie über den Bürgersteig wehen zu sehen, zusammen mit den Nachrichten der letzten Tage, war ein treffendes Bild für das Leben hier in Dorglash. Die Zeit schritt unnachgiebig voran, nichts zählte wirklich. Nur das Überleben.

Inzwischen war es nach Mittag. Aus den Straßenküchen und Bars drangen die verschiedensten Gerüche, teils verführerisch, teils weniger. Da ich den Morgen über noch nichts gegessen hatte, kaufte ich mir an einem Stand einen *terk malash* und spülte ihn mit einer Flasche giftgrüner Orcade runter. Eine Zigarette bildete den Abschluss des Festmahls, ich rauchte sie, während ich den Rest der Wegstrecke zurücklegte.

Die Adresse war ein Ladengeschäft im Kellergeschoss eines Geschäftshauses. ICONS FOLIANTEN stand auf dem Schild über dem Eingang – ein Antiquariat für alte Bücher, das in etwa so gut nach Dorglash passte wie eine Nelke auf einen Misthaufen. Die anderen Geschäfte der Umgegend – ein Schnapsladen, ein Bestatter, ein Geldverleiher und ein Orkmetzger, der lebende *knum'hai* verkaufte – schienen dem Viertel eher angemessen.

Ich stieg die Stufen zum Eingang hinab, vorbei am schmutzigen, vergitterten Schaufenster, hinter dem sich Bücher aller Art türmten, von Schriftrollen und in Leder geschlagenen Wälzern bis hin zu zerlesenen Romanen. Mit einem flüchtigen Blick von außen vergewisserte ich mich, dass kein weiterer Kunde im Laden war, dann warf ich die Kippe weg und trat ein.

Das Erste, was ich wahrnahm, war der intensive Geruch von altem Papier. Ich fand mich in einem geradezu winzigen Verkaufsraum wieder, inmitten dunkler, mit Büchern und Schriftrollen vollgestopfter Holzregale. Auf kleinen Beistelltischen stapelten sich weitere Werke, teils in losen Blättern, teils gebunden. In einer gläsernen Vitrine lagen alte Folianten, die aufgeschlagen waren, sodass man die handgeschriebenen und mit Ornamenten versehenen Pergamentseiten sehen konnte ... Vermutlich alles dreiste Fälschungen, aber wer nach Dorglash kam, um sich mit Antiquitäten einzudecken, der hatte es nicht anders verdient.

Ich hatte mich kaum umgesehen, als ich schon Gesellschaft erhielt. Aus einem durch einen Vorhang abgetrennten Hinterzimmer trat ein hünenhafter Kerl. Sein Anzug war magnolienweiß und mit einer goldenen Uhrenkette versehen, die den feinen Herrn verriet. Auf seiner Nase saß eine Goldrandbrille, durch deren Gläser er mich erwartungsvoll aus großen gelben Augen ansah – denn der Mann war ein Ork.

Ich muss gestehen, dass ich etwas verwundert war.

Man kann von Orks behaupten, was man will, aber als Feingeister sind sie nun nicht gerade bekannt. Den Vertreter einer Spezies, deren Kultur noch nicht einmal eine Schrift hervorgebracht hatte, als Inhaber eines Buchantiquariats anzutreffen, war nicht unbedingt, was ich erwartet hatte.

»Guten Tag, der Herr«, grüßte er mich mit einer sanften Stimme, die jeden *blash*, wie der fast unvermeidliche Ork-Akzent umgangssprachlich genannt wird, vermissen ließ. »Wie kann ich Ihnen helfen?«

»Mein Name ist Corwyn Rash«, stellte ich mich vor. »Ich bin hier, weil ich eine Auskunft …«

Viel weiter kam ich nicht.

Mit einer gelassenen Geste hatte der Mann im weißen Anzug nach einer kurzläufigen Flinte gegriffen, die er in einer schmalen Nische zwischen Wand und Regal aufbewahrte, und sie auf mich gerichtet. Die routinierte Bewegung, mit der er sie durchlud, verriet, dass er sie schon öfter benutzt hatte, seiner kultivierten Erscheinung zum Trotz. Auch ein intellektueller Ork war eben ein Ork …

»Ist das so«, sagte er nur. Der Blick, mit dem er durch die goldgefassten Brillengläser sah, war kalt geworden.

»Ja«, bestätigte ich, während ich bereitwillig die Arme hob. Ich war nicht erpicht darauf, aus nächster Nähe von einer Schrotladung getroffen zu werden.

»Gehen Sie«, forderte er mich auf. »Sagen Sie Wildkard und seinem verfluchten Zwergenpack, dass ich ihm keinen müden Orgo bezahlen werde. Ich lasse mich nicht einschüchtern.«

»Das ist löblich«, versicherte ich, um Gelassenheit be-

müht. »Ich fürchte nur, hier liegt ein Missverständnis vor. Ich bin nicht im Auftrag des Syndikats hier.«
»Nein? Wer hat Sie dann geschickt?«
Ich seufzte. Mir wäre es lieber gewesen, den Namen nicht nennen zu müssen, aber so, wie es aussah, hatte ich wohl keine Wahl. »Mostrich«, knurrte ich. »Er sagt, Sie seien ein Spezialist für die Geschichte und Kultur der Schmalaugen ...«
»Mostrich!«
Es war, als hätte ich das Schloss zu seinem Herzen geknackt. Seine grüne Miene hellte sich auf, die Augen weiteten sich um zwei Konfektionsgrößen, und die Schrotflinte verschwand wieder in der Nische, nachdem er sie sorgfältig gesichert hatte.
»Warum haben Sie das nicht gleich gesagt, junger Freund? Wie geht es dem alten Gauner?«
»*Korr*«, knurrte ich nur – mehr gab es dazu nicht zu sagen. »Hätten Sie einen Augenblick Zeit für mich?«
»Aber natürlich!«, erwiderte er und bedeutete mir, ihm ins Hinterzimmer zu folgen. »Mostrichs Freunde sind auch meine Freunde!«
Ich grinste freudlos und war kurz davor, ihm zu sagen, dass der alte Mostrich keineswegs ein Freund von mir war, aber das hätte die Angelegenheit nur unnötig verkompliziert. Ich passierte den Durchgang. Im Hinterzimmer gab es einen Tisch mit zwei Stühlen. Er bot mir einen Sitzplatz an und einen Donk, und ich nahm beides dankbar an.
»Dyn Icon ...«, begann ich.
»Nennen Sie mich Lex«, fiel er mir ins Wort, während er mir ein mit zwei Fingerbreit einer blauen Flüssigkeit gefülltes Glas hinschob. Auch er selbst hatte sich eingeschenkt und prostete mir zu, nachdem er sich gesetzt hatte.

»Zwergischer Absinth«, erklärte er dazu. »12er-Jahrgang.«

»Nicht schlecht.« Ich schürzte die Lippen. Dass ich das süße Zeug nicht mochte, sagte ich ihm lieber nicht. Wir stießen an und tranken.

Es schmeckte schauderhaft. Ich würde eine Viertelflasche Sgorn brauchen, um den klebrigen Geschmack im Abgang wieder loszuwerden.

»Also? Womit kann ich Ihnen dienen, Dyn Rash?«

»Nur Rash«, bot ich ihm an und griff in die Innentasche meines Mantels, um die Fotografie hervorzuholen. »Es geht um dieses Bild beziehungsweise um das, was darauf zu sehen ist ...« Ich legte es vor ihm auf den Tisch.

»Das sind Elfenrunen, in eine steinerne Stele gemeißelt«, stellte Lex fest.

Ich nickte. »Mostrich meinte, dass Sie sehr alt seien ...«

»Anfang dreißigstes Jahrtausend, würde ich meinen.«

»... und Sie mir vielleicht noch etwas mehr darüber sagen könnten«, brachte ich den Satz zu Ende und sah ihn fragend an.

Der orkische Antiquar gönnte sich noch einen Schluck von dem blauen Gesöff, dann rückte er seine Brille zurecht und nahm das Bild genauer in Augenschein. Eine Zeit lang betrachtete er es und murmelte dabei lautlos vor sich hin, als würde er sich innerlich Notizen machen. Schließlich setzte er die Brille ab und massierte seine breite Nasenwurzel. Dann stand er auf. »Warten Sie hier«, sagte er und ging hinaus in den Verkaufsraum, um kurz darauf mit einem Buch unter dem Arm wieder zurückzukehren.

Es war ein alter, in Leder gebundener Wälzer, so staubig, dass er eine trübe Wolke nachzog. »Ich war mir nicht sicher, ob ich ihn bereits verkauft habe, aber glücklicherweise ist er noch hier«, kommentierte er, während er das

Ding auf den Tisch wuchtete. »Eine fast vierhundert Jahre alte Originalausgabe des *Traisor* nach den Regeln von Bloythans *Tarfuraith*.«

Ich muss ihn angesehen haben wie ein Vorstadttroll, der nach einer durchzechten Nacht einen Regenwurm mit Hut und Stock einen Stepptanz aufführen sieht, denn er lächelte und fügte erklärend hinzu: »Es ist das umfassendste Wörterbuch der elfischen Sprache, das je geschrieben wurde. Sogar einige der alten Geheimzeichen sind darin enthalten – jedenfalls, soweit sie uns gewöhnlichen Sterblichen bekannt werden durften«, fügte er feixend hinzu und setzte sich wieder, ehe er das Buch aufschlug und sich darin auf die Suche machte. Der Staub, der von der alten Schwarte aufstieg, schien ihm nichts auszumachen, im Gegenteil hatte ich eher den Eindruck, dass er ihn absichtlich inhalierte und es genoss, auf diese Weise in die Vergangenheit einzutauchen. Er war ein seltsamer Kauz.

»Hier«, rief er plötzlich triumphierend aus und deutete mit einem fetten grünen Finger auf eine Glyphe, die er auf den dicht beschriebenen Seiten gefunden hatte. »Das erste Zeichen, eine Anfangsrune. Sie kann für den Beginn von etwas stehen, im wörtlichen, aber auch im übertragenen Sinn.«

Ich seufzte. Allmählich begann ich zu begreifen, was der alte Mostrich mir hatte sagen wollen. Elfenrunen wurden nicht nur einfach gelesen. Sie waren nicht eindeutig, sondern mussten interpretiert und erschlossen werden. Mit anderen Worten: Sie waren kompliziert, so wie die meisten Dinge, die uns die Schmalaugen hinterlassen hatten …

»Dieses Zeichen hier steht für Magie«, las Lex weiter, »und dieses für das Universum und die Sterne. Dieses Zeichen hier kann ich nicht finden«, erklärte er, auf die Mitte der steinernen Stele auf dem Foto deutend.

»Ein weiteres Geheimzeichen?«, fragte ich.

»Möglicherweise. Hm, wenn ich ein paar zusätzliche Informationen hätte und wüsste, worum es dabei geht …«

»Vielleicht«, sagte ich unbestimmt, »hat die Aufschrift auf dieser Stele etwas mit einem Kultgegenstand zu tun, einem Fetisch aus alten Elfentagen, den jemand finden will.«

»Verstehe.« Meine Worte schienen Lex' Neugier noch zu befeuern. Abermals stand er auf und ging in den Verkaufsraum, kam mit einem weiteren Buch zurück, das er zurate zog. Dazu erklärte er mir Dinge, die ich nicht verstand – dass sich das alte Hochelfisch in einigen Punkten vom *Ádyshan* unterscheide, wie es unter Gelehrten bis ins Mittelalter hinein gebräuchlich gewesen sei, und dass man auf Lautverschiebungen und entsprechende Veränderungen an den Schriftzeichen achten müsse. Ich hatte keine Ahnung, wovon zum Henker er da redete – ich merkte nur, wie die Zeit verging, immer wieder warf ich verstohlene Blicke auf die Uhr. Als nach knapp zwei Stunden noch immer kein Ergebnis in Sicht war, beschloss ich, der Sache ein Ende zu machen.

»Lex«, begann ich und war bereits dabei aufzustehen und nach meinem Mantel zu greifen, den ich irgendwann abgelegt hatte, »vielleicht sollte ich …«

»Hier«, sagte er da plötzlich, mit beiden Händen auf Stellen in den aufgeschlagenen Büchern deutend, während seine Blicke wie Tennisbälle zwischen beiden hin- und herflogen. »Dieses Zeichen hat mir noch gefehlt! Sie hatten völlig recht, es geht tatsächlich um Dinge von kultischer Bedeutung!«

»Ja?«, fragte ich gespannt und sank unwillkürlich wieder auf den Stuhl zurück.

Lex Icon nickte. Dann hob er den Blick und sah mich

durch die goldumrandeten Gläser seiner Brille mit einem Ausdruck größter Begeisterung an. »Es ist der *pelantin'y'serentir*«, eröffnete er feierlich.

»*Korr*«, machte ich. »Und das heißt?«

»Der *pelantin'y'serentir* ist eine Gestalt aus den alten Mythen, Rash! Euriel erwähnt sie im *Darganfaithan*, einem der größten Epen der elfischen Literatur. Falls es Sie interessiert, ich habe draußen im Laden eine gute Übersetzung, die ich Ihnen sehr preiswert ...«

»Nein danke«, dämpfte ich seinen Enthusiasmus. »Sagen Sie mir einfach nur, was diese Zeichen bedeuten.«

»Der *pelantin'y'serentir* ist eine zentrale Figur in diesem Epos, eine mächtige Gestalt, die die Geheimnisse des alten Elfenreichs gewissermaßen in einer Person verkörpert, die Frage nach dem Woher und dem Wohin.«

»Verstehe«, folgerte ich. »Dann ist das Götzenbild, nach dem einige Leute suchen, also eine Abbildung von diesem *pellini* ...«

»*Pelantin'y'serentir*«, verbesserte mich Lex mit einem nachsichtigen Blick aus seinen gelben Augen. »Aber ich fürchte, hier liegt ein Missverständnis vor.«

»Inwiefern?«

»Würde es sich um ein lebloses Bild handeln, wäre das zweifellos hier vermerkt«, erklärte der Ork, auf die Fotografie der Stele deutend. »Hier jedoch finden wir *baiwudan*«, erklärte er, »das Symbol des Lebens.«

Eine gefühlte Ewigkeit starrte ich ihn nur an, als hätte er sich plötzlich in eine nackte Blondine verwandelt. »Was versuchen Sie mir gerade zu sagen, Lex?«, fragte ich dann.

»Sehr einfach – was diese Glyphen bezeichnen und was vermutlich also auch das ist, wonach sie suchen, ist kein lebloses Ding, mein guter Rash. Sondern ein Wesen aus

Fleisch und Blut. *Pelantin'y'serentir* bedeutet übersetzt nichts anderes als ›Sternenkind‹.«

»Ein Kind?«, echote ich. Vermutlich sah ich nicht sehr intelligent aus in diesem Moment, wahrscheinlich sogar richtig dämlich.

»Ganz recht – deshalb auch die Anfangsrune, sie meint den Beginn eines neuen Lebens.«

»Und ein Irrtum ist ausgeschlossen?«

»Ich kann Ihnen nur sagen, was ich hier sehe, mein Freund – und nach allem, was ich diesen Zeichen entnehmen kann, ist vom Sternenkind die Rede, einer sagenhaften Gestalt mit magischen Fähigkeiten. Das bedeutet, Sie haben es nicht mit der Suche nach einem kultischen Gegenstand zu tun, sondern mit der nach einem mythischen Wesen.«

»Mythisch?« Ich schnaubte. »Das ist doch nur ein anderes Wort für Schwachsinn. Für irgendwelchen absurden Aberglauben.«

»Es ist Ihr gutes Recht, das zu denken, Magie hat in unserer modernen Welt an Bedeutung verloren. Aber das bedeutet nicht zwangsläufig, dass es sie nicht mehr gibt, nicht wahr?«

Er grinste wieder dieses Gelehrtenlächeln, und ich hätte ihn am liebsten dafür geohrfeigt. Nicht, dass er mir nicht weitergeholfen hätte. Aber was er sagte, ließ nur einen Schluss zu, und der behagte mir ganz und gar nicht.

Kity hatte mich erneut getäuscht.

Oder wusste sie am Ende selbst nicht, worum es bei dieser ganzen Sache in Wahrheit ging?

Noch ehe ich für mich eine Antwort gefunden hatte, griff ich erneut in die Manteltasche und holte das andere Bild hervor, das von den Kuttenträgern in ihrem Gewölbe. Ich legte es meinem Gegenüber ebenfalls hin, der es wiederum wohlwollend betrachtete – doch plötzlich erstarrten seine leutseligen Gesichtszüge und änderten ihre Farbe von einem tiefen Moosgrün in ein sehr ungesundes Schimmelgrau ...

»Was haben Sie?«, fragte ich. »Haben Sie so etwas schon einmal gesehen?«

Statt zu antworten, keuchte er nur. Schweißperlen hatten sich auf seiner hohen Stirn gebildet. »So etwas«, stieß er schließlich hervor, hat seit mehr als tausend Jahren niemand mehr gesehen. Woher haben Sie das?«

»Vom selben Ort wie das andere Bild«, entgegnete ich diplomatisch. »Warum? Was zeigt es? Was sind das für ulkige Typen, die darauf zu sehen sind? Und was tun die da?«

Er wirkte plötzlich nervös. Mit dem Rücken der einen Hand wischte er sich den Schweiß von der Stirn, mit der anderen griff er nach seinem Glas und leerte es. »Sind ... das die Leute, die nach dem Fetisch suchen?«, stieß er dann hervor. »Dieses Bild ... es zeigt eine Zusammenkunft der *Taithani*.«

»Wer?«, fragte ich.

»Dunkelelfen-Verehrer, die die Geister der Vergangenheit beschwören«, erklärte er mit zum Flüstern gesenkter Stimme, als befürchtete er, in seinem Laden belauscht zu werden. »Es ist ein Kult.«

»Was für ein Kult?«, wollte ich wissen. »Wer sind diese Spinner, und was machen die?«

Noch einen Moment lang sah Lex mich durch die Goldrandgläser seiner Brille an. »Ich denke, es ist besser, wenn Sie jetzt gehen«, sagte er dann kurz angebunden.

»Bitte«, bat ich, »nur noch ein paar Auskünfte ...«

»Ich habe Ihnen ohnehin schon mehr gesagt, als ich sollte, Dyn Rash«, erwiderte er barsch und stand auf, um mir unmissverständlich zu verstehen zu geben, dass die Unterredung zu Ende sei. »Verlassen Sie mein Geschäft, und kehren Sie nicht zurück. Soweit es mich betrifft, sind Sie auch niemals hier gewesen.«

Ich erhob mich ebenfalls. Es widerstrebte mir zu gehen, nachdem ich nun endlich jemanden gefunden hatte, der etwas mehr zu wissen schien und sich nicht nur in dunklen Andeutungen erging. Aber die Erfahrung sagte mir, dass mir der Antiquar an diesem Nachmittag nichts mehr verraten würde. Furcht hatte seine wulstigen Lippen versiegelt, und zwar nicht nur irgendeine. Es war Todesangst, die ich in seinen gelben Augen funkeln sah.

»*Korr*«, akzeptierte ich seine Entscheidung, während ich die Bilder nahm und wieder einsteckte, »ich werde jetzt gehen. Nur eines noch«, fügte ich an und zog die Zeichnung hervor, die ich vor seinen Augen entfaltete. »Werfen Sie bitte noch einen kurzen Blick hierauf und sagen Sie mir, ob …«

Lex sah es sich erst gar nicht an.

Stattdessen machte er auf der Stelle kehrt, schlug den Vorhang zum Verkaufsraum beiseite und kehrte mit der Schrotflinte im Anschlag zurück. »Ich weiß nicht, was das ist, und ich möchte es auch gar nicht wissen«, stellte er klar. »Ich denke, ich habe mich klar ausgedrückt, Dyn Rash. Zwingen Sie mich also nicht abzudrücken. Ich möchte ungern, dass Ihr Blut auf meine Bücher spritzt.«

»Will ich auch nicht.« Ich sah ein, dass es keinen Zweck hatte, noch länger hierzubleiben. Rasch faltete ich die Zeichnung zusammen und schob sie zu den Bildern in die Innentasche des Mantels, während ständig der Lauf vor mir hin- und herwackelte, weil der gebildete Hüne im weißen Anzug so zitterte. Deshalb verzichtete ich lieber darauf, meinen Mantel anzuziehen und hängte ihn mir rasch über den Arm, schob den Hut flüchtig auf den Kopf und empfahl mich.

Als wollte er sichergehen, dass ich seinen Laden auch wirklich verließ, brachte mich Lex zur Tür. Kaum war ich draußen, donnerte hinter mir bereits der schwere Rollladenpanzer herab, und ein Schild verkündete, dass das Antiquariat für den Rest des Tages geschlossen sei.

Ich schlüpfte in meinen Mantel, dann stieg ich die Stufen zurück zur Straße hinauf und steckte mir eine Zigarette an. Mit dem bitteren Rauch in Mund und Lunge versuchte ich das, was ich gehört hatte, mit dem in Einklang zu bringen, was ich schon zuvor in Erfahrung gebracht hatte.

Es war bestürzend einfach.

Dass vermummte Kultisten in der Stadt ihr Unwesen trieben, lag auf der Hand, immerhin hatte ich einen der Kerle auf frischer Tat beim Durchsuchen meiner Wohnung ertappt. Und auch, dass diese Leute gefährlich waren und bei Bedarf über Leichen gingen, nötigte mir in Anbetracht dessen, was mit Loryn Cayro geschehen war, nicht allzu viel Fantasie ab, von Dan Faradurs spurlosem Verschwinden ganz zu schweigen. Und dass es sich in Wahrheit nicht um irgendeinen leblosen Fetisch, sondern um ein Kind aus Fleisch und Blut handelte – konnte mich das noch wirklich überraschen?

Ganz gleich, ob sie es absichtlich getan hatte oder es selbst nicht besser wusste – Kity hatte mir einmal mehr nicht die Wahrheit gesagt.

Darüber mussten wir reden.

Und zwar auf der Stelle.

18

Ich fuhr die Shal Louthann hinauf.
Der Himmel war dunkel und wolkenverhangen und passte zu meiner Laune. In meinem Magen brannte der Sgorn, von dem ich ein paar Schlucke genommen hatte, um den süßen Nachgeschmack des Absinths zu vertreiben. Mein Fuß trat auf das Gaspedal. Ich fuhr schneller, als es erlaubt war, wollte die Distanz möglichst rasch überbrücken, um Klarheit zu bekommen. Mit allem, was ich herausgefunden habe, waren Zweifel in mir aufgestiegen, Fragen, die mir im Kopf herumgingen und auf die ich keine Antwort hatte. Kity würde sie mir hoffentlich geben können – und diesmal würde ich sie nicht so einfach vom Haken lassen.

Am hellen Tag sah das *Shakara* nicht weniger mies und heruntergekommen aus als die anderen Clubs, die sich entlang der Straße aneinanderreihten. Die Lichter waren noch nicht an, die Fassade war schmutzig, das künstliche Eis sah aus, als hätte es Sprünge. Da um diese Zeit noch keine Parkplatzhelfer Dienst hatten, lenkte ich den Wagen kurzerhand durch die Zufahrt auf den Hinterhof und stellte ihn dort ab. Durch den Bühneneingang gelangte ich ins Theater.

Von einem öffentlichen Fernsprecher aus hatte ich mich

bei Kity angemeldet. Irgendwie überraschte es mich nicht, dass sie im *Shakara* war, der Laden war so eng mit ihrer Person und ihrem Namen verbunden, dass es schwerfiel, sie sich an einem anderen Ort vorzustellen. Und eigentlich wollte ich das auch gar nicht. Kity Miotara in ihrer Villa in Trowna oder sonst wo zu besuchen, hätte bedeutet, sie zu einer gewöhnlichen Kundin zu machen, zu einer der reichen, verwöhnten und gelangweilten Damen, die die Vorstädte zuhauf bevölkerten. Und aus irgendeinem Grund wollte ich sie nicht so sehen.

Die Elektriker und Requisiteure, die hinter den Kulissen arbeiteten und sie für den Abend vorbereiteten, würdigten mich keines Blickes, Wachpersonal war nicht zu sehen. Den Weg kannte ich ja bereits, gelangte über die stählerne Wendeltreppe in den ersten Stock. Dort allerdings endete mein forscher Gang vor der breiten Brust eines drei Meter großen Zyklopen.

»Der kleine Niki.« Ich grinste freudlos. »Heute schon jemanden gefressen, Kumpel?«

Das eine Auge starrte ohne großen Ausdruck auf mich herab, während die Mundwinkel verächtlich nach unten fielen.

»Bevor du umsonst das bitterböse Monster markierst – deine Chefin erwartet mich, ich habe sie angerufen.«

Seine Mundwinkel verzerrten sich nicht nur, jetzt fletschte er auch noch die Zähne, als wollte er der ganzen Abscheu Ausdruck verleihen, die er mir gegenüber empfand. Ob es an meiner Erscheinung lag, an meiner Rasse oder meinem Beruf, war nicht eindeutig festzustellen. Vielleicht lag es auch einfach nur daran, dass ich bei meinem letzten Besuch im Theater erst am nächsten Morgen wieder gegangen war.

Immerhin, er schien informiert zu sein. Mit einem Jo-

Jo-Nicken trat er widerwillig zur Seite und gab den Weg frei, und ich ging den Gang hinab und klopfte an die Tür von Kitys Garderobe.

»Ja bitte?«, drang es von drinnen, mehr Musik als Sprache.

Ich trat ein.

Von Kity waren nur ihr Gesicht und ihr blauschwarzer Schopf zu sehen, den sie behelfsmäßig hochgesteckt hatte. Aber auch ungeschminkt war sie eine hinreißende Schönheit.

Sie stand hinter einer Faltwand, die vor der Garderobe aufgestellt worden war, um sie beim Umziehen vor neugierigen Blicken zu schützen. Allerdings war die Wand halb transparent, und an der sich abzeichnenden Silhouette war zu erkennen, dass sie in diesem Augenblick nicht mehr am Leibe trug als das Lächeln, mit dem sie mich begrüßte.

»Corwyn! Ich freue mich, dich zu sehen!«

»Kity.« Ich nickte ihr eine Begrüßung zu. Ich mochte es nicht besonders, bei meinem Vornamen genannt zu werden. Er war nur einer sehr kleinen Gruppe von Leuten vorbehalten, und ich war mir nicht mehr sicher, ob sie dazugehörte.

»Bitte entschuldige, ich probiere gerade Kleider für die heutige Vorstellung an.« Indem sie ihre nackten grünen Arme hob, warf sie sich etwas über, einen schimmernden Fluss aus roter Seide, der ihre vollendete Gestalt zugleich verhüllte und betonte. Sie kam hinter der Wand hervor und präsentierte mir ihren makellos grünen, noch gänzlich unverhüllten Rücken.

»Wärst du so freundlich?«, fragte sie nur.

Ich tat ihr den Gefallen und schloss die Knöpfe. Daraufhin drehte sie sich wieder zu mir um, wobei sie das Band löste, das ihr Haar oben gehalten hatte. Wie ein Vorhang fiel es herab, um ihre Gesichtszüge zu umrahmen, natürlich und schön. »Was sagst du dazu?«, wollte sie wissen.

»Gut«, meinte ich nur. Ich kam mir vor wie ein Pennäler, der in seine Lehrerin verschossen war. Ich war nicht gekommen, um ihr beim Anprobieren von Kleidern zu helfen. »Kity«, sagte ich deshalb, »wir müssen reden.«

»Worüber?« Sie betrachtete sich selbst vor dem Spiegel, versuchte mehrere Posen, eine sinnlicher als die andere.

»Es gibt da ein paar Dinge, die ich herausgefunden habe.«

»Tatsächlich?« Sie schwebte zu mir, um sich die Knöpfe öffnen zu lassen, dann zog sie sich wieder hinter die Wand zurück. »Arbeitest du denn noch für mich?«

Ich schürzte die Lippen. Gut, vermutlich hatte ich das verdient. Nach ihrer letzten Enthüllung hatte ich sie im Unklaren darüber gelassen, ob sie noch meine Klientin war oder nicht. Andererseits war Kity vieles, aber naiv ganz sicher nicht. »Ich denke, das weißt du genau.«

Sie lächelte, während sie aus ihrem Kleid stieg. Die Tatsache zu ignorieren, dass sie hinter der Wand jetzt wieder splitternackt war, fiel mir nicht ganz leicht. Mit ihren schlanken Armen angelte sie sich einen Hausmantel aus goldfarbenem Samt von einem Haken und schlüpfte hinein. Den Gürtel zuknotend, kam sie wieder hinter der Wand hervor.

»Ich hatte es so gehofft«, gestand sie mit einem leicht ironischen Augenaufschlag. »Willst du nicht ablegen und mir alles berichten?«

Mir wurde erst jetzt klar, dass ich noch immer Hut und Mantel trug. Ich wurde beides los, während sie an die Bar trat und jedem von uns einen Donk mixte, einen doppelten Sgorn für mich und einen *ardabhull* für sich selbst, indem sie einen guten Schuss Soda in das hohe Glas gab.

»Also?«, fragte sie, während sie sich zu mir auf die Couch setzte. »Was gibt es Neues? Hast du eine Spur des Fetischs gefunden?«
Ich nahm einen Schluck, während ich sie prüfend über den Rand des Glases hinweg ansah. Ich konnte nicht eine Spur von Falschheit in ihren ungeschminkten Zügen erkennen, und ich wusste nicht, ob ich darüber erleichtert oder bestürzt sein sollte. »Ein paar«, entgegnete ich ausweichend. »Ich hatte das Vergnügen mit der werten Konkurrenz, und ich denke, ich habe eine Ahnung, wer Loryn Cayro auf dem Gewissen hat.«
Die Erwähnung ihres Managers und zumindest zeitweisen Geliebten schien ihr einen Stich zu versetzen. Sie sah zu Boden und nahm dann einen Schluck aus ihrem Glas. Ich war dankbar für diese Regung.
»Wer?«, fragte sie schließlich.
»Das weißt du vermutlich besser als ich. So wie du auch wusstest, worum es in Wahrheit bei dieser Jagd geht.«
»Was meinst du?« Sie sah mich aus ihren grünen Augen an, verletzt und verzweifelt, und ich wusste nicht, ob ich sie gleich trösten oder mir erst eine runterhauen sollte.
»Ich denke, das weißt du sehr gut«, erwiderte ich ungerührt. »Wonach der gute Cayro gesucht hat, wofür er mit dem Leben bezahlt hat und was auch ich finden soll ... Kein lebloses Ding, sondern ein Wesen aus Fleisch und Blut – das Sternenkind.«
Kity sah mich an. Wenn sie überrascht war, dann verbarg sie es gut. Viel eher war es eine gewisse Bewunderung, die in diesem Augenblick in ihren smaragdgrünen Augen zu glänzen schien. »Was weißt du darüber?«
»Du hast es also gewusst?«, hielt ich dagegen.
Sie erwiderte nichts darauf.
»Ich weiß inzwischen mehr, als ich gerne erfahren hätte«,

beantwortete ich ihre Frage zwischen zwei Schlucken Sgorn. »Offenbar treibt ein uralter Kult in dieser Stadt sein Unwesen, blinde Fanatiker, die einen Elfendämon verehren ... Ich würde das gerne als Hirngespinst abtun, aber in meiner Wohnung hatte ich Besuch von einem dieser Spinner, und ich vermute, dass sie auch Cayro auf dem Gewissen haben – und womöglich nicht nur ihn. So unglaublich das alles klingt, es scheint wahr zu sein. Und ich bin hier, weil ich herausfinden möchte, was du darüber weißt.«

»Nicht sehr viel«, erwiderte sie und senkte den Blick.

»Trotzdem hättest du mich warnen können, statt mich ins offene Messer laufen zu lassen. Es hätte nicht allzu viel gefehlt, und ich ...«

Ich stutzte, als ich die Tränen sah, die in gezackten Rinnsalen über ihre grünen Wangen liefen. Orks sind nicht in der Lage, viele Tränen zu vergießen, die Drüsen dafür fehlen ihnen. Es war ihre menschliche Hälfte, die weinte, und es berührte mich, auch wenn ich entschlossen war, mich nicht davon einwickeln zu lassen.

»Was weißt du über diese Dinge?«, bohrte ich nach. »Sag mir wenigstens jetzt, was ihr beide, du und Cayro, herausgefunden habt!«

Sie nickte und wischte die Tränen mit dem Ärmel ihres Mantels ab. Kity Miotara, die gefeierte *Goshda Gorm*, saß vor mir auf dem Sofa, weinend wie ein kleines Mädchen.

»Als Loryn sich auf die Suche machte«, brach sie dann ihr Schweigen, »dachten wir tatsächlich noch, der *pelantin'y'serentir* wäre ein Gegenstand, ein Fetisch aus alter Zeit. Und selbst als ich dir davon erzählte, war ich noch nicht sicher, die Informationen waren widersprüchlich.«

Ich sah sie prüfend an. Sie kannte die elfische Bezeichnung des Sternenkindes, allein das war schon bemerkenswert.

»Und dann?«, fragte ich.

»Die Hinweise verdichteten sich, aber bis zu seinem Verschwinden konnte Loryn keinen eindeutigen Beweis dafür liefern. Es war klar, dass etwas Außergewöhnliches im Gang war, aber niemand wusste Genaues, es war ein Rätsel.«

»Warum hast du mir das nicht gesagt?«

Sie hob den Blick und sah mich direkt an. »Weil ich es nicht für wichtig hielt. Welchen Unterschied hätte es denn bei der Suche nach Hinweisen gemacht?«

»Vielleicht ja den, dass ich eine Ahnung gehabt hätte, worauf ich mich einlasse«, konterte ich. »Wir sprechen hier nicht mehr darüber, einen verschwundenen Gegenstand aufzutreiben, sondern ein Kind zu finden, hinter dem offenbar auch jede Menge Irre her sind.«

»Es ... ist ein geheimer Kult«, sagte Kity leise.

»Du weißt davon?«

»Ich weiß, dass es noch andere Interessenten gibt, aber nicht, was sie im Schilde führen.«

Ich nickte und nahm einen Schluck. »Nehmen wir also an, dieses Sternenkind gibt es wirklich ...«

»Es existiert«, bekräftigte Kity, »ich glaube fest daran. Seit seiner Geburt hält es sich irgendwo in der Stadt verborgen. Viele versuchen, es zu finden ...«

»Warum? Was hat es damit auf sich. Warum sind alle hinter diesem Kind her? Wir sprechen hier immerhin von einer geplanten Entführung, Süße ...«

Kity sah mich durchdringend an. »Wenn ich dir das sage, kannst du nicht mehr zurück. Noch kannst du aussteigen. Ich bezahle dich für deine Dienste, und du gehst zurück in dein altes Leben und lebst es einfach weiter, es wäre nur zu deinem Besten ...«

Ich hob die Brauen. »Hast du mir deshalb nichts von diesen Dingen gesagt? Weil du mich beschützen wolltest?«

Sie lächelte schwach. »Das war töricht von mir, nicht wahr? Ich hätte es besser wissen müssen.«

»Ob ich das Handtuch werfe oder nicht, musst du schon mir überlassen, Schätzchen«, knurrte ich. »Es geht hier längst nicht mehr nur um dich, um Cayro oder um dieses Kind. Die Leute, mit denen wir es hier zu tun haben, haben sich mit mir angelegt. Sie haben meine Wohnung und mein Büro verwüstet, und es hätte nicht viel gefehlt, und ich wäre ihretwegen draufgegangen. Inzwischen ist es persönlich, verstehst du? Ob es dir gefällt oder nicht, es geht mich genauso viel an wie dich. Und jetzt sag mir verdammt noch mal, was du weißt.«

Sie nickte und starrte vor sich hin, während sie nach den richtigen Worten zu suchen schien. »Dieses Kind«, begann sie dann, »ist ein ganz besonderes Kind. Mit ganz besonderen Fähigkeiten.«

»Herrje!« Ich rollte mit den Augen. »Sag nicht, dass du auch an Magie und solchen Hokuspokus glaubst.«

»Das ist kein Hokuspokus. Wer sich mit der Vergangenheit unserer Welt befasst, stellt schnell fest, dass es Magie einst wirklich gegeben hat – wenn auch anders, als du es dir vielleicht vorstellst. Die Zauberer der alten Zeit waren weder Spinner noch Scharlatane, sie verfügten lediglich über bestimmte Fähigkeiten, die es ihnen ermöglichten, ihre Umgebung kraft ihrer Gedanken zu beeinflussen. *Asbryd dorys deunidan* nannten sie das, Geist über Materie. Unsere Vorfahren haben darin Magie gesehen, für die Zauberer selbst war es lediglich die Art ihres Seins, und sie haben sie unter ihresgleichen weitergegeben, über Generationen hinweg. Die Magie verschwand jedoch, als die Elfen Erdwelt verließen.«

»Ich kenne die Geschichte«, versicherte ich.

»Dann«, fuhr sie fort und senkte ihre Stimme dabei ein

wenig, »hast du womöglich auch von der alten Sage gehört, wonach jenes Kind nach all den Jahren der Dunkelheit zurückkehren wird und wieder über die Gabe der Magie verfügt ...«

»Das Sternenkind«, ergänzte ich.

Kity nickte.

Ich war noch längst nicht überzeugt. »Wie ist so etwas möglich?«, wollte ich wissen. »Wieso sollte es ein Kind geben, das über solche Fähigkeiten verfügt?«

»Sehr einfach – weil es Elfenblut in seinen Adern hat.«

»Elfenblut? Nach all den Jahrhunderten?« Ich schüttelte ungläubig den Kopf. »Das ist doch hirnrissig.«

»Du hast mich gefragt, und ich habe geantwortet«, erwiderte Kity gereizt. »Auch Loryn und ich wollten es zunächst nicht glauben, als wir davon hörten, deshalb nahmen wir ja an, dass es sich um einen Kultgegenstand handeln müsse und nicht um ein Kind aus Fleisch und Blut ... doch wie es aussieht, haben wir uns alle geirrt. Diese Sektierer sind nicht hinter einem Fetisch her, sondern hinter einem verletzlichen kleinen Wesen, das unsere Hilfe braucht.«

Ich weiß selbst nicht warum, aber ich verspürte ein mieses Ziehen in der Magengrube, als sie das sagte. Vermutlich, weil ich unterbewusst bereits dabei war, eins und eins zusammenzuzählen und die Sache zu Ende zu denken ...

»Und diese Fanatiker, was wollen sie von dem Kind?«

»Ich weiß es nicht«, flüsterte Kity, während sie mich durchdringend ansah. »Aber wie du schon sagst, es sind Fanatiker, die sich einer dunklen Sache verschrieben haben, und inzwischen wissen wir, dass sie auch vor Mord nicht zurückschrecken.«

»Wenn das so ist, warum bist du nicht zur Polizei gegangen? Wieso bist du zu mir gekommen?«

»Weil die Polizei korrupt ist bis ins Mark und eine Person vom Schlage Alannah da Syolas niemals vor Gericht gestellt werden würde«, entgegnete sie ohne Zögern. »Nach Loryns Verschwinden fühlte ich mich allein und schutzlos. Ich brauchte Hilfe und wusste nicht, an wen ich mich wenden sollte. Da wurde ich auf dich aufmerksam ... aber ich wollte niemals, dass du meinetwegen in Lebensgefahr gerätst, das musst du mir glauben.«

Ich nickte und überlegte wieder, war bereits einen Schritt weiter. »Du kennst die Gräfin also?«, fragte ich.

Kity nickte zögernd, und zum ersten Mal konnte ich in ihren Augen etwas sehen, das ich bislang noch nie darin erblickt hatte.

Furcht ...

»Sie ist eine Sammlerin wie ich, schon seit Jahren herrscht eine leidenschaftliche Rivalität zwischen uns. Doch dann musste ich erkennen, dass die Gräfin auch noch eine andere, verborgene Seite hat. Eine dunkle Seite, Corwyn.«

»Nämlich?«, hakte ich nach.

Kity straffte sich; es auszusprechen, schien sie Überwindung zu kosten. »Ich vermute, dass sie die geheime Anführerin des Kults ist«, eröffnete sie dann. »Seine Hohepriesterin.«

Eigentlich war ich nicht mal besonders überrascht, aber Kitys Vermutung traf mich trotzdem wie ein Schlag in die Magengrube. Mir wurde klar, dass ich verdammtes Glück gehabt hatte, lebend aus jener Villa zu entkommen. Zwar war Alannah da Syola mir nicht wie eine kaltblütige Mörderin erschienen, aber das taten Verbrecher ja selten. Und vielleicht hatte ich mich auch nur vom Klang ihres Vornamens blenden lassen ...

»Woher kennst du sie?«, wollte Kity jetzt wissen. Von meinem nächtlichen Ausflug nach Trowna und meinem Abstecher ins Moor hatte ich ihr bewusst nichts erzählt, ich wollte sie nicht beunruhigen. Doch ihrer besorgten Miene war zu entnehmen, dass sie sich bereits einen Reim darauf machte. »Bist du ihr begegnet?«

»Flüchtig«, gab ich zu.

»Diese Frau ist gefährlich«, flüsterte Kity, und ich konnte sehen, wie ein eisiger Schauder ihren grazilen Körper schüttelte. »Wenn sie tatsächlich hinter Loryns Tod steckt, bedeutet das, dass sie auch mich im Visier hat ... Ich habe Angst, Corwyn.«

»Das musst du nicht«, versicherte ich. »Wenn die Gräfin tatsächlich hinter dem Mord an Cayro steckt, werde ich die nötigen Beweise finden und dafür sorgen, dass die Polizei diesem Spuk ein Ende bereitet, noch ehe er richtig begonnen hat. Vertrau mir.«

Kitys grüne Augen sahen mich an, ihr Blick war schwer zu deuten. »Ich habe gewusst, wer du bist, Corwyn Rash«, sagte sie leise. »Schon im ersten Moment, da ich dich sah.«

»So? Und wer bin ich?«

»Jemand, der sich nicht einschüchtern lässt. Der sein Ziel unnachgiebig verfolgt, bis er es erreicht hat.«

Ich grinste. »Dafür bekomme ich mein Geld, oder nicht?«

»Ja ... und nein«, erwiderte Kity. Damit stellte sie ihr Trinkglas weg und stand auf. Sie trat vor mich und nahm mir mein Glas aus der Hand, stellte es ebenfalls auf den Tisch zurück. Dann spreizte sie die Beine und ließ sich rittlings auf mich nieder. Ihr samtener Mantel glitt dabei auseinander und enthüllte ihre ganze makellose Gestalt.

Widerstand keimte in mir, jedoch nur für einen Augenblick, wie eine Kerze, die im Wind noch einmal aufflackerte, ehe sie erlosch. Dann hatte Kity bereits ihre langen Beine um meine Hüften geschwungen, und ihre Lippen pressten sich auf die meinen in einem Kuss, der dazu angetan war, selbst bei einem Toten noch Begierde zu entfachen.

Ihre schlanken Finger glitten unter mein Hemd und sprengten die Knöpfe, während sich ihre Brüste mir rund und voll entgegenreckten.

Es war ein trüber Nachmittag in Dorglash.

Doch im Nachtclub *Shakara*, in der Garderobe von Kity Miotara, ging gerade die Sonne auf.

19

Kity war eingeschlafen.

Sie hatte einmal erwähnt, dass sie sich, sofern ihr Kalender es zuließ, vor dem Auftritt stets noch ein wenig Schlaf gönnte, die Nacht im Rampenlicht war lang und anstrengend. Vorsichtig, um sie nicht zu wecken, stand ich auf und kleidete mich an. Ich war schon an der Tür, als ich mich noch einmal umwandte und sie betrachtete: Ihre nackte Gestalt, die sich unter dem Laken abzeichnete, ihr schwarzes Haar, das ungezähmt über die Lehne des Sofas quoll, ihre anmutigen Gesichtszüge. Selbst jetzt im Schlaf zog sie mich in ihren Bann, und ich verspürte spontane Eifersucht auf all jene, die sie heute Abend auf der Bühne bestaunen und in ihrer Nähe sein würden. Ich selbst würde nicht dabei sein, denn ich hatte anderweitig zu tun, und je eher ich damit anfing, desto besser war es für uns beide.

Lautlos stahl ich mich davon, schlüpfte aus der Garderobe und stieg die Wendeltreppe hinab. Als ich Niki begegnete, machte ich ein Gesicht wie ein Kobold, der am Honigtopf gewesen war, um das alte Sprichwort zu bemühen. Hätte der Blick des Zyklopen töten können, wäre ich auf der Stelle leblos niedergesunken.

Ich verließ das *Shakara* durch die Hinterpforte und ging zum Wagen. Es dämmerte inzwischen, und der Parkplatz war dabei, sich zu füllen – vermutlich drängten sich auf der Vorderseite des Clubs schon wieder die Gäste. Es mochte am *Shakara* selbst liegen, an der mondänen Atmosphäre, die Windolf Hammerfalls Club verströmte. Vor allem aber war es wohl Kity, die die Massen anzog.

Genau wie jene, die sich dort vor dem Eingang drängten, war auch ich ihr verfallen, und darum wollte ich alles daransetzen, diesen Fall zu lösen und die entscheidenden Hinweise zusammenzutragen, damit Loryn Cayros Mörder gefasst und der Kult der Sektierer auffliegen würde. Dass ich der Polizei dabei in die Quere kommen und man mich wegen Behinderung behördlicher Ermittlungen drankriegen könnte, machte mir keine Sorgen – mein eigentlicher Auftrag bestand darin, nach dem verschollenen Kind zu suchen, und die beiden Fälle waren nun einmal eng miteinander verknüpft. Was konnte ich dafür, wenn mir dabei auch Hinweise auf Loryn Cayros Mörder in die Hände fielen? Um Keg nicht in Verlegenheit zu bringen, würde ich sie ihm auf anonymem Weg zukommen lassen, und die Dinge würden ihren Lauf nehmen ...

Aber so weit war es noch nicht.

Ich erwog, noch einmal bei Jokus Hammerfall vorstellig zu werden und ihn mit dem zu konfrontieren, was ich von Kity wusste, aber solange ich keine aussagekräftigen Beweise hatte, würde das bei Weitem nicht ausreichen, um den Sohn eines stadtbekannten Syndikatsbosses noch mehr einzuschüchtern.

Meine zweite Anlaufstelle war Alannah da Syola.

Ich beschloss, an Erkundigungen einzuholen, was auch immer ich über die geheimnisvolle alte Dame in Erfahrung bringen konnte. Dass sie das Oberhaupt der Sektierer war, hatte mich mehr überrascht, als ich mir eingestehen wollte. Schließlich gehörten Überraschungen in meinem Beruf zum Tagesgeschäft, und es war ein ungeschriebenes Gesetz, dass gerade die Mächtigen oft sehr viel mehr Dreck am Ärmel hatten, als man es ihnen zutraute, und in Dorglash traf das ganz besonders zu. Doch irgendetwas in mir hatte glauben wollen, dass es bei der Gräfin anders war ... ein gefährlicher Irrtum.

Ich würde mich an die Fersen der hohen Dame heften, sie beschatten und auf diese Weise versuchen, an ihre Anhänger heranzukommen. Darüber, was diese Leute mit dem Kind anstellen würden, das sie um jeden Preis in ihre Gewalt zu bringen trachteten, wollte ich lieber gar nicht nachdenken. Von Magie hielt ich nach wie vor nichts, und mir war es gleich, was für Blut in den Adern des Dreikäsehochs floss. Aber ich wollte nicht, dass ein unschuldiges Wesen in die Klauen dieser Fanatiker geriet, also musste ich ihnen und ihrem faulen Zauber ein Ende machen. Jedenfalls war es das, was ich mir vorgenommen hatte.

Ich fuhr zurück zu meiner Wohnung, um eine Dusche zu nehmen und wieder einen klaren Kopf zu bekommen. Doch schon als ich zwischen den Pfeilern der Hochbahn hindurch in die Brad Rian abbog, wurde mir klar, dass daraus nichts werden würde.

Ich wurde bereits erwartet.

Es war nicht direkt ein Empfangskomitee, das vor dem Aufgang zu meinem Büro herumlungerte, auf einen roten Teppich und Fanfaren hatte man großzügig verzichtet. Aber im Lauf der Zeit hatte ich ein gewisses Gespür dafür entwickelt, wann sich jemand tatsächlich zufällig an einem Ort aufhielt und wann er nur so tat als ob.

In diesem Fall waren es gleich vier Typen, die verdächtig unmotiviert von einem Bein auf das andere traten, Panzerzwerge mit breitkrempigen Hüten, langen Bärten und ebenso langen Mänteln, kleinwüchsige Schläger mit verheerender Wirkung. Ihre Anwesenheit verdankte ich vermutlich der Gräfin, nach meiner nächtlichen Flucht hatte sie mich wohl an Jokus Hammerfall verpfiffen, der wiederum die Schläger seines Vaters losgeschickt hatte. Mit einem oder zweien der kleinen Brutalos wäre ich noch fertiggeworden, gegen vier hatte ich nicht die geringste Chance.

Ich nahm den Fuß nicht vom Gaspedal, sondern fuhr weiter die Brad Rian hinab in der Hoffnung, dass die Kurzen nicht wussten, was für einen Wagen ich hatte, oder ihn schlicht inmitten des dichten Verkehrs übersehen würden. An der nächsten Nebenstraße bog ich rechts ab und fuhr bis zur Brad Dakda durch, wo ich den T 37 gegenüber von Shinnys Bar am Straßenrand abstellte. Mit einem vorsichtigen Blick vergewisserte ich mich, dass nicht auch hier schlagwütige Zwerge patrouillierten, aber die Luft schien rein zu sein. Ich stieg aus, wechselte die Straßenseite und betrat das Lokal.

Shinnys Bar war brechend voll an diesem Abend.

Ich tauchte in eine Wolke aus Zigarettenrauch, Stimmengemurmel und den süßlichen Geruch von Alkohol. Gäste sämtlicher Rassen saßen an den Tischen und tranken, spielten oder unterhielten sich, hier und dort erklang helles Gelächter. Der Laden brummte, was gut war für Shinny – ich selbst hätte mich lieber an ein ruhiges Plätzchen an der Bar zurückgezogen, aber davon konnte keine Rede sein. Missmutig nahm ich zur Kenntnis, dass nicht mal mein angestammter Platz frei war. Stattdessen setzte ich mich an der kurzen Seite der Bar auf einen der letzten verbliebenen Hocker. Wie ein großer grüner Fels ragte Frik hinter dem Tresen auf. Ich nickte dem Oger, den Shinny zugleich als Barmann und Rausschmeißer beschäftigte, zur Begrüßung zu.

»Hast du einen für mich?«

»Kommt sofort«, erwiderte Frik mit gelbem Grinsen. In diesem Moment kehrte auch Shinny zur Bar zurück, auf ihrem Arm ein Tablett mit leeren Biergläsern. Sie sah wie immer umwerfend aus, in einem Kleid aus gelber Seide, das dunkelblonde Haar hübsch zurechtgemacht. Und wenn man nicht genau hinsah, bemerkte man auch nicht die beiden grünen Blutspritzer auf ihrem Ausschnitt, die vermutlich von einem übereifrigen Gnomen stammten, der seine dürren grünen Finger nicht bei sich behalten hatte …

»Hallo, Fremder«, feixte sie, während sie sich wieder hinter den Tresen zwängte.

»Siehst mitgenommen aus«, stellte ich fest.

»Nur das Übliche«, versicherte sie, während sie bereits dabei war, mir den Donk einzuschenken, den ich bestellt hatte. »Und bei dir?«

»Das Übliche«, bestätigte ich, um ein wenig leiser hinzuzufügen. »Kann ich heute bei dir übernachten?«

Sie hob die Brauen und sah mich freundlich aus ihren dunklen Augen an. »Ist das ein eindeutiges Angebot?«

»Weniger«, gestand ich. »Vor meinem Büro sind ein paar Panzerzwerge aufmarschiert. Ich kann erst zurück, wenn sie wieder abgezogen sind.«

»Du hast dich mit den Kurzen angelegt?«

»Nicht direkt«, behauptete ich. »Ein paar von ihnen sind nur nicht besonders gut auf mich zu sprechen.«

»Welches Syndikat?«

Ich nahm das Glas, leerte es in einem Zug und stellte es geräuschvoll auf den Tresen zurück. »Hammerfall.«

»Scheiße, Rash! Du weißt genau, dass mit denen nicht zu spaßen ist.«

»Deshalb bin ich ja hier«, entgegnete ich mit um Unschuld bemühtem Lächeln. »Außerdem hätte ich gerne mit Dreiaugen-Jack gesprochen. Ist er da?«

»Nein, heute nicht.« Shinny schüttelte den Kopf, mit dem Kinn auf Risul-Jacks Stammplatz deutend. Ein fetter Zworg saß dort, dessen gerötete Nase vermuten ließ, dass er schon zu viel Blutbier intus hatte. Von Jack keine Spur – doch vielleicht war das ja kein Zufall. Womöglich hatte er mitbekommen, dass Syndikatsschläger im Viertel waren, und war deshalb lieber zu Hause geblieben ...

»Kann ich dir und Frik rasch etwas zeigen, Shinny?«, fragte ich, in die Innentasche meines Mantels greifend.

»Sicher.« Sie nickte und winkte ihren Barmann her.

Ich entfaltete die Zeichnung, legte sie auf den Tresen und strich sie glatt.

»Was ist das?«, fragte Shinny mit Blick auf all die mit Bleistift gezeichneten Linien, die scheinbar wirr durcheinander verliefen.

»Das wüsste ich selbst gerne«, gestand ich. »Es erinnert mich an etwas, das ich schon mal gesehen habe, aber ich komme einfach nicht darauf, was es sein könnte. Habt ihr eine Idee?«

Frik schüttelte ratlos den Kopf, im nächsten Moment musste er sich schon wieder der Arbeit zuwenden, als am anderen Ende des Tresens eine Keilerei ausbrach. Der große Oger klärte die Situation, indem er die beiden Streithähne kurzerhand packte und am ausgestreckten Arm nach draußen trug. Ein paar der Gäste applaudierten, den meisten war es egal.

»Tut mir leid, Rash, ich weiß auch nicht, was das sein könnte«, sagte Shinny mit Blick auf die Skizze. »Sieht aus wie ein Plan oder so was, doch ich habe keine Ahnung, wovon.«

»Es ist zum Haareraufen«, knurrte ich. »Je länger ich

mir das verdammte Ding ansehe, desto mehr habe ich das Gefühl, dass ich wissen müsste, was es darstellt, aber ...«
»Warum ist das so wichtig?«
»Es *ist* wichtig«, raunzte ich. »Es geht um einen Fall.«
»Den mit den Kurzen?«
Ich nickte und strich mir durchs Haar.
Shinny seufzte. »Ich habe es dir neulich schon mal gesagt, und ich sage es dir gern noch einmal: Sieh dich vor, Rash! Du bist dabei, dich in diese Sache zu verbeißen, das sehe ich dir an. Als dir das das letzte Mal passiert ist ...«
»Will ich nicht wissen«, fiel ich ihr ins Wort, während ich die Zeichnung wieder zusammenfaltete und in die Tasche zurücksteckte.
»Na schön. Aber weißt du, wie es für mich aussieht?«
»Wie denn?«
»Als ob du die Sache persönlich nehmen würdest. Und du hast mir immer wieder gepredigt, dass das einem Privatschnüffler niemals passieren darf. Du solltest den Fall abgeben.«
»Kann ich nicht«, erwiderte ich leise, »nicht dieses Mal. Ich muss die Sache durchziehen, bis ...«
Ich brach ab. Im Gastraum war es plötzlich leise geworden, die Gespräche waren verstummt.
»Noch mehr Ärger«, knurrte Shinny.
»Was meinst du?«, fragte ich und wollte mich auf meinem Hocker umdrehen, aber dazu kam ich schon nicht mehr. Das verdammte Ding wurde mir unter dem *asar* weggezogen, und ich knallte auf den Boden.
Ich brauchte einen Moment, um meine Knochen zu sortieren und festzustellen, dass ich mir glücklicherweise nichts gebrochen hatte. Dann schaute ich auf – und blickte in das grinsende, glatt rasierte Schafsgesicht von Sergeant Ax Orgood.

»'n Abend, Rash! Wir stören hoffentlich nicht?«
Keg war ebenfalls dabei, außerdem zwei uniformierte Beamte. Alle vier trugen braungelbes Ölzeug, von dem das Wasser nur so perlte, die Pollocks außerdem Gummihauben über den Mützen. Offenbar goss es draußen inzwischen in Strömen.

»Keg«, sagte ich, während ich mich langsam wieder auf die Beine raffte. »Was verschafft mir die …?«

»Komm mir bloß nicht so«, zischte mein Ex-Partner. »Wann hattest du vor, uns zu verraten, dass du im Mordfall Cayro ermittelst?«

»Tu ich doch gar nicht«, versicherte ich, den Schmerz aus meinem rechten Ellbogen reibend.

»Da sagt der Polizeichef von Dorglash aber etwas anderes«, tönte Orgood, »und der muss es schließlich wissen, oder nicht? Corwyn Rash, Sie sind verhaftet wegen vorsätzlicher Behinderung polizeilicher Ermittlungen.«

»Das ist ein Scherz, oder?«, fragte ich. Ich hatte ja noch nicht einmal zu ermitteln begonnen …

»Kein Scherz«, versicherte mir Keg und trat auf mich zu, um mir Handschellen anzulegen, während Orgood wie ein Honigkuchenpferd grinste. Ich bemerkte den Blick, den Keg mir zuwarf, und leistete keinen Widerstand, als sich das kalte Metall um meine Handgelenke legte. »Der Hinweis kam von oben«, raunte er mir dabei zu.

»Wie weit oben?«, flüsterte ich zurück.

»Ziemlich weit«, zischte Keg, und damit war die Sache klar: Jemand, der über sehr viel Einfluss verfügte, hatte seine Beziehungen spielen lassen, um mir das Handwerk zu legen und meine Ermittlungen im Keim zu ersticken. Wenn ich an den Schlägertrupp dachte, der vor meinem Büro aufmarschiert war, brauchte ich auch nicht lange zu überlegen, wer das wohl gewesen war. Entweder die Gräfin oder Hammerfall, zuzutrauen war es beiden, und im Grunde kam es auf das Gleiche heraus.

»Sie werden uns jetzt auf die Wache begleiten, Rash«, prophezeite mir Orgood grinsend meine Zukunft. »Dort werden Sie bleiben, und zwar so lange, bis wir herausgefunden haben, was für eine miese Nummer Sie hier abziehen, verstanden?«

»Dann sollte ich mich wohl auf einen längeren Aufenthalt einstellen«, erwiderte ich trocken.

»Ihre große Klappe werde ich Ihnen schon noch abgewöhnen, darauf können Sie sich verlassen«, fuhr der Sergeant mit seiner Wahrsagerei fort. Dann packte er mich an der Schulter und stieß mich unsanft den beiden Uniformierten entgegen, die sich mich schnappten und nach draußen schleppten.

Ich streifte Shinny mit einem Seitenblick, gab ihr zu verstehen, dass sie sich keine Sorgen machen müsse und alles in Ordnung sei.

Ich wünschte, ich wäre mir da so sicher gewesen.

20

Zugegeben, ich hatte eine Bleibe für die Nacht gesucht, aber so hatte ich sie mir nicht vorgestellt.

Die Zelle maß drei Meter im Quadrat. Nach vorn war sie vergittert, entlang der gekalkten Wände gab es Holzpritschen zum Runterklappen. Auf einer davon lag ich, die Hände hinter dem Kopf verschränkt und starrte an die Decke, von der der Putz zum größten Teil schon abgefallen war. An der Rückwand gab es ein Waschbecken und eine Kloschüssel. Ringsherum war der Boden mit Erbrochenem übersät, und der Gestank von ausgekotztem Blutbier und Pisse tränkte die abgestandene Luft.

Meine drei Zellengenossen passten zum herrschenden Geruch, jeder trug seinen Teil dazu bei, ein hübsches Panoptikum abgerissener Gestalten: ein Ork in heruntergekommener Kleidung und mit einem Kinn wie eine Schublade, der damit prahlte, dass er eine Hure halb tot geprügelt habe; ein ziemlich gerissen aussehender Mensch mit kantigen Zügen und langem blondem Haar, den man beim Verticken von Q'orz erwischt hatte; und schließlich ein Zwerg, dem hübschen Anzug nach ein Buchhalter, der in Dorglash wohl nur etwas Zerstreuung gesucht hatte und dabei unter die Räder gekommen war. Durch die Gläser seiner Nickelbrille, von denen eines von Sprüngen durchzogen war, blickte er ängstlich umher und schien noch immer nicht recht zu begreifen, was geschehen war.

Ich selbst komplettierte das Quartett von Versagern, die man in der Nacht verhaftet und ohne Federlesens ins Loch gesteckt hatte. Auf der kargen Pritsche liegend, versuchte ich mich ein wenig auszuruhen – die Nacht würde lang und anstrengend werden, da war ich mir ziemlich sicher. Die Augen halb geschlossen, konnte ich die Blicke fühlen, mit denen der Ork und der Mensch mich taxierten. Vermutlich überlegten sie, ob es sich lohnte, mir einen Schlag in die Fresse zu verpassen und mich dann abzuziehen – es war eine Art Begrüßungsritual, und die Polizei sah dabei weg. Was die Gefangenen selbst erledigten, hieß es, brauchten Beamte schon nicht zu tun. Der Buchhalter hatte seine Begrüßung bereits hinter sich – er saß barfuß auf seiner Pritsche, während an den Füßen des Menschen hübsche Schuhe mit Lochmusterverzierung und Einsätzen aus weißem Leder glänzten. Es war ein wenig, als stünde das Wort »Opfer« auf der fliehenden Stirn des Buchhalters geschrieben, ich konnte für ihn nur hoffen, dass er bald entlassen würde.

Der Ork stand vorn am Gitter, der Mensch lehnte lässig an seiner Pritsche. Aus dem Augenwinkel nahm ich wahr, wie er einen Schritt auf mich zumachte.

»Langsam, Blondo«, knurrte ich. »Ich weiß, was du denkst, und ich kann dir nur raten, es bleiben zu lassen.«

In einer Unschuldsgeste hob der andere die Arme und sah mich fragend an. »Was meinst du?«

»Ich werde dir ein paar Finger brechen, vielleicht auch die ganze Hand«, kündigte ich an, während ich weiter ruhig liegen blieb. »Und falls du auf die Hilfe des grünen Schlägers hoffst, muss ich dich enttäuschen – er zieht beim Gehen den rechten Fuß hinterher, was auf eine Kriegsverletzung in der Wirbelsäule schließen lässt. Ist vermutlich der Grund, warum er so mies gelaunt ist, aber für mehr als wehrlose Huren dürfte es bei ihm nicht mehr reichen.«

Der Ork am Gitter zuckte zusammen. Sein Schubladenkinn schob sich vor, aber er widersprach mir nicht. Und Blondo stand plötzlich ziemlich alleine da.

»Alles *fuashd*«, versicherte er – dass er ein wenig *ork brud* in seine Worte packte, sollte mich wohl beschwichtigen. »Brauchst nicht gleich grob zu werden, *sounok*. Bleib doch ganz entspannt liegen und …«

»Rash!«, schnitt in diesem Moment eine Stimme durch die miese Luft, scharf wie ein Rasiermesser. Ich hätte nicht hinzusehen brauchen, um zu wissen, dass Orgood vor der Zellentür stand, zusammen mit Keg. Wie zuvor hielt sich mein ehemaliger Partner im Hintergrund, obwohl er Orgoods Vorgesetzter war; die Angelegenheit schien ihm ziemlich peinlich zu sein, im Gegensatz zu seinem Sergeant, der jede Sekunde zu genießen schien. »Mitkommen zur Befragung!«

Ich setzte mich auf der Pritsche auf und erhob mich. Blondo wich von mir zurück. »Lass den Kurzen in Ruhe, verstanden?«, raunte ich ihm zu, während ich nach meiner Jacke griff, die ich zusammengerollt als Kopfkissen benutzt hatte. Den Mantel hatten die Bullen mir abgenommen.

Mit metallischem Klirren wurde die Zellentür aufgeschlossen, und ich durfte hinaus. Mein Rücken tat mir weh von der verdammten Pritsche, aber ich hätte mir lieber die Zunge abgebissen, als mich zu beklagen. Orgoods dämliches Dauergrinsen war auch so schon schadenfroh genug.

Erneut legte Keg mir Handschellen an, dann führten sie mich den Gang hinab in eins der Verhörzimmer, die ich noch gut kannte. Vor ein paar Jahren war ich auf der anderen Seite des fleckigen Holztischs gesessen, jenseits der nackten Glühbirne, die an einem dünnen Kabel von der Decke baumelte und mich blendete, als ich auf dem schäbigen Stuhl Platz nahm.

»Erfahre ich jetzt endlich, was hier eigentlich los ist?«, erkundigte ich mich.

»Die Fragen stellen wir«, grunzte Orgood und setzte sich mir gegenüber.

»Wir«, echote ich mit Blick auf Keg, der sich weiter dezent zurückhielt. »Bis jetzt haben nur Sie geredet, Orgood. Dabei ist eigentlich Leutnant Ingrimm der ermittelnde Beamte, oder täusche ich mich da?«

»Nein, das ist schon richtig«, bestätigte Keg mit belegter Stimme. »Allerdings ist im Zuge dieses speziellen Falles Sergeant Orgood mit gewissen … Sonderbefugnissen ausgestattet worden«, fügte er hinzu, während sein Blick mir zu verstehen gab, dass er darüber selbst nicht gerade glücklich war.

Die Bestätigung, dass meine Verhaftung nicht auf Kegs Mist gewachsen war, beruhigte mich ein wenig. Ob mir das etwas nützen würde, war allerdings eine andere Frage …

»Und diese Befugnisse berechtigen Sie dazu, jemanden ohne ersichtlichen Grund zu verhaften, Sergeant?«, erkundigte ich mich bei Orgood. »Ich kenne meine Rechte, wissen Sie. Ich war selbst mal Bulle.«

»Dann dürften Sie auch wissen, dass es Ihnen als Privatschnüffler untersagt ist, in Fällen zu ermitteln, in denen die Behörden tätig sind.«

»Das habe ich nicht getan.«

»So?« In Orgoods kleinen Äuglein funkelte es listig. »Warum haben Sie sich dann auch nach Loryn Cayros Tod noch mit Dyna Miotara getroffen, können Sie mir das verraten?«

Ich sah ihn an und wusste nicht, was mir mehr zusetzte – dass der Mistkerl mir offenbar hatte nachspionieren lassen oder dass ich es nicht bemerkt hatte.

»Kann ich eine Zigarette kriegen?«, fragte ich.

»Klar«, sagte Keg, ehe Orgood meine Bitte ablehnen konnte. Er trat vor, steckte mir eine Kippe zwischen die Lippen und zündete sie an. Ich sog daran und nickte dankbar – nicht nur für die Zigarette, sondern auch für die wertvollen Sekunden Bedenkzeit, die Keg mir damit verschafft hatte.

»Beantworten Sie jetzt endlich meine Frage?«, drängte Orgood giftig.

»Mit Verlaub, Sergeant – das geht Sie einen feuchten *shnorsh* an …«

»Nur weiter so«, freute sich mein Gegenüber, weil es Wasser auf seine Mühlen war.

»… aber weil Sie es sind, will ich mal nicht so sein. Ich habe Dyna Miotara nach Beendigung des Falles noch privat besucht. Ihr ermordeter Manager war auch ein enger Freund von ihr, sein Tod hat sie sehr getroffen.«

»Und Sie haben sie getröstet, wie rührend.« Orgood blies spöttisch die Backen auf. »Wie weit ist Ihr Trost denn gegangen, Rash? War alles inklusive?«

»Könntest du ihm sagen, dass er das dämliche Gequatsche lassen soll?«, wandte ich mich an Keg. »Sonst muss ich ihm mal die Schnauze polieren.«

»Nur zu, Rash, ich kann es kaum erwarten!« Orgood sprang auf und beugte sich so weit über den Tisch, dass sein rundes Gesicht direkt vor meinem war. »Der Staatsanwalt wird entzückt sein, so etwas zu hören – Behinderung von polizeilichen Ermittlungen in Tateinheit mit Gewaltanwendung gegen einen Staatsbeamten!«

Ich war froh, dass ich die Zigarette hatte. Sie zwang

mich, tief und gleichmäßig zu atmen. Das beruhigte mein orkisches Viertel ein wenig.

»Sie leugnen also, dass Sie weiter für Dyna Miotara tätig sind?«

»Das habe ich nicht gesagt. Aber ich ermittle nicht im Mordfall Cayro.«

»Ach nein? In welchem Fall ermitteln Sie dann?«

»Das kann ich Ihnen nicht sagen, und das wissen Sie. Berufsgeheimnis.«

»Das gilt nur, solange Sie Ihre Lizenz als Privatdetektiv noch haben«, konterte Orgood, »und Sie sind auf dem besten Weg, sie zu verlieren.«

»Sie wollen mir meine Lizenz aufgrund eines Vergehens entziehen, das Sie mir nur durch den Entzug meiner Lizenz nachweisen können?«, hakte ich nach. »Das läuft nicht, Orgood. Nennt sich Zirkelschluss. Typischer Anfängerfehler.«

Orgoods Kieferknochen mahlten. Blanker Zorn schlug aus seinen Augen. »Vielleicht muss ich ja gar keine Beweise finden, Rash«, knurrte er. »Vielleicht haben Sie das ja selbst schon getan. Leutnant?«

Keg, der brav im Hintergrund gewartet hatte, trat wieder vor ins Licht, in den Händen ein Kuvert, das ich nur zu gut kannte. Es war dasjenige, welches ich aus der Lampenschale in Dan Faradurs Büro gefischt und in der Innentasche meines Mantels gehabt hatte. Das mit den beiden Fotografien darin und der Skizze. Keg nahm alles aus dem Kuvert und legte es vor mir auf den Tisch.

»Was sehen wir hier?«, verlangte Orgood zu wissen.

»Weiß ich nicht«, knurrte ich, »sagen Sie es mir.«

»Diese Bilder waren in Ihrer Tasche.«

»Deshalb muss ich nicht zwangsläufig wissen, was darauf zu sehen ist.«

»Dann werde ich Ihnen auf die Sprünge helfen«, schnaubte Orgood. »Dieses Bild hier« – er deutete auf die verschwommene Aufnahme der Versammlung – »zeigt die illegale Zusammenkunft einer Bande von Sektierern.«

»Soll vorkommen. Es gibt noch immer Leute, die an Magie und anderen Hokuspokus glauben.«

»Durchaus – aber die werden nicht verdächtigt, mit dem Mord an Loryn Cayro zu tun zu haben. Diese hier dagegen schon, darum haben Sie das Bild in der Tasche. Geben Sie jetzt endlich zu, dass Sie in der Sache ermitteln und dabei versuchen, Beweismittel zu manipulieren?«

»Was?« Ich runzelte die Stirn. »Haben Sie jetzt völlig den Verstand verloren?«

»Durchaus nicht. Ich denke, dass Sie hier eine ziemlich miese Nummer abziehen, Rash. Und ich werde es Ihnen nachweisen.« Er schlug mit beiden Fäusten auf die Tischplatte, dann stand er abrupt auf und verließ den Vernehmungsraum. Die Tür ließ er offen stehen, Keg und ich blieben allein zurück.

»Tut mir leid«, sagte mein Ex-Partner mit deutlich gedämpfter Stimme.

»Verdammt, Keg«, zischte ich, »was ist hier los?«

»So genau weiß ich das selbst nicht. Man hat mir die Leitung des Falls entzogen.«

»Dein neuer Partner scheint einen guten Draht nach oben zu haben.«

»Erzähl mir was Neues.« Keg lachte freudlos auf. »Die Kurzen machen doch alle gemeinsame Sache. Wahrscheinlich steckt Orgoods Kopf ganz tief im Hintern von irgendeinem Syndikatsboss.«

»Hammerfall«, sagte ich.

»Was?« Keg sah mich an. »Willst du mir was erzählen?«

»Müssen die unbedingt sein?«, fragte ich dagegen, ihm die Handschellen entgegenstreckend.
»Verdammt, Rash! Du kostest mich noch meinen Obb.«
Ich lächelte dünn. »Wozu sind Freunde da?«
Keg trat vor und nahm mir die Dinger ab. »Also?«, fragte er nur.
»Ich weiß noch nicht genug und kann erst recht nichts beweisen«, sagte ich. »Aber der junge Jokus Hammerfall hängt irgendwie mit in der Sache drin. Er hat mit einem alten Geheimkult zu schaffen, der ...«
»Es gibt diesen Kult also wirklich? Das ist nicht nur ein Hirngespinst von Orgood?«
»Nein. Aber wenn ihr nicht im Zuge eurer Ermittlungen darauf gestoßen seid, würde ich mich fragen, woher dein Partner seine Informationen hat.«
»Scheiße«, sagte Keg nur.
»Falls diese Sektierer wirklich für den Mord an Loryn Cayro verantwortlich sind, was ich tatsächlich glaube, dann sind sie vermutlich auch hinter Kity Miotara her«, erklärte ich.
»Kity? Was hat sie mit der Sache zu tun?«
»Genau wie die Sektierer ist auch sie auf der Suche nach einem Kind ... einem besonderen Kind, dem Sternenkind aus den alten Elfensagen.«
Keg sah mich befremdet an. »Hast du zu viel Q'orz geraucht?«
»Ich wünschte, es wäre so. Bevor ihr mich geschnappt habt, wollte ich herausfinden, wo ...«
Ich verstummte, als draußen auf dem Gang hektische Schritte zu hören waren. Im nächsten Augenblick platzte Orgood auch schon wieder herein. Auf seinen kurzen Beinen stürzte er zum Tisch, in der Hand eine Papierrolle, die er vor mir ausbreitete. Es war die Kopie einer Blaupause,

eine technische Zeichnung, zusammengesetzt aus Kreisen und Strichen, die kreuz und quer durcheinanderliefen, scheinbar ohne Ziel und Sinn. Aber irgendetwas daran kam mir bekannt vor ...

»Wissen Sie, was das ist?«

»Irgendein Plan«, vermutete ich.

»Scheiße noch mal, wir haben ein verdammtes Genie im Haus.« Orgood grinste schief. »Es ist der Plan der städtischen Kanalisation, vom Zentrum bis raus zum Westbezirk. Hier«, er deutete auf eine bestimmte Stelle, »haben wir Cayros Leichnam gefunden, aber wir haben Grund zu der Annahme, dass er nicht dort gestorben ist.«

»Die verdammten Krokodile«, knurrte ich.

»Ja, die haben ihn übel zugerichtet – aber sicher nicht quer durch die Stadt geschleppt. Ich denke, jemand hat Cayro anderswo das Licht ausgeblasen und ihn dann erst hierhergebracht.«

»Warum sollte jemand so etwas tun?«

»Ja, warum wohl? Vielleicht, um den Verdacht auf ein paar Spinner zu lenken, die sich dort treffen, um ihre magischen Versammlungen abzuhalten.« Er deutete auf das Foto, das noch immer auf dem Tisch lag. »Dieses Foto beweist es, Rash.«

»Beweist was?«

»Dass Sie von diesen Versammlungen wissen, Klugscheißer. Und es darauf anlegen, diesen Leuten den Mord an Cayro anzuhängen.«

»Ax«, schaltete sich jetzt Keg ein, »woher weißt du das alles? Und woher hast du diesen Plan?«

»Ich habe meine Verbindungen«, entgegnete der Sergeant rätselhaft und sah mich dabei durchdringend an. »Genau wie Sie, nicht wahr?«

»Sie sind auf dem Holzweg, Orgood«, sagte ich. »Was

immer man Ihnen gesagt hat, trifft nicht zu. So harmlos, wie Sie behaupten, sind diese Leute nicht.«

»So? Dann verraten Sie mir doch mal, wo Sie gewesen sind, als Loryn Cayro ermordet wurde. Vielleicht gelingt es Ihnen ja, mich zu überzeugen«, fügte er mit einer stur verkniffenen Miene hinzu, die deutlich machte, dass ihn nichts und niemand mehr von seiner Meinung abbringen würde. »Wo waren Sie in der Nacht, als Loryn Cayro umgelegt wurde?«

»In meinem Büro.«

»Gibt es dafür Zeugen?«

Ich nickte. »Dyna Miotara.«

»Ausgerechnet sie führen Sie als Ihr Alibi an? Interessant.«

»Sie hat mich in meinem Büro besucht und mich beauftragt, nach Cayro zu suchen.«

»Wenn es so harmlos ist, warum haben Sie uns das nicht gleich gesagt? Warum haben Sie der Polizei zunächst verheimlicht, dass Sie für die Dame arbeiten?«

»Um ihre Privatsphäre zu schützen. Ist nicht so leicht, wenn man prominent ist.«

»Mir kommen gleich die Tränen.« Orgood schnitt eine dämliche Grimasse. »Ich werde Ihnen sagen, wie es gewesen ist, Rash. Dieser Loryn Cayro war nicht nur Miotaras Manager, oder? Zumindest eine Zeit lang war er ihr Bettwärmer und drohte es an die große Glocke zu hängen. Vielleicht hatte er auch ein paar hübsche Bilder von ihr, ganz in Grün, sozusagen. Daraufhin hat Miotara einen Privatschnüffler beauftragt, um das Problem aus der Welt zu schaffen. Das haben Sie getan, Rash, und zwar ziemlich gründlich. Und jetzt versuchen Sie, es diesen Sektierern anzuhängen.«

Ich hatte plötzlich einen ziemlich schalen Geschmack im

Mund und spuckte aus, direkt auf den Boden des Vernehmungszimmers. »Was Sie da erzählen, ist ein dampfender Haufen Trollmist.«

»Tatsächlich? Dann wollen Sie leugnen, dass Sie ebenfalls etwas mit der Dame am Laufen haben? Immerhin haben Sie sie schon wiederholt in ihrer Garderobe im *Shakara* besucht, nicht wahr? Das letzte Mal heute Nachmittag – und Sie sind satte drei Stunden geblieben.«

Ich setzte ein Pokergesicht auf und versuchte, mir meinen Ärger nicht ansehen zu lassen. Orgood war verdammt gut informiert, aber ich bezweifelte, dass er mich durch die Polizei hatte beschatten lassen – das hätte ich mit ziemlicher Sicherheit gemerkt, ich kannte die Tricks. Vermutlich war Kegs Vermutung richtig, und Syndikatsspitzel hatten Orgood die Neuigkeit zugetragen. Hammerfall und die Gräfin versuchten, mich kaltzustellen, indem sie mir einen Mord anhängten ...

»Ist das wahr, Rash?«, verlangte jetzt auch Keg zu wissen.

»Ja und nein«, erwiderte ich ausweichend.

»Kommen Sie, hören Sie auf, um den heißen Brei herumzureden«, forderte Orgood mich auf. »Sie sind der Grünen Falle erlegen, geben Sie es ruhig zu. Sie wären nicht der Erste, dem eine Orkmuschi das Hirn frittiert hat, soll schon öfter vorgekommen sein.«

»Vorsicht, Orgood«, brummte ich.

»Warum auf einmal so empfindlich? Bei Loryn Cayro waren Sie auch nicht zimperlich, so wie ich das sehe. Sie haben den armen Kerl umgelegt. Anschließend haben Sie ihn in den Westbezirk rausgefahren und in den Kanal geworfen, und zwar genau hier an dieser Stelle, unweit des Ortes, wo die Sektierer zusammenkommen.«

»Unsinn, so war das nicht.«

»Das sagen Sie. Aber vielleicht sollten wir uns einfach mal Ihre Freundin Miotara auf die Wache holen und sie ebenfalls befragen. Sehen wir doch mal, was dabei herauskommt.«

Ich musste mich beherrschen, um nicht aufzuspringen und dem Kerl an die Gurgel zu gehen. Es war offensichtlich, dass Hammerfall ihm die Informationen gesteckt hatte und er in seinem Auftrag handelte. Die Gräfin und er rechneten wohl nicht damit, dass ich tatsächlich wegen Mordes angeklagt würde, dazu reichten ein paar Verdachtsmomente nicht aus. Aber sie würden einen Haufen Staub damit aufwirbeln und auch Kity in die Sache hineinziehen, und für uns beide würde das jede Menge Ärger bedeuten. Für Kity, weil die Reporter des *Larkador* sich auf den Fall stürzen und ihn genüsslich ins Licht der Öffentlichkeit zerren würden, und für mich ebenfalls. Ich hatte Kollegen gesehen, denen aus weit geringeren Anlässen die Lizenz entzogen worden war. Es war ein ziemlich durchschaubarer Versuch, mich aus dem Rennen zu nehmen.

Aber leider auch ein ziemlich wirkungsvoller ...

Ich sah in Orgoods verkniffenes Gesicht und auf seinen Zeigefinger, der auf die betreffende Stelle auf der Karte deutete ... und plötzlich traf es mich wie ein Hammerschlag.

Der Plan der Kanalisation, der zwischen uns auf dem Tisch lag, diese auf den ersten Blick ziellose Aneinanderreihung von Linien und Kreisen – in diesem Augenblick wurde mir klar, wo ich etwas Ähnliches schon mal gesehen hatte: auf der Skizze aus Dan Faradurs Büro!

Shinny hatte recht gehabt, es war tatsächlich ein Plan – und zwar ein Stadtplan, eine Landkarte des alten Tirgaslan! Als die industrielle Revolution mit aller Macht über Erdwelt hereingebrochen war und Tausende Arbeit suchender

Zwerge und Orks Tirgaslan überrannten, hatte man nicht lange gefackelt und die ehrwürdigen Gemäuer kurzerhand eingestampft, um Fabriken und Arbeiterkasernen Platz zu machen. Die alte Stadt war gleichsam im Untergrund verschwunden und eine neue darüber errichtet worden – die Abwasserkanäle hatte man der Einfachheit halber entlang der alten Straßenverläufe verlegt, das war auch der Grund dafür, dass mir Orgoods Blaupause der Kanalisation so seltsam vertraut vorgekommen war.

Endlich wusste ich, wo und wie ich die Skizze zu verorten hatte, und wohl auch, was die roten Markierungen zu bedeuten hatten. Vermutlich stammten sie von Faradur und bezeichneten den Weg zum Schlupfwinkel des Kults …

Meine Gesichtsfarbe war dunkler geworden, meine Halsadern pulsierten. Orgood nahm beides mit Verzückung zur Kenntnis. »Wie ich sehen kann, beginnen Sie sich Sorgen zu machen, Rash. Und das aus gutem Grund.«

Ich versuchte, nicht ständig auf die Karte zu starren. Jetzt, wo ich den Zusammenhang kannte, empfand ich die Ähnlichkeit zwischen den beiden Zeichnungen als so augenfällig, dass ich befürchtete, auch mein Gegenüber könnte sie bemerken. Dazu durfte ich es nicht kommen lassen.

Ich blickte zu Keg, in dessen Zügen sich wachsende Verwirrung spiegelte, weil er nicht wusste, wem von uns beiden er Glauben schenken sollte. Und ich sah die Tür zum Vernehmungszimmer, die nur angelehnt war …

Ich hasste es, meinem ehemaligen Partner das anzutun, zumal er es gewesen war, der mir die Handschellen abgenommen hatte. Und mir war auch klar, dass es einem Geständnis gleichkam, wenn ich jetzt die Flucht ergriff, und es mich nicht nur meine Lizenz kosten, sondern auch in den Knast bringen würde, wenn man mich erwischte.

Aber es war auch meine Chance, meine Unschuld zu

beweisen, Kity die Bloßstellung zu ersparen und die wahren Drahtzieher des Mordes ans Licht zu bringen. Der nächste Anhaltspunkt, nach dem ich gesucht hatte, der nächste wichtige Hinweis. Auch wenn ich mich dadurch noch tiefer in den *shnorsh* ritt – ich hatte keine andere Wahl.

Während Orgood weiter geradezu genüsslich auf mich einredete, senkte ich schuldbewusst das Haupt und wog ihn noch einen Moment in trügerischer Sicherheit. Dann explodierte ich förmlich.

Mein Griff galt den beiden Karten auf dem Tisch, fast gleichzeitig schnellte ich in die Höhe und riss mit aller Kraft das rechte Knie empor. Es krachte von unten gegen den Tisch und riss ihn um. Orgood schrie entsetzt auf, als das Möbel auf ihn stürzte, ihn mitsamt dem Stuhl, auf dem er saß, umriss und ihn unter sich begrub.

Ich war inzwischen schon bei Keg, der sich mir in den Weg stellte wie ein Verteidiger beim *Kashhull*. Ich warf mich gegen ihn, und der Viertelork in mir entschied das Duell schnell und unspektakulär – Keg prallte gegen die Wand und sank benommen daran herab.

Dann war ich auch schon zur Tür hinaus, warf sie ins Schloss und verriegelte sie.

Und war nun offiziell auf der Flucht.

21

Es war mein Glück, dass ich das Polizeirevier gut kannte. Den ersten Gang nahm ich noch gemessenen Schrittes, an einigen Ex-Kollegen vorbei, die mich aus meiner Dienstzeit noch flüchtig in Erinnerung hatten und deshalb wohl keinen Verdacht schöpften. Erst im Hauptkorridor begann ich zu laufen, zumal ich hinter mir nun aufgeregte Schreie und Stimmengewirr hörte. Keg und Orgood hatten wohl auf sich aufmerksam gemacht und waren befreit worden – die Jagd begann.

»Haltet den verdammten Bastard auf!«, hörte ich Orgood keifen – und rannte los.

Nicht zur Vorderseite des Gebäudes, wo sich das Wachlokal befand und meine Flucht in einem Knäuel von Uniformierten ein rasches Ende gefunden hätte, sondern zum Hinterausgang, der auf den Hof mit den parkenden Fahrzeugen führte.

»He«, sprach mich ein uniformierter Polizist an, der mir den Gang herauf entgegenkam – ich rempelte ihn mit derartiger Wucht beiseite, dass er gegen die Wand krachte und stöhnend niederging. In einem rekordverdächtigen Sprint erreichte ich die mit Maschendraht verstärkte Tür an der Hinterseite des Gebäudes – den Beamten, der dort hinter einer Glasscheibe saß und die Fahrzeuge verwaltete, würdigte ich keines Blickes. Im nächsten Moment war ich auch schon an ihm vorbei und platzte nach draußen in die Nacht.

Es war kalt und es regnete, aber das war mir gleichgültig. Im Gegenteil, wenn die Regenschleier dazu beitrugen, mich dem Blick meiner Verfolger zu entziehen, sollten sie mir recht sein. Die beiden Pläne hatte ich zusammengefaltet und in die Innentasche gestopft, jetzt nahm ich die Beine in die Hand und rannte zwischen den säuberlich geparkten Streifenwagen hindurch und auf das Tor zu, das zur Straße hinausführte.

Ich hatte es noch nicht erreicht, als ich bereits Gesellschaft bekam. Mindestens ein Dutzend Beamte stürzte durch die Tür auf den Hof; meine Idee, den Hinterausgang zu nehmen, war wohl doch nicht so genial gewesen, wie ich gedacht hatte. Im Licht der kugelförmigen Laternen konnte ich ihre wütenden Gesichter sehen, auch Keg und Orgood waren dabei, jetzt in trauter Einheit, schöner Mist. Der Uniformierte an der Ausfahrt stellte sich mir in den Weg. Keg schrie einen heiseren Befehl, worauf der Mann nach seiner Dienstwaffe griff – aber da war ich bereits bei ihm. Mit der ganzen Wucht meines Anlaufs traf meine Faust auf sein Gesicht, und seine Nase zerplatzte wie eine überreife Frucht. Er taumelte zurück und fiel rücklings über den Schlagbaum, während ich darüber flankte und weiterlief. Dann krachte der erste Schuss.

Er war ungezielt und sollte nur der Warnung dienen, und ich nahm an, dass Keg ihn abgegeben hatte. Aber ich konnte weder auf meinen ehemaligen Partner hören noch auf den guten Rat, den er mir damit geben wollte. Meine Entscheidung war gefallen, jetzt musste ich die Sache durchziehen, wenn ich nicht für den Rest meiner Tage hinter Gittern landen wollte.

Von einer Horde wütender Pollocks verfolgt, bog ich scharf nach rechts und rannte die Querstraße hinab bis zur Mündung des Shal Louthann. Hier hatte ich die Wahl, ob ich zum nahen Park laufen wollte oder hinunter in Richtung Hauptstraße.

Ich entschied mich für Letzteres.

Der Park mochte um diese Zeit verlassen und dunkel sein und die Shal Mor taghell erleuchtet, aber die Menschenmenge und das dichte Verkehrsgewühl gaben mir hundertmal mehr Chancen, mich zu verbergen, als Büsche und Bäume. Ich machte mir nichts vor, die ersten Streifen würden inzwischen bereits verständigt sein und nach mir fahnden. Wenn überhaupt, dann hatte ich nur im Gewirr der Massen die Aussicht zu entkommen.

In einem wilden Zickzackkurs fädelte ich mich zwischen den Passanten hindurch, die die Bürgersteige bevölkerten – fein gekleidete Damen und Herren, die sich unter Schirmen drängten, aber auch bis auf die Haut durchnässte Obdachlose, kunterbunte Huren und zwielichtige Straßenhändler … und zu allem Überfluss auch zwei uniformierte Polizisten auf Streife.

Ich hörte schon, wie meine Verfolger ihnen zuriefen, mich aufzuhalten – glücklicherweise waren die beiden Halborks ein wenig schwer von Begriff, was mir Zeit gab, abrupt die Straßenseite zu wechseln. Ein Taxifahrer musste meinetwegen in die Eisen steigen und schickte mir einen Strauß blumiger Verwünschungen hinterher. Auf der anderen Seite geriet ich vor den Ausgang eines Kinos, just in dem Moment, als die Vorstellung zu Ende war und sich die Pforten öffneten. Zwei rot livrierte Platzanweiser erschienen, gefolgt von einer Menschenmasse, die im Handumdrehen den Bürgersteig flutete – und ich war mittendrin. Das war natürlich gut, weil es mich den Blicken meiner

Verfolger entzog – andererseits kam ich nun selbst kaum noch weiter. Keg und seine Leute dagegen würden die Gelegenheit nutzen, um aufzuschließen und näher an mich heranzukommen, als mir lieb sein konnte.

Irgendwo heulte eine Polizeisirene. Sie musste nicht unbedingt mir gelten, nervös machte mich das verdammte Ding trotzdem. Ich stieß und boxte mich durch die Menge. Ich bekam wieder etwas Luft um mich und beschleunigte meinen Gang – als ein ganzer Trupp Polizisten von der anderen Straßenseite herüberkam, direkt auf mich zu.

»Corwyn Rash! Stehen bleiben, Sie sind verhaftet …!«

Ich dachte gar nicht daran.

In dieser Nacht war ich bereits einmal verhaftet worden, und ich hatte keine Lust, diese Erfahrung zu wiederholen. Stattdessen bog ich nach links ab und trat spontan durch die Pforte eines *Rusgadde*-Theaters.

Im Foyer herrschte schummriges Halbdunkel. Eine kuppelförmige, mit rotem Samt beschlagene Decke spannte sich über einem achteckigen Raum, von dem aus weitere Pforten in die eigentlichen Theatersäle führte. Die Darbietungen waren inhaltlich eher schlichter Natur – handverlesene Schönheiten, die sich auf podestartigen Bühnen von ihren Kleidern trennten –, erfreuten sich jedoch großer Beliebtheit bei den Besuchern. Das Gedränge im Foyer war entsprechend.

Ich machte mich dünn und schlüpfte zwischen den wartenden Gästen hindurch, die unabhängig von ihrer Herkunft meist männlichen Geschlechts waren und gestärkte Buchhalterkrägen trugen. Unsanft schob ich mich durch ihre Reihen und störte das einseitige Vergnügen, dafür bekam ich unwirsche Blicke, und die eine oder andere Buchhalterfaust wurde geballt. Unruhe entstand, und die Ordner wurden auf mich aufmerksam – gerade in dem Moment, als einige meiner Verfolger in das Theater platzten.

Tumult brach aus. Die Buchhalter glaubten, die Bullen wären gekommen, um den Laden hochzunehmen, und gerieten in Panik, die Polizisten ihrerseits versuchten, zur anderen Seite des Saales durchzudringen, während die Rausschmeißer wiederum ihr Bestes gaben, die Ordnung wiederherzustellen. Aufgeregtes Geschrei erfüllte die stickige Luft, vereinzelt flogen Fäuste. Als irgendwer einen Schuss abgab, um die Lage zu beruhigen, war ich schon zum hinteren Eingang hinaus und auf der anderen Gebäudeseite. Beruhigend kühle Luft empfing mich, und für einen Moment genoss ich den Luxus, tief durchzuatmen und mich nach einem Fluchtweg umzusehen.

Die Abkürzung durch das Theater hatte mich auf die Shal Mor gebracht, unmittelbar vor mir befand sich der Aufgang zur Hochbahn, die Haltestelle der Brad Ollan. Ich vertrat mir nicht lange die Füße, sondern stürmte die stählernen Stufen hinauf, wobei ich Passanten unsanft zur Seite stieß. Die Regenschirme, die viele von ihnen bei sich trugen, bildeten eine willkommene Deckung – doch unsichtbar machen konnten auch sie mich nicht.

Als ich auf dem Hochgleis ankam, konnte ich sehen, dass es auch die ersten Polizisten auf die andere Seite des Gebäudeblocks geschafft hatten, unter ihnen Keg und Sergeant Orgood. Und als ob er meinen Blick zu spüren schien, sah dieser elende Bastard direkt zu mir empor und entdeckte mich.

Ich prallte vom Geländer zurück und mischte mich wieder unter die Menge, wobei ich mich für meine Unvorsichtigkeit verwünschte. Unter dem gewölbten Glasdach des Bahnsteigs drängten sich Hunderte Passanten dicht aneinander. Es war ein gefundenes Fressen für jeden Taschendieb, aber nicht sehr vorteilhaft für jemanden, der sich auf der Flucht befand. Vor allem dann nicht, wenn man mehr als die Hälfte der Wartenden um einen bis zwei Köpfe überragte.

Ich suchte hinter einem rostigen Dachträger Zuflucht. Verstohlen spähte ich hervor und sah, wie Keg und Orgood die Plattform erreichten. Sie verständigten sich kurz und teilten sich dann auf. Orgood nahm sich die entgegengesetzte Seite des Bahnsteigs vor, Keg kam in meine Richtung.

Verdammt, Partner, dachte ich. Warum konntest du nicht die andere Seite nehmen?

Ich ballte vorsorglich die Fäuste, während ich überlegte, was ich tun sollte. Gerne hätte ich Keg alles erklärt, aber erstens war zweifelhaft, ob er mir zuhören würde, und zweitens hätte ihn das nur in noch größere Schwierigkeiten gebracht. Orgood würde ohnehin versuchen, ihm einen Strick daraus zu drehen, dass er mir die Handschellen abgenommen hatte, ich durfte es nicht noch schlimmer machen.

Die beste Lösung würde also eine rechte Gerade sein, gut gezielt und auf den Punkt. Wenn ich es richtig anstellte, würde Keg sie nicht einmal kommen sehen und keine Chance haben, seine Waffe zu zücken.

Ein flüchtiger Blick – er war höchstens noch zehn Schritte entfernt. Ich spannte bereits die Muskeln und ballte die Hand zur Faust – als der metallene Boden unter unseren Füßen erzitterte und unter lautem Rumpeln die Hochbahn einfuhr, ein lärmendes Ungetüm aus Stahl und Rost, mit einer halbrunden Front, hinter deren regennasser Scheibe ein Zwerg seinen Dienst versah. Der Scheinwerfer an der Bugwölbung warf flüchtiges Schlaglicht auf die am Bahnsteig wartenden Gäste. Mit hellem Quietschen blieb der Zug stehen. Die Türen öffneten sich, und alles drängte und schob zu den Wagen hin, die sich füllten wie ein Gefäß, das man unter Wasser drückte. Ich überlegte für einen Moment, mich einfach vom Strom mitreißen und in einen der Waggons spülen zu lassen, aber die Gefahr, dabei entdeckt zu werden, war zu groß.

Stattdessen blieb ich hinter meinem Pfeiler, während Keg hektisch nach allen Seiten blickte und mich irgendwo in der Masse auszumachen versuchte – und Orgood am anderen Ende des Bahnsteigs tat sicher dasselbe.

Im selben Maß, wie die Bahn sich füllte, leerte sich die Plattform. Keg sah zu Orgood und gab ihm ein Zeichen der Resignation, das der Sergeant quittierte, indem er zornig mit dem Fuß aufstampfte. Wäre die Lage nicht so verdammt ernst gewesen, hätte ich gegrinst.

Für einen Augenblick schien die Zeit stillzustehen.

Der jetzt voll besetzte Zug stand abfahrbereit auf den Schienen, nur die Türen waren noch offen. Dann der Pfiff des Schaffners – und in dem Moment, als sich die Türen schon wieder zu schließen begannen, setzte ich aus meinem Versteck und zwängte mich im buchstäblich letzten Augenblick hinein.

Ich wurde nicht mit offenen Armen empfangen.

Ein Arbeiter, der wohl gerade von seiner Schicht kam, gab mir eins mit dem Ellbogen mit, zwei Damen der gehobenen Gesellschaft straften mein rüpelhaftes Benehmen mit angewiderten Blicken. Aber die Sache hatte sich gelohnt, denn in diesem Augenblick setzte sich der Zug bereits in Bewegung.

Mit einem Ruck fuhr er an und rollte den Bahnsteig hinab, vorbei an Keg und Orgood, die draußen herumliefen und lange Gesichter machten, als ich an ihnen vorbeifuhr. Dann hatte die Bahn die Überdachung auch schon hinter sich gelassen und ratterte in luftiger Höhe hinaus in die regnerische Nacht.

Mit pochendem Herzen stand ich am Türfenster und starrte auf die von Neonlicht beschienenen Fassaden, die draußen vorüberzogen, während ich in aller Eile versuchte, meine Gedanken zu ordnen und einen Plan zu fassen.

Die Bullen wussten, in welcher Richtung ich fuhr, also musste ich spätestens bei der übernächsten Station wieder aussteigen. Von einem öffentlichen Fernsprecher aus würde ich Shinny anrufen.

Ich brauchte dringend einen Wagen.

22

Shinny fuhr einen 32er Cludan, einen Lieferwagen, den sie auch dazu benutzte, Getränke und andere Waren für die Bar zu transportieren – entsprechend roch und sah er auch aus.

Die Versuchung, meinen T37 zu nehmen, der noch immer gegenüber der Bar parkte, war groß, aber natürlich musste ich damit rechnen, dass mein Flitzer das Erste wäre, wonach die Polizei suchen würde. Also schluckte ich meine Eitelkeit runter und blieb bei Shinnys Vehikel – zumal es dort, wo ich hinfuhr, sicher sehr viel weniger Aufsehen erregen würde.

Der Regen hatte nachgelassen, nur noch wenige Tropfen fielen aus dem dunklen Himmel, der mondlos war und wolkenverhangen. Ich fuhr zunächst die Dakda hinab, dann bog ich in die Umgehungsstraße ein, die das alte Stadtgebiet vom ehemaligen Sumpfland im Westen trennt. Obwohl heute beides zu Tirgaslan gehört, war die einstige Grenze noch immer zu sehen, und ich hatte das Gefühl, durch einen dunklen Graben zu fahren: die Häuser von Dorglash als düsteres, von schmutzigen Lichtern durchsetztes Band auf der einen Seite, auf der anderen die dunklen Fabrikhallen des Westbezirks, deren rauchende Schlote wie die Türme von Burgen aus grauer Vorzeit wirkten.

Je weiter nördlich ich kam, desto näher rückte die Bebauung an die Straße heran, Mietskasernen aus Vorkriegstagen, die heute größtenteils verlassen waren. Wie aufgereihte Totenschädel lagen die Backsteinbauten aneinander, mit den schwarzen, glaslosen Fenstern als Augen. Hier und dort brannten in alten Ölfässern flackernde Feuer, mit denen sich abgerissene Gestalten vor der Kälte der Nacht schützten – Kriegsversehrte, die sich hier draußen vor der Stadt verkrochen hatten. Ihre Verpflichtung gegenüber dem Vaterland war ihnen mit entstellten Gesichtern und eingebüßten Gliedmaßen vergolten worden, nun wollte die Gesellschaft nichts mehr von ihnen wissen. Hier fanden sie Zuflucht und lebten von dem, was die Stadt ihnen an Abfall übrig ließ. Und weil sie nichts mehr zu verlieren hatten, war ein Leben hier noch weniger wert als anderswo.

Endlich tauchte der Westkanal am Ende der Straße auf, die sich als schnurgerades Asphaltband durch all das Elend zog. Ich setzte den Blinker und bog in die Kanalstraße ein, die dem Verlauf des stinkenden Flusses folgte, von dem in der kalten Nachtluft weißer Dampf aufstieg, vorbei an heruntergekommenen Lagerhäusern und von Maschenzaun umgebenen Müllhalden. Im schmutzigen Licht einer Straßenlaterne brachte ich den Lieferwagen schließlich zum Stehen. Ich holte die beiden Karten hervor, entfaltete sie und verglich sie miteinander.

Nun, da mir der Zusammenhang klar war, fragte ich mich, warum er sich mir nicht schon früher erschlossen hatte. Orgoods Plan der Kanalisation und die Skizze aus Dan Faradurs Büro zeigten ein und dieselbe Gegend – nur dass ein paar Hundert Jahre dazwischenlagen. Wo einst Straßen gewesen waren, verliefen jetzt die Abwasserleitungen der Stadt, manchmal an der Oberfläche, bisweilen auch tief unter der Erde, ein undurchschaubares und auf den ersten Blick chaotisch wirkendes Labyrinth, indem man sich unmöglich zurechtfinden konnte ... es sei denn, man hatte einen Plan.

Ein glücklicher Zufall wollte es, dass die beiden Karten annähernd im selben Maßstab gezeichnet waren. Ich legte sie übereinander und hielt sie gegen die Windschutzscheibe – und im durchscheinenden Licht der Straßenbeleuchtung verschmolzen die beide Zeichnungen zu einer einzigen. Nun war genau zu sehen, auf welche Stellen der Kanalisation die rot markierten Passagen verwiesen. Was genau sie bezeichneten, konnte ich nicht sagen. Aber wenn mich nicht alles täuschte, dann war eine der Markierungen nicht allzu weit von der Stelle entfernt, wo ich gerade mit dem Wagen stand ... nur noch ein Stück die Straße runter und dann rechts rein.

Ich legte die Karten wieder zur Seite und fuhr ein Stück weiter. Dabei behielt ich die Umgebung scharf im Auge, achtete auf Schatten, die sich bewegten, und auf dunkle Nischen, in denen sich jemand verborgen halten mochte. Der Westbezirk war keine gute Gegend, um nach Einbruch der Dunkelheit spazieren zu fahren. Aber ich konnte nicht bis Tagesanbruch warten, ich brauchte und wollte Informationen.

An der nächsten Querstraße bog ich rechts ab. An einem alten Lagerhaus vorbei, das in trostloser Dunkelheit lag, erreichte ich ein Gelände, das von einem mannshohen Maschenzaun umgeben war – ein Schrottplatz. Die zerknautschten Karosserien alter Fahrzeuge stapelten sich wie Pfannkuchen auf einem Frühstücksteller, dazwischen stieg weißer Dampf aus den Kanalschächten.

Ich steuerte den Wagen an den Straßenrand und stellte die Scheinwerfer ab. Im Handschuhfach fand ich nicht nur eine Garka, von der ich wusste, dass Shinny sie für brenzlige Situationen immer im Wagen hatte, sondern auch eine batteriebetriebene Lampe. Beides nahm ich an mich. Die Pistole prüfte ich und steckte sie in die Jackentasche, die Lampe klemmte ich mir unter den Arm. Dann rollte ich die Karten zusammen und stieg aus. Die Luft war kühl und feucht und von dem durchsetzt, was aus den Kanalschächten drang. Ich steckte mir eine Zigarette an, nur so ließ sich der Gestank einigermaßen aushalten. Noch einmal sah ich mich wachsam um, aber da war nichts außer dunklen Fassaden und nassem Asphalt, in dem sich das Licht der Straßenlaternen spiegelte.

Da es weit und breit kein Tor gab, blieb mir nichts anders übrig, als über den Zaun zu klettern. Auf der anderen Seite entrollte ich den Plan und machte mich auf die Suche. Mit der Taschenlampe in der Hand wanderte ich durch eine bizarre Landschaft aus schrottreifen Wagen, die sich links und rechts von mir zu bizarren Bergen türmten. Dazwischen stieg stinkender Dampf aus den Kanalschächten hoch, fünf an der Zahl, die alle auf dem Plan verzeichnet waren. Die auf der anderen Karte rot hervorgehobene Stelle befand sich demnach ein kleines Stück weiter östlich.

Ich ging weiter, ließ den Kegel der Lampe dabei suchend umherschweifen. Ratten stoben entsetzt auseinander, wenn das Licht sie berührte, ansonsten gab es nichts als Unrat und Schrott – und mittendrin das Wrack von einem Trollbus.

Groß und schwarz schälte sich das klobige Ding aus der Dunkelheit – oder besser das, was noch davon übrig war. Der Bus war offenbar ausgebrannt, bitterer Brandgeruch tränkte die Luft. Ich warf nochmals einen Blick auf die Karte. Wenn ich mich nicht sehr täuschte, war der Bus genau an der bezeichneten Stelle …

Die Karten rollte ich wieder zusammen und klemmte sie mir unter den Arm, stattdessen zückte ich die Garka. Vorsichtig schlich ich mich an das Wrack heran. Mich eng an das von Rost und Ruß überzogene Metall pressend, näherte ich mich der Hintertür, die lose in den Angeln hing. Dann, mit einer blitzschnellen Drehung, huschte ich hinein, die Lampe in der Hand und die Pistole schussbereit im Anschlag.

Vermummte Sektierer lauerten glücklicherweise nicht in dem alten Bus, nur ein paar weitere Ratten, die quiekend das Weite suchten. Dafür machte ich eine andere Entdeckung: Aus dem Boden des Wracks war mit Brennschneidern eine Fläche von gut einem Meter im Quadrat herausgeschnitten worden. Darunter befand sich der Zugang zu einem Kanalschacht.

Mir war klar, dass ich gefunden hatte, wonach ich suchte. Trotzdem war ich nicht erpicht darauf, in die verdammte Kanalisation hinabzusteigen. Der Gestank war eine Sache, die Krokodile noch mal etwas ganz anderes. Aber mir war auch klar, dass mir gar keine Wahl blieb, wenn ich der Polizei mehr liefern wollte als meinen eigenen Kopf auf einem Silbertablett.

Auf der Suche nach einem passenden Werkzeug stieß ich auf die Lenkradstange des Busses. Das Steuer hatte sich längst verabschiedet, vom Fahrersitz war nur noch das Gerippe übrig. Mit einem beherzten Ruck riss ich die Stange heraus und benutzte sie, um damit den Kanaldeckel aus seiner Versenkung zu hebeln. Ich hielt den Atem an, als ich den Deckel zur Seite schob, aber anders als erwartet war der Geruch, der emporstieg, nicht ganz so erbärmlich wie befürchtet. Rostige, an der Schachtwand befestigte Tritte führten in die dunkle Tiefe. Ich leuchtete mit der Lampe hinab, aber ihr Schein reichte nicht bis auf den Grund. Ich stieß eine Verwünschung aus. Da ich zum Klettern beide Hände frei haben musste, steckte ich den Revolver notgedrungen wieder ein. Dann warf ich die Kippe weg und stieg in den Schacht.

Die Lampe zwischen den Zähnen, kletterte ich bis zum Grund, wo der Schacht in einen aus Backsteinen gemauerten Tunnel mündete. In der Mitte war die Röhre hoch genug, dass ich beinahe aufrecht darin stehen konnte, die Rinne, die am Boden verlief, war trocken. Offenbar hatte sie schon seit ziemlich langer Zeit kein Abwasser mehr gesehen, was den nur mäßigen Gestank erklärte.

Ich zog kurz die Karten zurate und folgte dann der Röhre in nordwestlicher Richtung. Die beiden Abzweigungen, die ich passierte, waren auch in dem Plan verzeichnet, sodass ich mir jetzt endgültig sicher war, auf dem richtigen Weg zu sein.

Bei der nächsten roten Markierung bog ich nach links ab. Ratten schrien auf und sprengten davon, als der Lichtkreis der Lampe sie berührte, verdammte Biester.

Mit zusammengebissenen Zähnen ging ich weiter, nahm eine Reihe von Abzweigungen, exakt so, wie sie auf der Karte vermerkt waren – und hörte plötzlich ein dumpfes Heulen.

Ich blieb stehen und lauschte.

Seit ich dieses unterirdische Labyrinth betreten hatte, war es nie völlig still gewesen. Ratten hatten geschrien, und unaufhörlich hatte irgendwo Wasser getropft, doch dieses Geräusch hörte ich zum ersten Mal. Es war ein unheimliches Heulen wie aus der Kehle einer unirdischen Kreatur. Das verdammte Geräusch ging mir durch Mark und Bein.

Ich schüttelte den Kopf, als könnte ich es so loswerden und ging weiter, aber das schaurige Geräusch verstärkte sich, wurde lauter und lauter.

Ich warf einen Blick auf die Karte.

Ich war ein gutes Stück weit gekommen, bis zur letzten Markierung konnte es nicht mehr weit sein, den Rest des Weges würde ich auch ohne Blick auf die Pläne finden. Ich steckte die Karten weg und zückte stattdessen wieder Shinnys Revolver. Mit der Bleispritze in der einen und der Lampe in der anderen Hand setzte ich meinen Weg fort, allem Anschein nach der Quelle der unheimlichen Laute entgegen.

Noch einmal bog ich in einen Tunnel ab, der jedoch schon nach wenigen Schritten abrupt endete. Jenseits der kreisrunden Öffnung herrschte teerige Schwärze.

Ich wagte mich bis an den äußersten Rand und leuchtete mit der Lampe hinaus. Es war nicht nur ein schmaler Schacht, in den die Röhre mündete, sondern ein großes Gewölbe. Der Grund lag rund zehn Meter tiefer, dort hatte sich einst ein Sammelbecken befunden. Jetzt war es trocken, und ich konnte schemenhafte Formen erkennen, die sich im Schein der Lampe abzeichneten. Und auch das Heulen schien von dort unten zu kommen.

In die Backsteinwand des Gewölbes waren wiederum eiserne Stiegen eingelassen, an denen man hinabsteigen konnte. Ich steckte die Waffe weg und klemmte mir die Lampe wieder zwischen die Zähne, dann machte ich mich an den Abstieg. Ich musste mich vorsehen, die Stiegen waren nicht nur rostig, sondern auch mit grünem Schlick überzogen, sodass man leicht ausgleiten konnte. Das letzte Stück nahm ich im Sprung. Im Lampenschein sah ich mich um.

Die Röhre, aus der ich gekommen war, war nicht die einzige, die in das Sammelbecken mündete – ich zählte acht Öffnungen, die unterhalb der schwarzen, von Schimmel überzogenen Decke wie dunkle Augen in das Gewölbe glotzten. In Bodennähe gab es noch einige weitere Tunnelöffnungen – Zuläufe, durch die das gesammelte Abwasser einst zusammengeflossen war. Vor langer, sehr langer Zeit waren es einmal Fenster und Türen gewesen, Öffnungen in den Bauten des alten Tirgaslan – um Zeit und Kosten zu sparen, waren ihre Fassaden kurzerhand in die Backsteinwand des Sammelgewölbes eingemauert worden, sodass sie wie ein bizarres Flickwerk aus Antike und Moderne wirkte.

Erneut erklang das Heulen – allerdings hörte es sich jetzt nicht mehr an, als käme es aus der Kehle einer unheimlichen Kreatur, sondern eher wie ein Flötenton, wenn auch sehr dumpf und dunkel.

Ich entdeckte kurz darauf seinen Ursprung. Es waren zwei große Statuen, die auf der einen Seite des Gewölbes standen – Darstellungen archaischer Schreckgestalten, aus schwarzem Gestein gemeißelt. Sie hatten Flügel wie Fledermäuse und üble Fänge, und ihre riesigen Mäuler waren weit aufgerissen. Wann immer der Wind hineinblies, entstand das grausige Geräusch – offenbar eine primitive Vorrichtung, um unerwünschte Besucher abzuschrecken. Besonders effizient war das allerdings nicht, schließlich hatte das Geheule auch mich nicht aufgehalten. Aber vielleicht ließen sich ja die jämmerlichen Gestalten, die sich in der Kanalisation herumtrieben, leichter erschrecken.

Außer diesen beiden Wächtern waren noch weitere Statuen entlang der Wände aufgestellt – eine schwärzer und grässlicher als die andere. Sie alle zeigten Gestalten aus grauer Vorzeit, Elfenkrieger in voller Bewaffnung. Aber ihre Gesichtszüge waren grausam verzerrt und ihre Münder zu lautlosen Schreien geöffnet, als wären sie im Augenblick größter Agonie in Stein verewigt worden. Obwohl ich nichts von Magie hielt, berührte mich der Anblick der

Standbilder unangenehm, und ich musste an das denken, was Lex mir über Dunkelelfen erzählt hatte, deren Geister die Kultisten beschwören wollten. Vor jeder der Statuen stand ein Feuerkorb, die Asche darin war kalt, aber noch nicht von der Feuchtigkeit durchsetzt, die hier unten herrschte, sie konnte also höchstens ein paar Tage alt sein.

In der Mitte des Runds ragte etwas auf, das ich bereits kannte – die steinerne Stele mit den Elfenrunen. Dieses Gewölbe, dieser Ort war genau der, welcher auf der Fotografie zu sehen war – die Kultstätte der *Taithani*, an der sie sich trafen, um ihren dunklen Riten zu frönen. Vermutlich hatte auch Loryn Cayro diesen Ort entdeckt – und es war ihm zum Verhängnis geworden …

Die alten Fassaden außerhalb des Runds waren mit Zeichen beschmiert, die denen von der steinernen Stele ähnelten. Und ein mieses Ziehen in der Magengrube verriet mir, dass das Zeug, mit dem sie gemalt worden waren, gar keine Farbe gewesen war. Den steinernen Wächtern gegenüber gab es einen steinernen Opfertisch mit halb abgebrannten Kerzen darauf sowie mit einer tiefen Ablaufrinne, die schwärzlich rot gefärbt war.

»*Shnorsh!*«, knurrte ich.

Ich war im Krieg und habe dort eine Menge Schrecken gesehen, aber nichts jagte mir eine solche Scheißangst ein wie das hier. Es war nicht so sehr das, was ich sah, sondern, was ich erahnte, eine Dunkelheit, gegen die Shinnys Taschenlampe keine Chance hatte. Und ich fürchtete, dass mir im Zweifelsfall auch die Garka keine große Hilfe sein würde …

Ich wollte mich schon abwenden und den Ort schleunigst verlassen, als ich am Fuß des Opfersteins etwas am Boden liegen sah. Ich bückte mich und hob es auf.

Es war ein kleines Einhorn, aus Holz geschnitzt. Das Horn war abgebrochen, die Kanten abgewetzt vom vielen Benutzen.

Ein Kinderspielzeug, schoss es mir durch den Kopf – und in diesem Moment traf mich die Erkenntnis wie ein rechter Schwinger beim *Krobul* und fuhr direkt in meine Eingeweide.

Das Sternenkind!

Es war hier gewesen! Die Sektierer waren nicht nur hinter dem Kind her, sie hatten es bereits in ihrer Gewalt ...

Der Gedanke, was sie an diesem düsteren Ort mit einem unschuldigen kleinen Kind angestellt haben mochten, brachte mein Blut in Wallung. Ich überlegte, jeden einzelnen Tunnel abzusuchen, der von hier abzweigte, als aus einer der Röhren ein platschendes Geräusch erklang.

Ich steckte das Einhorn ein und bemühte stattdessen wieder die Garka. Dann trat ich auf die Mündung zu und leuchtete hinein, doch alles, was ich im Licht der Lampe sah, waren schillernde Pfützen, die sich in der Dunkelheit verloren – von den kalten Augen, die aus der Schwärze zurückstarrten, sah und ahnte ich in diesem Moment noch nichts.

Noch einmal ließ ich den Schein der Lampe durch das Gewölbe schweifen und folgte ihr mit dem Blick. Die gute Nachricht war, dass ich den Schlupfwinkel der Bande gefunden hatte – die schlechte, dass ich weder wusste, was mit dem Kind geschehen war, noch hatte ich einen Beweis für das, was sie Loryn Cayro angetan hatten. Im Grunde blieb mir nur, mich auf die Lauer zu legen und die Gegend zu beobachten. Ich musste dabei sein, wenn sich die Kuttenträger zum nächsten Stelldichein trafen, und Alannah da Syola und ihre Anhänger auf frischer Tat ertappen, wenn wieder jemand sein Leben auf dem Opferstein lassen musste.

Dann würden auch Keg und sein übereifriger Partner nicht mehr anders können, als ...

In diesem Moment flammte mit einem lauten Knall ein Scheinwerfer auf. Sein greller Strahl traf mich mit Wucht in den Rücken und warf meine Umrisse als riesigen Schatten an die blutbesudelte Wand.

»Corwyn Rash«, hörte ich keinen anderen als Sergant Orgood brüllen, dass es von der Gewölbedecke widerhallte, »hier spricht die Polizei! Die Waffe weg und die Hände hoch! Sie sind verhaftet ...!«

In diesem Moment ging mir auf, was für ein Idiot ich gewesen war.

23

Wie in Zeitlupe bückte ich mich und legte sowohl die Garka als auch die Taschenlampe auf den Boden. Dann hob ich die Hände und wandte mich langsam um. Das Scheinwerferlicht blendete mich jetzt. Es kam von oben, aus der Tunnelröhre, durch die ich selbst gekommen war. Mehrere Gestalten drängten sich dort, die meisten in Uniform, ein paar von ihnen waren bereits dabei, über die eisernen Tritte auf den Grund des Sammelbeckens hinabzuklettern.

Mir war klar, dass ein halbes Dutzend schussbereiter Waffen auf mich gerichtet war, also behielt ich die Hände schön oben und blieb ruhig stehen. Als die Gestalten den Grund erreichten und näher kamen, erkannte ich, dass es Keg und Orgood waren, von uniformierten Beamten begleitet.

»Hallo, Rash!«

Ich verzog das Gesicht. Hätte es einen Preis gegeben für den dämlichsten *umbal* weit und breit, hätte ich ihn redlich verdient gehabt. Denn natürlich war es kein Zufall, dass die Pollocks ausgerechnet jetzt aufkreuzten und ausgerechnet hier. So wie es vermutlich auch kein Zufall war, dass ich aus der Untersuchungshaft entkommen war.

Sie hatten mich absichtlich flitzen lassen.

Und sich an meine Fersen geheftet ...

»Alle Achtung«, sagte ich und schürzte die Lippen. »Hätte nicht gedacht, dass ihr so raffiniert seid.«

»Und ich hätte nicht gedacht, dass du so ein verdammter Schweinehund bist«, konterte Keg.

»Wie habt ihr es gedeichselt?«, wollte ich wissen. »Eure langen Gesichter am Bahnsteig kamen mir ziemlich echt vor ...«

»Das sollten sie auch«, versetzte Orgood genüsslich. Sein Mondgesicht grinste im Halbdunkel, während er näher trat und die Garka vom Boden auflas. »Wir wollten dich in Sicherheit wiegen, Mistkerl. Dabei hatten wir Beamte in Zivil an sämtlichen Bahnsteigen postiert, bis hinauf nach Trowna und bis hinunter zu den Docks.«

»Eine Menge Aufwand für einen kleinen Schnüffler«, meinte ich.

»Aber er hat sich gelohnt«, knurrte Keg. »Als Ax mir vorschlug, dich auf die Probe zu stellen, habe ich mich zunächst geweigert. Ich habe ihm gesagt, dass wir ehemalige Kollegen sind und du uns niemals belügen würdest. Nicht, wenn es um Mord geht ... aber nun sind wir hier.«

»Weil ich herausfinden will, was es mit diesen Sektierern auf sich hat«, bestätigte ich. »Sie sind es, die Cayro umgelegt haben, nicht ich. Und ich bin hier, um das zu beweisen.«

»Halten Sie uns wirklich für so dämlich, dass wir Ihnen das abnehmen?« Orgood stiefelte zwischen den Statuen umher und blickte bald an dieser und bald an jener empor. »Diese Leute müssen völlig den Verstand verloren haben«, stellte er fest. »Aber wie auch immer, dies ist eine freie Stadt, vieles ist hier erlaubt.«

»Ja«, knurrte ich, »vor allem, wenn man gute Beziehungen zur hiesigen Polizei hat.«

»Worauf willst du hinaus?«, fragte Keg.

»Darauf, dass dein Partner erstaunlich gut informiert ist, was diese Dinge angeht«, erwiderte ich. »Und offenbar bestens vernetzt, sodass ich mir an deiner Stelle die Frage stellen würde, für wen er ...«

»Ich glaube nicht, dass du mir noch Ratschläge erteilen solltest«, beschied mir mein ehemaliger Partner kalt. »Du hast unsere Freundschaft missbraucht und mich hintergangen. Nicht Ax ist es, der hier im Verdacht steht, ein Verbrechen begangen zu haben, sondern du.«

»Zugegeben«, räumte ich ein, »aber ...«

»Mach es nicht noch schlimmer, als es schon ist«, riet mir mein Ex-Partner und kam mit den Handschellen auf mich zu. »Die werde ich dir jetzt anlegen und dich dann abführen lassen«, kündigte er an. »Alles Weitere kannst du mit dem Untersuchungsrichter klären.«

»Keg, verdammt! Ich habe nichts mit diesem Mord zu schaffen, ich schwöre es! Es hat mit diesen Sektierern zu tun und mit dem Kind, das verschwunden ist. Sieh dich doch nur einmal um! Das dort« – ich deutete nach der Stele – »sind elfische Geheimrunen! Das hier ist ein Dunkelelfen-Kult, sie verfolgen irgendeinen finsteren Plan, und dazu brauchen sie das Kind ...«

Orgood spuckte verächtlich aus. »Verdammt, Rash, hören Sie sich eigentlich selber zu? Vielleicht sollten wir Sie lieber in eine Zwangsjacke stecken als in den Knast.«

»Scheiße noch mal, ich sage die Wahrheit! Das dort auf dem Opfertisch ist getrocknetes Blut, genau wie an den Wänden, da gehe ich jede Wette ein! An eurer Stelle würde ich die Spurensicherung geschlossen hier antanzen und den Laden auseinandernehmen lassen, bis ...«

»Du bist aber nicht an unserer Stelle, und ich erwarte, dass du jetzt kooperierst«, unterbrach mich Keg, und die zwei Beamten, die bei ihm waren und mit ihren Dienstrevolvern auf mich zielten, machten mir klar, dass er es auch wirklich so meinte. »Tut mir leid, Corwyn.«

»Ja«, knurrte ich leise. »Mir auch, Keg.«

Orgood hatte sich ein Stück entfernt, um sich außerhalb des Kreises der Statuen ein wenig umzusehen, aber sein dämliches Gelächter war bis zu uns herüber zu hören. »Ich fürchte, diesmal sind Sie zu weit gegangen, Schnüffler. Von dieser Geschichte werden Sie sich nicht mehr erho ...«

Weiter kam er nicht.

Denn in diesem Augenblick schoss etwas aus der Röhre, vor der er gestanden hatte. Im Halbdunkel, das jenseits des Scheinwerferlichts herrschte, konnten wir kaum etwas erkennen – aber der entsetzliche Schrei, den Orgood ausstieß, sprach Bände.

»Verdammt!«, stieß Keg hervor und fuhr herum, um seinem Partner zu Hilfe zu kommen. Die Uniformierten begleiteten ihn, ich war plötzlich vergessen, einschließlich der Handschellen, die man mir hatte anlegen wollen.

»Licht!«, brüllte Keg aus Leibeskräften und über das panische Geschrei von Orgood hinweg. Der Scheinwerfer oben in der Tunnelmündung wurde geschwenkt, blendende Helle wischte durch das Rund – und erfasste Orgood.

Der Sergeant lag bäuchlings auf dem schmutzigen Boden. Jede Überlegenheit war aus seinen Zügen verschwunden, die jetzt vor Angst, Schmerz und Panik verzerrt waren. Die Arme hatte er Hilfe suchend nach uns ausgestreckt – während seine Beine bis zu den Oberschenkeln in einem zähnestarrenden Rachen steckten!

Es war ein Krokodil – eine dieser mutierten Bestien, die in der Kanalisation lebten und trotz aller Bemühungen vonseiten der Stadtverwaltung niemals ganz ausgerottet worden waren. Der größte Teil des Tieres lag noch immer im Dunkel des Tunnels verborgen, aber der Größe seines Kopfes nach musste es zehn, zwölf Meter lang sein, ein scheußliches Ding, das nur aus schwarzgrauen Hornplatten und mörderischen Kiefern zu bestehen schien, deren Zähne sich in Orgoods Beine verbissen hatten und nicht gewillt schienen, sie jemals wieder loszulassen.

»Helft mir!«, brüllte der Sergeant, feuerrot glänzte sein Gesicht, Tränen stürzten aus seinen weit aufgerissenen Augen. »Helft mir, bitte, helft mir doch!«

Die Polizisten taten, was sie konnten.

Während Keg seinen Partner bei den Armen packte, um ihn aus dem Schlund der Bestie zu ziehen, feuerten die Uniformierten mit ihren Dienstwaffen. Schüsse krachten, doch entweder gingen sie ins Leere, oder sie konnten dem dicken Panzer des Monstrums nichts anhaben. Sie machten es nur wütend. Indem es das Maul aufriss und sich ein Stück nach vorn warf, verschlang es noch ein gutes Stück mehr von Orgood. Dessen Schreie wurden zu einem hässlichen Gurgeln, und er spuckte Blut, als die tödlichen Kiefer wieder zuschnappten.

»Schießt doch, schießt, schießt!«, brüllte Keg in seiner Verzweiflung, während er weiter zog und zerrte. Noch einmal krachten die Revolver, dann zog sich das Krokodil plötzlich zurück, in seinem Maul die untere Hälfte von Sergeant Orgoods Körper. Die obere hielt nach wie vor Keg an den Händen.

Als der Gegenzug plötzlich fehlte, taumelte er zurück und stürzte, und der verstümmelte, blutüberströmte Torso seines Partners fiel auf ihn. Ax Orgood war ein gemeiner Hurensohn gewesen, viel Gutes gab es über ihn nicht zu sagen. Aber ein solches Ende hatte auch er nicht verdient.

Das alles war innerhalb von Augenblicken geschehen.

Die Polizisten standen wie versteinert, starr vor Entsetzen, und einen Moment lang herrschte gespenstische Stille. Dann stieß jemand einen gellenden Schrei aus – diesmal in der oberen Tunnelröhre, wo der Scheinwerfer stand.

»Da ist noch eins von den Biestern! Verdammt, sie ...«
Schüsse krachten, und man konnte erkennen, wie jenseits des Lichtscheins Tumult ausbrach. Spätestens jetzt wurde mir klar, warum die Sektierer diesen Ort nicht eigens bewachten: Die Krokodile waren die zuverlässigsten Wächter, die sie sich wünschen konnten. Und die mörderischsten ...

Die Männer in der Tunnelmündung wichen zurück. Einer von ihnen verlor den Boden unter den Füßen und stürzte in die Tiefe, im nächsten Moment unmittelbar darauf kippte der auf einem Dreibein installierte Scheinwerfer nach vorn und ins Leere, das Kabel des Generators hinter sich herziehend. Kopfüber traf er auf den Boden und zerschellte mit einem lauten Knall – und von einem Augenblick zum anderen herrschte Dunkelheit.

Wieder fielen Schüsse, und die Schreie der Polizisten waren zu hören, irgendwo flammte eine Taschenlampe auf.

»Sie sind hier überall! Wir brauchen Licht, mehr Licht ...!«

In diesem Moment entsann auch ich mich der Lampe, die noch irgendwo in der Nähe auf dem Boden liegen musste. Ich bückte mich und tastete umher, fand sie in einer Mulde. Und während die Schreie und das Chaos ringsum weitertobten, knipste ich die Lampe an und sah mich nach einem Fluchtweg um.

Ein Zulauftunnel auf der anderen Seite des Gewölbes schien mir geeignet. Wenn ich dort auf das nächste gefräßige Monstrum traf, hatte ich Pech gehabt, aber ich fühlte mich in der Nähe der Krokodile sicherer als bei der Polizei.

Keg und seine Leute würden sich der Biester schon erwehren, aber fürs Erste waren sie abgelenkt, Glück für mich. Ich nahm die Beine in die Hand und lief. Schüsse krachten, und Querschläger kreischten, und obwohl sie vermutlich nicht mir galten, zog ich unwillkürlich den Kopf zwischen die Schultern, ein Reflex aus Kriegstagen. Ich erreichte die Tunnelmündung und rannte hinein. Eine Meute Ratten flüchtete unter entsetztem Quieken in die Dunkelheit, als der Lichtschein der Lampe sie erfasste, doch immerhin schien es hier keine gefräßigen Reptilien zu geben. Ich hetzte weiter, nahm Abzweigungen und Gabelungen, ohne dass ich recht wusste, wohin. Es genügte mir vorerst, möglichst große Distanz zwischen mir und den Bullen zu wissen. Irgendwo würde ich früher oder später einen Ausstieg finden und mir meinen Weg an der Oberfläche suchen – so jedenfalls war mein Plan. Leider machte ich zum zweiten Mal an diesem Tag die Erfahrung, dass meine Pläne so flüchtig und hinfällig waren wie der Augenblick, in dem ich sie fasste.

Den Schmerz in meinem Bein bemerkte ich erst, als es schon zu spät war. Es hatte mit einem leichten Brennen angefangen, das sich immer weiter steigerte, bis ich schließlich stehen bleiben musste, um nachzusehen.

Im Schein der Lampe sah ich, dass das rechte Hosenbein blutdurchtränkt war. Eine Kugel hatte mich auf der Flucht erwischt. Ob es ein gezielter Schuss gewesen war oder mich ein zufälliger Querschläger erwischt hatte, wusste ich nicht, aber das verdammte Ding hatte meine Wade gestreift und dabei eine blutige Wunde gerissen. In der Aufregung hatte ich zunächst weder den Schmerz noch das Blut bemerkt, was nicht weiter ungewöhnlich war – das Problem war, dass ich dadurch eine wunderschöne rote Fährte hinterlassen hatte, der nicht nur die Polizei leicht folgen konnte. Sondern auch jene, die mich als nette Zwischenmahlzeit ansehen würden.

Ich stieß eine Verwünschung aus, während ich meine Jacke auszog und einen Ärmel von meinem Hemd abriss, um die Wunde notdürftig zu verbinden. Ich war kaum wieder in meine Jacke geschlüpft, als aus der Dunkelheit hinter mir ein Geräusch drang, ein hässliches Schlurfen ...

Ich fuhr herum und nahm die Lampe mit, gerade noch rechtzeitig, um mit dem Lichtschein das Monstrum zu erfassen, das aus der Tunnelröhre auf mich zukam – und sehr viel schneller, als sein gedrungener Körper und die kurzen Beine es erwarten ließen. Das Krokodil mochte an die vier oder fünf Meter messen – weniger als die Biester im Sammelschacht, aber immer noch ein gefährlicher Gegner. Vor allem, wenn man keine Waffe hatte.

Für einen Augenblick stand ich wie versteinert, während das Tier erstaunlich schnell auf mich zuschoss, den Rachen aufgerissen und lauthals brüllend wie ein Löwe im Dschungel von Arun. Mir war klar, dass ich nicht entkommen konnte, und starr vor Schrecken erwartete ich, ein ähnlich unrühmliches Ende zu finden wie Sergeant Orgood ...

... als ein Schuss krachte.

Die Waffe sprach nur einmal, und es war nicht der helle Klang einer Garka oder einer anderen Zimmerflak, sondern der dunkle, schwere Knall eines *tuldokor*. Mündungsfeuer flammte in der Dunkelheit auf, das Krokodil wurde seitlich getroffen und warf sich herum, bot seine ungeschützte Unterseite dar, worauf der Lochmacher das Schlusswort sprach. Das Geschoss fegte in die Eingeweide des Reptils und zerfetzte sie, besudelte nicht nur Wände und Decke damit, sondern auch mich, der ich noch immer so stand, wie ich den Angriff des Killerkrokodils erwartet hatte. Das Tier zuckte nur noch einmal, dann blieb es reglos auf dem Rücken liegen, und aus dem Dunkel des Nebengangs lösten sich mehrere Gestalten.

Ich war versucht, mich für die unverhoffte Rettung zu bedanken – bis ich sah, dass mir die Kerle nur bis zur Brust reichten und jeder von ihnen entweder mit einem *tuldokor* oder einer *gunna* bewaffnet war, die zwar ein kleineres Kaliber spie, dafür aber mit einer Kadenz von fünfhundert Schuss pro Minute – und dass die Läufe dieser Waffen sich nun auf mich richteten. Es waren Zwerge in dunklen Anzügen, und ihren grimmigen Mienen entnahm ich, dass sie es nicht besonders gut mit mir meinten. Ich beschloss dennoch, den Ahnungslosen zu geben.

»Leute«, sagte ich und hob beschwichtigend die Hände, während sie mich umkreisten, »ich weiß nicht, was ihr von mir wollt, aber ich bin …«

»Genug gequatscht«, sagte jemand hinter mir.

Und dann traf mich etwas hart und schwer am Hinterkopf, und noch während ich taumelnd zu Boden ging, zog man mir eine Kapuze über den Kopf.

24

Mit vorgehaltener Waffe stieß man mich durch eine Reihe von Tunneln und zwang mich durch einen Schacht nach oben, zurück an die Oberfläche. Wegen der Kapuze, die man mir über den Kopf gezogen hatte, konnte ich nichts sehen, aber ich hörte Verkehrslärm in unmittelbarer Nähe – offenbar hatten wir die Kanalisation sehr viel weiter östlich verlassen, als ich sie betreten hatte, und waren wieder zurück in Dorglash.

Unsanft bugsierte man mich in einen Wagen, der sofort anfuhr. Als ich mich nach dem Ziel erkundigte, zog man mir abermals eins über, und diesmal flackerte mein Bewusstsein nicht nur, sondern ging für eine Weile aus.

Ich kam erst wieder zu mir, als man mir die Kapuze vom Kopf zog. Ich saß auf einem Stuhl. Mein Bein war verbunden worden, meine Hände hinter der Lehne gefesselt. Es dauerte eine Weile, bis ich durch die beiden Fenster in meinem dröhnenden Schädel wieder etwas anderes sehen konnte als verschwommenen Nebel. Dann allerdings schälte sich ein Gesicht heraus, dessen Besitzer ich lieber nicht begegnet wäre.

Windolf Hammerfall höchstpersönlich.

Jokus' Erzeuger saß auf einer Art Podest vor mir, oder vielleicht lag er auch darauf, bei seiner Leibesfülle war das nicht so leicht zu unterscheiden. Es waren haufenweise Geschichten über Windolf Hammerfalls Körperumfang in Umlauf, aber keine davon traf die Wahrheit auch nur annähernd. Ohne Frage war er der fetteste Zwerg, der mir je begegnet war, mehr breit als hoch, mit einem runden Kopf, der direkt auf seinem nicht weniger runden Körper saß. Eine der Geschichten besagte, dass Windolf Gegner, derer er überdrüssig wurde, mit Haut und Haaren auffraß. Wenn ich ihn so ansah, glaubte ich es beinahe.

Seine Wangen hingen herunter wie die Lefzen eines alten Wargs, die listig funkelnden Augen waren zwischen einer wulstigen Stirn und einem Ungetüm von Knollennase begraben. Die buschigen grauen Brauen und der nach alter Art geflochtene Bart taten ein Übriges, um die Gesichtszüge des Syndikatsbosses zu verbergen, die zudem von einem breitrandigen Hut beschattet wurden. Ein blütenweißes Hemd spannte sich über seinem gewaltigen Oberkörper, mit einer dunkelroten Krawatte, auf der Edelsteine funkelten. Überhaupt schien es Hammerfall zu lieben, seinen Reichtum zur Schau zu stellen – die kurzen Finger zierten protzige, mit Gemmen verzierte Ringe, und als er den Mund aufmachte, um zu sprechen, blitzten Reihen goldener Zähne.

»Willkommen!«, sagte er mit dunkler, Respekt einflößender Stimme. »Ich nehme an, Sie wissen, wer ich bin?«

Ich nickte.

»Ich muss gestehen, ich hatte Sie mir ein wenig größer vorgestellt. Kaum zu glauben, dass Sie meinen Champion plattgemacht haben.«

»Ein Kinderspiel«, knurrte ich, obwohl mir wieder alle Knochen wehtaten, wenn ich nur an den Kampf dachte.

Hammerfall lachte keuchend. Irgendwie schien ich ihn

zu amüsieren, was kein großes Kunststück war, er hatte ja alle Trümpfe in der Hand.

»Wo bin ich hier?«, wollte ich wissen und schaute mich um. Der Raum hatte keine Fenster, nur eine Tür und nackte, mit Marmor gefliese Wände, an denen verschnörkelte Leuchter hingen. Die Bauweise und die niedere Decke ließen vermuten, dass wir uns in einer Zwergenvilla befanden, vermutlich, aber nicht zwangsläufig im Keller. Die Kurzen bauten gerne Räume ohne Fenster, es erinnerte sie wohl an die Höhlen und Stollen, aus denen sie irgendwann gekrochen waren.

»Erwarten Sie ernsthaft, dass ich auf diese Frage etwas erwidere?« Hammerfall schüttelte das mächtige Haupt. »Im Gegenteil, Dyn Rash – ich bin es, der hier Antworten hören will.«

Ich war nicht in der Lage, ihm zu widersprechen, schon angesichts der vier gedrungenen Kerle in schwarzen Anzügen, die zu beiden Seiten der Tür standen, starr wie Statuen. Ich war mir ziemlich sicher, dass es dieselben freundlichen Herren waren, die mich mit der Kapuze über dem Kopf aus dem Tunnel gezerrt hatten, und ihren bärtigen und tätowierten Visagen war zu entnehmen, dass sich ihre Laune seither um keinen Deut gebessert hatte.

»Also schön«, meinte ich ergeben, »schießen Sie los. Was kann ich für Sie tun?«

Hammerfall seufzte. Ein tiefes, heiseres Seufzen, das ihm ein Bedürfnis zu sein schien. »Haben Sie Kinder, Dyn Rash?«

Ich hob eine Braue – das war nicht unbedingt die Art von Konversation, mit der ich gerechnet hatte. Hatte ein stadtbekannter Syndikatsboss mich einsacken lassen, nur um sich mit mir über meinen Familienstand zu unterhalten? Wohl eher nicht.

»Nein«, antwortete ich. »Jedenfalls, keine, von denen ich wüsste.«
Wieder blitzten Goldzähne. »Sie sind witziger, als ich gedacht habe. Ich habe Kinder, wissen Sie – sieben Söhne, um genau zu sein. Und einer dämlicher als der andere.«
»Sie sind zu bedauern«, sagte ich trocken. Mehr fiel mir dazu nicht ein.
»Einen von Ihnen haben Sie kennengelernt ...«
»Jokus.« Ich nickte.
»Er ist kein schlechter Kerl«, meinte Hammerfall, mit den goldberingten Händen gestikulierend, »aber er kommt zu sehr nach seiner Mutter. Sie war Tänzerin in einem meiner Clubs, eine faszinierende Frau.«
Ich nickte wieder und verkniff es mir zu fragen, was wohl aus ihr geworden war. So weit ging Hammerfalls Mitteilsamkeit ganz sicher nicht.
»Jokus hat zwei Talente«, zählte er an zwei kurzen Fingern auf. »Erstens hat er einen ganz guten Riecher für Antiquitäten und wie man mit ihnen handelt. Und zweitens weiß er, wie er sich und andere in Schwierigkeiten bringt.«
»Was ist mit seinem Gespür als Boxmanager?«, erkundigte ich mich.
»Soll das ein Witz sein? Dieser angebliche Champion, den er da angeschleppt hat, ist Fallobst, selbst ich hätte den Kerl besiegen können.« Ich zuckte zusammen, aber Hammerfall ließ sich nicht beirren. »Das *Krosabál*«, fuhr er fort, »habe ich Jokus lediglich gegeben, damit er nicht noch mehr Schaden anrichtet – leider habe ich mich da verkalkuliert. Deshalb sind Sie hier.«
»Verstehe«, sagte ich und fügte in Anbetracht des Ortes, an dem seine Schießzwerge mich aufgegabelt hatten, unverblümt hinzu: »Also ist er es gewesen, der sich mit diesen

Sektierern eingelassen hat. Und auf sein Konto geht dann wohl auch der Tod von Loryn Cayro ...«

»Nein«, widersprach der Syndikatschef brüsk, »aber ich kann es Ihnen nicht mal verdenken, wenn Sie das glauben und der Polizei weismachen wollen.« Er hob den Kopf, sodass seine kleinen, wie Kohlen glimmenden Augen mich direkt von unter dem Hut ansahen. »Ich sitze gewissermaßen zwischen den Stühlen, Dyn Rash, und das ist für jemanden von meiner Postur nicht angenehm, wenn Sie verstehen. Durch Jokus' Zutun wurde ich in Dinge verwickelt, mit denen ich nichts zu tun haben wollte.«

»Sprechen Sie von den Kultisten? Oder vom Mord an Loryn Cayro?«

»Von beidem.« Er verzog das Gesicht. »Fanatiker geben keine guten Geschäftspartner ab. Sie sind zu verbissen, wissen Sie. Jede Art von Pragmatismus liegt diesen Leuten fern – deshalb konnte diese Sache nur schiefgehen.«

Ich glaubte zu verstehen.

Jokus Hammerfall hatte sich auf ein Geschäft mit Alannah da Syola und ihren Sektierern eingelassen. Vermutlich hatte er zugesagt, das Sternenkind zu finden, aber dann war die Sache irgendwie aus dem Ruder gelaufen und hatte zum Tod von Loryn Cayro geführt. Und nun fürchtete Hammerfall, damit in Verbindung gebracht zu werden ...

»Und jetzt brauchen Sie einen Sündenbock, dem Sie das alles anhängen können«, mutmaßte ich, »und ein in letzter Zeit etwas glücklos agierender Privatschnüffler kommt Ihnen gerade recht. Wie wollen Sie es anstellen? Wollen Sie mir falsches Beweismaterial unterjubeln? Oder mich gleich mit Betonschuhen im Hafenbecken versenken?«

»Als ob ich so etwas Barbarisches je getan hätte!« Seine herabhängenden Backen blähten sich in schlecht gespielter

Entrüstung auf. »Ich habe den Eindruck, Sie haben nichts von dem verstanden, was ich gesagt habe«, fügte er hinzu und gab seinen Leuten ein Zeichen. Einer von ihnen öffnete daraufhin die Tür, und wir bekamen Gesellschaft. Es war eine schlanke Frau in einem ebenso eleganten wie schlichten grauen Mantel. Das lange Haar, das ihre edlen Gesichtszüge umrahmte, schimmerte silbrig im Licht der Deckenbeleuchtung.

»Ich muss gestehen, dass ich nicht erwartet hatte, Sie hier zu treffen, Dyn Rash«, sagte Alannah da Syola.

»Gleichfalls, Gräfin«, erwiderte ich.

»Und bitte sehen Sie es mir nach, wenn ich ob Ihrer Rolle in diesem Spiel allmählich etwas verwirrt bin.«

»Auch da geht es mir nicht anders.« Ich grinste freudlos.

»Zuerst spüren Sie dem jungen Meister Hammerfall nach und lungern vor meiner Villa herum, und auf eine freundlich vorgebrachte Einladung zu einem längeren Aufenthalt reagieren Sie mit überstürzter Flucht...«

»Wir haben eben verschiedene Vorstellungen von einer freundlichen Einladung.«

»... und nun sind Sie sich nicht zu schade, in der städtischen Kanalisation herumzuschnüffeln«, fuhr die Gräfin fort.

»Und kaum hatte ich gefunden, wonach ich suchte, hatte ich auch schon die Pollocks auf dem Hals«, setzte ich hinzu. »Aber das wissen Sie ja, denn niemand anders als Sie hat die Uniformierten auf mich gehetzt, richtig?«

»Das wäre zu viel gesagt.« Sie winkte ab, als hätte ich ihr ein anzügliches Kompliment gemacht. »Dyn Hammerfall und ich arbeiten in dieser Sache zusammen – aber weder sein Einfluss noch meiner geht weit genug, um die Polizei für uns arbeiten zu lassen.«

»Nun mal nicht so bescheiden. Nach allem, was man

hört, ist Ihre Familie äußerst wohlhabend – auch wenn Sie Ihren Reichtum nicht an die große Glocke hängen wie manch anderer. Soweit ich weiß, hatte Ihr Gatte ein ziemlich gutes Händchen, als es um die Neulandgewinnung im Westen der Stadt ging ...«

»Mein Bruder«, verbesserte die Gräfin, »hat gut für unsere Familie gesorgt, das ist wahr. Aber ich fürchte, Sie haben noch immer nicht begriffen, worum es hierbei eigentlich geht und wer Ihre wahren Feinde sind.«

»Denken Sie? Ich weiß immerhin, dass Sie mir bei unserem letzten Treffen nur die halbe Wahrheit gesagt haben. Loryn Cayro war nicht nur einfach ein Konkurrent von Ihnen, wie Sie behauptet haben, so wie Sie nicht nur eine engagierte Sammlerin sind, richtig? Sie haben leider vergessen zu erwähnen, dass es einen Kult von Sektierern gibt, die einen alten Elfendämon verehren – und dass Sie seine Anführerin sind!«

»Ich?« Da Syola deutete verdutzt auf sich selbst.

»Nur nicht so bescheiden! Ich habe zwar keine Ahnung, was Sie und Ihre spinnerten Freunde da unten treiben«, fuhr ich voller Überzeugung fort, »aber das Blut an den Wänden verheißt nichts Gutes. Und jetzt haben Sie Angst, dass Ihr hübscher okkulter Verein auffliegen könnte, ist es nicht so? Weiß Ihr Verbündeter überhaupt, mit wem er sich da eingelassen hat?«, fügte ich hinzu, auf Hammerfall schielend. Es war alles, was mir auf die Schnelle eingefallen war, meine ganze verzweifelte Strategie: Möglichst viel Staub aufwirbeln und zu hoffen, dass jemand davon husten musste.

»Ich bin durchaus informiert, was die Rolle der Gräfin betrifft«, versicherte Windolf, und ich versuchte zu durchschauen, ob er es ernst meinte oder nur bluffte.

»Tatsächlich? Dann wissen Sie ja sicher auch, dass sie

auf der Suche nach einem Wunderkind ist … einem Kind, in dessen Adern Elfenblut fließt.«

»Dyn Rash«, sagte die Gräfin mit – so kam es mir vor – nur mühsam beherrschter Stimme, »ich habe es Ihnen bereits gesagt, aber ich sage es Ihnen gern noch einmal – es geht hier um sehr viel mehr, als Sie ahnen, und ich fürchte, dass Sie einige Dinge noch nicht im rechten Licht sehen.«

»Dann klären Sie mich auf, ich bin ganz Ork«, versicherte ich. »Und vielleicht wollen Sie mich ja auch losbinden, damit ich mir eine Zigarette anstecken und wir uns wie zivilisierte Leute unterhalten können.«

Hammerfall und sie wechselten einen Blick, und schließlich nickte sie. »Löst seine Fesseln, aber behaltet ihn im Auge«, wies der Boss daraufhin seine Schläger an. Einer band mich los, ein anderer griff in die Innentasche meines Jacketts und gab mir eine Rauchstange und Feuer. Nicht, dass ich es ohne nicht mehr ausgehalten hätte. Aber ich hatte wissen wollen, wer von meinen beiden Entführern wen um Erlaubnis fragte – zumindest das wusste ich nun.

Alannah da Syola war eine sehr mächtige Frau …

»Ich behaupte nicht, dass meine Familie eine völlig weiße Weste hat«, sagte sie, nachdem ich eine blaue Dunstwolke ausgestoßen hatte. »Um unsere Interessen geltend zu machen, hat mein Bruder manches getan, worauf ich nicht stolz bin. Aber mit diesen Dingen habe ich nichts zu tun, weder mit dem Mord an Loryn Cayro noch mit diesen Fanatikern.«

»Sie sind also nicht deren Oberhaupt?«

»Natürlich nicht.« Entrüstung schwang in ihrer Stimme mit.

»Aber das Kind«, beharrte ich, »hinter dem sind Sie doch her, oder etwa nicht?«

»Doch«, gab sie ohne Zögern zu, »denn von diesem Kind hängt vieles ab, Dyn Rash, und wir können nicht tatenlos zusehen, wie es ruchlosen Sektierern in die Hände fällt. Ist Ihnen nicht klar, worüber wir hier sprechen? Ein Kind, das Elfenblut in seinen Adern hat, das erste Elfenblut, von dem wir seit einem halben Jahrtausend erfahren!«

»Ja, beeindruckend«, log ich. »Aber ich sagte Ihnen schon, Gräfin, dass ich mit der Vergangenheit nichts anzufangen weiß.«

»Und ich sagte Ihnen, dass Sie mehr von Ihrem Namensvorbild haben, als Ihnen klar ist. Warum sonst setzen Sie sich für dieses Kind ein? Warum versuchen Sie, es zu finden?«

Ich nahm die Zigarette aus dem Mund. »Weil das mein verdammter Auftrag ist.«

»Das ist mir klar, und natürlich weiß ich auch, wer Ihnen diesen Auftrag erteilt hat. Aber ich fürchte, dass Sie die Rolle von Dyna Miotara in diesem Spiel ebenso wenig verstehen wie Ihre eigene.«

»Was Sie nicht sagen.«

Ich hielt dem prüfenden Blick stand, mit dem die Gräfin auf mich herabsah, die dünnen Arme vor der schmalen Brust verschränkt. »Ich möchte, dass wir gehen«, sagte sie dann.

»Zu Ihnen oder zu mir?«

»Sie sind ein ungehobelter Kerl und haben ein ausgesprochen loses Mundwerk«, beschied sie mir. »Sie dürfen mir glauben, dass es mein Vertrauen in das Schicksal auf eine harte Probe stellt, dass ausgerechnet Sie hier sitzen. Aber ich will Ihnen etwas zeigen, Dyn Rash ... denn ich bin sicher, dass Sie danach manches in einem anderen Licht sehen werden.«

»Was wollen Sie tun? Mir irgendwas spritzen, damit ich nach Ihrer Pfeife tanze?«

Alannah da Syola lachte nur, während der Blick ihrer blauen Augen weiter auf mir ruhte.

»Lassen Sie sich überraschen, Dyn Rash.«

25

Ich bekam wieder die Kapuze über den Kopf, aber diesmal verzichtete man immerhin darauf, mir eins überzubraten. Ich sollte wohl nur nicht mitbekommen, wo genau sich das Versteck befand, in das Hammerfalls Würger mich verschleppt hatten.

Nach einer Weile zog man mir den Stoff vom Kopf, und ich fand mich auf der Rückbank einer Limousine wieder, einer *Elidor 1000*. Ich saß mit dem Rücken zur Fahrtrichtung, während Alannah da Syola mir im Fond des Wagens gegenübersaß. Ihre blauen Augen musterten mich wortlos, und ich hätte nicht zu sagen vermocht, ob sie mir einen Donk anbieten wollte oder mein baldiges Ableben plante.

Wir ließen Dorglash hinter uns und fuhren nach Norden, und mir dämmerte, dass dieser kleine Ausflug uns an einen Ort führen würde, an dem ich schon gewesen war – in die Villa der da Syolas. Als wir dort anlangten, war die Nacht zu Ende, und es dämmerte bereits. Der Wagen passierte das hohe Tor mit den eisernen Ranken und rollte die Zufahrt hinauf, ehe er mit leise knirschenden Reifen auf dem Kies ausrollte.

Der Fahrer öffnete die Tür und war der Gräfin beim Aussteigen behilflich. Ich selbst wurde von keinem anderen als ihrem Leibwächter Bronson in Empfang genommen, dessen unbewegt grüne Miene einmal mehr keine Regung verriet. Es wird behauptet, dass Wiedersehen Freude macht – in diesem Fall hielt sich meine in Grenzen. Durch die hohe Pforte brachte er mich in die Eingangshalle, die von kristallenen Lüstern beleuchtet wurde. Große Ölgemälde hingen an den Wänden, die eine Reihe gravitätisch aussehender Herrschaften zeigten, die wohl alle eins gemeinsam hatten – sie lagen tot und begraben in der Familiengruft. Vermutlich hatte jeder von ihnen etwas zum Fortkommen der Familie da Syola beigetragen, von den Tagen der Zwergenkriege bis heute. Die Gräfin nickte mir zu, als wollte sie mir zu verstehen geben, dass alles in Ordnung sei, dann verschwand sie durch eine Tür in der mit dunklem Holz getäfelten Wand, während mich ihr Halbtroll zu der Treppe schleppte, die ich noch von meinem letzten Aufenthalt in Erinnerung hatte. Doch statt mit dem Aufzug in die Tiefe ging es nun über teppichbeschlagene Stufen hinauf in den ersten Stock.

»Kriege ich diesmal die große Besichtigungstour?«, erkundigte ich mich.

Bronson gab keine Antwort, und es war auch nicht notwendig, da die Führung schon im nächsten Moment endete. Er brachte mich in ein Zimmer, dessen Wände und Decke mit blauem Samt tapeziert waren. Die ebenfalls samtenen Vorhänge an den Fenstern waren zugezogen, sodass es keine Rolle spielte, ob es draußen Nacht war oder Tag, Lüster an den Wänden sorgten für gedämpftes Licht. In mehreren Reihen waren Stühle aufgestellt, die Stirnseite des Raumes nahm eine halbkreisförmige Ausbuchtung ein. Ein weiteres Sitzmöbel stand dort, fast schon ein Thron, mit Polstern aus Samt und verziert mit elfischen Symbolen, die in das Holz eingelegt waren und geheimnisvoll glitzerten. Ich glaubte, einige der Zeichen wiederzuerkennen, die sich auch auf der Stele im Tempel der Sektierer befunden hatten, aber hier wirkten sie anders und sehr viel weniger bedrohlich.

Davor stand ein kleiner runder Tisch, auf dem irgendein Gegenstand lag. Was genau es war, konnte man nicht sehen, weil ein Tuch aus blauem Samt darübergebreitet war. Es interessierte mich auch nicht wirklich – mein Augenmerk galt eher den Fluchtmöglichkeiten, die dieser Ort zu bieten hatte. Ich wollte zu einem der Fenster gehen und einen Blick nach draußen werfen, aber die klodeckelgroße Pranke meines Bewachers hielt mich zurück und drückte mich auf einen Stuhl in der ersten Reihe.

»Sitzen bleiben!«, schärfte Bronson mir ein, verließ den Raum und schloss die Tür hinter sich. Da saß ich und wartete und hatte dabei das hässliche Gefühl, dass ich nicht wirklich allein war. Verborgene Augen schienen mich zu beobachten.

Irgendwann ging die Tür auf, und Alannah da Syola trat ein. Ihrem reifen Alter zum Trotz sah sie atemberaubend aus. Ihr langes weißes Haar wallte offen über ihre Schultern, ihr Kleid reichte bis zum Boden und hatte weite Ärmel und silberverbrämte Borten. Der königsblaue Stoff, der die Farbe ihrer Augen zu spiegeln schien, floss an ihr herab und schmiegte sich um jede ihrer Bewegungen, die ganz und gar nicht wie die einer Greisin wirkten, sondern von einer sonderbaren Agilität und Jugendlichkeit waren.

»Schließen Sie den Mund wieder, Dyn Rash, das steht Ihnen nicht«, wies sie mich zurecht und brachte es auch noch fertig, dabei kokett zu lächeln.

»Verzeihung«, murmelte ich, während ich zusah, wie sie sich mir gegenüber auf den Polsterstuhl setzte. Ich weiß nicht, ob es an dem antiken Sitzmöbel lag oder an ihrer vornehmen Erscheinung, aber in diesem Augenblick kam es mir so vor, als würde sie selbst aus jener Vergangenheit stammen, für die sie sich so sehr interessierte, eine Königin aus alter Zeit ...

»Ich weiß, Sie glauben nicht an Magie«, räumte sie ein und sah mich dabei offen an, »aber dies hier möchte ich dennoch tun. Sind Sie damit einverstanden?«

»Habe ich denn eine Wahl?«, hielt ich dagegen. »Ich bin schließlich Ihr Gefangener.«

»Sie tragen keine Fesseln, oder?«

»Keine Fesseln zu tragen und frei zu sein, sind zwei grundverschiedene Dinge«, konterte ich.

Sie sah mich an, und der Anflug eines Lächelns schien um ihre strengen Gesichtszüge zu spielen. Schließlich seufzte sie. »Es hat keinen Zweck«, entschied sie. »Ich kann das hier nicht tun, wenn Ihr Geist nicht frei von Angst ist.«

»Dann können Sie ruhig loslegen«, forderte ich sie achselzuckend auf. »Meine Angst vor Hokuspokus hält sich in Grenzen.«

»Seine Angst beherrschen zu können und keine Angst zu verspüren, sind zwei grundverschiedene Dinge«, belehrte sie mich spöttisch. »Lassen Sie sich darauf ein, Dyn Rash. Wenn das hier zu Ende ist, werde ich meinen Fahrer anweisen, Sie zurück in die Stadt zu bringen, Sie haben mein Wort darauf.«

»Wenn Ihnen so viel daran liegt.« Ich lächelte matt. »Und was genau ist ›das hier‹?«

Statt mir zu antworten, zog sie das Tischtuch weg. Ein weißer, von blauen Adern durchzogener Kristall kam darunter zum Vorschein, von der Größe einer geballten Faust.

»*Shnorsh!*«, stieß ich hervor. »Ich hätte es wissen müssen.«

»Wovon sprechen Sie?«

»Sind Sie wirklich eine von denen?«, fragte ich zwei-

feind und klang ziemlich enttäuscht. »Eine spiritistische Tante? Eine von diesen theatralischen Wahrsagerinnen?«
»Ich ziehe die Bezeichnung ›Medium‹ vor.«
»Ganz stark.« Ich schürzte höhnisch die Lippen. »Und was können Sie so? Das Wetter vorhersagen? Die *Kasbhull*-Ergebnisse der nächsten Saison?«
»Ich würde es begrüßen, wenn Sie weniger herablassend wären, Dyn Rash.«
»Verzeihung! Aber meine Erfahrung mit diesen Dingen hat mich gelehrt, dass nichts als Lug und Trug dahintersteckt. Wohlhabende Damen, die an chronischer Langeweile leiden, reden sich gerne ein, dass sie vom Schicksal mit besonderen Gaben bedacht wurden – das gibt ihnen das Gefühl, nicht nur reich, sondern auch bedeutend zu sein. Ein wenig Ork-Schamanismus hier, ein bisschen Elfenzauber dort – das also ist der Grund, warum Sie sich mit dem ganzen alten Plunder umgeben.«

Die Gräfin blickte mich unverwandt an. »So sehen Sie mich also.«

»Tut mir leid, wenn ich Ihnen zu nahegetreten bin. Aber ich fürchte, so ist es.«

Sie nickte und schien einen Moment zu überlegen. »Geben Sie mir Ihre Hand«, forderte sie mich dann auf.

»Wozu?«

»Tun Sie es einfach. Wenn all das hier nur Scharlatanerie ist, haben Sie ja nichts zu verlieren.«

Ich stieß ein unwilliges Schnauben aus. Ich hatte nicht die geringste Lust, bei ihrem Spiel mitzumachen, denn in meinen Augen war es reine Zeitverschwendung. Was ihre Mitwirkung an der Ermordung Loryn Cayros betraf, hatte ich inzwischen allerdings ziemliche Zweifel, nicht einmal mehr bei Hammerfall war ich mir wirklich sicher. Aber wenn die beiden nichts damit zu tun hatten, dann bedeutete das, dass der wahre Mörder noch immer irgendwo da draußen war, und die Polizei hatte inzwischen mehr Grund denn je zu glauben, dass ich es war. Ich musste fort, und das möglichst rasch, also war es wohl am besten, einfach zu tun, was die spleenige alte Dame von mir verlangte.

Kurzerhand stand ich auf, trat zu ihr und hielt ihr die rechte Hand hin, die sie sanft berührte.

Es war, als würde mich ein Blitzschlag treffen.

Ich stand völlig starr, während in meinem Kopf ein Film ablief. Es war das Kino meines Lebens, eine Schaubude all dessen, was mir in meinen Jahren widerfahren war. Die guten und schönen Dinge ... aber auch haufenweise *shnorsh*.

Meine Kindheit mit einem Ziehvater, für den ich eine Handelsware gewesen war, meine Zeit beim Militär und der Krieg. Und natürlich *sie*, die andere Alannah ...

Und jede Menge Blut.

Schlaglichtartig zog das alles an mir vorbei, und mit den Bildern kehrte auch der Schmerz zurück. Es hieß, dass im Augenblick des drohenden Todes das gesamte Leben vor dem inneren Auge ablief – das war Blödsinn. Ich war Kuruls dunkler Grube schon öfter nur mit knapper Not entkommen, aber eine Filmvorführung hatte es da nicht gegeben.

Anders als jetzt.

Ich zog meine Hand zurück, als hätte ich sie mir verbrannt. Gleichzeitig riss der Strom der Bilder ab.

»Was ... was war das?« Verblüfft sah ich auf meine Hand und hätte nicht sagen können, ob nur ein Augenblick oder eine ganze Stunde vergangen war. Kalter Schweiß stand mir auf der Stirn, das Herz schlug mir bis zum Hals. »Was ist das für ein billiger Trick?«

»Wenn Sie denken, dass es nur ein Trick gewesen ist, verstehe ich nicht, warum Sie so aufgebracht sind«, konterte da Solya mit provokantem Augenaufschlag. »Wenn alles nur Scharlatanerie und fauler Zauber ist, wie Sie sagen, sollten Sie nicht beunruhigt sein.«

»Ich bin aber beunruhigt«, schnaubte ich. »Sie versuchen, mich zu manipulieren, und das gefällt mir nicht.«

»Ich habe nichts dergleichen getan. Alles, was ich Ihnen gezeigt habe, war bereits in Ihnen. Ich habe es nur hervorgeholt.«

»Hören Sie auf damit!«, knurrte ich. Ich hatte lange Zeit und viele Flaschen Sgorn darauf verwendet, diese Dinge hinter mir zu lassen oder sie zumindest in den hintersten Winkel meines Bewusstseins zu verbannen. Das Letzte, was ich brauchte, war eine alte Schachtel, die alles wieder aufwühlte ...

»Natürlich.« Sie nickte gelassen. »Aber Ihnen sollte durch diese kleine Demonstration aufgegangen sein, dass ich keine Scharlatanin bin. Und nun wäre ich Ihnen dankbar, wenn Sie mir Ihre volle Aufmerksamkeit schenken würden.«

Ich wich zurück wie ein Pennäler, den die Lehrerin gescholten hatte.

»Ich weiß, dass Sie etwas bei sich haben«, fuhr sie fort, »einen Gegenstand, den Sie im Tempel der *Taithani* gefunden haben ...«

Ich griff in die Tasche meines Jacketts.

Das kleine hölzerne Einhorn war noch immer darin.

»Warum haben Sie es sich nicht einfach genommen, als Sie die Gelegenheit dazu hatten?«, fragte ich, während ich das Spielzeug auf den kleinen Beistelltisch legte und mich dann wieder setzte.

»Weil es von Wichtigkeit ist, dass Sie es mir aus freien Stücken geben.«

»Warum? Was haben Sie damit vor?«

Die Gräfin erwiderte nichts darauf. Stattdessen nahm sie das Einhorn und betrachtete es. Dann platzierte sie es wieder auf dem Tisch und legte eine Hand darauf. Mit der anderen berührte sie den Kristall, dessen blaue Adern daraufhin sanft zu leuchten begannen – ebenso wie jener Splitter, den sie an einer zarten silbernen Kette um den Hals trug. Nun schloss sie die Augen.

Es war das erste Mal, dass ich an so etwas teilnahm. Die Vernunft hatte mich bislang davon abgehalten, und ich hatte mich immer gefragt, was die Leute daran fanden, sich in einen abgedunkelten Raum zurückzuziehen und irgendwelche Mächte zu beschwören, die man weder sehen noch begreifen konnte, von denen man noch nicht einmal wusste, ob es sie wirklich gab. Ich hatte immer erwartet, dass solch eine Veranstaltung der Gipfel der Lächerlichkeit wäre und ich dabei unmöglich ernst bleiben könnte ... aber hier war nichts lächerlich. Weder die Frau mit dem weißen Haar, die dort saß und sich so konzentrierte, dass die Adern an ihren Schläfen hervortraten, noch der Kristall, dessen Leuchten sich so intensivierte, dass ich meine Augen abschirmen musste. Ganz schließen wollte ich sie nicht, ich zog es vor, zwischen den Fingern meiner Hand hindurchzublinzeln, um wenigstens einen Blick auf das zu erheischen, was vor sich ging.

Der Elfenkristall – oder was immer es sonst sein mochte – steigerte sein Leuchten, bis es die Gräfin ganz einhüllte. Und schließlich begann sie zu sprechen.

Zuerst war es nur ein Murmeln in einer Sprache, die ich nicht verstand. Aber dann bildeten sich einzelne Wörter heraus und schließlich ganze Sätze, und ich hätte nicht zu sagen vermocht, ob sie sich nun der Allgemeinsprache bediente oder ob ich ihr Kauderwelsch plötzlich verstand; so wie ich nicht beurteilen konnte, ob ich ihre Stimme tatsächlich hörte, oder ob sie einfach nur in meinem Kopf war.

»Ich kann es sehen«, flüsterte sie. »Das Kind ist wohlauf und am Leben ...«

Ich hätte skeptisch sein müssen, zumindest ein wenig misstrauisch. Aber ich ertappte mich dabei, dass ich Erleichterung verspürte, auch wenn es idiotisch war ...

»Es ist an einem fremden Ort und hält sich dort verborgen. Ein Mann ist bei ihm ...«

»Wer?«, hörte ich mich fragen.

»Ich weiß es nicht, ich kann sein Gesicht nicht sehen ... aber ich kann seine Furcht fühlen.«

Ich rang mit mir.

Sollte ich das wirklich glauben?

Sollte ich dieser alten Dame abkaufen, dass ihr Geist, ihre Seele oder was auch immer in diesem Moment auf eine andere Ebene gewechselt war? Dass Sie mithilfe eines magischen Kristalls und eines kaputten Spielzeugs in der Lage war, ihren Körper zu verlassen und an andere Orte zu reisen? Diese vor ihrem geistigen Auge zu sehen und genau zu beschreiben?

Zugegeben, der leuchtende Kristall sah spektakulär aus, aber das tat die Dekoration im *Shakara* auch. Es war erstaunlich, was man mit ein paar Glassteinen und ein wenig Elektrizität alles bewerkstelligen konnte ...

»Was tut das Kind gerade?«, wollte ich wissen, nicht aus Interesse, sondern um sie auf die Probe zu stellen.

»Es sitzt auf dem Boden vor dem Fenster und spielt mit einer kleinen Figur. Nur der Reiter ist geblieben, das Einhorn ging verloren ...«

»Und das Zimmer?«

»Ich sehe ein Bett, einen Tisch und einen Schrank, eine gusseiserne Heizung und ein Waschbecken an der Wand.«

Womöglich ein Hotelzimmer, mutmaßte ich, um mich gleich darauf wieder zur Ordnung zu rufen. Woher wusste ich, dass sie sich das nicht nur alles zusammensponn? Vielleicht wollte sie ja auch, dass ich das vermutete ...

»Gibt es ein Fenster?«, bohrte ich weiter.

»Ja, das Kind sitzt davor auf dem Boden.«

»Kann man hinaussehen?«

»Der Morgen dämmert«, lautete die Antwort. »Doch am Himmel sind noch zwei Monde zu sehen.«

Ich verzog das Gesicht – das ergab keinen Sinn. »Und der Kerl, der das Kind bewacht? Ist es einer von den Kuttenträgern?«

»Ich denke nicht. Die Angst, die er verspürt, gilt nicht nur ihm selbst, sondern auch dem Kind.«

Ich schürzte meine Lippen, die hart und spröde waren. Bedeutete das, dass sich das Kind nicht länger in den Händen der Sektierer befand? Dass ihm die Flucht gelungen war? Aber wo war es dann? Wenn es dieses verdammte Hotelzimmer tatsächlich geben sollte, wo, zum Henker, befand es sich?

»Können Sie noch etwas sehen?«, fragte ich.

»Nein, da ist sonst nichts.«

»Etwas riechen? Etwas hören?«

»Da ist nichts, nur Stille.«

Ich überlegte – Dorglash schied damit wohl aus. Selbst bei längerem Nachdenken fiel mir nicht eine einzige Ecke ein, an der es hier still gewesen wäre, und wäre es nur für ein paar verfluchte Minuten ...

»Keine Geräusche?«, hakte ich ungläubig nach. »Das Rattern einer Hochbahn vielleicht oder das Läuten einer Schiffsglocke? Das Landesignal eines Luftschiffs oder ...«

»Nein«, sagte sie, »aber da ist etwas anderes, in weiter Ferne ... Schreie.«

Ich hob die Brauen. »Was für Schreie?«

»Ich weiß es nicht, sie dringen von weit her. Aber sie stammen nicht aus menschlichen Kehlen, so viel ist sicher. Nicht einer davon.«

»Warge vielleicht?«, hakte ich nach.

»Nein, es ist etwas sehr viel Größeres ... jahrhundertealte Instinkte, Furcht und Grauen, auf alle Zeit gefangen ...« Die Stimme versagte ihr, und ich merkte, wie ein eisiger Schauer meinen Rücken hinablief. Ich schüttelte mich, aber ich wurde ihn nicht los, und den doppelten Sgorn, den ich dafür gebraucht hätte, hatte ich gerade nicht zur Hand.

»Nein!«, entfuhr es Alannah mit heiserer Stimme, und sie zog ihre Hand zurück. Im selben Moment erloschen die Kristalle, und der mit blauem Samt ausgeschlagene Raum fiel in das alte Dämmerlicht zurück, das mir nun allerdings noch sehr viel dunkler vorkam.

Die Gräfin saß mir gegenüber.

Ihre Brust hob und senkte sich unter heftigen Atemzügen, ihre blauen Augen waren schreckgeweitet, als hätten sie das nackte Grauen erblickt.

»Hey«, knurrte ich. »Ist alles in Ordnung?«

Erst jetzt schien sie mich zu sehen. Ihr Blick fokussierte sich wieder, und ihre Gesichtszüge entspannten sich ein wenig, doch noch immer stand blankes Entsetzen darin geschrieben. »Etwas lauert dort«, flüsterte sie, »ein altes Grauen aus der Tiefe. Dieser Kampf währt schon seit Jahrhunderten, Dyn Rash. Wir sind nicht die Ersten, die ihn kämpfen, und wohl auch nicht die Letzten.«

»Sie sprechen in Rätseln«, sagte ich. »Ich habe keine Ahnung, wovon Sie reden.«

»Gehen Sie«, sagte die Gräfin leise. Sie schien plötzlich erschöpft, wirkte leer und ausgebrannt. »Gehen Sie, und finden Sie das Kind.«

»Wie denn?« Ich lachte freudlos auf. »Mit den lausigen paar Informationen, die Sie mir gegeben haben? Woher soll ich wissen, dass Sie sich das nicht nur einfach ausgedacht haben?«

»Sie wissen es«, hielt sie dagegen und sah mich durchdringend dabei an. »So wie Sie inzwischen begriffen haben, dass dies kein Fall ist wie jeder andere. Dieses Kind muss gerettet werden, Dyn Rash. Es darf den *Taithani* nicht in die Hände fallen, oder sie werden seine Macht zum Bösen nutzen.«

Ich schnaubte. »Zum Guten, zum Bösen ... gibt es so etwas überhaupt? Meiner Erfahrung nach ist die Welt genau wie Dorglash, Gräfin – schmutzig und grau, mit ein paar Flecken bunten Lichts, die für ein paar Stunden angehen, um dann wieder zu verlöschen.«

»Wenn Sie das denken, warum sind Sie dann hier? Warum üben Sie diesen Beruf aus?«

»Weil ich von etwas leben muss.«

Alannah da Syola lächelte nur. Es war ein müdes, verzagtes Lächeln, aber auch voller Spott. Sie nahm das kleine Einhorn vom Tisch und warf es mir zu.

»Warum ausgerechnet ich?«, wollte ich wissen. »Wenn Ihnen dieses Kind so wichtig ist, warum suchen Sie nicht selbst danach? Wenn Sie die ganze Zeit über gewusst haben, wo sich der Schlupfwinkel dieser Fanatiker befindet ...«

Ich stutzte, als ich ihren Gesichtsausdruck bemerkte.

»Sie wussten es nicht«, folgerte ich.

Sie lächelte wieder. »Uns war bekannt, dass er sich irgendwo in den Tiefen der alten Stadt verbirgt – aber ist Ihnen bewusst, wie viele Meilen Kanalisation dort in der Tiefe verlaufen? Wie viele Hundert Gewölbe es gibt? Nach unserem unerwarteten Zusammentreffen war mir klar, dass Sie den betreffenden Ort früher oder später finden würden, also habe ich mich an Ihre Fersen geheftet und mich dabei auch Meister Hammerfalls und der Polizei bedient.«

Ich nickte – so also hatte Orgood seine Hinweise bekommen. Und deshalb waren auch Kurze vor meinem Büro aufmarschiert …

»Warum ich?«, fragte ich noch einmal.

»Würde ich es Ihnen sagen, würden Sie es mir doch nicht glauben«, entgegnete sie rätselhaft, und ich beschloss, es dabei zu belassen. »Gehen Sie, und finden Sie das Kind.«

»Und dann?«, fragte ich.

»Bringen Sie es zu mir.«

»Zu welchem Zweck?«

»Um es zu beschützen.«

Ich sah sie unverwandt an. Noch vor vierundzwanzig Stunden hätte ich über diese Worte gelacht und sie als glatte Lüge abgetan. Aber wer konnte schon mit Bestimmtheit sagen, wer hier log und wer die Wahrheit sagte? So ziemlich alles an diesem Fall hatte sich als anders herausgestellt, als es auf den ersten Blick gewirkt hatte.

Vor allem musste ich Zeit gewinnen.

Zeit, um mir darüber klar zu werden, wer hier welches Spiel spielte. Und um der Polizei meine Unschuld zu beweisen …

»Und im Gegenzug werden Sie mich in Ruhe lassen?«, fragte ich. »Hammerfalls Leute zurückpfeifen? Mir nicht länger die Bullen auf den Hals hetzen?«

»Sie haben freie Hand. Aber versuchen Sie nicht, mich zu täuschen, ich würde es bemerken.«

Ich nickte – nach allem, was ich soeben erlebt hatte, war das nicht weiter schwierig zu glauben. Ich hatte noch immer keine Ahnung, was ich von alldem halten sollte, aber mit einem Schulterzucken war es längst nicht mehr abgetan.

»Und wenn ich mich weigere?«

»Wird es mir ein Vergnügen sein, die Polizei zu verständigen.«

»Natürlich.« Ich nickte. »Und was ist mit meiner anderen Klientin? Ich habe bereits einen Auftrag, wie Sie wissen.«

Die alte Dame schickte mir einen seltsamen Blick. »Wir werden sehen, Dyn Rash«, sagte sie leise. »Wir werden sehen.«

26

Ich hatte mich darauf eingelassen.

Was blieb mir auch anderes übrig?

Ich musste meinen beschädigten Ruf wiederherstellen, und das konnte ich nicht, wenn ich im Gefängnis saß. Und außerdem war da etwas in mir, das wollte, dass den Sektierern das Handwerk gelegt wird, ehe sie dazu kamen, sich an einem unschuldigen Kind zu vergreifen.

Vielleicht hätte ich den Braten riechen sollen. Vielleicht hätte ich merken müssen, dass die Sache faul war und stank wie ein Haufen Trolldung. Aber ich war so sehr darauf fixiert, die Dinge in Ordnung zu bringen, dass ich nicht darauf achtete. Orgood war tot, und auch wenn ich nicht direkt daran Schuld trug, waren die Bullen nachtragend in solchen Dingen. Ich musste verdammt vorsichtig sein bei allem, was ich tat, und das nahm meine ganze Aufmerksamkeit in Anspruch.

Zu sehr, wie sich herausstellte.

Ein Taxi brachte mich zurück in die Stadt. Ich war nicht so dämlich, mein Büro aufzusuchen, denn das war sicher der erste Ort, wo Keg und seine Leute auf mich warten würden. Stattdessen ließ ich an einem öffentlichen Fernsprecher anhalten. Der Fahrer, ein grantiger Zwerg, der fortwährend über das miese *Kasbhull*-Spiel vom Vorabend maulte, wunderte sich über meine Anweisung, dass er mit laufendem Motor warten solle – als ich ihm einen Lorgo zusteckte, der ihn neben der Fahrt auch noch für die Unannehmlichkeit entlohnen sollte, wunderte er sich gleich sehr viel weniger.

Zuerst rief ich bei Kity an. Sicher hatte sie die ganze Nacht über gearbeitet, sodass ich sie aus dem Bett klingeln würde, aber ich wollte sie wissen lassen, dass ich noch immer an der Sache dran war und einen wesentlichen Schritt nach vorne gemacht hatte. Und ich wollte ihre Stimme hören ... Nach der ganzen Scheiße, die in der Nacht passiert war und in der ich bis zum Hals steckte, würde das Balsam auf meine geschundene Seele sein. Aber entweder schlief sie so tief und fest, dass sie das Telefon nicht hörte, oder sie war schlicht nicht da.

Ich hängte auf, ließ das Geld durchklickern und versuchte es noch einmal – mit demselben Ergebnis.

Fluchend wählte ich die nächste Nummer – es war die von Shinny. Glücklicherweise ging sie ran. Als Erstes entschuldigte ich mich dafür, dass die Polizei ihren Lieferwagen vermutlich beschlagnahmt hatte, dann bat ich sie, Frik in meine Wohnung zu schicken, damit er ein paar Dinge für mich holen sollte: Ein frisches Hemd und einen neuen Anzug, dazu die Karbash Spezial, die der alte Mostrich mir gegeben hatte. Shinny tat, was ich von ihr erwartet hatte – sie stellte keine Fragen und trug mir auf, in ihre Wohnung zu kommen, die sich unweit der Bar im zweiten Stock befindet. Dort trafen wir uns eine halbe Stunde später, wobei ich das Haus von der nächsten Straße aus durch den Hintereingang betrat – für den Fall, dass die Polizei über den beschlagnahmten Wagen an Shinnys Adresse gekommen war und vor der Tür auf mich wartete.

»Schwierigkeiten?«, erkundigte sich Shinny, als sie mir die Tür öffnete. Sie war noch nicht zurechtgemacht, trug einen roten Kimono mit Blumenmuster und hatte ihr Haar hochgesteckt.

»Frag lieber nicht«, sagte ich – und Shinny hielt sich daran.

Angesichts meiner ausgefransten und etwas stinkenden Erscheinung schickte sie mich ins Bad, und ich nahm eine ausgiebige Dusche. Während das dampfende Wasser mir den Dreck der vergangenen Nacht von der Haut spülte, dachte ich immerzu über das nach, was die Gräfin gesagt hatte. Ich drehte es bald in die eine und bald in die andere Richtung, kaute darauf herum wie auf einem zähen Brocken Fleisch, ohne dass es für mich einen Sinn ergab. Ich war auf dem besten Weg, ihre Worte als das Gefasel einer zwar faszinierenden, aber dennoch verrückten alten Dame abzutun – als mir plötzlich auffiel, wie sich das Licht der Deckenlampe im Wandspiegel von Shinnys Badezimmer reflektierte …

Die Erkenntnis traf mich mit der Wucht einer Trollfaust. Ich stellte das Wasser ab, schnappte mir ein Handtuch und stürzte aus dem Badezimmer.

»Kaffee?« Shinny saß an dem kleinen runden Tisch in der Küche, eine Tasse mit dampfendem Inhalt in der Hand. Meine tropfnasse und weitgehend unbekleidete Erscheinung quittierte sie mit einem amüsierten Blick.

»Später«, knurrte ich. »Hast du einen Stadtplan?«

»Klar.« Sie zuckte mit den Schultern. »Wie hättest du ihn gerne? Mit Marmelade oder Sirup?«

Ich schnitt eine Grimasse und wartete, während sie an die Kommode trat, die oberste Schublade aufzog und darin herumwühlte. Dass ich den Teppich mit dem verschlungenen Anurmuster volltropfte, nahm ich kaum wahr.

»Hier«, sagte sie und legte einen abgegriffenen Faltplan auf den Tisch. Ich nickte dankbar und setzte mich auf den anderen Stuhl, faltete das Ding so weit auseinander, dass der südliche Stadtteil zu sehen war, von den Docks und den Inseln im Süden bis hinauf zum Park. Rechts oben war eine große blaue Fläche eingezeichnet, der Trinkwasserspeicher der Stadt.

Ich nordete die Karte grob ein und begann dann zu rechnen. »Tatsächlich«, entfuhr es mir.

»Tatsächlich was?«

»Sie sagte, von dem Hotelzimmer aus könne man zwei Monde erkennen«, erklärte ich bereitwillig, wenn auch völlig aus dem Zusammenhang gerissen – Shinnys Brauen hoben sich daraufhin nur noch mehr.

»Sie?«, echote sie. »Zwei Monde?«

»Natürlich ist das Blödsinn, es gibt nur einen Mond«, räumte ich ein. »Es sei denn, er spiegelt sich irgendwo – zum Beispiel in einem Gewässer, das still und dunkel genug ist.«

»Du meinst dem Speichersee?«

Ich nickte. »Wenn man vom Fenster aus nur den Mond und sein Spiegelbild sieht, dann bedeutet das, dass das Zimmer direkten Seeblick haben muss, und zwar von dieser Seite aus«, fügte ich hinzu, auf das Nordostufer deutend. Das passt auch zu der Aussage, dass keine Verkehrsgeräusche zu hören waren.«

»Das stimmt«, pflichtete Shinny bei, »dieses Viertel befindet sich außerhalb von Dorglash. Dort liegt der Warg begraben, wie man so schön sagt.«

Ich grinste schwach. Die Erwähnung des Wargs erinnerte mich daran, dass die Gräfin von Schreien gesprochen hatte, von Lauten, wie menschliche Kehlen sie nicht zustande brachten ... Mein Blick flog über die Karte und sog sich an den Runen fest, die über einem grün markierten Bereich am südwestlichen Seeufer standen.

»Der städtische Zoo«, flüsterte ich.

»Du willst in den Tierpark gehen?«

»Die Geräusche«, erwiderte ich kopfschüttelnd. »Diese Schreie, die sie gehört hat ... die kamen nicht aus dem Reich des Bösen, sondern aus dem Zoologischen Garten.«

»Und das bedeutet?«

Ich sah Shinny an. Sie sah hübsch aus mit den hochgesteckten Haaren und ihren staunend geweiteten braunen Augen. »Es ist wahr«, erwiderte ich, während mich ein Schauder durchrieselte. »Alles, was sie gesagt hat, ist wahr.«

»Wer, Rash? Wer hat dir das alles gesagt? Willst du es mir nicht verraten?«

»Später«, versprach ich, während ich aufsprang und nach dem Bündel mit meinen Kleidern griff. Dass mir das Handtuch dabei entglitt und ich für einen Moment im Geburtskostüm vor ihr stand, quittierte Shinny mit einem verzeihenden Lächeln.

Ich nahm mir noch Zeit, eine Tasse mit brühend heißem Kaffee hinunterzustürzen, dann war ich auch schon unterwegs, durch das Gewirr der Nebengassen in die *Sukda*. Ich winkte mir ein Taxi heran und ließ mich zum nächsten Fernsprecher bringen, wo ich es erneut bei Kity versuchte – wieder vergeblich. Eine Stimme in meinem Hinterkopf begann zu maulen, dass das nicht gut sei und ich mir allmählich Sorgen machen müsse, aber noch ignorierte ich sie. Ich sagte mir, dass Kity in Sicherheit sei und ich ihr am meisten helfen würde, wenn ich den Fall zu Ende brächte.

Ein Blick in das Telefonbuch ergab, dass es in der besagten Gegend nordöstlich des Speichersees genau zwei Hotels gab, die infrage kamen. Ich riss die Seite heraus und nahm sie mit, fütterte den Taxifahrer mit den Adressen.

Wir fuhren die Shal Ankur hinab und das nordwestliche Ufer des Sees hinauf, durchquerten den Wald, der sich dort erstreckte. Das erste Hotel, das wir anfuhren – das *Gystashian* – hatte wegen Renovierung geschlossen. Das andere mit dem bezeichnenden Namen *Dygashlynn* – Seeblick – war eine in die Jahre gekommene Pension für jene, die der Enge und dem Lärm der Stadt ein wenig entfliehen wollten, ein Vorkriegsbau mit hohen Fenstern und halbrunden Balkonen, die allerdings nicht mehr besonders vertrauenerweckend aussahen; die verschnörkelten Geländer waren rostig, der gestreifte Baldachin über dem Eingang hatte faustgroße Löcher. Dem fast leeren Parkplatz nach verschlug es kaum noch Gäste hierher – der ideale Ort, um unterzutauchen.

Ich bezahlte den Taxifahrer, dann trat ich unter dem schäbigen Baldachin hindurch in die nicht weniger schäbige Lobby. Eine Zwergenuhr hing an der Wand und tickte träge vor sich hin, eins von den kitschigen Dingern, bei denen zu jeder vollen Stunde ein kleiner Kerl mit Bart und Spitzhacke auftaucht und ein fröhliches Liedchen pfeifend seinen Minenwagen um die Zeiger schiebt. Die Theke der Rezeption erinnerte an ein unter Beschuss geratenes Bollwerk, von den Schlüsseln, die dahinter in kleinen Fächern an der Wand hingen, fehlten nur wenige. Hinter dem Tresen saß der Portier; ein ältlicher Halbgnom mit einem flachen Pagenhut zwischen den spitz aufragenden Ohren. Er war in ein Kreuzworträtsel vertieft, meine Anwesenheit schien er gar nicht zu bemerken.

»*Achgosh-douk*«, grüßte ich. »Ich suche jemanden.«

»Ist das so.« Er sah noch nicht einmal auf.

»Einen Mann, der mit einem kleinen Kind eingecheckt hat«, wurde ich präziser. »Kommt Ihnen das bekannt vor?«

Jetzt bekam ich immerhin einen Blick. »Und wenn?«

»Dann wüsste ich gerne die Zimmernummer.« Ich schob einen Zwanziger über den Tisch und ließ dabei wie zufällig auch den Revolver sehen, den ich zur Feier des Tages nicht einfach in der Manteltasche trug, sondern im Schulterholster unter dem Jackett. »Kommen wir ins Geschäft?«

»Sechsundzwanzig«, entgegnete er und steckte den Geldschein ein. »Zweiter Stock.«

»Sie mögen Kreuzworträtsel?«, fragte ich, auf das Heft auf seinem Schoß deutend. »Eine lebenswichtige Eigenschaft mit fünf Buchstaben.«

»Reich?«, riet er.

»Stumm«, verbesserte ich.

Damit stieg ich die Treppe hinauf. Der einstmals blaue Teppich war grau und ausgeschossen, die Stufen knarrten unter meinem Gewicht. Ich legte die Hand auf den Griff der Waffe, verzichtete jedoch darauf, sie zu ziehen. Wenn möglich wollte ich die Sache lösen, ohne Krach zu machen, aber schließlich bekam man nicht immer, was man sich wünschte.

Trotz der alten Dielen schaffte ich es, einigermaßen geräuschlos vor die Tür mit der Nummer 26 zu kommen. Sie war geschlossen. Der Lack war abgeblättert, am Schloss hatte sich schon mal jemand zu schaffen gemacht. Ich lauschte, konnte jedoch nichts vernehmen. Dafür sah ich unter dem Türspalt einen sich langsam bewegenden Schatten.

Ich zog die Waffe.

Dann trat ich die Tür ein.

Das alte Ding flog auf und krachte gegen die dahinterliegende Wand. Das Zimmer sah genauso aus, wie die verdammte Wahrsagerin es beschrieben hatte, mit einem Bett, einem Tisch, einem Schrank und einem Fenster, das auf den See blickte – und einem Kind, das davor auf dem Boden kauerte und spielte. Es wandte mir den Rücken zu und schien mich gar nicht zu bemerken, dafür nahm ich aus dem Augenwinkel eine Bewegung wahr. Ich fuhr herum und sah einen Kerl im dunklen Anzug auf mich zukommen, einen Menschen. Ich kam nicht mehr dazu, die Waffe in Anschlag zu bringen und eine Warnung zu brüllen, ich konnte nur noch die Arme hochreißen, um den Hieb zu blocken, der auf mich niederging.

»Mistkerl«, zischte jemand, »mach, dass du …«

Weiter kam er nicht, denn ich versenkte meine unbewaffnete Faust in seiner Magengrube. Der Kerl klappte nach vorn, wo ihn mein Knie willkommen hieß. Stöhnend kippte er zur Seite, und ich dachte, er hätte genug – als mich ein Stoß traf, so heftig, dass ich mich nicht mehr auf den Beinen halten konnte. Ich flog gegen die Wand, an der ich benommen hängen blieb, pfeifend wie eine Zwergenuhr. Die Waffe entwand sich meinem Griff und polterte zu Boden – und als ich endlich wieder Luft gefasst hatte, blickte ich selbst in die Mündung des Desillusionators.

Und das war noch nicht mal die größte Überraschung.

Noch sehr viel mehr verblüffte mich, dass ich das Gesicht des Mannes kannte, der mir die Karbash Spezial unter die Nase hielt.

Denn es gehörte Loryn Cayro.

27

Mein Verstand machte Pause.

Es war schwer zu sagen, was mich mehr beeindruckt hatte – der Schlag, der mich gegen die Wand gepfeffert hatte, oder die Tatsache, dass ich einen Toten vor mir hatte, dem es wider Erwarten ziemlich gut zu gehen schien. Nur eins war mir klar – dass nicht nur mein Fall vorbei war, wenn er den Abzug drückte, sondern meine ganze Lebensakte würde endgültig geschlossen werden.

»Nicht schießen«, stieß ich hervor. »Glauben Sie mir, das würden Sie bereuen!«

»Das glaube ich kaum, du elender Bastard«, knurrte Cayro. Seine Stimme war weich wie Gelatine, die Stimme eines Mannes, der keiner Fliege etwas zuleide tun konnte. Aber es schwang Verzweiflung darin mit, und die konnte auch harmlose Zeitgenossen dazu treiben, üble Dinge zu tun ... »Wie hast du mich überhaupt gefunden?«

»Ich fürchte, das würden Sie mir doch nicht glauben.«

»Ihr verdammten Fanatiker! Wann werdet ihr endlich damit aufhören, dem Kind nachzustellen?«

»Langsam, Sportsfreund«, sagte ich. »Mit diesen Kuttenträgern habe ich nichts zu schaffen. Ich bin Privatdetektiv und arbeite für eine gemeinsame Freundin von uns – Kity Miotara.«

»Kity?« Die Nennung des Namens genügte, um ihn die Waffe ein wenig senken zu lassen. Seine Hand zitterte dabei vor Aufregung.

»Ganz recht.« Mit den halb erhobenen Händen deutete ich auf die Innentasche meines Jacketts. »Dadrin finden Sie meinen Ausweis. Wenn Sie sich die Mühe machen möchten nachzusehen ...«

»Das brauche ich nicht.« Während er mich weiter bedrohte, wandte er sich an das Kind, das uns die ganze Zeit über den Rücken zugewandt hatte, als könnte nichts es in seinem Spiel stören. Erst jetzt drehte es sich um und sah mich an.

Ich erstarrte innerlich.

Auf den ersten Blick mochte dieses Kind sich kaum von anderen unterscheiden – es war an die drei Jahre alt und hatte einen blauen Matrosenanzug an, wie viele Kinder in seinem Alter, mit eckigem Kragen und dazu passender Mütze. Das Gesicht war blass und fein geschnitten, aber ebenfalls nicht weiter ungewöhnlich, anders als die Augen. Sie waren schmal und dunkel, beinahe schwarz, und ihr Blick schien durch alles hindurchzugehen, was ich mir im Lauf der Jahre zugelegt habe, um im Narrenhaus des Lebens nicht den Verstand zu verlieren, durch jeden Schutz und jeden Panzer, durch jede an den Tag gelegte Gleichgültigkeit und jeden leichtfertigen Zynismus geradewegs auf den Grund meines Herzens.

Das Kind sah zu Cayro auf und nickte ihm zu.

»Sicher?«, fragte er.

Das Kind nickte abermals.

»Sie scheinen in Ordnung zu sein«, sagte er daraufhin und ließ die Waffe sinken.

»Hat ... er Ihnen das gesagt?«, fragte ich, auf den Dreikäsehoch deutend.

»Sie«, verbesserte Cayro. Er packte den Revolver am Lauf und gab ihn mir zurück. »Es ist ein Mädchen.«

Ich nickte und steckte die Knarre wieder ein, während ich noch immer ungläubig auf das kleine Wesen starrte. Man brauchte weder Wahrsager noch Fanatiker zu sein, um zu verstehen, dass dieses Kind anders war, und zwar auf eine Weise, die ich nicht wirklich erfassen konnte.

»Hey«, sagte ich und ging in die Hocke.

Die Kleine lächelte.

»Wie heißt du?«, fragte ich.

»Das ist ihr Geheimnis«, antwortete Cayro an ihrer Stelle. »Die ganze Zeit über hat sie noch kein einziges Wort gesagt. Auch nicht ihren Namen. Sie bedient sich einer anderen Sprache.«

Ich hatte keine Ahnung, was das bedeuten sollte, aber in diesem Moment erinnerte ich mich an das Einhorn, das ich in der Tasche hatte. Ich holte es hervor und hielt es ihr hin.

»Ich glaube, das gehört dir.«

Sie sah zuerst das Spielzeug und dann mich an, und wieder lächelte sie. Dann schnappte sie das Einhorn aus meiner Hand und widmete sich wieder ihrem Spiel. Ich erhob mich.

»Kity hat Sie also beauftragt, nach mir zu suchen?«, erkundigte sich Cayro.

»Nach dem Kind«, verbesserte ich. »Was Sie betrifft ... offen gestanden gelten Sie als ziemlich tot.«

Er nickte, strich nervös das grau melierte Haar zurück, das in Unordnung war, wie überhaupt seine ganze Erscheinung ein recht desolates Bild bot, von den verdreckten Schuhen und zerknitterten Hosen über die zerschlissene Flanellweste bis hinauf zum schmutzigen Hemdkragen. Um das rechte Knie hatte er einen behelfsmäßigen Verband geschlungen, der Fetzen war dunkelrot.

»Tot«, flüsterte er wie ein Echo. »Das sind diese verdammten Sektierer gewesen ...«

»Was genau ist passiert?«, wollte ich wissen. Cayro sah mich an, als überlegte er, ob ich würdig sei, die ganze Geschichte zu erfahren. »Ich weiß nicht, ob sie es Ihnen erzählt hat, aber Kity ist eine leidenschaftliche Sammlerin alter Kunstwerke«, begann er dann. »Wer sie auf der Bühne sieht, würde das nicht unbedingt vermuten, aber sie ist überaus interessiert an der Erforschung der Vergangenheit. Ihr Haus in Wynaria ist voll alter Artefakte.«

»Ich weiß«, log ich – dabei fragte ich mich in diesem Moment, ob wir beide von derselben Frau sprachen.

»Als ihr Manager war ich gelegentlich auch damit befasst, Kunstauktionen zu besuchen und in ihrem Namen Gebote abzugeben – hätte sie es selbst getan, hätte die Presse das alles zu einer Farce gemacht, Sie verstehen. Vor etwa zwei Wochen erhielt Kity Kenntnis von einem sehr alten Artefakt, das auf den Markt gekommen war, einem Fetisch mit einer Darstellung des *Pelantin'y'serentir*, des Sternenkindes aus den alten elfischen Mythen ...«

»Nur dass es gar kein Fetisch war.«

»Das wussten wir zu diesem Zeitpunkt noch nicht. Ich holte Erkundigungen bei den üblichen Quellen ein und erfuhr, dass es noch weitere interessierte Parteien gab. Das war nicht weiter ungewöhnlich, in Tirgaslan existiert eine sehr lebendige Szene für den An- und Verkauf antiker Stücke.«

»Und alles ganz legal, möchte ich wetten.«

»Das wenigste davon.« Cayro lächelte verschämt. »Aber da es auch unter den Syndikatsbossen den einen oder anderen Sammler gibt, sehen die Behörden geflissentlich weg, das macht die Sache vergleichsweise ungefährlich.«

»Nur nicht für Sie«, wandte ich ein.

»Nur zu wahr.« Er nickte und wurde nachdenklich. Auch sah es so aus, als würde ihn plötzlich Müdigkeit befallen, denn er ließ sich seufzend auf die Bettkante nieder. »Ich wollte mich rehabilitieren, wissen Sie. Es hatte eine Zeit gegeben, da Kity und ich mehr waren als nur ... Sie wissen schon. Und indem ich ihr den *Pelantin'y'serentir* besorgte, wollte ich ihr beweisen, wozu ich fähig bin.« Er lachte gequält auf und sah mich an. »Wahrscheinlich denken Sie jetzt, dass ich ein Narr bin, und ich kann es Ihnen nicht verübeln. Aber wenn Sie Kity so gut kennen würden wie ich, dann wüssten Sie, dass es fast unmöglich ist, ihr einen Wunsch abzuschlagen.«

»Ich weiß genau, was Sie meinen«, versicherte ich. Alles Weitere behielt ich für mich.

»Ich ging den Spuren nach, die ich hatte, traf mich mit Kontaktleuten und bezahlte Schmiergeld, wie es üblich ist. Aber dann verdichteten sich die Hinweise, dass etwas nicht stimmte. Und irgendwann wurde mir klar, dass es kein Fetisch war, hinter dem wir alle her waren, kein lebloses Artefakt, sondern ein Wesen aus Fleisch und Blut. Niemand wusste, woher es gekommen war, aber plötzlich war es da, wie in den alten Sagen vorausgesagt ...«

»Wie hat Kity darauf reagiert?«

»Um sie nicht zu beunruhigen, habe ich ihr nichts davon gesagt. Zumal die Gegenseite keinen Geringeren als Jokus Hammerfall eingeschaltet hatte.«

»Die Gegenseite? Sprechen wir von Gräfin da Syola?«

»Sie kennen die Dame?«

»Ich hatte das Vergnügen.« Ich nickte.

»Die ›Gräfin‹, wie sie in eingeweihten Kreisen nur genannt wird, ist nicht nur eine passionierte Sammlerin, sondern verfügt auch über großen Einfluss und nahezu unbegrenzte finanzielle Mittel.«

»Und sonst?«, fragte ich.

»Wovon sprechen Sie?«

»Hat sie Ihrer Ansicht nach mit den Sektierern zu tun?«

»Ich glaube nicht.« Cayro schüttelte den Kopf. »Ich denke, sie versuchte ebenso erbittert, an Hinweise über den Verbleib des Sternenkindes zu gelangen, wie ich, aber in diesem Fall war ich ihr einen Schritt voraus. Dass es einen geheimen Kult gibt, der sich an einem verborgenen Ort in den Katakomben der alten Stadt versammelt, war in Fachkreisen schon länger vermutet worden, aber an jenem Abend wurde mir gegenüber angedeutet, dass sich diese Fanatiker auch für das Sternenkind interessieren – und es ihnen sogar irgendwie gelungen ist, es in ihre Gewalt zu bringen.«

»Wann ist das gewesen?«

»Vor acht Tagen. Ich weiß, ich hätte zur Polizei gehen sollen, aber ich zog es vor, auf eigene Faust Nachforschungen anzustellen, schließlich wollte ich Kity ja etwas beweisen.«

»Und Sie sind fündig geworden«, mutmaßte ich.

Er nickte wieder. »Ich bekam einen Tipp und legte mich auf die Lauer, und ich beobachtete, wie zwei vermummte Kerle über einen verborgenen Zugang in die Kanalisation hinabstiegen. Ich folgte ihnen und wurde Zeuge einer grässlichen Zeremonie. Diese Leute ... diese Unmenschen ... wollten das Sternenkind töten.«

»Aus welchem Grund?«

»Das weiß ich nicht.« Er schüttelte den Kopf. »Aber wenn es still ist, höre ich noch immer den dumpfen Gesang, mit dem sie den Dunkelelfen anriefen. Uralte Elfenmagie, Rash.«

»An so was glaube ich nicht«, knurrte ich – obwohl ich mir da nicht mehr ganz so sicher war wie noch vor ein paar Tagen.

»Ich weiß selbst nicht, was in mich gefahren ist oder woher ich den Mut dazu nahm«, fuhr Cayro fort, auf das Mädchen blickend, das am Boden saß und spielte, jetzt wieder mit Ross und Reiter. »Aber als ich dieses Kind sah, war mir klar, dass ich es retten musste. Ich stiftete Verwirrung, und in dem Durcheinander, das dadurch ausbrach, schnappte ich mir die Kleine und floh. Sie folgten uns durch die Kanäle, setzten sogar Warge auf uns an, und offen gestanden weiß ich noch immer nicht, wie wir ihnen entkommen konnten, aber unsere Flucht glückte, es grenzte an ein Wunder ...« Er sah die Kleine an und lächelte gedankenverloren. »Aus Angst vor Entdeckung tauchte ich mit dem Kind unter und flüchtete von einer schäbigen Unterkunft zur nächsten, stets in Furcht vor den Sektierern. In dieser trostlosen Bleibe sind wir nun seit drei Tagen – und ehrlich gesagt, ist mir schleierhaft, wie Sie uns finden konnten.«

»Ist kompliziert«, wich ich einer direkten Antwort aus, während ich mich in dem Zimmer umblickte. In einer Ecke lagen leeren Konservendosen, Bohnen mit Würzsoße ... besonders abwechslungsreich schien der Speiseplan nicht gewesen zu sein. »Warum haben Sie sich nicht bei Kity gemeldet? Sie hätten sowohl mir als auch ihr damit manches erspart ...«

»Und sie damit in Lebensgefahr gebracht. Diese Leute meinen es ernst, Rash. Ich wollte Kity aus der Sache heraushalten.«

»Guter Vorsatz – nur dass sie nicht gewillt war, die Sache auf sich beruhen zu lassen. Und da komme ich ins Spiel.«

»Sie hat Sie beauftragt, mich zu finden?«

»So ist es.«

»Aber jetzt denkt sie, dass ich tot bin?«

Ich nickte.

»Wie ist das möglich? Ich meine ...«

»Vor drei Tagen wurde im Westbezirk eine Leiche aus der Kanalisation gezogen«, erklärte ich. »Sie war zur Unkenntlichkeit entstellt, wegen der Krokodile ... Aber sie hatte die Nummer meines Büroanschlusses in der Tasche und Ihren Siegelring am Finger.«

Cayro griff sich an den kleinen Finger seiner linken Hand. »Der Ring war ein Geschenk von Kity ... es zerriss mir das Herz, als ich einen Taxifahrer damit bezahlen musste, aber das wenige Bargeld, das ich bei mir hatte, war schon nach kürzester Zeit verbraucht.«

Ich nickte – offenbar hatten die Sektierer den Fahrer ausfindig gemacht und ihm das Kleinod abgenommen. Aber warum sollten sie den Eindruck erwecken wollen, dass Cayro nicht mehr unter den Lebenden weilte? Und wer in aller Welt war der arme Kerl gewesen, den die Krokodile so übel zugerichtet hatten? Der Taxifahrer? Wohl kaum.

Ein Verdacht regte sich in mir. Es war nur ein Gefühl, aber konnte es bloßer Zufall sein, dass Dan Faradur in derselben Nacht spurlos verschwunden war, in der man den Leichnam gefunden hatte? War in Wirklichkeit er es gewesen, den man aus dem Kanal gefischt hatte, und hatte er deshalb noch meine Nummer in der Tasche gehabt? Hatte jemand seine Ermordung vertuschen wollen, indem er seinen Leichnam als den von jemand anders tarnte, ohne den Zettel zu bemerken?

Ich konnte nichts davon beweisen, aber mein Bauchgefühl sagte mir, dass ich der Wahrheit ein gutes Stück näher gekommen war. Fragte sich nur noch, warum der Kollege hatte sterben müssen. War er nur zur falschen Zeit am falschen Ort gewesen? Oder hatte er Dinge gesehen, die er nicht sehen sollte?

Bei all den Fragen, die mir im Kopf herumgingen, dämmerte mir erst jetzt, dass ich entlastet war. Ganz gleich, wer der Mann im Kanal gewesen war – Loryn Cayro, der Mann, den ich angeblich ermordet hatte, stand springlebendig vor mir, noch nicht einmal die Polizei von Dorglash würde etwas anderes behaupten können, wenn wir auf der Wache aufkreuzten. Es war Zeit, das Versteckspiel zu beenden, zumal wir ein wenig Hilfe von offizieller Seite gut brauchen konnten …

»Sie bleiben hier und passen auf das Kind auf«, ordnete ich an. »Ich gehe runter in die Lobby und mache ein paar Anrufe.«

»Bei wem? Wir können niemandem trauen!«

»Leutnant Keg Ingrimm von der Kriminalpolizei ist ein Freund von mir. Er war zuletzt nicht sehr gut auf mich zu sprechen, aber Ihre Aussage wird das grundlegend ändern.«

»Und Kity?«

»Sie wird sich freuen, zu erfahren, dass Sie am Leben sind – und das Kind ebenfalls. Sie war in großer Sorge.«

»Wovon sprechen Sie?« Cayros Augen verengten sich.

»Kity weiß nichts von dem Kind. Sie ging bis zuletzt davon aus, dass wir einem Artefakt nachjagen.«

»Sind Sie sicher?«

»Natürlich, warum fragen Sie?«

Ich rieb mir das kantige Kinn. Bei unserem letzten Treffen hatte Kity mir erklärt, Cayro und ihr wäre es um das Kind gegangen. Warum hatte sie das gesagt? Woher hatte sie überhaupt von dem Mädchen gewusst? Oder sagte ihr Manager mir aus irgendeinem Grund nicht die Wahrheit?

Cayro ging zu dem Mädchen, bückte sich und hob es vom Boden hoch. Die Kleine krähte vergnügt, sie schien ihn zu mögen. »Ich will, dass Sie mir eins versprechen,

Rash. Was auch immer geschieht, ich will, dass Sie sich zuerst um das Kind kümmern. Es darf nicht in die falschen Hände geraten, verstehen Sie? Es wäre sein Tod – und der Ihre vermutlich auch.«

»Wie darf ich das verstehen?« Ich sah ihn argwöhnisch an. »Warum ist die Kleine angeblich so besonders? Was verheimlichen Sie mir?«

Er starrte mich unverwandt an. Dann griff er nach der Matrosenmütze und zog sie der Kleinen mit einem Ruck vom Kopf. Helles Haar kam darunter zum Vorschein. Und Ohren, deren Enden aussahen wie frisch gespitzte Bleistifte.

Ich sog scharf die Luft ein.

Man hatte mir gesagt, dass das Kind angeblich Elfenblut in den Adern hatte, aber das traf es nicht annähernd. Dieses Kind, dieses kleine Mädchen *war* eine Elfin!

Und zwar vermutlich die letzte in ganz Erdwelt ...

»Verstehen Sie jetzt?«, fragte Cayro. Er küsste das Mädchen auf den Scheitel, setzte ihm die Mütze wieder auf und ließ es am Boden weiterspielen.

»Wie ist das möglich?«, fragte ich fassungslos. »Die letzten Schmalaugen haben die Welt vor einem Jahrtausend verlassen, es gibt keine mehr ...«

»Dieses Mädchen«, erklärte Cayro mit bebender Stimme, und irgendwie war es, als ob nicht er selbst in diesem Augenblick spräche, »kommt von weit her, aus dem tiefen Süden von Ansun. Über Jahrhunderte wurde das Geheimnis seiner Existenz bewahrt, denn es verfügt über große Macht. Die Kultisten wollen es vernichten und dadurch die Macht des Dunkelelfen entfesseln, den sie verehren.«

»Wer sind diese Leute?«, wollte ich wissen.

»Sie haben keinen Namen und kein Gesicht. Sie leben

unerkannt unter uns und gehen gewöhnlichen Berufen nach. Doch wann immer ihre Hohepriesterin sie ruft, sind sie zur Stelle.«

»Eine Frau?«, fragte ich.

»Die Anführerin des Kults ist bislang stets unentdeckt geblieben und wurde niemals gefasst, obschon viel Blut an ihren Händen klebt. Seit meinem Besuch in ihrem Tempel hege ich deshalb einen Verdacht, Dyn Rash. Ich denke, sie ist …«

In diesem Moment klirrte es.

Ein faustgroßer Gegenstand flog durch das Fenster und polterte auf den Boden. Zuerst dachte ich an einen Stein, aber dann erkannte ich, was es tatsächlich war.

»Granate!«, brüllte ich.

Dann ging alles blitzschnell.

Alte Reflexe sprachen an, und ich warf mich in Deckung. Dabei packte ich das Kind und riss es mit mir, drehte mich, sodass ich es mit meinem Körper schützte.

Dann detonierte das verdammte Ding auch schon – und mir war klar, dass das das Ende war.

Die Explosion war heftig, der Lärm so gewaltig, dass ich nichts mehr hörte außer einem schrillen Pfeifen. Ich sah den Feuerball und spürte die Hitze – doch der Hagel aus tödlichen Splittern, der in meinen Rücken fuhr und mich durchlöcherte, blieb aus. Stattdessen sah ich in das Gesicht der kleinen Elfin, die ich im Arm hielt.

Sie lächelte.

»Was in aller Welt …?«

Ich warf mich herum. Das Zimmer glich einem Schlachtfeld. Loryn Cayros blutiger, von Splittern zerfetzter Leichnam lag auf dem Bett, wohin die Druckwelle ihn geschleudert hatte – aber warum hatten wir nichts davon abbekommen?

Verblüfft stellte ich fest, dass die Seite des Zimmers, auf der das Mädchen und ich am Boden gelegen hatten, nahezu unversehrt war. Die Tapete an den Wänden war rußgeschwärzt, der Teppich an den Rändern angekokelt, aber nicht mehr. Die andere Hälfte hingegen war schwarz verbrannt. Rauch lag in der Luft, und kleine Brände schwelten, und es fehlte der größte Teil der Wand, in der sich zuvor das Fenster befunden hatte, nur noch die gusseiserne Heizung war übrig.

Geradeso, als hätte sich die Zerstörungskraft der Granate nur nach einer Seite hin gerichtet ...

In all den Jahren im Krieg hatte ich so etwas nicht erlebt, und etwas sagte mir, dass es auch heute nicht nur einfach ein glücklicher Zufall gewesen war.

Es hatte etwas mit dem Mädchen zu tun ...

Trotz des Pfeifens in meinen Ohren hörte ich Stimmengewirr von unten, und es polterte im Treppenhaus. Wer auch immer die Kerle waren, die uns die kleine Aufmerksamkeit geschickt hatten, sie waren auf dem Weg hierherauf, um es zu Ende zu bringen!

Ich raffte mich auf und kam schwankend auf die Beine. Benommen lud ich mir die Kleine auf die Arme, während die Schritte im Treppenhaus näher kamen. Ich überlegte, die Knarre zu zücken und mir den Weg freizuschießen, aber ich hatte keine Ahnung, mit wie vielen Ballermännern ich es zu tun bekommen würde. Also blieb nur ein Weg ...

Mit dem Mädchen auf dem Arm torkelte ich zu der Öffnung in der Wand und warf einen Blick hinaus. Man konnte das nahe Seeufer sehen und ein paar Ruderboote, die dort umgedreht im Kies lagen. Aber glücklicherweise niemanden, der Wache hielt.

Es mochten sieben oder acht Meter bis ganz nach unten

sein – einen einzigen Sprung hätten auch meine robusten *kurdully*-Knochen nicht mitgemacht. Aber auf halber Strecke gab es einen der baufälligen Balkone. Mit etwas Glück ...

Mir blieb keine Zeit, um lange darüber nachzudenken – ich presste die Kleine an mich und sprang. Meine Landung ließ an Eleganz zu wünschen übrig, ich krachte wie ein Stein auf den Balkon und stieß meine Ellbogen an dem verdammten Geländer an. Noch ehe wir richtig angekommen waren, flankte ich schon darüber hinweg und nahm den Rest der Strecke – und im nächsten Moment waren wir unten. Ich widerstand der Versuchung, sofort zum Ufer zu laufen, flüchtete mich stattdessen unter den Überstand des Balkons und presste mich eng an die Hauswand, während ich über mir die rauen Stimmen der Attentäter hörte ...

»Den Mistkerl hat's erwischt.«

»Und das Kind? Wenn ihm nun etwas zugestoßen ist ...«

»Das Mädchen kann man nicht einfach töten, hast du das immer noch nicht kapiert?«

Ich betrachtete die Kleine auf meinem Arm. Ich hatte mich vor das Kind geworfen, um sein Leben zu retten – aber irgendwie sah es nun mehr danach aus, als hätte dieses Mädchen *mir* das Leben gerettet ...

»Danke, Süße«, sagte ich, während in der Ferne bereits die Sirenen der Feuerwehr zu hören waren. Vermutlich war die Rauchwolke bis hinüber nach Dorglash zu sehen.

Die Schießmänner verfielen daraufhin in aufgeregtes Geschrei. Wer, zum Henker, waren diese Kerle? Wer hatte sie geschickt? Waren es die Fanatiker? Oder arbeiteten sie für die Gräfin? Hatte sie mich nur dazu benutzt, ihre Leute zu dem Kind zu führen? Was in aller Welt hatte Cayro mir zu sagen versucht, kurz bevor die Granate ihn erwischt hatte? Meinen Plan, das Mädchen zur Polizei zu bringen, hatte ich bereits wieder verworfen. Erstens war zusammen mit Loryn Cayro auch meine Entlastung gestorben. Und zweitens hatte mir der Anschlag unmissverständlich klargemacht, dass ich weiter auf der Hut sein musste und niemandem trauen durfte.

Als die Sirenen lauter wurden, suchten die *krodokor'hai* das Weite. Man hörte ihre Schritte durch das Haus poltern, dann wurde auf der anderen Seite des Hotels ein Motor angelassen, und ein Wagen fuhr mit quietschenden Reifen davon. Ich eilte zum Eck des Hauses, erheischte noch einen Blick auf einen schwarzen Lieferwagen und prägte mir die Nummer ein.

Vermutlich war er gestohlen, bezahlte Mörder pflegten nicht in ordentlich registrierten Fahrzeugen zu reisen. Aber natürlich war es eine Spur, der ich nachgehen musste, es wäre nicht das erste Mal gewesen, dass sich dadurch weitere Verbindungen ergaben. Den Portier hatten die Attentäter mit ziemlicher Sicherheit kaltgemacht, und ich hatte keine Lust, mich darüber mit der Polizei zu unterhalten. Mit dem Kind auf dem Arm hastete ich zur Uferböschung, drehte einen der Nachen um und schob ihn ein kleines Stück auf die spiegelglatte Fläche des Sees hinaus.

Ich setzte die Kleine ins Heck und stieg dann selbst ein, hockte mich auf die Mittelducht und griff nach den Rudern. Ich legte mich mächtig ins Zeug und brachte den Kahn mit kräftigen Schlägen aufs Wasser. Dem Kind schien es sehr zu gefallen, wie das Boot dabei schaukelte, denn es klatschte fröhlich in die Hände, als gäbe es weit und breit keine Bedrohung und als wären wir nicht eben erst Kuruls dunkler Grube nur mit knapper Not entgangen.

»Nur keine Sorge«, murmelte ich, »wird schon alles werden.«

Aber irgendwie hatte ich das Gefühl, dass ich das nicht wegen der Kleinen sagte.

28

Am anderen Ufer hielt ich einen Lieferwagen an und schob dem Fahrer einen Zehner zu, damit er uns zurück in die Stadt brachte. In mein Büro konnte ich nach wie vor nicht, die Gefahr, dort den Bullen oder den Zwergen über den Weg zu laufen, war nach wie vor zu groß. Zumal ich mich jetzt auch noch um das Mädchen zu kümmern hatte.

Die Kleine sprach während der ganzen Fahrt kein Wort. Natürlich, sie hatte viel durchgemacht, nicht nur heute, sondern auch an den zurückliegenden Tagen. Im Krieg hatten manche meiner Kameraden infolge all der Schrecken ihre Sprache verloren, und ein paar von ihnen hatten sie bis zum heutigen Tag nicht wiedergefunden. Oder beherrschte die Kleine nur einfach nicht unsere Sprache? Cayro hatte gesagt, dass sie aus Ansun stammte, also war es vernünftig, anzunehmen, dass sie weder Nordisch noch Orkspraka konnte. Trotzdem kam es mir nicht so vor, als würde sie schweigen. Cayro hatte behauptet, dass sie sich auf andere Weise verständigte. Ich wusste nicht, was genau er damit gemeint hatte, aber wenn sie mich ansah, dann herrschte zwischen uns ein Einvernehmen, geradeso, als würden wir miteinander reden ... oder vielleicht bildete ich mir das auch nur ein. Es war eine lange Nacht gewesen, und der Tag versprach nicht weniger anstrengend zu werden. Ich hatte weder geschlafen noch etwas Anständiges gegessen, und mein letzter Sgorn lag auch schon eine ganze Weile zurück.

Shnorsh! Ich checkte in einem kleinen Hotel in Dorglash ein, nur zwei Straßen von Shinnys Bar entfernt, und rief bei ihr an. Ich erklärte ihr die Situation und dass ich in Schwierigkeiten sei, und Shinny wäre nicht Shinny, hätte sie sich nicht sofort bereit erklärt zu helfen. Sie schickte Frik vorbei, der uns mit Nahrung versorgte – *terk malash'hai* für das Mädchen, eine Flasche Rachenputzer für mich. Etwas später kam Shinny dann selbst und brachte frische Kleidung mit, in der wir beide nicht mehr aussahen wie ein angekokelter Landstreicher und ein zu kurz geratener Matrose auf Landgang. Ich duschte außerdem und rasierte mich, während Shinny sich zu der Kleinen auf den Boden setzte und mit ihr spielte.

»Rash«, seufzte sie, als ich aus dem Bad kam und wieder halbwegs brauchbar aussah. »Wo bist du da nur reingeraten?«

»Frag lieber nicht.« Ich trat an den Tisch und schenkte mir ein Glas ein.

»Was willst du als Nächstes tun?«

»Die Attentäter finden«, eröffnete ich, während ich stöhnend in den abgewetzten Sessel sank. »Es sind dieselben Typen, die hinter dem Kind her sind.«

Sie bedachte das Mädchen, das neben ihr auf dem Boden saß, mit einem fragenden Blick. »Wie heißt die Kleine überhaupt? Ich habe sie nach ihrem Namen gefragt, aber ...«

»Sie hat keinen«, erwiderte ich zwischen zwei Schlucken.

»Was soll das heißen?«

Ich zuckte nur mit den Schultern.

»Corwyn Rash, du bist ein guter Kerl, aber manchmal auch ein grober Klotz«, musste ich mir anhören. »Jeder Mensch hat einen Namen!«

»Sie ist kein Mensch.«

»Trotzdem«, beharrte Shinny, während sie der Kleinen sanft über das blonde Haar strich und überlegte. »Ich hatte eine kleine Schwester, sie hieß Shae«, sagte sie dann. »Ich fand immer, dass das ein schöner Name ist. Würdest du gerne so heißen?«

»Gib dir keine Mühe«, knurrte ich. »Die Kleine spricht nicht viel, sie ...«

»Shae«, wiederholte das Kind in diesem Augenblick.

Ich kam mir wie ein Trottel vor.

»Schön, dann also Shae.« Shinny nickte, und beide lächelten einander an.

»Du kannst gut mit Kindern«, stellte ich fest.

Shinny zuckte mit den Schultern. »Wer weiß, wenn der verdammte Krieg nicht gewesen wäre ...«

»Könntest du ein paar Stunden auf sie aufpassen?«

Vom Boden aus schickte Shinny mir einen Blick, der gleichermaßen verwirrt war wie genervt. »Das wird jetzt kein Gespräch über verpasste Chancen?«

»Ich fürchte nicht.«

»*Korr*, dann eben nicht.« Sie schnaubte, wie es ein Kerl gemacht hätte, der einen Tiefschlag wegstecken musste. Ich habe wirklich kein Talent für diese Dinge.

»Shinny, ich ...«

»Geh nur«, sagte sie, »ich passe so lange auf Shae auf. Vorausgesetzt natürlich, sie will bei mir bleiben.«

Das Mädchen lächelte und zeigte damit einmal mehr, dass es unsere Sprache sehr wohl verstand.

»Dann wäre das geklärt.« Shinny lächelte.

»Danke, Shinny!«

»Schon gut. Was willst du jetzt tun?«

»Ich muss zu Kity Miotara und ihr einige Fragen stellen, da ist zu viel, das nicht zusammenpasst. Und ich muss herausfinden, wer die Kerle waren, die uns die Handgranate angedreht und Loryn Cayro auf dem Gewissen haben. Ich habe mir das Kennzeichen des Fluchtwagens notiert, wir werden sehen, ob mich das weiterbringt.«

»Denkst du, es sind diese Sektierer gewesen?«

»Davon gehe ich aus. Aber solange ich nicht weiß, wer hinter diesen Leuten steht und wer ihre geheimnisvolle Anführerin ist ...«

In diesem Moment klopfte es an die Zimmertür.

Shinny und ich verständigten uns mit einem Blick. Wortlos stand sie auf, nahm die Kleine an der Hand und führte sie ins Badezimmer, während ich nach dem Revolver griff und den Spannhahn zurückzog. Mit der Waffe in der Hand bezog ich neben der Tür Stellung – ich hatte keine Lust, durch das Blatt hindurch erschossen zu werden.

»Wer ist da?«, wollte ich wissen.

»Frik«, gab eine vertraute Stimme zurück.

»Was gibt es?« Es war nicht vorgesehen gewesen, dass er uns noch einmal besuchen kam, deshalb hatten wir kein Klopfsignal vereinbart.

»In der Bar ist ein Paket für dich abgegeben worden. Mit Eilkurier geliefert.«

Ich stieß eine Verwünschung aus – was hatte das nun wieder zu bedeuten? Ich zog den Riegel zurück und öffnete die Tür einen Spaltbreit. Als ich draußen auf dem Gang tatsächlich nichts sah als einen grünen Oger mit einem Paket unter dem Arm, löste ich die Türkette und ließ ihn herein, um dann gleich wieder sorgfältig abzuschließen.

»Tut mir leid, ich wollte euch nicht erschrecken«,

brummte Frik und stellte das Paket auf den Tisch. »Ich dachte nur, das hier könnte vielleicht wichtig sein.«

»Was ist es?«, fragte Shinny aus dem Bad.

»Bleibt, wo ihr seid«, wies ich sie an, während ich mich dem Paket argwöhnisch näherte. »Mir ist heute schon einmal eine Bombe um die Ohren geflogen. Möchte ich nicht noch mal erleben.«

Als Frik hörte, was sich womöglich in dem Paket befand, das er zwei Häuserblöcke weit getragen hatte, wechselte seine Gesichtsfarbe von Grün auf Grau, und er wich hastig zurück.

Ich sah mir das Paket aus der Nähe an.

Es war an Shinnys Bar adressiert, aber mein Name stand drauf. Wer immer es geschickt hatte, wusste also, dass ich öfter dort verkehrte.

Vorsichtig nahm ich es in die Hand. Es war schwerer, als ich vermutet hatte, worüber ich erleichtert war. Ein Sprengsatz wiegt nicht viel, jedenfalls sehr viel weniger als dieses Ding.

»Rash«, sagte Frik in diesem Augenblick und deutete auf den Boden. Auf den dunkelroten Fleck, der sich auf den Dielen gebildet hatte. Das Zeug tropfte geradewegs aus dem Karton, dessen eine Ecke sich bereits verfärbt hatte.

»Verdammt!«, sagte ich und stellte das Paket reflexhaft auf den Tisch zurück. Ich merkte, wie sich etwas in mir verkrampfte.

»Bleib mit der Kleinen im Bad«, schärfte ich Shinny ein. »Kommt ja nicht raus, verstanden?«

»Wieso?«, wollte Shinny wissen. »Was ist los?«

Ich erwiderte nichts darauf, sondern riss die Oberseite des Kartons auf und klappte die Deckel aus. Der Gestank, der mir entgegenschlug, war abscheulich. Der Anblick war es noch viel mehr.

Es war ein Kopf.

Seinen Körper hatte er irgendwo zurückgelassen, und nicht freiwillig, wie das grotesk verzerrte Antlitz bewies. Es war ein grobes Gesicht, wie aus einem Felsen gehauen, mit breiten Wangenknochen und flacher Nase – und nur einem einzelnen Auge, dass mich leer und tot anstarrte.

Es war ein Zyklop und nicht irgendeiner. Sondern der, der auf den putzigen Namen Niki gehört hatte.

Kity Miotaras Leibwächter.

»*Shnorsh!*«, knurrte ich.

Mein Magen wollte sich umdrehen. Und nicht nur wegen des grausigen Anblicks oder des erbärmlichen Gestanks. Sondern weil mir klar wurde, dass mir dieser makabre Gruß etwas sagen sollte – und dass Kity in Lebensgefahr schwebte.

Mein Gesicht wurde heiß, mein Herzschlag hämmerte bis zum Hals, mein Verstand funkte Notsignale.

Da fiel mir auf, dass das abgetrennte Haupt etwas im Mund hatte, offenbar ein Stück Papier.

Ich überwand mich und griff in den Karton, zog den Zettel zwischen den Zähnen hervor. Ich ignorierte das Blut darauf und entfaltete ihn, legte ihn vor mir auf den Tisch.

Es war eine Botschaft.

Jemand hatte sich viel Mühe gemacht und sie aus Zeitungsrunen ausgeschnitten, die neu kombiniert und zusammengeklebt worden waren.

Die Nachricht stammte von den Sektierern.

Und sie war ebenso klar wie niederschmetternd.

»Was ist es?«, fragte Shinny. Mit der Kleinen im Arm stand sie in der nun offenen Tür zum Badezimmer.

»Sie haben Kity«, verkündete ich tonlos. »Wenn ich ihnen das Kind nicht übergebe, werden sie sie töten.«

Wie eine Mutter, die ihr Kind beschützen will, schlang

Shinny reflexhaft die Arme um das Mädchen. »Wann und wo?«, wollte sie wissen.

»Um Mitternacht.« Ich sah sie an. »Im städtischen Zoo.«

»Scheiße«, sagte Shinny leise.

»Was wirst du tun?«, fragte Frik.

Ich schnaubte und rieb mir übers Kinn. Mir war nach einem Donk, aber ich wusste auch, dass selbst eine ganze Flasche mir nicht weitergeholfen hätte. Die Sache war aus dem Ruder gelaufen. Ich saß auf dem Rücksitz eines Wagens, der mit hundert Sachen auf eine Wand zufuhr …

»Sie dürfen Shea nicht bekommen«, flüsterte Shinny.

Ich schüttelte den Kopf – natürlich nicht. Aber wenn ich an die Konsequenzen dachte und an das, was diese verdammten Fanatiker Kity antun würden, brachte mich das fast um den Verstand. Und gleichzeitig tauchten Bilder in meinem Kopf auf. Bilder einer anderen jungen Frau, die ich mehr geliebt hatte als mein eigenes Leben – und die ich doch nicht hatte retten können …

Ein hässliches Gefühl überkam mich, dieselbe Machtlosigkeit, die ich auch damals verspürt hatte. Ich ballte die Hände zu Fäusten und rammte sie so hart auf den Tisch, dass die Knöchel blutige Spuren auf der Nachricht der Entführer hinterließen.

Was, zum Henker, sollte ich nur tun?

Da zupfte mich etwas am Hosenbein.

Ich schaute hinab, nur um das Kind zu sehen, das mich anlächelte, während seine dunklen Augen mir etwas zu sagen schienen. Und ich wusste genau, was das war …

»Ich kann das nicht tun, Kleine«, sagte ich leise. »Ich kann dich dieser Gefahr nicht aussetzen. Auch Kity würde das nicht wollen.«

Die Kleine verzog das Gesicht. Ihr gefiel nicht, was sie

ausdrückte, aber es war nicht kindlicher Trotz, der aus ihren Blicken sprach, sondern eine Weisheit weit jenseits ihrer Jahre. Ich erinnerte mich an das, was man über die Schmalaugen erzählte, dass sie praktisch unsterblich gewesen waren, alte Geister in jungen Körpern ...

»Ich kann nicht glauben, dass ich das sage«, flüsterte Shinny, »aber ich denke, Shae will, dass du dich auf den Austausch einlässt.«

»Das ist verrückt«, knurrte ich. »Ich glaube nicht an so etwas, und das weißt du.«

»Dann sag mir, dass du etwas anderes empfindest.«

Ich horchte in mich hinein. Shinny hatte recht. Sosehr sich auch alles in mir dagegen sträubte, dieses kleine Mädchen einer Gefahr auszusetzen, konnte ich doch fühlen, dass es selbst das unbedingt wollte. Sollte es wirklich gar kein kleines Kind sein, das mich aus diesen rätselhaften Augen ansah?

»Das wird kein Spaziergang, das ist dir doch klar?«, wandte ich mich an die Kleine. »Diese Fanatiker wollen dich töten. Wenn du ihnen in die Hände fällst, wird es hässlich werden. Verdammt hässlich, verstehst du?«

Das Mädchen lächelte weiter, unschuldig und ahnungslos wie ein kleines Kind. Aber seine Augen schienen alles zu wissen.

Wer immer es gesagt hatte, hatte recht gehabt.

Dieses Kind war definitiv etwas Besonderes.

»Also schön«, knurrte ich, »dann werden wir gehen.«

»Aber nicht allein«, wandte Frik ein.

»Auf keinen Fall«, stimmte Shinny zu, und ein verwegenes Lächeln huschte dabei über ihr Gesicht. »Ich finde, es ist höchste Zeit, dass wir mal wieder in den Tierpark gehen – und zwar alle zusammen. Ein Familienausflug.«

29

Das *Anfailon*, der städtische Zoo, lag am südwestlichen Ufer des Speichersees, zwischen den sanften Hügeln Wynarias und den Betonburgen von Landfall. Einhundert Morgen Land, bevölkert von Tieren aus allen Teilen Erdwelts – auch aus denen, gegen die wir noch vor nicht allzu langer Zeit Krieg geführt hatten. Hier kam alles zusammen, eine bunte Menagerie der großen weiten Welt, die man bestaunen konnte, ohne sich deren Gefahren auszusetzen.

Es war kurz vor Mitternacht.

Die Wolken waren aufgerissen und ließen gerade so viel Mondlicht hindurch, dass es sich zäh und milchig über die bereits halb entlaubten Bäume ergoss. Dazwischen hingen Nebelfetzen und sorgten dafür, dass man keine hundert Schritte weit sehen konnte. Ob das ein Vorteil oder ein Nachteil war, würde sich zeigen.

Das Eingangstor hatten wir gemieden und uns lieber durch den Maschenzaun geschnitten, der das Gelände umgab. Der Zoo war seit zwei Wochen geschlossen, der jährlichen Renovierung wegen, aber dies wäre ohnehin nicht die passende Tageszeit für einen Zoobesuch gewesen.

Danach hatten wir uns aufgeteilt, ich war jetzt mit der Kleinen allein unterwegs.

Wie eine Schlange wand sich der gepflasterte, im fahlen

Mondschein leuchtende Weg durch den von Bäumen bestandenen Park, vorbei an den Gehegen mit Wildpferden aus der arunischen Steppe und den Käfigen mit Mantikoren aus den tiefsten Dschungeln von Ansun; den Terrarien mit riesigen *knum'hai* aus der Modermark und den Wasserbecken mit pfeilschnellen Jägern aus den Tiefen der See. Viele der Tiere mochten zu nächtlicher Stunde schlafen, andere waren wach und auf der Jagd. Ihr Knurren und ihr Geschrei hingen wie eine Drohung zwischen den von Mondlicht beschienenen Bäumen, während ich mit dem Kind an der Hand den schmalen Weg hinaufging.

Ich fühlte mich beschissen, und das gleich aus mehreren Gründen. Erstens hatte ich noch immer kein gutes Gefühl dabei, ein kleines Mädchen als Köder zu benutzen, auch wenn es bei Licht betrachtet vielleicht gar kein kleines Mädchen war. Zweitens hasste ich es, mich in eine Situation wie diese zu begeben, wo ich dem Feind letztendlich ausgeliefert war und nur reagieren konnte, statt die Regeln selbst zu bestimmen.

Und drittens ging es hier ja auch um Kitys Leben. Würde ich sie retten können?

Den halben Tag lang hatte ich darüber nachgedacht, ob es nicht besser wäre, Keg zu verständigen. Sollten die Pollocks mit mir doch machen, was sie wollten, wenn nur meiner Klientin nichts zustieß, die mir vertraute und sich auf mich verließ ... Aber dafür, dass die Bullen sie heil hier rausbrachten, gab es keine Garantie, und somit konnte es sogar ihr Todesurteil sein, wenn ich mich freiwillig ans Messer lieferte. Also hatte ich mich letzten Endes für einen anderen Plan entschieden. Auch wenn wir mit verdammt hohem Einsatz spielten ...

Die winzige Hand, die ich hielt, während wir den kurvigen Pfad hinaufgingen, war eiskalt. Immer wieder blickte die Kleine an mir empor, und wann immer sie das tat, durchrieselte mich ein Schauer. Was hatte das Kind nur an sich, das einen zynischen alten Bastard so berührte, dass er sein Leben dafür gegeben hätte?

Wir hatten erst die Hälfte des Anstiegs hinter uns gelassen, als die Hügelkuppe in ein grelles Licht getaucht wurde – Fahrzeuge, die sich von der anderen Seite näherten und deren Scheinwerfer den Nebel leuchten ließen.

Davor erschienen vier Personen im Gegenlicht.

Drei von ihnen trugen die Kutten der *Taithani*, mit konturlosen Säcken über den Gesichtern.

Die vierte Person war Kity.

Ich erkannte sie an ihrer Silhouette, und mein Pulsschlag beschleunigte sich, als ich sie sah. Sie ging leicht gebückt, mit auf dem Rücken gefesselten Händen. Ihr Haar war in Unordnung und ihr Mantel zerschlissen, die Mistkerle hatten sie misshandelt. Aber sie war am Leben, und nur das zählte im Augenblick, nur darauf kam es an.

Ich drückte die kleine Hand in meiner, und das Mädchen erwiderte den Druck. Es schien genau zu wissen, worauf es ankam und welcher Gefahr wir uns aussetzen würden. Ich konnte nur hoffen, dass Shinny auf Zack sein würde.

Und Frik ...

Um zu verdeutlichen, dass ich keine Waffe bei mir trug, hob ich die Hände und öffnete den Mantel wie ein Exhibitionist.

»Gut so«, scholl es uns höhnisch entgegen. »Kommt näher. Aber ganz langsam.«

Wir taten ihnen den Gefallen. Das Mädchen ging neben mir her, ruhig und gefasst – ich habe gestandene Kerle bei weitaus geringerer Gefahr in Panik ausbrechen sehen.

»Das genügt«, sagte der Anführer der Vermummten, als wir uns bis auf zehn Schritte genähert hatten. Seine Stimme war ungewöhnlich hell für einen Mann und hatte einen seltsamen Akzent, aber vielleicht lag es auch an dem Stoff vor seinem Gesicht.

»Hallo, Kity!«, sagte ich.

»Dyn Rash.« Ihre Stimme war die eines Schattens. Sie sah fürchterlich aus. Blutergüsse prangten in ihrem einstmals makellos grünen Gesicht, Blut rann ihr aus dem Mundwinkel.

»Ihr Mistkerle«, knurrte ich. »Was habt ihr mit ihr gemacht?«

»Darüber würde ich mir an Ihrer Stelle keine Gedanken mehr machen, Rash«, kam es hämisch unter der Kapuze hervor. »Schon in wenigen Augenblicken haben wir das alles hinter uns gelassen, und Sie können sie wieder in Ihre Arme schließen. Alles, was ich will, ist das Kind.«

Zum ungezählten Mal blickte ich zu der Kleinen hinab, und sie sah mit derselben unverzagten Miene zu mir empor wie all die anderen Male. Ich kam mir vor wie ein erbärmlicher Schuft.

»Aber zuvor«, schränkte der Vermummte ein, »muss ich natürlich noch wissen, ob es sich bei ihr tatsächlich um den *pelantin'y'serentir* handelt.«

Ich hob die Brauen. »Soll ich ihr die Mütze abnehmen?«

»Offen gestanden schwebte mir eine etwas effizientere Methode vor«, eröffnete der andere – und noch ehe ich reagieren konnte, nickte er einem seiner Begleiter zu, der einen Revolver unter seiner Kutte hervorzog und ohne Zögern auf das Mädchen feuerte.

»Nein!«, brüllte ich, als es laut krachte und das Mündungsfeuer aufblitzte.

Doch das Kind blieb völlig unversehrt, während die Kugel als heulender Querschläfer irgendwo zwischen den angrenzenden Bäumen verschwand.

Ein besonderes Kind ...
»Verdammter Scheißkerl, haben Sie den Verstand verloren?«, herrschte ich den Anführer der Vermummten an.
»Wenigstens weiß ich nun, woran ich bin«, entgegnete er kaltschnäuzig und wandte sich dem Mädchen zu. »Willkommen zurück, Sternenkind!«
Ich konnte nun die Furcht des Elfenkindes beinahe körperlich spüren. Trotzdem wich es nicht zurück, sondern blieb stehen.
»Was führen Sie im Schilde, Mistkerl?«, wollte ich wissen. »Was haben Sie und Ihre Bande von Verrückten geplant?«
»Nicht mehr und nicht weniger als den Beginn eines neuen Zeitalters – einer Ära, in der das, was Sie und Ihresgleichen als Zivilisation bezeichnen, untergehen und eine neue, bessere Zeit anbrechen wird.«
»Ja, klar.« Ich spuckte aus. »Träumen Sie weiter.«
»Sie glauben mir nicht? Haben Sie nicht soeben mit eigenen Augen gesehen, was für außergewöhnliche Kräfte diesem Kind innewohnen? Sie ist nicht nur irgendein Elfenbalg, das die Zeit überdauert hat, Rash – das Blut mächtiger Zauberer fließt in ihr. Genug, um es auf andere zu übertragen und eine neue Ära der Magie einzuläuten, die den Feinden des Fortschritts Tod und Verderben bringen wird.«
»Den Feinden des Fortschritts«, echote ich kopfschüttelnd. »Hören Sie sich eigentlich selbst zu, wenn Sie reden?«
»Spotten Sie ruhig. Trotzdem wird sich Ihre Welt schon bald in Auflösung befinden – das Zeitalter des Dunkelelfen hingegen erlebt noch in dieser Nacht seinen Anfang.«
»Und die Kleine soll dafür sterben«, ergänzte ich.
»Um eine Weisheit Ihres Volkes zu bemühen – man

kann kein *sgarkan-bhull* braten, ohne dabei *bhull'hai* zu zerschlagen, richtig? Und jetzt, Rash«, fügte er hinzu und streckte die behandschuhte Rechte verlangend nach dem Sternenkind aus, »geben Sie mir die Kleine endlich.«

»Nur wenn ich zugleich Kity bekomme«, erwiderte ich. »Zug um Zug.«

Der andere gab etwas wie ein Lachen von sich, dumpf und drohend drang es unter seiner Maske hervor. »Nicht Sie bestimmen hier die Regeln«, stellte er klar, »sondern ich.«

Als wäre dies das Stichwort, hielt auch der andere Vermummte plötzlich eine Waffe in der Hand, eine kurzläufige Gunna, zwergische Bauart, die hässliche Sorte.

»Ich werde Ihnen erklären, wie der Austausch vonstattengeht, Rash: Zuerst bekommen wir das Kind. Wir werden es in unsere Obhut nehmen und uns langsam zurückziehen. Dyna Miotara werden wir hier zurücklassen – und sobald wir es Ihnen gestatten, dürfen Sie sich gerne ihrer annehmen.«

Ich schnaubte – das hatten sich die Mistkerle fein ausgedacht. Ich starrte dorthin, wo ich unter der Schwärze der Maske die Augen des Mannes vermutete.

»Einverstanden«, knurrte ich.

Was blieb mir anderes übrig?

Ich nickte der Kleinen zu, und sie machte einen Schritt nach vorn. Dann noch einen. Und kaum hatte sie sich zwei Schritte von mir entfernt, nahm der Plan bereits seinen Lauf...

Man konnte nur ein leises Geräusch wahrnehmen, einen heiseren Hauch. Etwas zuckte durch die klamme Luft – und fast im selben Moment brach der Kerl mit der Maschinenpistole leblos zusammen. Sein Kumpan auf der anderen Seite kam immerhin noch dazu, seinen Revolver hochzu-

reißen, doch nur einen Lidschlag später prangte auch in seiner verhüllten Stirn ein hässliches Loch.
Er sackte dort, wo er stand, zusammen.
Shinny hatte nichts verlernt. Inzwischen war ich schon losgesprintet, an der Kleinen vorbei und auf den Anführer der Sektierer zu, um ihn mir zu schnappen und ihm die verdammte Maske von der verbrecherischen Visage zu reißen – doch es kam mal wieder anders.
Wenn der Mistkerl überrascht gewesen war, dann hatte er sich rasch wieder gefangen. Jetzt hielt er bereits eine Garka in der Hand und zielte damit nicht auf mich, sondern auf Kity – und drückte auch schon ab.
Ich hörte meinen eigenen Entsetzensschrei, während ich sah, wie Kity zusammenzuckte. Ich war bei ihr, noch ehe mein schmerzerfüllter Schrei im Nebel verhallte, fing ihre niedersinkende Gestalt mit meinen Armen auf.
»Dyn Rash«, flüsterte sie, während sie mich mit fliehenden Augen ansah – warum, bei Kuruls Flamme, nannte sie mich eigentlich so? Hatte sie vergessen, was gewesen war?
»Kity ...«
Ich sah das Loch in ihrem Leib, das Blut, das aus ihrem Brustkorb pulsierte und ihr Kleid und ihren Mantel durchtränkte. Es war die Art Wunde, gegen die es kein Mittel gab, Kity befand sich auf der Straße ohne Wiederkehr. Alles, was ich tun konnte, war, sie im Arm zu halten, während das Leben mit jedem ihrer Atemzüge ein bisschen mehr aus ihr wich und ihre Schönheit in meinen Händen dahinwelkte.
»Ist ... alles in Ordnung?«, stieß sie hervor. »Haben Sie Loryn ... gefunden?«
Sie schien sich nicht zu erinnern, weder an das, was inzwischen geschehen war, noch an das mit uns. Der Blick,

mit dem sie mich ansah, war seltsam distanziert, nicht unähnlich dem, mit dem sie mich am Tag unserer ersten Begegnung bedacht hatte, als sie an jenem Abend Hilfe suchend in mein Büro gekommen war. Ich schrieb es dem Schock zu, dem Schmerz, dem Blutverlust, dem was auch immer ...

Die hässliche Wahrheit dämmerte mir erst, als der Anführer der Sektierer leise lachte.

Ich schaute auf, sah in den kurzen Lauf der Pistole, die er mir unter die Nase hielt, während er sich mit der anderen die Kapuze vom Kopf zog.

Ich traute meinen Augen nicht, als ich in das Gesicht von Kity Miotara blickte.

30

Sie war schön.

So makellos und verführerisch, wie ich sie in Erinnerung hatte – und so lebendig, dass es mir in diesem Moment eisige Schauer über den Rücken jagte. In ihrer schwarzen Kutte stand sie vor mir und sah mit ihren smaragdgrünen Augen auf mich herab – jenen Augen, deren Glanz bei der Kity in meinen Armen im selben Augenblick zu verlöschen begann.

Mir wurde jäh bewusst, dass ich getäuscht worden war, und das vermutlich schon sehr lange. Die Frau, die ich noch immer hielt, war nicht die, mit der ich unbeschreibliche Dinge getan, der ich meine Loyalität versprochen und an die ich mein dunkles Herz verloren hatte. Das und nichts anderes war der Grund dafür, dass mich diese Kity nicht näher gekannt hatte und mich in diesen letzten Momenten ihres Lebens so befremdet angesehen hatte, als wären wir einander niemals nähergekommen als wie Detektiv und Klientin, damals in meinem Büro. Deshalb war diese Kity so einsam, verängstigt und verloren ...

»Machen Sie sich keine Sorgen«, versicherte ich ihr leise. »Loryn hat es geschafft, es geht ihm gut.«

Ihr Blick veränderte sich, sie schien erleichtert. Dann bäumte sich ihr gepeinigter Körper noch einmal auf.

Schmerz verzerrte die einst so anmutigen Züge, die das Publikum verzaubert und in ihren Bann geschlagen hatten. Dann erschlaffte ihre zarte Gestalt, und ihr Kopf fiel zur Seite.

»Leben Sie wohl, Dyna Miotara«, flüsterte ich, während ich ihr die Augen schloss und sie auf den Boden bettete.

Schmerz bohrte sich in meine Eingeweide wie ein glühendes Eisen, aber ich war nicht in der Lage, Trauer zu empfinden. Ich fühlte mich, als wäre ich in vollem Lauf gegen eine Wand gerannt. Alles, was blieb, war unendliche Wut.

»Seit wann?«, wollte ich wissen, während ich mich langsam erhob, schnaubend wie ein Stier.

»Wozu willst du das wissen?« Das makellose grüne Antlitz, das mir jetzt plötzlich verdorben und hässlich vorkam, zog eine Schnute. »Hat es dir etwa nicht gefallen?«

»Miststück«, knurrte ich. Mir war übel, am liebsten hätte ich mich übergeben, so oder so aber auf jeden Fall einen Doppelten nötig gehabt. Und dann fragte ich mich plötzlich, warum mein verräterisches Gegenüber überhaupt noch auf den Beinen stand. Warum schoss keiner mehr?

Die falsche Kity schien meine Gedanken zu erraten. »Wenn du dich fragst, warum ich noch am Leben bin, solltest du dich vielleicht umdrehen, das wird deine Fragen beantworten.«

Ich tat ihr den Gefallen.

Und stieß eine Verwünschung aus.

Zwei Kuttenträger bewachten das Kind.

Zwei weitere hielten Shinny in Schach. Offenbar hatten sie ihr Nest ausfindig gemacht und ausgehoben, einer der beiden Kerle trug ihr Scharfschützengewehr.

Aus dem Wald und dem Scheinwerferlicht jenseits des

Hügels strömten noch mehr Vermummte, alle mit Revolvern oder Maschinenpistolen bewaffnet, eine kleine Armee, die uns einkreiste. Ich wurde gepackt und zu Shinny gezerrt, die ihr geblümtes Kleid gegen einen Overall aus grauem Drillich getauscht hatte. Man zwang uns beide niederzuknien, während man uns die Hände hinterm Rücken fesselte.

»Tut mir leid, Sonnenschein«, knurrte ich.

»Schon gut.« Sie verzog keine Miene. »Ich hatte ohnehin überlegt, die Bar zu schließen. Zu viele übergriffige Kerle.«

Ich grinste schief.

»Warum, Rash?« Die falsche Kity stakste herbei, ihre schwarze Mähne umwehte ihr schmales Gesicht. »Warum konntest du es nicht einfach auf sich beruhen lassen? Warum mir das Kind nicht einfach übergeben?«

»Ganz einfach – weil du nicht meine Klientin bist, Miststück.«

»Nein? Dabei hast du dir alle Mühe gegeben, mich voll und ganz zu befriedigen«, höhnte sie. Den Blick, den Shinny mir von der Seite zuwarf, ignorierte ich.

»Warum das alles?«, wollte ich wissen. »Wenigstens diese Auskunft schuldest du mir.«

»Sehr einfach – weil auch die sorgfältigste Planung nicht alles voraussehen kann«, eröffnete die Doppelgängerin, als wäre es das Selbstverständlichste der Welt. »Meine Leute und ich hatten sehr lange nach dem *pelantin'y'serentir* gesucht. Wir wussten, dass das Sternenkind existierte, so wie wir wussten, dass in seinem Blut der Schlüssel zur Macht liegen würde. Als wir es endlich fanden, konnten wir nicht ahnen, dass nichtswürdige Menschen unser Vorhaben stören würden, unwissende Narren, die die alten Schriften falsch deuteten und sich auf die Jagd nach einem leblosen

Artefakt begeben hatten. Leute wie diese Idiotin da«, fügte sie hinzu, auf Kitys leblosen Körper deutend. »Und ihr weichherziger Helfer, der uns in seiner Gefühlsduselei das Kind gestohlen hat.«

»Cayro«, murmelte ich.

Die Doppelgängerin lachte auf. »Was wissen Menschen wie diese Dummköpfe schon von der Vergangenheit?«

»Vermutlich genug, um zu erkennen, dass manches davon nicht wiederkehren sollte.«

Sie lachte nur. »Dann hättest du meinen Auftrag wohl nicht annehmen dürfen, Rash – doch du bist ein überaus bereitwilliger Helfer gewesen. Nicht nur, dass du die Aufmerksamkeit sämtlicher Gegenspieler auf dich gezogen hast – dank dir konnten wir auch die Verfolgung des Kindes wieder aufnehmen und es schließlich finden.«

»Der Anschlag im Hotel, das sind deine Leute gewesen«, knurrte ich, »und ich habe sie direkt dorthin geführt ...«

»Gräme dich nicht allzu sehr, du solltest deine letzten Sekunden nicht an Frustration vergeuden«, höhnte die falsche Kity und winkte einige ihrer Leute heran. »Es war schön mit dir, Rash, deshalb werde ich es für dich und deine Freundin kurz und schmerzlos machen und euch erst an die Mantikore verfüttern, wenn wir euch eine Kugel verpasst haben. Auf diese Weise ...«

In diesem Moment wurde die Stille der Nacht von einem hässlichen Rattern zerfetzt.

Eine Maschinenpistole bellte.

Zwergenkaliber.

Und zwei der Sektierer brachen getroffen zusammen.

»Ein Angriff!«, brüllte einer der Vermummten. »Es sind Hammerfalls Leute ...!«

Mein Herz machte vor Freude einen Sprung in meiner

Brust. Auch wenn wir bei der verdammten Sache draufgingen, den Kultisten würde es nicht viel besser ergehen! Chaos brach aus.

Ich tat es Shinny gleich und warf mich bäuchlings zu Boden, während das Blei nur so über uns hinwegpfiff. Schreie erklangen, als weitere Sektierer getroffen wurden, dann erwiderten die Vermummten das Feuer. Doch mitten auf dem Weg waren sie zu ungeschützt, als dass sie dem Beschuss lange hätten trotzen können. Dem heiseren Gebrüll nach wurde einer nach dem anderen getroffen, während die Angreifer auf dem Vormarsch waren – Shinny und ich konnten nichts anderes tun, als die Köpfe unten zu behalten, während ich inständig hoffte, dass das Sternenkind dank seiner Gabe unverletzt bleiben würde.

Plötzlich war jemand über uns, der unsere Fesseln löste und uns auf den Rücken drehte.

»*Achgosh-douk*«, grüßte Frik grinsend.

»Mir gefällt deine Visage auch nicht«, versicherte ich, während ich den Rest der Fesseln von meinen Handgelenken streifte. »Aber ich bin trotzdem froh, sie zu sehen.«

Die Schießerei war so gut wie vorbei. Ringsum lagen Kuttenträger auf dem Boden verstreut, die meisten tot, ein paar verwundet. Von ihrer Anführerin allerdings fehlte jede Spur – und auch von der Kleinen. Die Doppelgängerin hatte die Verwirrung genutzt, um sich abzusetzen, und ihre fanatischen Anhänger hatten aufopferungsvoll ihren Rückzug gedeckt.

Von beiden Wegseiten eilten jene heran, denen wir unsere unverhoffte Rettung zu verdanken hatten – Zwerge mit langen Bärten und in Nadelstreifenanzügen, Maschinenpistolen in den Händen, deren Läufe noch rauchten. Und ihnen voraus schritt, stolz wie ein Feldherr nach geschlagener Schlacht, kein anderer als Jokus Hammerfall.

»Klärt ihr das«, raunte ich meinen Freunden zu und raffte mich auf die Beine.

»Hier, fang«, brummte Frik und warf mir etwas zu – es war die Karbash Spezial, die er für mich aufbewahrt hatte. Ich griff die Waffe aus der Luft, dann war ich auch schon unterwegs, der Hügelkuppe entgegen und dem Licht, das von der anderen Seite heraufdrang. Ich humpelte, weil mein rechtes Bein taub war vom Knien, aber ich biss die Zähne zusammen und lief, so schnell ich konnte, halb in der Erwartung, dass mir jeden Augenblick Kugeln um die Ohren fliegen würden.

Der Wagen auf der anderen Seite des Hügels war ein royalblauer Dwethan 5. Die Türen standen offen, niemand saß am Steuer. Offenbar hatte die falsche Kity mit ihrer Geisel einen anderen Fluchtweg eingeschlagen und versuchte, zu Fuß zu entkommen.

Plötzlich überkam mich Panik. Der verdammte Zoo war hundert Morgen groß, wie in aller Welt sollte ich hier das Mädchen finden? Im selben Moment hörte ich die Stimme. Ich hörte sie nicht wirklich, sie war in meinem Kopf, aber anders, als wenn man eine Flasche Sgorn gesoffen hatte und die Ahnen zu einem sprachen, war diese Stimme wirklich da – und sie wies mir mit ihren Worten den Weg.

Ich folgte ihr durch den nächtlichen Park, vorbei an Gehegen, aus denen schaurige Laute drangen oder im Dunkeln leuchtende Augen starrten. Von den Sümpfen der Modermark über das Nordgebirge und die eisigen Weiten der Ingaya bis hin zu den Steppen des Ostens und den Wüsten und Wäldern von Ansun reichte die Menagerie, in deren Käfigen, Gattern und Gehegen sich die Vielfalt des Lebens drängte. Ich wusste nicht, ob die Schießerei der Grund dafür gewesen war, aber eine kollektive Unruhe hatte von den Bewohnern des Parks Besitz ergriffen. Ein wildes Brüllen, Knurren, Bellen und Kreischen lag in der Luft, das sich immer noch zu steigern schien, als wollte es mir den Weg weisen.

Und schließlich entdeckte ich vor mir im Halbdunkel eine gedrungene Gestalt ...

»Stehen bleiben!«, brüllte ich heiser.

Vor dem Hintergrund eines hohen Eisenzauns hielt die Gestalt inne und wandte sich langsam zu mir um.

Es war die falsche Kity, und das Mädchen war bei ihr. Mit der einen Hand hielt sie es fest, in der anderen hatte sie etwas, das wie ein Dolch aussah. Die Klinge war gebogen, die Spitze mörderisch. Damit bedrohte sie das Kind ...

»Fallen lassen!« Die Pistole beidhändig im Anschlag, lief ich auf sie zu.

»Keinen Schritt weiter«, kreischte sie, »oder es wird Blut fließen, Rash! Dies ist ein *lafanor*, eine Klinge, wie die Anhänger des Dunkelelfen sie einst benutzten. Sie ist mit einem Fluch belegt und in der Lage, das Sternenkind zu töten!«

Ich verharrte, die Waffe im Anschlag. Noch etwa fünfzehn Schritte mochten zwischen uns sein. »Ich habe dir schon einmal gesagt, dass ich an solches Zeug nicht glaube.«

In ihren Augen blitzte es. Strahlten sie wie zwei Sterne in der Finsternis, oder bildete ich mir das nur ein? »Dann, mein Freund, solltest du überlegen, ob du deinen Unglauben einer solchen schweren Prüfung unterziehen willst«, zischte sie, während sie den Druck hinter dem Dolch sichtbar verstärkte.

Die Haut des Kindes spannte sich unter der Klingenspitze, genau dort, wo sich die Halsschlagader befand ...

In diesem Augenblick konnte ich die Furcht des Mädchens fühlen. Nicht die irrationale Angst eines kleinen Kindes, sondern das Entsetzen eines sehr viel älteren und

reiferen Wesens ... Dennoch, wenn ich die Waffe sinken ließ, war die Kleine in jedem Fall verloren ...
»Was willst du?«, herrschte ich die Betrügerin an.
»Was schon? Ich will, dass du mich ziehen lässt, zusammen mit dem Kind! Du hast nichts damit zu schaffen!«
»Das hättest du dir überlegen sollen, bevor du mich beauftragt hast, das Kind zu finden. Das bist doch immer du gewesen im *Shakara*, oder etwa nicht?« Ich starrte die Doppelgängerin an. Der Magen drehte sich mir um bei dem Gedanken an die Dinge, die wir gemeinsam getan hatten.
Im Hintergrund waren jetzt die Sirenen von Polizeiwagen zu hören. Natürlich hatte irgendjemand die Schüsse gehört und die Bullen alarmiert.
»Du hast verloren«, machte ich meinem falschen Gegenüber klar. »Deine Leute sind besiegt, euer Kult ist zerschlagen. Lass das Kind gehen, hörst du?«
Ihre Züge waren einst wunderschön und verführerisch gewesen, nun waren sie von Hass verzerrt. Im Zwielicht hatte es den Anschein, als hätte das Grün ihrer Haut die Farbe von giftigem Schimmel angenommen – oder war das mehr als nur eine Täuschung? War ihr Gesicht dabei, sich zu verändern?
»Du hast ja keine Ahnung, Rash«, zischte sie. »Du weißt überhaupt nichts von den Kräften, die in Erdwelt wirken, seit Anbeginn der Zeit! Die Ära der Elfen ist ein für alle Mal vorüber, ihre Rückkehr muss um jeden Preis verhindert werden!«
»Indem du ein unschuldiges Kind tötest?«
Sie lachte auf, spöttisch und gequält zugleich. »Dies ist kein Kind, wie selbst du inzwischen herausgefunden haben dürftest! Und unschuldig ist das da ebenfalls nicht ...«
»Lass die Kleine gehen«, verlangte ich.
»Das kann ich nicht. Das darf ich nicht.«

Unsere Blicke begegneten sich, und mir war klar, dass ich keine Wahl hatte. Der fanatische Glanz in den Augen der Doppelgängerin machte deutlich, dass sie weder verhandeln würde noch sich von ihrer Überzeugung abbringen ließe. Sie hatte ihre Entscheidung längst getroffen. Es wäre Erfolg versprechender gewesen, einen Schnellzug zu bitten, mir zuliebe einen anderen Kurs einzuschlagen.

Also drückte ich den Abzug.

Die Karbash Spezial in meinen Händen krachte, der Rückstoß der Waffe riss mich fast von den Beinen.

Das Projektil jagte aus dem Lauf, zuckte über das Kind hinweg und traf Kity in der Schulter.

Sie schrie auf und taumelte zurück, stürzte gegen das Gitter. Der Schock war so heftig, dass sie sowohl den Dolch als auch das Kind losließ.

»Lauf, Shae!«, brüllte ich.

Das Mädchen gehorchte sofort und ergriff die Flucht, kam mir entgegen, während ich ein zweites Mal feuerte. Der Schuss ging fehl, aber in diesem Moment wurde mir klar, warum die Karbash Spezial auch als »Desillusionator« bezeichnet wird.

Mit Kitys Zügen, ja mit ihrer ganzen Gestalt ging eine merkwürdige Veränderung vor sich. Ihre Haut wurde blass und milchig und schien plötzlich nicht mehr ihr zu gehören, dafür regte sich darunter etwas, Adern und Sehnen, Muskeln, die danach verlangten auszubrechen. Im nächsten Moment riss ihr Gesicht entzwei, ebenso wie ihre Kutte und der Rest ihrer Gestalt, und darunter kam eine im Ansatz zwar noch menschlich wirkende, jedoch konturlose Gestalt zum Vorschein, deren fahlgrüne Haut im Mondlicht leuchtete. Das Gesicht war glatt, mit zwei Augen darin, deren Pupillen so schwarz waren wie die Nacht und uns feindselig anstarrten.

Ich hatte es bereits vermutet, doch nun war es gewiss: Diese Grüne Falle war ein Wechselbalg.

Ein Baumgeist, eine verdammte Dryade … ganz gleich, welchen Namen man ihnen gab, im Dschungelkrieg hatten sie uns schwer zu schaffen gemacht. Wenn sie sich häuteten, konnten sie sich verwandeln, in was auch immer sie wollten – und sie waren ruchlose Mörder, einer wie der andere.

Die Arme der hinterhältigen Kreatur wurden lang und länger, verwandelten sich in wahre Schlangen, die auf Shae und mich zuflogen und uns zu packen versuchten. Mein Finger krümmte sich am Abzug, und ich wollte abermals feuern – als die Dryade ihren gefürchteten Schrei ausstieß.

Der dröhnende Laut war hell und durchdringend. Wie ein Messer bohrte er sich in meine Ohren und gab mir das Gefühl, mein Gehirn würde schmelzen. Ich schrie auf und wankte, die Waffe ließ ich fallen, während ich mit verschwimmendem Blick die beiden Greifarme heranschießen sah. Jeden Augenblick würden sie nach dem Kind und mir greifen, und ich konnte nicht das Geringste dagegen tun!

Shae stand nur wenige Schritte von mir entfernt, vor Schreck wie erstarrt, so kam es mir vor – doch dann wurde mir klar, dass mich der Anschein einmal mehr getrogen hatte.

Denn in dem gewaltigen Wasserbecken, das sich jenseits des Gitterzauns befand, begann es plötzlich zu schäumen und zu brodeln, und im nächsten Moment brach etwas aus der Tiefe empor und durchstieß die Oberfläche.

Es war ein Tentakel, schwarz und glänzend und von Saugnäpfen übersät. Zu was für einer Kreatur aus den Tiefen der Welt er gehören mochte, wusste ich nicht zu sagen, aber er erhob sich zehn, fünfzehn Meter über die Wasserfläche und tastete suchend umher. Gleichzeitig erfasste ein unsichtbarer Stoß die Dryade, presste sie gegen das Gitter und schob sie daran empor bis zum oberen Rand – wo der Tentakel sie in Empfang nahm. Plötzlich gesellte sich auch noch ein zweiter Greifarm hinzu und wickelte sich um den zappelnden Wechselbalg wie eine Würgeschlange.

Der Schrei der Dryade ging in ein entsetztes Heulen über, als die umso vieles größere und mächtigere Kreatur sie in ihren Fängen hielt. Für einen Moment gelang es ihr noch, sich am Gitter festzuklammern, dann wurde sie mit Urgewalt fortgerissen, über den Zaun hinweg und hinein ins tiefe Wasser. Im nächsten Moment waren die Tentakel mit ihrer Beute verschwunden, der Schrei der Dryade jäh verstummt.

Das Brodeln im dunklen Wasser legte sich.

Mondlicht glitzerte wieder darin.

Es war vorbei.

Ich fand mich auf dem Boden liegend wieder, keuchend und stöhnend, und es dauerte einen Moment, bis mein Verstand und meine Reflexe wieder funktionierten. Das Erste, was ich wieder bewusst wahrnahm, war ein Kindergesicht, das lächelnd auf mich herabsah, während sanfte, wissende Augen mich anblickten.

»Schätze, das war's«, stieß ich heiser hervor.

Das Mädchen nickte.

»Danke, Kleines!«

Ich raffte mich auf die Beine und hatte dabei das Gefühl, jedes einzelne Lebensjahr, jede beschissene Schlägerei und vor allem jedes verdammte Glas Sgorn spüren zu können. Wankend kam ich hoch, und wenn ich ehrlich sein soll, war ich einigermaßen verblüfft darüber, noch am Leben zu sein.

»Wollen wir gehen?«, fragte ich die Kleine.

Shae streckte mir ihr Händchen entgegen, und ich ergriff es. Dann gingen wir, als wäre nichts geschehen.
Ein Mann und ein Kind beim Zoobesuch.
Zur Fütterungszeit.

Epilog

»Was hat dich eigentlich aufgehalten?«

Shinny warf Frik einen fragenden Blick zu, worauf der Oger sein grünes Gesicht verzog. »Jokus Hammerfall«, eröffnete er dann. »Er musste erst seinen Vater fragen.«

»Sieht diesem Trottel ähnlich«, knurrte ich. »Wir bieten ihm die einmalige Chance, einen Rivalen auszuschalten, und er muss erst um Erlaubnis bitten.«

Ich saß auf meinem gewohnten Plätzchen in Shinnys Bar. Es war noch früher Morgen, der neue Tag war kaum angebrochen. Die Bar hatte noch nicht geöffnet, und die Stühle schliefen noch auf den Tischen, aber zur Feier des Tages hatte Shinny eine Ausnahme gemacht. Von der anderen Seite des Tresens aus stellte sie drei Gläser auf und füllte sie mit dem Sgorn von der guten Sorte. Dreifache.

»Woher hast du gewusst, dass der alte Windolf uns zu Hilfe kommen würde?«, wollte sie von mir wissen. »War er dir noch einen Gefallen schuldig?«

»Nein.« Ich schüttelte den Kopf. »Ganz abgesehen davon, dass so ein ausgebuffter Schweinehund seine Schulden niemals zu begleichen pflegt. Es genügte, ihn wissen zu lassen, dass jemand auf das Hotel am See einen Anschlag verübt hatte – der See mit allem Drumherum gehört nämlich zu Hammerfalls Revier. Er kann es sich nicht leisten, dass ihm jemand in die Suppe spuckt – würde so etwas einreißen, wäre es um seinen Ruf geschehen. Die Gelegenheit, den Störenfrieden eine Abreibung zu verpassen, konnte er sich also nicht entgehen lassen.«

»Und was ist mit den Pollocks?«, fragte Frik, der neben mir am Tresen lehnte. »Wie hast du das geregelt?«

Ich grinste. »Nachdem eine Schießerei im Zoo gemeldet worden war, hatten die Bullen schon einen offenen Krieg zwischen den Syndikaten befürchtet. Ich glaube, Keg Ingrimm war ganz zufrieden damit, nur ein paar Leichen einsammeln zu müssen und den Fall der Sektierer zu den Akten legen zu können. Einer der Verwundeten hat freundlicherweise den Mord an Loryn Cayro gestanden, ebenso wie den an Dan Faradur – damit war ich aus dem Schneider.«

»Du hast den Pollocks alles erzählt?« Shinny hob die Brauen.

»Nicht ganz.« Ich sah zu Shae, die im Schneidersitz auf dem blank polierten Tresen saß und mit dem hölzernen Einhorn spielte, als wäre überhaupt nichts geschehen. »Ein paar Dinge habe ich ausgelassen.«

»Du bist ein ziemliches Risiko eingegangen.« Shinny griff nach ihrem Glas. »Was, wenn doch die Gräfin hinter dem Kult gesteckt hätte?«

»Manchmal muss man eben auf seinen Instinkt vertrauen«, erwiderte ich großspurig und hob ebenfalls mein Glas – dass mich mein Instinkt ganz und gar im Stich gelassen hatte, was Kity Miotara betraf, verschwieg ich geflissentlich, und ich war den beiden dankbar dafür, dass sie mich nicht mit der Nase darauf stießen.

Wir nickten einander zu und tranken, und zusammen mit dem dreifachen Rachenputzer versuchte ich auch alle

Bitterkeit hinunterzuschlucken und das schale Gefühl wegzuspülen, das der Fall bei mir hinterlassen hatte. Ich war getäuscht worden, über einen langen Zeitraum hinweg, und das, weil ich die oberste aller Regeln außer Acht gelassen hatte.

Ich hatte die Distanz zu meiner Klientin verloren.

Wäre es nicht so gewesen, hätte ich womöglich gemerkt, dass sie ab einem gewissen Punkt nicht mehr die war, die mich an jenem Abend in meinem Büro besucht hatte. Ab wann hatte der Wechselbalg ihre Rolle eingenommen? Vermutlich gleich nach unserem ersten Treffen. Auch wenn mir der Gedanke, was mit einem Wechselbalg gehabt zu haben, nicht sonderlich behagte.

Was Kity betraf, so würde ich die Wahrheit nie mehr erfahren, die Grüne Falle war mir zum Verhängnis geworden. Aber ich würde mich damit trösten, dass es mir gelungen war, das Kind zu finden und vor dem Zugriff der Sektierer zu bewahren. Die Worte der Dryade, ihr verschwörerisches Gesäusel, hing mir noch im Ohr. Sie war fest entschlossen gewesen, das Kind zu töten – und hatte als Fischfutter geendet.

»Alles klar?«, fragte ich Shae.

Sie lächelte.

In diesem Moment klopfte jemand an die gläserne Tür der Bar. Ich nickte, wir erwarteten Besuch. Ich rutschte vom Barhocker und ging zur Tür, warf vorsichtshalber einen prüfenden Blick zwischen den Lamellen der Jalousie hindurch, die Rechte am Griff des Karbash Spezial.

Ein Halbtroll im grauen Flanell stand draußen.

Und eine zierliche Frau.

Ich öffnete und ließ die beiden ein. Bronson war der Erste, der eintrat – um unter dem Türsturz hindurchzupassen, musste er das klobige Haupt einziehen. Mit mürrischem Blick vergewisserte er sich, dass alles in Ordnung sei, dann gab er den Weg für die Gräfin frei.

Alannah da Syola trug einen Mantel aus weißem Leder mit Pelzbesatz. Ihr Haar war unter einem ebenso weißen Hütchen verborgen, das von einer Nadel gehalten wurde. Sie betrat Shinnys Bar auf dieselbe Weise, wie sie einen Salon betreten hätte oder den roten Teppich bei einer Wohltätigkeitsauktion. Vermutlich kannte sie nur die Art, in einen Raum Einzug zu halten, elegant und würdevoll – hier in Shinnys Schnapsladen wirkte es ein wenig fehl am Platz.

»Dyn Rash.« Sie nickte mir zu.

»Gräfin.« Ich deutete zum Tresen, wo Shae saß und spielte. Durch das Spalier der umgedrehten, auf den Tischen lagernden Stühle näherte sich da Syola dem Mädchen.

»Du bist also das Sternenkind«, sagte sie schließlich, an Shae gewandt.

»Offen gestanden wusste ich nicht, an wen ich mich wenden sollte«, erklärte ich dazu. »Elternlose Kinder müssen normalerweise der zuständigen Behörde übergeben werden ...«

»Wozu?«, fragte die Gräfin. »Damit sie in einem von Gnomen geführten Waisenhaus heranwächst? Ohne Zuwendung und ohne Aussicht auf eine Zukunft?«

»... aber da niemand etwas von der Existenz des Kindes weiß, muss es in diesem Fall nicht so laufen«, brachte ich meinen Gedanken zu Ende.

»Und da haben Sie an mich gedacht.« Wieder einmal blickte sie mich unverwandt an.

»Warum auch nicht?«, sprang Shinny mir bei. »Als waschechte Gräfin haben Sie sowohl die erforderliche Kohle als auch die nötige Zeit. Und nach allem, was Rash mir erzählt hat, wissen Sie mehr über dieses Kind als ...«

»*Shumai, pelantin'y'serentir*«, sagte die Gräfin in diesem Moment und verbeugte sich.

Das Mädchen lächelte – und erwiderte etwas in derselben fremden Sprache.

»Sie kann ja sprechen!«, entfuhr es Frik verblüfft.

»Natürlich spricht sie«, sagte die Gräfin, als wäre es das Selbstverständlichste der Welt, »jedoch nur Elfisch … nicht das späte Adyshan, sondern die klassische Hochsprache, wie Bloythan sie beschrieb …«

»… und die Sie rein zufällig beherrschen«, mutmaßte ich.

Gräfin Alannah wandte sich zu mir um. Das Grinsen, das sie mir zuwarf, war ziemlich breit für eine Dame ihres Standes. »Glauben Sie nach allem, was geschehen ist, tatsächlich noch immer, dass das alles nur bloßer Zufall ist?«

»Ich halte nichts von Magie«, stellte ich unmissverständlich klar.

»Natürlich nicht.« Sie schien damit zufrieden zu sein und wandte sich wieder Shae zu, und die beiden unterhielten sich fließend in jener uralten Sprache, von der ich kein Wort verstand. Am wichtigsten aber war: Shae ging es gut.

Die ganze Zeit über hatte ich sie nicht so gelöst erlebt, sie wirkte beinahe glücklich. Die Chemie zwischen dem Elfenkind und der alten Gräfin, für die die Vergangenheit noch immer lebendig war, schien zu stimmen. Und auch wenn ich mich dabei ertappte, dass ich das Kind nicht gerne jemand anders überließ – mein Gefühl sagte mir, dass die Dinge dabei waren, wieder ins Lot zu kommen.

Auf einmal fühlte ich bleierne Müdigkeit. Jäh wurde mir bewusst, wie wenig ich in den letzten Nächten geschlafen hatte, und ich wollte nur noch eines, nach Hause und ins Bett.

Ich verzichtete darauf, mich von Shae zu verabschieden – das Mädchen hatte alles, was es brauchte, und ich war nicht sehr gut in diesen Dingen. Warum es also unnötig kompliziert machen?

Wortlos zog ich mich zurück, und durch die gläserne Tür von Shinnys Bar trat ich hinaus in den Morgen. Es nieselte ein wenig. Graue Wolken hingen über den Straßen, die Morgendämmerung wetteiferte mit den erlöschenden Neonreklamen. Ich griff in die Manteltasche, schüttelte eine Zigarette aus der wie immer fast leeren Packung und steckte sie mir an. Dann schlug ich den Kragen meines Mantels hoch und machte mich auf den Weg nach Hause.

Mein Name ist Corwyn Rash, *Dombor Sul*. Privatschnüffler, wie es bei euch Milchgesichtern heißt.

Nachwort

Es stand für mich immer fest, dass ich nach Erdwelt zurückkehren wollte – nur auf welche Weise, das war die Frage. Der fantastische Kosmos, den ich zunächst nur für »Die Rückkehr der Orks« entworfen hatte, war inzwischen schon Schauplatz vieler verschiedener Geschichten. Für tolkieneske High Fantasy bot er ebenso Raum wie für augenzwinkernde Ork-Action, aber auch für düstere Dramen mit historischen Bezügen. Warum also nicht wiederum etwas Neues versuchen und zwei Genres mixen, die auf den ersten Blick nichts miteinander zu tun haben mögen, auf den zweiten aber zueinanderpassen wie die (ork)sprichwörtliche Keule auf den Schädel: Fantasy und Crime Noir ...

Wenn ich ein neues Projekt entwickle, beginne ich gerne mit einer Fragestellung. In diesem Fall: Was wäre dabei herausgekommen, hätte Raymond Chandler nicht seine berühmten Hardboiled-Krimis geschrieben, sondern Fantasy? Allein die Idee ließ Bilder in meinem Kopf entstehen: Orks in Trenchcoats und mit tief in die Gesichter gezogenen Schlapphüten, Trolle als Rausschmeißer vor zweifelhaften Bars, Zwerge im Nadelstreifenanzug, die berüchtigte Syndikate lenken ... und so kam alles zusammen.

Schon in der »Könige«-Trilogie war Erdwelt dabei, sich in eine Art spätes Mittelalter zu entwickeln, in dem das Schießpulver erfunden war und Magie nicht mehr die Kraft der alten Tage hatte. Was also lag näher, als das Rad der Zeit noch ein Stück weiterzudrehen, in eine Ära, in der die Helden von einst zu Legenden geworden sind und Erdwelt all jenen Veränderungen unterworfen wurde, die auch unsere eigene Welt durchlaufen musste? Und in diese düsteren Tage eine Hauptfigur zu setzen, die versucht, inmitten all dieser Widrigkeiten am Leben und sich selbst dabei treu zu bleiben? Corwyn Rash ist kein Held im klassischen Sinn, und doch versucht er inmitten von Verbrechen und Korruption das zu tun, was ihm richtig erscheint – zugegebenermaßen mit wechselndem Erfolg. Und obwohl er mit beiden Beinen fest auf dem Boden steht (jedenfalls, wenn er nüchtern ist), muss er erkennen, dass die tot geglaubte Magie in Erdwelt wohl doch noch nicht so tot ist ...

»Ork City« ist ein Detektivroman – und doch werden Leser, die schon in Erdwelt waren, darin vieles finden, was ihnen vertraut ist, manches davon auch in neuem Licht. Und ganz gleich, wie wir dieses neue Genre nennen wollen – Fantasy Noir oder Hardboiled Orks –, hoffe ich, dass es Sie, liebe Leserinnen und Leser, gut und spannend unterhalten hat. Wenn mir dies gelungen ist, dann auch, weil eine Reihe von Menschen dazu beigetragen haben, denen ich an dieser Stelle herzlich danken möchte: den Mitarbeitern des Piper Verlags und meinem Agenten Peter Molden dafür, dass sie an dieses ungewöhnliche Projekt geglaubt und es ermöglicht haben, und meinem langjährigen Freund und Weggefährten Uwe Raum-Deinzer für sein scharfes Auge und sein fachliches Input beim Lektorat. Und natürlich danke ich meiner wunderbaren Familie, ohne die all dies nicht möglich wäre.

Wird Corwyn Rash zurückkehren? Die Zeit wird es zeigen – Erdwelt ist voller Geschichten, in all seinen Epochen.

Michael Peinkofer
August 2020

Glossar:
Die Sprache von Dorglash

Die Sprache, die in den Straßen von Dorglash gesprochen und allgemein als ork brud oder manchmal auch als orksprak benannt wird, ist eine verballhornte Form des Orkischen, die sich mit Beginn der Industrialisierung im Lauf von knapp zwei Jahrhunderten entwickelt hat. Ursprünglich nur von Orks verwendet, die auf der Suche nach Arbeit aus der Modermark in die großen Städte zogen, haben sich mehr und mehr auch Menschen, Zwerge und Gnomen dieser Sprache bedient und dabei ihre eigenen Idiome einfließen lassen. Der Krieg mit den Oststaaten hat den ork brud abermals um viele Vokabeln bereichert, die aus dem Militärjargon eingeflossen sind. Zur Zeit Corwyn Rashs ist der ork brud zur Allgemeinsprache der Unterwelt geworden und zu einem Code, der sich Außenstehenden oft nicht ohne Weiteres erschließt. Nachfolgend daher eine Aufstellung einiger gängiger Begriffe:

Ardabhull	Mixgetränk, Spirituose mit einem Schuss Soda (ork.)
Blash	Ork-Akzent (ork.)
Blondo	(abschätziger) Ausdruck für einen blonden Menschen (mensch./ork.)
Brad	Weg, Gasse (ork.)
Donk	Drink, alkoholisches Getränk (ork.)
Dyn/Dyna	Herr/Frau (von elf. »dyna« – Herr/Herrin)
Dyni sha dynai	Damen und Herren (Anrede, elf.)
Fuashd	entspannt, cool (Redewendung, ork.)
Garka	kleinkalibrige Pistole (von ork. »gark« – stechen)
Gormo	Hunderter-Geldschein (von ork. »gorm« – grün)
Gunna	Maschinengewehr (mensch./ork.)
Kluash-balash	Playboy, Lebemann (ork.)
Krobul	orkische Variante des Boxens (von ork. »krobul« – Schlagetot)
Krokodor	Killer, Attentäter (von ork. »kro'dok« – töten)
Lorgo	Fünfziger-Geldschein (von ork. »lerk« – halb)
Obb	Job (von ork. »obor« – Arbeit)
Orcade	koffeinhaltiges grünes Erfrischungsgetränk (mensch.)
Orgo	Geld, Geldschein (von ork. »orgoid« – Geld)

(Ork)brud	Ganovenjargon (aus dem Orkischen entlehnt), auch »orkspraka«
Pollock	Polizist (Herkunft unbekannt)
Privas	Polizeichef (ork./elf.)
Rusgadde-Theater	Etablissement mit Nacktdarbietungen (zwerg.)
Sgarkan-bhull	Spiegelei (ork.)
Sgol	Name einer berüchtigten Ork-Gang (von ork. »sgol« – Schatten)
Sgorn	Schnaps, wörtl. »Rachenputzer« (ork.)
Shal	Straße (ork.)
Shal Louthann	Broadway (ork.)
Shal Mor	Hauptstraße (ork.)
Sherena	Star (elf.)
Shlug-sul	doppelläufige Schusswaffe, wörtl. »Augenpflücker« (ork.)
Sochburk	Pfandleihe (von ork. »sochdour« – Pfand und »burk« – Laden, Geschäft)
Sounok	Alter, saloppe Anrede (ork.)
Stryda	Avenue/Boulevard (elf.)
Terk Malash	Imbiss, von ork. »terk« – heiß und »malash« – Hund
Tuldokor	Waffe, wörtl. »Lochmacher« (ork.)
Zwirner	Anzug (von Zwirn, mensch.)
Zworg	Zwerg-Ork-Mischling (mensch.)

In jeder Legende steckt ein Funken Wahrheit.

Michael Peinkofer
Tote Helden
Die Legenden von Astray 1

Piper Taschenbuch, 528 Seiten
€ 12,00 [D], € 12,40 [A]*
ISBN 978-3-492-28231-4

Für die einen waren sie Helden. Für andere Legenden. Für wiederum andere waren sie nur Wichtigtuer. Doch niemand ahnt, dass sie wieder zurück sind ... Im Jahr 37 nach dem Fall des tyrannischen Kaiserreichs sind die Helden von einst vergessen. Nur der Sänger Rayan erhält die Erinnerung an die Legenden am Leben – denn seine Visionen sagen ihm, dass in den Weiten des Kontinents Astray eine Bedrohung lauert. Und dass nur die alten Legenden ihr die Stirn bieten können ...

Leseproben, E-Books und mehr unter **www.piper.de**

ENTDECKE NEUE WELTEN
MIT PIPER FANTASY

Mach mit und gestalte deine eigene Welt!

PIPER

www.piper-fantasy.de